U0112412

金陵全書

甲編・方志類・府志

景定建康志（一）

（宋）馬光祖 修
（宋）周應合 纂

南京出版社

圖書在版編目（CIP）數據

景定建康志/（宋）馬光祖修；（宋）周應合纂.—南京：南京出版社，2010.6
（金陵全書）
ISBN 978-7-80718-605-2

Ⅰ.①景… Ⅱ.①馬… ②周… Ⅲ.①建康（歷史地名）—地方志—宋代 Ⅳ.①K295.31②K928.6

中國版本圖書館CIP數據核字（2010）第090938號

書　　名　【金陵全書】（甲編·方志類·府志）
　　　　　景定建康志
編 著 者　（宋）馬光祖　修　（宋）周應合　纂
出版發行　南京出版社
　　　　　社址：南京市成賢街43號3號樓　　郵編：210018
　　　　　網址：http://www.njcbs.com
　　　　　聯系電話：025-83283871（營銷）　025-83283883（編務）
　　　　　電子信箱：njcbs1988@163.com
統　　籌　杞　勇　樊立文
責任編輯　管偉偉　許小彦　陸永輝　潘　珂　陳　寧
裝幀設計　楊曉崗
責任印製　孫偉實
制　　版　南京新華豐制版有限公司
印　　刷　南京凱德印刷有限公司
經　　銷　全國新華書店
開　　本　889×1194毫米　1/16
印　　張　219
版　　次　2010年8月第1版
印　　次　2010年8月第1次印刷
書　　號　ISBN 978-7-80718-605-2
定　　價　3200.00元（全四册）

《金陵全書》編輯工作領導小組

顧　問　朱善璐　季建業

組　長　葉　皓

副組長　王咏紅

成　員　李　濤　李　恕　張　俊　陳光亞　尹玉蘭　李　蘭
葉南客　張玉寶　朱慶葆　李海榮　馬　寧　馬恒東
劉　凡　曹謙榮　蘇　鄭　顔一平　朱勁松　黄唯佳
劉　玲　董　偉　金安凡　杭　韜　黄亦武

《金陵全書》編輯出版委員會

主　編　葉　皓

副主編　王咏紅　陳　剛

編　委　張　俊　方標軍　尹玉蘭　李　蘭　李海榮

執行編委　朱同芳　章世和　盧海鳴

《金陵全書》學術顧問

蔣贊初　茅家琦　梁白泉　薛　冰
賀雲翱　胡阿祥　楊永泉　王明發
徐憶農　夏　蓓　許廷長　盧海鳴

《金陵全書》甲編·方志類

分部主編　李　蘭
分部副主編　朱海光
分部執行主編　周建國
分部執行副主編　徐智明

總序

南京，俗稱金陵，中國著名的四大古都之一，是國務院首批公佈的國家歷史文化名城。

南京有着六十萬年的人類活動史，近二千五百年的建城史，約一千七百年的建都史，享有『六朝古都』、『十朝都會』的美譽。南京歷史的興衰起伏在某種程度上可以説是中國歷史的一個縮影。在中華民族光輝燦爛的歷史長河中，古聖先賢在南京創造了舉世矚目、富有特色的六朝文化、南唐文化、明文化和民國文化，爲中華民族文化的傳承和發展作出了不朽貢獻。然而，由于時代的遞遷、戰爭的破壞以及自然的損毁等原因，歷史上南京的輝煌成就以物質文化形態留存下來的相對較少，見諸文獻典籍的則相對較多。南京文獻内涵廣博，卷帙浩繁，版本複雜。截至一九四九年中華人民共和國成立，南京文獻留存下來的有近萬種，在全國歷史文化名城中名列前茅。以六朝《世説新語》、《文心雕龍》、《昭明文選》，唐朝《建康實録》，宋朝《景定建康志》、《六朝事迹編類》，元朝《至正金陵新志》，明朝《洪武京城圖志》、《金陵古今圖考》、《客座贅語》，清朝《康熙江寧府志》、《白下瑣言》，民國《首都計劃》、《首都志》、《金陵古蹟圖考》等爲代表的南京地方文獻，不僅是南京文化的集中體現，也是中華民族優秀傳統文化的重要組成部分。這些南京文獻，積淀貯存了歷代南京人民的經驗和智慧，翔實地反映了南京地區的社會變遷，是研究南京乃至全國政治、經濟、軍事、文化、外交和民風民俗的重要資料。

歷史上的南京文化輝煌燦爛，各類圖書典籍琳琅滿目。迄今爲止，南京文獻曾經有過三次不同程度的整理。

第一次是距今六百多年前的明朝永樂年間，明朝中央政府在南京組織整理出版了《永樂大典》。《永樂大典》正文二萬二千八百七十七卷，凡例和目録六十卷，分裝成一萬一千零九十五册，總字數約三億七千萬字。書中保存了中國上自先秦、下迄明初的各種典籍資料達七八千種，是中國古代最大的類書。

第二次是民國年間，南京通志館編印了一套《南京文獻》。《南京文獻》每月一期，從一九四七年元月至一九四九年二月共刊行了二十六期，收入南京地方文獻六十七種，包括元明清到民國各個時期的著作，其中收録的部分民國文獻今天已經成爲絶版。

第三次是二〇〇六年以來，南京出版社選取部分南京珍貴文獻，整理出版了一套《南京稀見文獻叢刊》點校本，到目前爲止，已經出版了二十四册五十種，時代上起六朝，下迄民國，在學術普及方面作出了一定的貢獻。

新中國成立六十年來，尤其是改革開放三十年來，南京的政治、經濟、文化建設飛速發展，但南京文獻的全面系統整理出版工作一直没有得到應有的重視，這與南京這座國家歷史文化名城的地位頗不相稱。據調查，目前有關南京的各類文獻主要保存在南京圖書館、南京市檔案館，以及全國各地的高等院校、科研院所、圖書館、檔案館、博物館，少數流散于民間和國外。一方面，廣大讀者要查閲這些收藏在全國各地的南京文獻殊爲不便；另一方面，許多珍貴的南京文獻隨着歲月的流逝而瀕臨損毁和失傳。南京文獻的存史、資治、教化、育人功能没有得到應有的發揮。

盛世修史（志）。在中華民族和平崛起和大力弘揚民族傳統文化、全力發展民族文化事業的大背景下，在建設『文化南京』的發展思路下，中共南京市委、南京市人民政府于二〇〇九年十二月作出決定，將南京有史以來的地方文獻進行全面系統的匯集、整理和影印出版，輯爲《金陵全書》（以下簡稱《全書》），以更好地搶救和保護鄉邦文獻，傳承民族文化，推動學術研究，促進南京文化建設；同時，也更爲有効地增加南京文獻存世途徑，提昇南京文獻地位，凸顯南京文獻價值。

爲編纂出能够代表當代最高學術水平和科技成就，又經得起時間檢驗的《全書》，我們將編纂工作分成三個階段進行。第一個階段爲調研階段，主要對南京現存文獻的種類、數量、保存現狀以及收藏地點等進行深入細緻的調研，召集專家學者多次進行學術論證和可操作性論證，撰寫出可行性調查報告，爲科學決策提供依據，此項工作主要由中共南京市委宣傳部和南京出版社組織完成。第二個階段爲啓動階段，以二〇〇九年十二月二十四日召開的『《金陵全書》編纂啓動工作會』爲標志，市委主要領導親自到會動員講話，市委宣傳部對《全書》的編纂出版工作作了明確部署。在廣泛徵求專家學者意見的基礎上，確定了《全書》的總體框架設計，確定了將《全書》列爲市委宣傳部每年要實施的重大文化工程，確定了主要參編責任單位和責任人，并分解了任務。第三個階段爲編纂出版階段，主要在全國範圍内進行資料的徵集、遴選和圖書的版式設計、複製、排版及印製工作。

爲了確保《全書》編纂出版工作的順利進行，中共南京市委、南京市人民政府成立了專門的編纂出版組織機構。其中編輯工作領導小組，由中共南京市委、市政府領導以及相關成員單位主要負責人組成；《全書》的編纂出版工作由市委宣傳部總牽頭；學術指導委員會，由蔣贊初、茅家琦、梁白泉等一批全國著名的專家學者組成，負責《全書》的學術審核和把關。

《全書》分爲方志、史料和檔案三大類。自二〇一〇年起，計劃每年出版十册以上。鑒于《全書》的整理出版工作難度較大，周期較長，在具體操作中，我們採取了分工協作的方式。市委宣傳部和南京出版社負責《全書》的總體策劃，其中方志部分，主要由南京市地方志編纂委員會辦公室承擔；史料部分，主要由南京圖書館承擔；檔案部分，主要由南京市檔案局（館）承擔。《全書》的編輯出版，得到了江蘇省文化廳、江蘇省新聞出版局、江蘇省檔案局（館）、南京大學、南京圖書館、南京市文廣新局、南京市社科聯（社科院）、南京市文聯、南京市博物館、金陵圖書館以及各區、縣委宣傳部和地方志辦公室等單位及社會各界的熱情鼓勵和大力支持，尤其是得到了中國國家圖書館和全國各地（包括港臺地區）高等院校、科研院所、圖書館、檔案館、博物館等藏書單位的鼎力相助，在此表示深深的謝意！

我們相信，在中共南京市委、南京市人民政府的長期不懈支持下，在各部門、各單位的積極配合和衆多專家學者的共同努力下，這項功在當代、利在千秋的傳世工程一定能够圓滿完成。

《金陵全書》編輯出版委員會

二〇一〇年七月

凡例

一、《金陵全書》（以下簡稱《全書》）收録的南京文獻，依内容分爲方志、史料和檔案三大類。

二、《全書》按上述三大類分爲甲、乙、丙三編，以不同的封面顔色加以區分；每編酌分細類，原則上以成書時代爲序分爲若幹册，依次編列序號。

三、《全書》收録南京文獻的範圍，以二〇一〇年南京市所轄十一區（玄武、白下、秦淮、建鄴、鼓樓、下關、浦口、六合、棲霞、雨花臺、江寧）二縣（溧水、高淳）爲限。

四、《全書》收録的南京文獻，其成書年代的下限爲一九四九年。

五、《全書》收録方志和史料，盡量選用善本爲底本。《全書》收録的檔案以學術價值和實用價值較高爲原則，一般選用延續時間較長、相對比較完整的檔案全宗。

六、《全書》收録的南京文獻底本如有殘缺、漫漶不清等情況，必要時予以配補、抽換或修描，以保證全書完整清晰；稿本、鈔本、批校本的修改、批注文字等均保留原貌。

七、《全書》收録的南京文獻，每種均撰寫提要，置于該文獻前，以便讀者了解其作者生平、主要内容、學術文化價值、編纂過程、版本源流、底本採用等情況。

八、《全書》所收文獻篇幅較大時，分爲序號相連的若幹册；篇幅較小的文獻，則將數種合編爲一册。

九、《全書》統一版式設計，大部分文獻原大影印；對于少數原版面過大或過小的文獻，適當進行縮小或放大處理，并加以説明。

十、《全書》各册除保留文獻原有頁碼外，均新編頁碼，每册頁碼自爲起訖。

提要

《景定建康志》五十卷，宋馬光祖修，周應合纂。

南宋建康府爲沿江重鎮，有留都之稱。建炎三年（一一二九年）五月，高宗詔改江寧府爲建康府。紹興二年（一一三二年）修建行宫。另設江南東路安撫使司、沿江制置使司等。南宋乾道、慶元、景定年間三次修纂建康府志。乾道五年（一一六九年），建康知府史正志主持修纂《乾道建康志》，共十卷，二百八十版，所記止於乾道年間，多取材於宋石邁撰《上元古迹》，爲南京歷史上第一部官修府志。慶元六年（一二〇〇年）建康行宫留守吳琚主修《慶元續建康志》，取材宋朱舜庸撰《金陵事迹》，所記止於慶元年間，共十卷，二百二十版。乾道、慶元府志均已失傳。景定年間，第三次修纂府志，也是一次府志的重修。景定二年（一二六一年）二月，建康知府馬光祖聘請周應合編纂府志。馬光祖，字華父，號裕齋，婺州金華（今浙江金華）人，寶慶二年（一二二六年）進士，三任建康知府。周應合，原名彌垢，字淳叟，號谿園先生，隆興府武寧（今江西武寧）人，淳祐十年（一二五〇年）進士，任實録館修撰。開慶元年（一二五九年）任江南東路安撫使司幹辦公事，兼明道書院山長。博物洽聞，學力充贍，又富有修志經驗，曾編纂《江陵志》，記載有法，圖辨表志，粲然有倫。景定二年（一二六一年）三月三日，在建康府鍾山閣下設立志局。馬光祖指出：南渡中興，此爲根本，有關於國家的大事記載宜詳於他府。慶元、乾道志在體例、結構和内容上存在種種不足，諸如散漫無統，無地圖以考疆域，無年表以考時世，古今人物不可泯者，行事之可爲勸戒者，詩文之可以發揚者，求之皆闕如。再者慶元至今已逾六十年未續修。乾道、慶元兩部志書互有詳略，而與《六朝事迹編類》、《建康實録》進行校對，又有多處不相吻合。對前志補缺、正訛，并續補慶元以後事迹，方爲全書。周應合提出定凡例、分事任、廣搜訪、詳參訂等四條建議。除『分事任』外，其他三條均爲馬光祖採納。《景定建康志》採用史書體裁，由圖、表、志、傳、録五個部分構成，設留都録四卷、地理圖及地名辨一卷、年表十卷、官守志四卷、儒學志五卷、文籍志五卷、武衛志二卷、田賦志二卷、古今人表傳三卷、拾遺一卷，爲乾道、慶元兩志之所無；景定志中的疆域志三卷、山川志三卷、城闕志三卷、祠祀志三卷，資料採録自前志者佔十分之四，增補者佔十分之六。歷時一百二十天，志稿基本完成。初刻一千六百一十八版。『每卷每類之末，各虛梓以俟續添，固未敢以爲成書也。』（見《景定修志本末》）後陸續補刻，續添内容，如留都録、建康表增補景定三年至咸淳五年（一二六二—一二六九年）之事。卷數也略作調整，年表（建康表）初刻十卷，定稿九卷（表一、表二合爲一卷）；疆域志初刻三卷，定稿二卷；城闕志初刻三卷，定稿四卷；風土志初刻一卷，定稿二卷；總卷數仍爲五十卷。到咸淳五年全部刻竣，共一千七百二十八版。

清《四庫全書總目提要》評價《景定建康志》：『援據該洽，條理詳明，凡所考辨，俱見典覈。』民國《續修四庫全書總目提要》評價：『宋代方志，整密賅博，無逾此編。』《景定建康志》因其深邃的編纂思想和完善的體例結構，成爲南宋方志的代表作，對後世方志的編纂産生深遠的影響。馬光祖在序文中闡述方志的編修目的、功用及其内涵云：『郡有志，即成周職方氏之所掌，豈徒辨其山林川澤都鄙之名物而已。天時驗於歲月災祥之書，地利明於形勢險要之設，人文著於衣冠禮樂風俗之臧否。忠孝節義，表人材也；版籍登耗，考民力也；甲兵堅瑕，討軍實也；政教修廢，察吏治也。古今是非得失之迹，垂勸鑒也。夫如是，然後有補於世。』

《景定建康志》的體例備受推崇。元代張鉉在《至正金陵新志·修志本末》中稱：『惟景定志五十卷，用史例編纂，事類粲然，今志用爲準式。』清代孫星衍《重刊〈景定建康志〉後序》稱：『《建康志》體例最佳，各表紀年隸事，備一方掌故，山川古迹，加之考證，俱載出處，所列諸碑，或依石刻書寫，間有古字。馬光祖、周應合俱與權貴不合，氣節邁流俗者，其於地方諸大政，興利革弊，尤有深意存焉。』清代謝啓昆主修《嘉慶廣西通志》，盛稱《景定建康志》，分圖、表、志、傳四篇，『體例最善』，并採用其體例。阮元總裁《嘉慶浙江通志》、《道光廣東通志》，趙謙之總編《光緒江西通志》，黃彭年總纂《光緒畿輔通志》等紛紛仿傚，成爲清代修志鼎盛時期的主流。

《景定建康志》版本，有南宋景定二年初刻本（景定至咸淳年間有補版），未見傳本。現存版本主要有明影宋鈔本，清兩淮馬裕家藏；清乾隆間錢大昕藏鈔宋本；清乾隆間錢大昕鈔本，題『嘉定潛研堂錢氏鈔本』；清乾隆間文淵、文津、文瀾、文溯閣《四庫全書》寫本，底本爲馬裕家藏明影宋鈔本；清嘉慶六年（一八〇一年）、嘉慶七年（一八〇二年）金陵孫忠愍祠仿宋刻本等。《金陵全書》採用南京圖書館藏金陵孫忠愍祠仿宋刻本原大影印，孫氏刻本以兩江總督署藏清康熙間勅賜宋版爲底本，參校清黃丕烈藏影宋鈔本。

周建國

重刻景定建康志序

宋馬光祖以觀文相尹留都時請於朝屬幕僚周應合撰景定建康志五十卷續乾道慶元二志爲書一千七百二十八版藏府學紬書堂中至明嘉靖間黃佐作南廱志止存七百五十九版

國朝朱氏彝尊跋此書云訪之三十年始從

曹通政子清借録之故世間傳本绝少追
開
四庫館而馬氏裕以家藏本獻録入史部余
以嘉慶四年奉
命節制兩江暇日檢署中藏書有康熙間
勑賜宋板景定建康志紙墨精好重加裝訂常置
案頭翻閲適陽湖孫觀察星衍僑居金陵

謁余道故授觀此本觀察以爲宜廣流傳乃集都人士之好古者醵金校刊余與幕中諸友亦助貲以成其事自辛酉春正迄夏五書成觀察乞叙于余余惟自古建都之地故實繁多皆有名人撰述成志其後或爲新志竄亂删落或佚其原本今閣中惟宋敏求長安志及程大昌雍錄僅存中

叙

二

州有宋敏求河南志竟不可得吾浙嘉泰會稽志至元嘉禾志雖存亦無刊本金陵爲吴晋宋齊梁陳南唐建都之地賴有此志及至正金陵新志以徵文獻考宋時有景定志乾道慶元二志各二百數十版並存府學傳曰舊章不可忘也又曰足則吾能徵之矣夫山川城闕河渠關隘金石名

迹所存逾古逾不可廢必得博聞強識之士訂正之若新志所增職官科舉財賦額程之屬胥史之有文者皆能爲之且馬制帥官此邦時具有政績經世之學時措之宜皆見斯志故于中江載唐景福時作五堰江流漸狹至東壩成而中江不復自陽羡入海可證禹貢三江古說之不謬于丹

楊絳巖兩湖載唐已來斗門蓄洩之制知湖隄築而上元句容水利之可用于破岡埭載吴陳勲置十四埭通吴會船艦之制知廢閘修而句容雲陽水運之可通其提領茶鹽自載申請六事則苛取牙儈之積弊皆可禁抑其設平止平糴諸倉積穀至十五萬石則以陳易新之利益甚大其沿

江置寨募兵至三千三百人則弭盜應變之有備無患蓋馬制帥固政事才其與周君著書考古又其餘事余蒞茲三載居心行政日夜思所以不負

國家委任者視馬制帥誠有不逮古人云入

國問俗又云仕優則學余于此志不禁流連隨會之感矣今江寧府志爲康熙六年

敉　　　　日

知府陳開虞撰考證疏陋删落唐宋碑碣尤多似未見建康志而爲之者此志刊行他時續修府志更有依据元張鉉至正金陵新志十五卷傳本亦少復望好事者踵而刊之此志宋本原闕諸圖審由寫補字句亦多譌舛孫觀察又据别本是正補足之觀察爲余守常郡時識拔士好古贍學

與周應合媿美云

嘉慶六年太歲辛酉六月朔日

賜進士出身

太子少保兵部尚書兼都察院右都御史總督

江南江西等處地方軍務兼理糧餉操江

統轄南河事務錢唐費淳撰

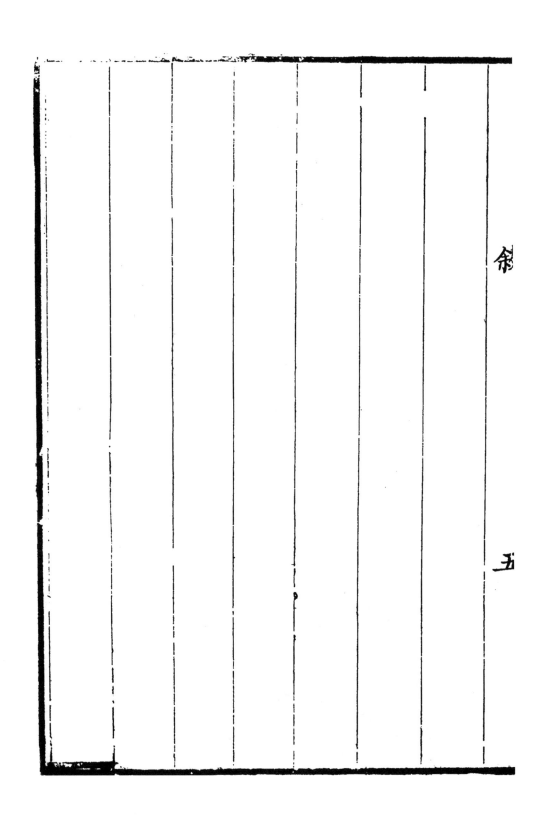

景定建康志序

郡有志卽成周職方氏之所掌登徒辨其山林川澤都鄙之名物而已天時驗於歲月灾祥之書地利明於形勢險要之設人文著於衣冠禮樂風俗之臧否忠孝節義表人

材也版籍登耗考民力也甲兵堅瑕討軍實也政教修廢察吏治也古今是非得失之迹垂勸鑒也夫如是然後有補於世郡皆然况陪都乎昔忠定李公嘗言天下形勝關中爲上建康次之自楚秦

以來皆言王氣所在句踐城之六朝都之隋唐而後爲州爲府爲節鎮爲行臺五季僭僞晛消實開吾
宋混一之基
南渡中興此爲根本章往考來國志宏詳於宅郡而乾道

有舊志慶元有續志皆略而未備觀者病之慶元迄今逾六十年未有續此筆者寶祐丁巳光祖蒙

恩來司留鑰因閱前志編摩在念一年而勤民二年而整軍三年而易閫荆州未暇也

己未重來汲汲守禦補尺籍治戰艦備器械固城池日不暇給未幾鼓枻驚濤風餐露馳於舒蘄江黃之間往復無慮數四元勳振旅長江肅清光祖始得少休於郡興滯補弊之餘爰及斯文有幕客周

君應合博物洽聞學力充贍
舊嘗爲江陵志紀載有法乃
以是屬之開書局於郡圃之
鍾山閣下相與硏古訂今定
凡例而裒篇帙先爲畱都錄
四卷隆炎創興之盛　宮城
建置之詳與夫雲漢昭回之

章皆備錄焉揭爲一書之冠冕其次爲地理圖爲侯牧表爲志爲傳合爲五十卷表起周元王四年越城長干之時以至於今千七百載年經類緯曰時曰地曰人曰事類之所由分也志凡十一曰疆域

二曰山川三曰城闕四曰官守五曰儒學六曰文籍七曰武衛八曰田賦九曰風土十曰祠祀傳凡十一曰正學二曰孝悌三曰節義四曰忠勳五曰直臣六曰治行七曰耆舊八曰隱德九曰儒雅十曰

正女大略備矣始於三月甲
子成於七月甲子獻之
天子
玉音嘉焉用不敢閟傳之無
竊補其闕遺續其方來則有
望於後之君子景定辛酉歲
良月初吉觀文殿學士光祿

大夫沿江制置大使知建康軍府事兼管內勸農營田使江南東路安撫使馬步軍都總管　行宮留守節制和州無爲軍安慶府三郡屯田使暫兼淮西總領金華郡開國公食邑三千戸食實封陸伯

戸馬光祖書

重刊景定建康志後序

嘉慶三年予僑居金陵因求景定建康志得見影宋鈔本于吳門黃孝廉丕烈許及謁　兩江督部費芸浦師示以　勅賜宋本建康志前有明禮部官印不知何時所進紙版精致奉歸謀之郡人之好事者醵金刊之費不足又得諸當道助貲成事凡用白金七百餘兩閱半載竣工建康志舊有宋史正志乾道志二百八十版吳琚慶元志二百廿三版元時已不存景定中馬光祖屬周應合撰成此志增至一千六

百餘版其後亦毁于火至元中重刊于慶元路郎明所存南雍版本今勅賜本則宋本也建康志體例最佳各表紀年隸事備一方掌故山川古迹加之考證俱載出處所列諸碑或依石刻書寫間有古字馬光祖周應合俱與權貴不合氣節邁流俗者其于地方諸大政興利革弊尤有深意存焉其後有郡人戚光率意更改使名迹無聞當事病之因延陜西儒官張鉉重纂金陵志余所藏尚有元刻本其版亦散佚矣蒙謂一方修志如有宋元舊本自宜刊刻原書

在前依例增續或辨證古人得失別爲一卷近時作志動更舊例删落古人碑版引書出處增以流俗傳聞蕪穢詩什甚爲不典陳開虞新志即所不免賴有宋元志本存此邦文獻耳金陵自明太祖建都城盡毁六朝碑碣古物比他郡尤少頻年搜訪惟得古磚有錢文爲大泉五百四字知是吳後苑城磚又見攝山千佛嶺龕中有宋王雱胡恢等題名及昔在句容所見吳衡陽太守葛府君碑梁天監井銘皆方志所缺載吾友嚴文學觀嘗考金陵石刻所得亦多古人

未見者他時當附入新志此志成于宋景定二年辛酉歲至嘉慶六年辛酉重刊行世一書之成有運數焉　督部師鎮江左之三年政平年豐百廢修舉因議浚河設閘以通秦淮水利而此志適刊成余在浙之紹興亦屬郡人重刊嘉泰會稽志聞已成書海內古書次第行世有心者鉤稽舊章足以助成善政輒喜而記其梗概助予校勘者表弟張文學紹南也景定志地里圖序云爲圖十有五而宋印本止存七圖餘皆補畫本黃氏影鈔本較多共十九圖今据補入

其圖或與目錄參差不符未知其審又城闕志廿二卷黃氏影鈔本多出古南苑諸條凡三葉亦据補入疑宋版與元重刊版之異時無別本可証姑存疑云耳

賜進士及第前分巡山東兖沂曹濟黃河兵備道孫星衍撰

江寧劉文奎鋟字

鑒定捐刊建康志各官姓氏

太子太保兵部尚書兼都察院右都御史兩江總督費　淳

兵部侍郎兼都察院右副都御史雲南巡撫前江寧布政使孫日秉

署江寧布政使分守常鎮通道戴華齡

分巡江寧地方江南鹽法道王象儀

分巡松太兵備道李廷敬

分守江南河庫道前江寧府知府許兆椿

分巡淮揚河務兵備道和騰額

分巡安徽寧池太廣兵備道宋　鎔

兩淮都轉鹽運使曾煥

江寧府知府清華

上元縣知縣吳元潛

江寧縣知縣孟甲年

句容縣知縣方菁

溧水縣知縣[illegible]

江浦縣知縣牛先達

六合縣知縣杜念典

高淳縣知縣霍來宗

胡發椿 江寧人

張　培 江寧人

芮玉機 江寧人

張天保 上元人

王大紳 江寧人

蔡常溶 上元人

孟德仁 江寧人

夏鏡川 六合人

裴　玠 句容人

裴　琯 句容人

裴　暢 句容人

裴　鈐 句容人

校訂助刻建康志本籍姓氏

姓氏先後隨到隨刻不能依齒

秦承業 江寧人　李光晉 江寧人

鄭宗彝 江寧人　焦以淳 江寧人

汪　恩 江寧人　陳　喆 上元人

吳岐鳳 江寧人　陶湞悅 江寧人

陶濟愼 江寧人　彭承謨 江寧人

王景曾 上元人　楊　堉 上元人

李師韓 上元人　江富國 上元人

陳昌緒 上元人　鍾　鈺 上元人

楊載華 上元人　鄭仕泉 上元人

秦鶴齡 上元人　陸臨 江寧人

洪象言 江寧人　孟銓士 江寧人

伍光瑜 上元人　方如松 江寧人

方育醇 江寧人　崔琳 江寧人

王德福 江寧人　于汝揆 江寧人

于汝槐 江寧人　李自修 江寧人

金順 江寧人　胡彭 江寧人

胡治 江寧人　張璧成 江寧人

校訂助刻建康志寓公姓氏

許兆桂 湖北雲夢人　章攀桂 安徽桐城人

王　煊 安徽婺源人　杜昌意 江蘇松江人

沈觀成 江蘇婁縣人　楊　澄 江蘇清河人

孫馮翼 奉天承德人　葉養福 浙江錢塘人

胡　岳 安徽婺源人　吴國南 安徽婺源人

劉履地 江蘇江都人　王廷言 安徽婺源人

趙經研 安徽合肥人　張紹南 江蘇武進人

馮南金 江蘇通州人　楊宣之 原籍上元人

孫星衍 江蘇陽湖人

景定建康志目錄

卷之一

建康表一

起周元王四年戊子至東漢獻帝建安己亥

爲世表

建康表二

起吳大帝元年辛丑至後主天紀四年庚子

凡六十年爲年表

卷之七

建康表三

起西晉太康庚子至東晉元熙己未凡一百

四十年爲年表

卷之八

建康表四

起南宋永初庚申至昇明戊午凡五十八年

爲年表

卷之九

建康表五

起南齊建元已未至中興辛巳凡二十三年

爲年表

建康表八

起隋開皇己酉至周顯德己未凡三百七十

三年爲年表

卷之十三

建康表九

皇朝建隆以來爲年表

卷之十四

建康表十

中興建炎以來爲年表

卷之四十九

古今人傳三

卷之五十

景定修志本末 開慶己未春三月

裕齋先生金華郡公以大制帥再尹留都請於

朝以京湖舊幕客周應合充江東安撫

使司幹辦公事兼明道書院山長編程子書

畢明年六月命鑲師於池陽又明年二月趣

還建康甲寅應合至自池陽拜　公玉麟堂

公命之曰建康大都會也自慶元而後圖志

未續實大闕典而慶元以前之書紀載甚略

不無舛訛圖志三歲一上法也吾再至此又

及三年將成此書而丐歸焉屬筆於子毋遜應合避席曰畱都鉅典當屬之大手筆應合淺學謏聞不足以辱隆委敢頓首固辞公曰子嘗修江陵志矣圖辨表志粲然有倫輕車熟路子何辭焉禊節適逢甲子宜以是日開書局於鍾山閣下卽葉石林紬書之舊所也速爲之及吾未去以前成書可也應合稟命而退時有疾未愈欲少俟調理徐受條教而劄命沓至矣入局修纂謹如甲子之期

則請於　公曰舊志二百八十板所記止於
乾道續志二百二十板所記止於慶元慶元
至今所當續者六十餘年之事不敢略亦不
敢廢前志也　公曰乾道慶元二志互有詳
略而六朝事迹建康實錄參之二志又多不
合今當會而一之前志之闕者補之舛者正
之慶元以後未書者續之方爲全書況前志
散漫而無統無地圖以攷疆域無年表以攷
時世古今人物不可泯者行事之可爲勸戒

者詩文之可以發揚者求之皆闕如也子其
用江陵志之凡例彙而輯之備前志之所未
備此吾所望也應合又請於　公曰謹奉敎
矣而未可以速成也慶元續志之作實因朱
舜庸金陵事類之編舜庸郡人也其編猶積
二十稔而後成況非郡人者乎況欲合前後
而修爲全書乎願寬以歲月廣招局官與郡
之士友而共成之　公不許應合乃條上四
事一曰**定凡例**應合昨修江陵志爲圖二十

附之以辨其矣爲表爲志爲傳爲拾遺所載猶不能備建康又非江陵比也自吳以來國都於此其事固多於江陵若我
朝建隆開寶之平江南天禧之爲　潛邸建
炎紹興之建　行宫
顯謨承烈著在　留都
鳳闕龍章固宜備錄然混於六朝之編列於庶事之目宫府雜載君臣並紀殊未安也今欲先修留都宫城錄冠於書首而建康地圖

年表次之十志又次之一曰疆域二曰山川三曰城闕四曰官守五曰儒學六曰文籍七曰武備八曰田賦九曰風土十曰祠祀十傳又次之一曰正學二曰孝悌三曰節義四曰忠勳五曰直臣六曰治行七曰耆舊八曰隱德九曰儒雅十曰貞女傳之後爲拾遺圖之後爲地名辨表之緯爲四曰時年世甲子曰地疆土分合都邑更改曰人牧守更代官制因革曰事著成敗得失之迹以寓勸戒志之中各著事跡各爲考證而古今記詠各附於所爲作之下凡圖表志傳卷首各爲一序而畱都錄之序則請　公命筆　公皆可之二曰**分事任**

乾道舊志慶元續志各有規模今用前凡例會而爲一慶元以前之未備者慶元以後之未書者皆欲增修無闕豈一手兩耳目所能周遍誤承隆委辭不獲命何敢自有其事竊惟幕府環列儒宗林立所當博師三長共成一書金陵故家文獻所聚耆舊英俊尤宜周詢庶幾憑藉衆力早有成書之期欲乞請官十員招士友數人入局同其商確分項修纂

公不許三曰**廣搜訪**纂修既欲其備搜訪不

厯其詳自幕府以至縣鎮等官自萬公以至
諸鄉士友自戎帥以至將校欲從閫府轉牒
取會凡自古及今有一事一物一詩一文得
於記聞當入圖經者不以早晚不以多寡各
隨所得批報本局以憑類聚考訂增修其有
遠近博物洽聞之士能記古今事蹟有他人
所不知者並請具述從學校及諸縣繳申其
閥閱子孫能收上世家傳行狀墓誌神道碑
及所著書文與先世所得　御札　勅書名

賢往來書牘並請録副申繳其山巔水涯古今高人逸士有卓行而不求聞達者亦請冥搜詳述以報本局其有聞見最博考證最精者當議優崇諸吏民父老中有能記憶舊聞關於圖志者並許具述實封投櫃櫃置府門三日一開類呈其條具最多而事迹皆實者當行犒賞　公皆從之行牒及牓四日詳叅訂切惟諸司幕府叅佐賓僚學富才宏皆應合所願求教然望尊職重有非書局所敢一

一屆致者容應合每卷修成初藁各以紫袋封傳諸幕悉求是正其未當者與未盡者各請批注行間以憑删修次藁再以紫袋傳呈如初俟定本納呈　鈞覽仰求筆削然後付之鋟梓仍乞選差局吏兩名分管書局事務書吏十名謄類草藁書寫板樣客司虞候四名以備關借文籍傳呈書藁等用　公皆從之越一月應合又請於　公曰成書之期既不可緩修書之事浩若望洋應合自入局以

來主一無適夜以繼日疲精書傳極力丹鉛修書之藁未半刻梓之匠已集旣同官之難屈非隻手之可辦有長子天驥見爲淮西總所催運官欲乞移文總所給假數月專在書局爲撿閱校讐之助有壻炎疇見爲安豐六安縣主簿亦畱總幕乞令往來爲助 公從之凡纂一事必稟命於 公每成一藁必取正於 公夜考古書朝訂今事右分編藁左付刻梓自禊節以來周兩甲子而大略粗備

若畱都錄四卷地理圖及地名辨一卷年表
十卷官守志四卷儒學志五卷文籍志五卷
武衛志二卷田賦志二卷古今人表傳三卷
拾遺一卷此皆乾道慶元兩志之所無而創
爲之也若疆域志三卷山川志三卷城闕志
三卷祠祀志三卷因前志之所有者十之四
增其所無者十之六合爲五十卷凡一千六
百餘版印褾爲二十四册外目錄一册上之
閫府其書版首尾九百九十四片爲廚架五

所鑰而藏之紬書堂中選書吏以掌其啓閉每卷每類之末各虚梓以俟續添固未敢以爲成書也嘗聞南軒先生因修郡志而示訓曰削去怪妄訂正事實崇厚風俗表章人才是編也於前之八字無能爲役於後之八字或庶幾焉雖然金陵自有城邑以至於今千七百年王伯廢興之故山川風景之殊國都城市之變遷田里民物之登耗忠臣義士之遺烈洪儒騷客之流風衣冠禮樂之隆汙典

章文物之因革所以興感慨而寓勸戒者豈五十卷之圖書所能盡其紀載而兩甲子之日力所能畢其編摩也哉姑以奉　公之命而不敢怠於其職耳昔司馬文正公之修治鑑也萃千三百六十二年之事為三百五十四卷之書聚諸賢之助閱十有九年而後成猶曰歲月迫趣缺謬不能自保今之所修郡志耳既無司馬公之學力又無書局官之衆力且未有十九年之日力而欲記千七百年

之成敗得失於五十卷書之間其爲缺謬何可勝言刊而正之姑有望於　後之君子
景定辛酉歲七月甲子豫章周應合謹書

景定建康志目錄終

進建康志表

臣光祖言鍾阜

帝王之宅忝備居留職方土地之圖輒成紀載敬

裒竹簡冒徹

楓宸臣光祖惶懼惶懼頓首頓首竊以紫蓋東南勢

雄建鄴青山表裏景似洛陽吳晉以來皆號京畿

秦楚之間已占王氣洗前日六朝之陋肇吾

宋萬世之基

歷數有歸

太陽升而爝火熄
神武不殺
膏澤下而江水清爰
重昇州遂
開節鎮
嘉祐之進大國
龍飛猶軫於
初潛
紹興之作

新宮
馬渡喜逢於
再造
發天作地藏之勝著
祖功
宗德之隆
建邦
設都非列城之能儗詔今傳後豈鉅典之可虛臣
叨佩

玉麟密瞻
銅鳳職在承
流而宣
化法當章往而攷來闔治八年而重臨曷報
恩徽之厚圖經三歲則一
上敢違
令甲之嚴廼遷幙僚恪修郡乘揭
琅根而首録昭
弁冕之常尊諸地諸邑諸城繼加詮次十表十志

十傳序列編摩四八萬言皆聚此書千七百禩如
指諸掌辨山林川澤之名物稡衣冠禮樂之風流
善有勸而惡有懲往者過而來者續茲蓋伏遇
皇帝陛下性明日月
道整乾坤
帝書九丘言九州
聖學夙深於
稽古
天下一日行一遍

遠模蓋得於
傳家運
藝祖
仁皇
高宗之心兼
創業
中興
太平之事旣
徹疆於江表行

復竟於關中臣未能刊涪溪之碑且此效雍州之録
漢光投戈講藝願益恢
輿地之披
周宣備器脩車何但美
東都之會所有新修
景定建康志五十卷計四十六册謹隨表上
進以
聞臣無任瞻
天望

聖激切屏營之至臣光祖惶懼惶懼頓首頓首謹言

景定二年八月　日觀文殿學士光祿大夫沿江制置大使知建康軍府事兼

管內勸農營田使江南東路安撫使馬步軍都總管　行宮留守節制和州無爲軍安慶府三郡屯田使暫兼

淮西總領金華郡開國公食邑三千戶食實封陸伯戶臣馬　光祖　上表

獻　皇太子牋

右光祖伏以

龍盤勝地叨分

居守之符

鶴禁麗天輒

獻職方之乘既先塵於

丹扆敢繼徹於

青闈光祖惶懼惶懼扣頭扣頭惟建業之名區寔

仁皇之

潛邸前
收圖於
開寶
聰明神武不殺者夫後
駐蹕於
建炎
險阻艱難備嘗之矣
再造
中天之業

永垂

萬世之基光祖筦鑰才卑

冕旒

恩大承

流宣

化敢忘載筆之勤考古訂今庶遂闕文之備恪遵

著令悉

上送

官兹蓋伏遇

皇太子殿下恭敬温文

賢聖仁孝

行必正道

宫中常務於

觀書

建以

元良天下咸安於

主器凡屬

乾坤之內宜

周日月之明䒣䄵俯效編摩仰祼

省覽

星重輝

海重潤

益綿

景祚之隆車同軌書同文

行復興圖之盛所有新修

景定建康志四十五冊謹隨牋上

獻瞻望

宫庭下情無任激切屏營之至光祖惶懼惶懼扣頭

扣頭謹牋

景定二年八月　日具位　馬光祖上牋

景定二年九月十七日恭奉

聖旨宣

諭兹披來奏備見勤恤列郡志以著

編總封疆之在目深勞裒纂殊用

歎嘉

臣　光祖頓首頓首謹錄

景定建康志卷之一

大宋中興建康留都錄

臣光祖恭惟

本朝以仁立國

聖聖相承用緜

億萬世無疆之休普天之下莫非治迹考之建康

爲尤著粤自

藝祖皇帝應天順人

肇造區夏江南底定不戮一人廼卽南唐故府爲

昇州治此葢
創業之遠模而
至仁之根本也肆於
眞宗皇帝篤生
聖嗣
封國於昇尹茲東土府號江寧其後
入繼
大統是爲
仁宗皇帝德侔天地

道久化成此蓋
太平之盛典而
至仁之充周也至我
高宗皇帝復受
天命再造
鴻業
翠華南渡首
幸江寧廼卽府治以建
行闕

卑宮克儉不忍勞民洋洋
聖謨
啟佑
我後此蓋
中興之丕基而
至仁之承續也迨移
蹕錢塘
世命重臣畱守於茲後百三十五年臣疊叨
誤恩洊司

留鑰人微責重懼弗勝任惟忠惟實圖
報萬分凡所以興滯補弊撫軍恤民布宣
聖天子之
深仁厚澤以固藩籬而護堂奥者一事不敢苟且
一刻不敢暇逸力之所至粗無廢事惟府志一書
尚爲闕典雖乾道有舊志慶元有續志而紀載疎
略不無謬訛自慶元以後六十餘年間未有續其
書者所部諸郡圖志略備而都會之府獨闕無以
章往考來非所以隆　陪京而備文獻臣實懼焉

矧稽之　令甲有諸郡圖志三歲一來上之文蓋
將以考修廢而驗興除也臣之再至歲又及三志
而上之茲惟其時於是遴委官屬臣周應合置書
局於府廨鍾山閣下相與考古訂今凡四閱月修
纂成書爲圖凡十有五曰龍盤虎踞形勢圖曰歷代城郭互見圖曰建康府
境方括圖曰金陵建閫所部圖圖分上下曰府城
圖曰府治圖曰上元縣圖曰江寧縣圖曰句容縣
圖曰溧水縣圖曰溧陽縣圖曰府學
圖曰明道書院圖曰青溪先賢堂圖爲表凡千七
百年侯牧表起周元王四年以至於今爲表者十爲志凡十一曰疆域二曰山川
三曰城闕四曰官守五曰儒學六曰文籍
七曰武衛八曰田賦九曰風土十曰祠祀爲傳凡

三卷而圖之後有辨傳之後有拾遺志之中各著事迹各爲考證若圖若辨若表皆舊志所未有而創爲之若志若傳因舊志而刪修者十之四增其所無者十之六合爲四十有六卷皆府志也又有大於府志者

宮城建置之詳

隆炎創興之盛備錄宜也而舊志所載不過數行

顧以

鳳闕

龍章雜書於六朝之編混列於庶司之目甚非臣子尊
君之意臣尤懼焉謹於未成府志之先恭修
留都錄四卷
行宫爲卷之一
建隆以來詔令爲卷之二
建炎以來詔令爲卷之三
御書
御製爲卷之四又有

詔札不獨繫於建康而守臣立石於此者則錄於
第四卷末揭爲一書之
冠冕
昭如日星萬目共覩皆知
大分之有
常尊
留都之有
鉅典凡厥庶民是彝是訓以近
天子之光則於宣

德流
化未必無小補云景定二年歲次辛酉六月吉日
觀文殿學士光祿大夫沿江制置大使知建康軍
府事兼管內勸農營田使江南東路安撫使馬步
軍都總管　行宮留守節制和州無爲軍安慶府
三郡屯田使暫兼淮西總領金華郡開國公食邑
二千六百戶食實封伍百戶臣馬光祖頓首頓首
謹書

行宫記載

開寶七年冬十月
藝祖皇帝謂臣曹彬曰南方之事一以委卿切勿暴略生民務廣威信使自歸順八年十二月彬上露布
江南平
詔置昇州
天禧二年二月
眞宗皇帝詔以昇州爲江寧府
冊命

皇太子行江寧尹充建康軍節度使進封
昇王
嘉祐四年四月翰林學士臣胡宿言於
仁宗皇帝曰
陛下建國於昇宜進昇爲大國無得封
上從之
建炎元年尚書右僕射兼中書侍郎臣李綱言於
高宗皇帝曰天下形勝關中爲上建康次之宜以長
安爲西都建康爲東都各命守臣葺城池治宫室積

糗糧以備

臨幸則天下之勢安矣

上出其章付中書　少卿臣衛膚敏言曰建康實古帝都外連江淮內控湖海爲東南要會之地伏望趣下嚴詔夙期東幸中書舍人臣劉珏言曰金陵天險前據大江可以固守廷臣率附其議於是大臣皆

主幸東南二年五月

上至江寧府駐

蹕神霄宮

詔改江寧府爲建康府三年閏七月

上發建康如浙西

紹興二年

上命江南東路安撫大使臣李光即府舊治修爲

行宫臣光乞增創

後殿

上許之六月以圖進呈

上曰但令如州治足矣若止一殿雖用數萬緡亦未

爲過必事事相稱則土木之侈傷財害民何所不至

象箸之漸不可不戒由是制度簡儉不雕不斲得夏禹卑宮室之意六年六月右僕射臣張浚謂東南形勢莫重於建康實爲中興根本奏請

聖駕以秋冬臨幸建康七年三月辛未

上至建康十一月

上謂張浚曰

朕來建康行宫皆因張俊所修之舊不免葺數閒小屋爲寢處之地當與卿觀之初不施丹雘蓋不欲勞人費財也八年正月

上將還臨安參知政事臣張守言曰
陛下至建康席未及煖願少安於此以繫中原之心
臣趙鼎持不可壬戌
上召張俊至宮中諭之曰
朕來日東去卿在此無與民爭利勿興土木之工俊
悚息承命俊見地無磚面再三歎息
上曰此事非難但艱難之際一切從儉庶少紓民力
朕爲人主雖以金玉爲飾亦無不可若如此非特一
時　大夫之論不以爲然後世以

朕爲何如主也癸亥
上發建康戊寅
上至臨安府遂定都焉三十二年正月
上復至建康二月還臨安初
上謂輔臣曰將來幸浙西建康宮宇令有司照管宅
時復幸免更營造以傷民力趙鼎奏曰卽令建康府
拘收是年中書門下省言建康府已除　行宮留守
詔應合行事件並依　西京留守司體例施行自是
江南東路安撫司常兼留守每歲四季月準

令入宫點視留守司屬官一員從之

行宫規制

行宫在天津橋之北　御前諸軍都統制司之南

宫門在宫之南皇城南門之北

寢殿在宫之中

朝殿在寢殿之南

復古殿在寢殿之後

羅木堂在復古殿之後

御膳所在朝殿之左

進食殿在復古殿西南

直筆閣在朝殿之右

内東宮在宫之左南位之右

孝思殿在内東宫之後

資善堂在學士院之右

南位在内東宫之左御苑之右

大射殿在御教場之北

小射殿在復古殿西北

天章閣在皇城門内宫門外東南隅與學士院相對

學士院在皇城門內宫門外西南隅與天章閣相對

御教場在軍器庫之南

走馬廊在進食殿之西南隅

御苑在皇城東門之內御馬苑之北南位之左

八僊臺在御苑東北

涼館在御教場內元符間元時敏作記今刻石在學士院

高齋在宫之東北隅慶歷間胡宿作記今刻石在學士院

御輦院在天章閣之後

御馬院在皇城司之左

軍器南北兩庫在走馬廊之前

御酒庫在資善堂之右

御醋庫在御酒庫之右

錢物庫在御教場門之右

內侍省在宮之右軍器庫之左

皇城司在天章閣之左

皇城周四里二百六十五步高二丈五尺下濶一丈五尺紹興二年卽舊子城基增築

皇城南門正對天津橋　御街一直

皇城東門對後軍教場城上有看教樓前有日華橋

皇城西門對江寧縣前大街前有月華橋

東待漏院在皇城門外之左

西待漏院在皇城門外之右

東闕亭在東待漏院之左

西闕亭在西待漏院之右

親事營在東待漏院之左

護龍河分靑溪之水自東虹橋下流入河遶皇城東北西之三隅至西虹橋下與靑溪水復合爲一

行宫留守

紹興八年以來被

命留守者自臣章誼始以江南東路安撫大使兼領

後者因之或爲留守或爲主管留守司公事

章誼　紹興八年二月以端明殿學士安撫大使兼行宫留守司公事

葉夢得　紹興八年六月以資政殿學士安撫置制大使兼行宫留守司公事

孟忠厚　紹興十三年以少傅節度使信安郡王安撫制置大使兼行宫畱守司公事

張守　紹興十四年正月以資政殿大學士安撫制置大使兼行宫留守司公事

晁謙之　紹興十五年四月以敷文閣直學士安撫使兼行宫畱守司公事

鄭滋　紹興十八年五月以顯謨閣學士安撫使兼行宫留守司公事

俞俟　紹興十九年四月以敷文閣直學士安撫使兼行宫留守司公事

王晌　紹興十九年十二月以直秘閣安撫使兼行宫畱守司公事

楊愿　紹興二十二年四月以資政殿學士安撫使兼行宫留守司公事

王循友　紹興二十三年二月以朝散郎主管安撫司公事兼行宫留守司公事

宋貺　紹興二十四年五月以敷文閣直學士安撫使兼行宫留守司公事

張燾　紹興二十六年二月以寶文閣學士安撫使兼行宫留守司公事

韓仲通　紹興二十九年六月以敷文閣學士安撫使兼行宫留守司公事

王綸　紹興三十一年三月以資政殿大學士安撫使兼行宫留守司公事

張燾 紹興三十一年十月以資政殿學士安撫使兼行宮留守司公事

張浚 紹興三十一年十二月以特進觀文殿大學士安撫使兼行宮留守司公事

陳俊卿 紹興三十二年八月以中書舍人安撫使兼行宮留守司公事

陳之茂 隆興元年五月以直徽猷閣主管安撫司公事兼行宮留守司公事

張孝祥 隆興二年三月以敷文閣待制安撫使兼行宮留守司公事

呂擢 隆興二年十一月以直徽猷閣主管安撫司公事兼行宮留守司公事

汪澈 乾道元年二月以端明殿學士安撫使兼行宮留守司公事

王佐 乾道元年十月以直寶文閣主管安撫司公事兼行宮留守司公事

陳之茂 乾道二年八月以徽猷閣直學士安撫使兼行宮留守司公事

方滋 乾道二年十一月以敷文閣待制安撫使兼行宫留守司公事

史正志 乾道三年九月以集英殿修撰安撫使兼行宫留守司公事

唐瑑 乾道六年三月以祕閣修撰主管安撫司公事兼行宫留守司公事

洪遵 乾道七年六月以端明殿學士安撫使兼行宫留守

葉衡 淳熙元年正月以敷文閣學士安撫使兼行宫留守司公事

胡元質 淳熙元年五月以朝議大夫安撫使兼行宫留守司公事

劉珙 淳熙二年三月以資政殿大學士安撫使兼行宫留守

陳俊卿 淳熙五年十月以特進觀文殿大學士安撫使兼行宫留守

范成大 淳熙八年四月以端明殿學士安撫使兼行宫留守

錢良臣 淳熙十年九月以端明殿學士安撫使兼行宫留守

章森 淳熙十五年八月以朝散大夫安撫使兼行宫留守

余端禮 紹熙二年二月以焕章閣學士安撫使兼行宫留守

鄭僑 紹熙四年七月以顯謨閣學士安撫使兼行宫留守

張杓 慶元元年正月以寶文閣學士安撫使兼行宫留守司公事

趙彦逾 慶元三年五月以資政殿學士安撫使兼行宫留守司公事

錢象祖 慶元四年十二月以華文閣學士安撫使兼行宫留守司公事

吴琚 慶元六年閏二月以鎮安軍節度使開府儀同三司安撫使兼行宫留守

李沐 嘉泰二年十二月以徽猷閣學士安撫使兼行宫留守司公事

丘崈　嘉泰四年四月以敷文閣學士安撫使兼行宮留守司公事

葉適　開禧二年六月以朝請大夫安撫使兼行宮留守司公事

徐誼　開禧三年九月以朝散大夫安撫使兼行宮留守司公事

丘崈　開禧三年十二月以資政殿學士安撫使兼行宮留守

何澹　嘉定元年八月以觀文殿學士安撫使兼行宮留守

楊輔　嘉定二年八月以龍圖閣學士安撫使兼行宮留守司公事

黄度　嘉定三年正月以朝請大夫安撫使兼行宮留守司公事

劉榘　嘉定六年正月以朝議大夫安撫使兼行宮留守司公事

李大東　嘉定八年十二月以朝請大夫主管安撫制置司公事兼行宮留守司公事

李珏 嘉定十年二月以寶謨閣學士安撫使兼行宮留守司公事

李大東 嘉定十二年七月以中奉大夫安撫使兼行宮留守司公事

余嶸 嘉定十五年十月以朝議大夫安撫使兼行宮留守司公事

巳壽邁 寶慶元年正月以朝議大夫安撫使兼行宮留守司公事

趙善湘 寶慶三年二月以中奉大夫安撫使兼行宮留守司公事

李壽朋 紹定六年七月以朝議大夫安撫使兼主管行宮留守司公事

陳韡 端平元年十月以朝請大夫安撫使兼行宮留守

別之傑 嘉熙二年正月以朝請大夫安撫使兼行宮留守

杜杲 淳祐二年四月以華文閣學士安撫使兼行宮留守

董槐　淳祐四年四月以朝奉大夫安撫使兼行宮留守

趙以夫　淳祐五年六月以中奉大夫安撫使兼行宮留守

趙葵　淳祐七年六月以樞密使參知政事督視軍馬兼安撫使兼行宮留守

吳淵　淳祐九年二月以端明殿學士安撫使兼行宮留守

王埜　淳祐十二年二月以寶章閣直學士安撫使兼行宮留守

丘岳　寶祐二年八月以寶文閣直學士安撫使兼行宮留守

馬光祖　寶祐三年八月以寶章閣直學士安撫使兼行宮留守

趙與𥲅　寶祐六年二月以觀文殿學士安撫使兼行宮留守

馬光祖　開慶元年三月以資政殿學士再爲安撫使兼行宮留守

行宫匙钥司

内侍一员掌之

廨舍在西阙亭之右

属官三员

一员干辦　行宫大内八作司

一员干辦　行宫大内事務

一员监　行宫大内門干辦事務

守把雜役

親事官二十四人係

行在皇城司差到看管

殿字守把

皇城門

入作司二百五十人專備修造工役

防守軍兵係於建康府諸軍差撥

養種園一所在城東一里餘中爲正堂北向正堂東南爲杏堂東北爲百花堂東爲砌臺西爲梅堂西北爲竹間亭乾道三年建並係匙鑰司兼掌啓閉

景定三年留守臣姚希得奉

旨修葺
行宮準差承信郎內轄司提舉鮑體仁到府檢討合
修去處曰寢殿曰朝殿曰復古殿曰進食殿曰大射
殿曰小殿子曰御膳所曰東待漏院曰學士院曰天
章閣曰山子閣曰入內內侍省曰射弓亭曰小射殿
曰會通門曰會茶亭曰東華門曰內藏庫曰椿積庫
曰皇城門裏外曰宮門曰西班房曰皇城司備庫曰
東西闕亭曰走馬廊曰山子堂共二十六處其諸殿
透換梁楝須使巨材多方經營以供其用自當年六

月興工八冬暫歇又自四年四月續次興作至八月畢工除

朝廷科撥到一十萬貫外本府計增用一十一萬五千四百餘緡米四百二十三石事訖

聞奏準苑使李忠輔傳奉

聖旨

行宮修葺頗夥賜臣一千兩鍍金香合一具龍涎香一百餅纈羅二十疋揀芽小龍茶四斤清馥香三十貼倂賜監修官通判臣馮端亮纈羅香茶有差

景定五年留守馬光祖任内重修養種園

行宮養種園在東門外一里而近舊以内臣掌宮務園廢不治景定甲子冬始詔留守司兼任其事節冗約浮抉姦剔蠹居亡何課入倍昔乃斥其羨經營此園薙草鋤荆宣湮達壅規模固在也爰卽舊宇撤而新之矢棘翬飛丹雘炫燿凡爲堂四爲亭三爲臺一門閭神宇曁守視庵湢之所莫不備具繚以修垣四百七十餘丈僅再朞鉅竹如雲梅杏松桂脫斧斤而就培壅清

陰周匝始有禁籞氣象董是役者江東安撫司
參議官潘大臨凡縻錢一萬一千三百貫有奇
米一百八十八石有奇

正堂名熙春計一十一間

梅堂名玉雪計八間

四面堂名面面雲山計二十八間

杏堂名清華計九間

牡丹亭名懷洛計九間

百花亭名芳潤計八間

景定建康志卷之一

景定建康志卷之二

建隆以來詔令 所錄惟大詔令及命宰相出鎮

建隆元年賜江南國主書

朕創發側微經綸草昧削平多壘輔翊前朝唯堅金石之心用保河山之誓歷事三主于兹十年洎世宗上僊少帝嗣位仰承顧命敢怠初心屬幷寇之幸災結匈奴而入鄙尋奉專征之命方圖却敵之功豈謂師次郊圻變生倉卒人心所屬天命有歸競列干戈逼趨京闕千夫之長不息於懽呼三事之臣共伸於推戴勉從禪讓若墜冰淵

非不能致命捐軀蓋無益於周之宗社矣國主雄材奕葉武略守邦撫吳楚之全封紹楊徐之舊業備觀興替深識變通共保懽盟永安疲瘵遠惟英晤當鑒誠懷正月

二年荅江南李煜手表 朕以江南舊邦世有令德承襲基業保乂黎元而能遠奉中朝克遵禮命備見奉先之志用嘉述職之誠言念忠純方深延納載披手翰彌慰朕懷九月

賜李煜嗣位禮物詔 睠彼江左世撫舊邦積善降祥

聿生令器國主知奉先之道傾事大之心克臬貽謀紹光奕葉嗣位允符於衆望爲邦果契於永圖遐傾附內之心益洽同文之化屬新承於基構宜特沛於朝恩專命近臣往申慶賜今遣樞密承旨王仁贍賜國主禮物具如別錄 十月

三年諭李煜詔 朕撫寧寰宇愛育黎元每思致理之方務在從人之欲今據橫海飛江水闕懷順諸指揮員寮節級兵士各稱有骨肉見在江南乞取歸京國主素推仁愛必念流離可令所司分析軍兵憐其割

愛津遼過江體予馭遠之懷庶叶同文之化五月戊午

四年賜李煜詔杜延望至爲先令吳廷泳傳宣令發遣顯德二年後隔過朝廷員寮兵士及揚州戶口都過江北所有將率一二千人不免恐懼只希年歲間番次發遣其揚州戶口見括勘相次起遣過江北事朕爲萬邦之君慮一物失所俾慰巨園之戀免傷羈旅之情今覽敷陳備知誠款載惟傾順嘉歎良多八月戊子

又諭李煜泉州陳洪進遣軍將魏仁濟上言四月二十二日據將吏等狀以張漢思不卹軍民勒歸私第

請洪進鎮撫連城恭聽朝命朕以泉南一境早順大朝遠傾拱極之心不絕充廷之貢自前附庸江左阻越中原屢有兇徒改易主帥蓋節制之無術致士庶之不寧今洪進洞識機宜深明去就勵丹衷而上表越滄海以來賓朕撫御華夷理須延納所期遐裔皆遂樂康若此後不稟朝章輒陵主將當徵銳旅往討不恭載惟明達之心必體懷柔之意十一月丁巳

乾德元年答李煜詔 朕推恩馭遠稽古臨朝念秦漢以來久絕附庸之制閩越之地素爲藩服之封頃者

阻限中原依憑江左帥臣屢易軍鎮不寧陳洪進爲衆所推上章聽命頃班詔爵用慰遠人將降制書明諭朝旨國主爰形奏牘深述事宜雖認恭勤諒難俞允苟依所請是朕食言則洪進一心未省爲臣之所泉南二郡獨作無告之民上爲人君安忍行此不移前詔當體予懷十二月

又答李煜詔 王者之禮諸侯也異姓謂之叔舅詔書賜之不名載乎禮文見之史冊顧惟涼德慨慕前王矧彼大邦宜加異數國主禮存事上義執勞謙請呼

君前之名誠爲忠順俯同臣下之制何辨等威難議允俞良深嘉嘆 十二月

二年荅李煜詔

所上表謝示諭泉南等州事者惟彼二州甚爲僻遠爰從近歲繼有變更初從効淪亡不能傳嗣漢思愚蔽又失衆心陳洪進爲下所推尋來請命朕雖德薄義在君臨苟爽懷來是虧柔遠且漳南之地夐隔海隅終慮遐陬或更生事所宜示以朝命安其物情近巳特授洪進節麾委以鎮撫推公示信固無私焉在予素心應所備悉 二月乙卯

又諭李煜詔朕撫寧邦國愛育黎民欲禮讓之典行期干戈之偃戢爰自江表內附商旅南通車書雖嘉於混同關市每煩於候接其間不無羣小罔顧憲章或尚氣以憑陵或使酒而喧競每達朕聽深用憮然雖曾指揮尚未嚴肅已降宣命自今諸處不令客旅過江只於江北置務折博凡有貨幣但於彼處貿易載惟通晤當體睠懷八月乙未

諭李煜朝覲詔勑李煜爾事我大朝素堅臣節望日展傾輸之禮頗盡恭虔凝旒推待遇之恩每從優異

金石之心誠雖固丹青之懷抱未伸將欲弭中外之間言莫若敦君臣之厚契苟非會面何以宣心是用尊遣廷臣往諭朕旨當體誠意暫覲闕庭竚俟來儀以慰延望故兹示諭想宜知悉

諭江南管內勑牓

勑江南管內州縣軍鎮官吏軍人百姓等朕統御萬邦撫臨億兆推至誠而待物期率土以歸心布惠行仁是予本志興兵動衆非我願爲惟彼江南言修臣禮久被撫懷之化頗傾依附之心貢封章則惟見恭勤修外貌則多從減降既云事大

每欲包荒甘言常信其赤心內稔豈疑其姦計而又疊傾誠款請降冊封既禮分之未虧故我心之無間使人頻至詞旨愈專是以特降詔書俾其略詣京闕外則弭寰區之它論內則盡魚水之深情終日包藏一旦彰露不唯多方託故懇避來朝而乃修葺城池選練軍旅教習戰陣抽點鄉兵爲拒捍之計謀作攻守之準備朝廷養寇垂二十年心狠貌恭突然自敗向扆爲臣之禮都爲觀豐之方每云傾輸盡彰狡詐復念一方生聚積歲誅求奉其矯僞之心成彼瘡痍

之苦中外士庶請余討除縱朕心獨欲含容奈衆議皆懷憤悱既行問罪須至興師今者禁衛出軍雲臺選將授幄中之成筭奮堂上之奇兵荆渚樓船順流而下餘杭戈甲合勢而趨嶺南則數路齊驅湖外則分頭競入水陸兼進左右夾攻絶其飛走之門可見覆亡之勢役不再舉其在于兹江南軍人百姓等久在偏方阻霑皇化諒達變通之理必知逆順之規應僞命文武官僚等事於僞邦各懷明識所宜詳觀事勢審擇安危本主既終是執迷羣臣須自求多福或

能率師徒而送款或能舉郡邑以來降候爾效忠即當行賞玉帛官爵我無愛焉以節鎮來歸則便須節鉞以郡邑向化則便賜郡符並令僞命職官各更加等酬獎去危得路轉禍有門勿失良時自貽後悔百姓等各安家業無至憂驚王師所臨軍法甚峻已指揮諸軍兵士不得殺人放火及虜掠人口發掘墳墓必令萬旅不犯秋毫候收復江南日特放租稅三年所有相次李煜差點到百姓刺面配軍人等候收復日並放逐穩便歸農各令倍加安恤摧枯拉朽許成

平定之功薄賦輕徭永樂混同之化凡爾黎庶各體我懷故茲牓示各令知悉

答李煜奏峽口舟船詔

勑李煜省所奏峽口有舟船到岸事具悉朕思自爾守國今十四年瞻言保護之心著在久長之義然於近日繼有間言或云修葺城池或云教習舟棹在城則遥練軍伍向外則抽點鄉兵又於邊上收得文字進來備見爾臣寮所行意度或言稟奉宣旨或則自稱朝廷向所傾輸並云減降如斯機討都自罔欺惟朕心誠素無疑間驟茲聞達

深用驚嗟而又方務包容是以別推恩旨因修國信專遣使臣庶爾暫來與吾面會定君臣之厚契釋中外之疑懷兼於沿江量差兵士俾令巡警免爾憂虞何期峽口經由戍兵排布既來邀截須至殺傷兼封到弓箭進呈足明事實爾既未來朝覲彼又先起鬬爭向所傳聞茲乃證驗今披所奏全似執迷豈衆臣蔽固而不知使大義倉皇而遽失所言二弟見在朝廷從善則方領雄藩舉家帖泰從鑑則見居公館異禮接延日令撫安固無憂懼朕若恩意減薄何以及

斯宜體朕懷以保終始今并收到文帖封往故兹詔示想宜知悉

賫錢俶進李煜書詔

勑錢俶省所奏不坼重封進呈江南李煜送到書事具悉卿位冠師壇心傾王室銘鍾鏤鼎逈高表率之勳翼子貽孫不墜忠貞之節負上將縱横之略秉大朝征伐之權得外境之來緘具封函而上進可明傾竭深副倚毗足觀久大之謀永保山河之寄其爲嘉賞不捨寐興故兹獎諭想宜知悉

招諭李煜詔

勅李煜朕法天臨人開懷恕物每以愛民爲念未嘗黷武肆情而況待爾之恩素爲殊異比期會面深欲宣心豈謂未體睠懷惑於疑間致此嬰城之役應知失策之由或以爲困在危途且無外援攻之則必取守之則必亾朕心未然良有以也但念滿城生聚萬旅攻圍偶誤計於一人致罹殃於兆庶矧惟終始素欲保全邇來雖有差違朕亦爲爾體悉却慮方兹隔越未得悔陳許乃自新特須明旨惟爾衷抱當用沈思豈不知先君墳塋每令保護在京骨

內盡禮接延爾雖疑迷朕無渝變由爾未能開悟致令困彼蒸黎今者覽將帥之上言請梯衝之速進師徒之勢迅若風驅旬月之間必見瓦解將俞所奏寧不軫懷失路之人所宜指示逆流之水用使開通闕兹効順之門協以好生之義失於此際悔亦難追朕既不能愛彼生靈爾亦何路全其家國若能日度一日謀無定謀久長之間如何了奪從鑑等先因貢奉來至京師久兹駐泊郵亭盡當體認朝旨俾令歸復用達誠懷儻蔽固之能除斯憂危之頓釋君臣之分

可保如初禍福兩途爾當審擇故兹詔示想宜知悉

招諭江南勑榜

勑江南人戸等朕君臨萬國子育兆民惟思於恤物愛人豈憚於宵衣旰食睠惟江表久隔皇風竊號僞名盜據其土地急徵厚斂剝於黎元是興弔伐之師往救凋殘之弊捷音繼至我武惟揚盪巢穴以非遥混車書而在卽百姓等咸居僞俗未被朝恩先行告諭之文俾識懷柔之意如能向王師而効順慕皇化以傾心卽當永保安寧仍令倍與存恤若是潛謀結集不認招攜便遣分兵剪除必是

全家誅戮惟茲禍福宜自擇焉特示明文無貽後悔

凡爾黎庶體我誠懷故茲榜示各令知悉

開寶八年平江南曲赦

門下惟彼江南久從割據洎中原之有主奉正朔以投誠朝廷推恩保護尤至而李煜不量力分每縱姦憸詐爲事大之恭勤每欲欺天而觀望修葺城壘彌年爲固守之方招誘豪强終日有包藏之志顯然彰露達予聽聞猶推以異恩許其入覲堅心背順稱疾不朝向來詐欺一朝俱敗送蠟書則勾連逆寇肆兇徒則刼掠王民問罪之師駐

踰周歲朕念一城生聚逃告無門由愚騃之狂迷致民人之塗炭疊令招諭堅更拒違以致雷電師徒同懷忿怨一舉而孤城自潰臨危則逆豎擒降南方既平萬彙同慶既洽昇平之化宜申曠蕩之恩限赦書到日昧爽以前應江南管內州縣諸色罪人云云太陽委照沴氣已平慶此新恩當知朕意

除李煜官制　孫皓降晉叔寶入陳咸膺列爵之封悉赦後時之罪茲惟故事可舉而行李煜承累世之遺基據六朝之故地朕奄有天下底定域中苞茅雖貢

於王庭輯瑞不趣於朝會洎偏師問罪鋭旅傅城猶冀懷來頗聞固拒爾自貽於悔吝予豈忘於哀矜是用盡滌瑕疵併推恩渥升帝傅之秩列環衛之班兼啓侯封式隆寵數勉膺休命宜保令圖可光祿大夫檢校太傅右千牛衛上將軍封違命侯食邑三百戸

詔建昇州爲建康軍江寧府勑朕以祇畏昊穹保寧基構荷鴻禧之揔集祐丕緒之緜昌眷予宗藩實惟元嗣聰和植性務時習以相資孝友惇方尢夙成而有裕爰稽輿頌式舉彝章載增壽土之封彌固維城

之業表茲南紀允謂奧區式示壯猷特崇巨屏宜建昇州爲建康軍江寧府天禧二年二月戊辰

天禧封昇王制王者尊奉宗廟必建於列藩承衛邦家允屬於元子所以保定區宇億寧神祇用茂本枝聿隆天序朕仰膺眞祐恭守丕基集鴻瑞之殊尤啓慶源之淵邈是用上稽靈意下順羣心爰闢寶玉之邦式重盤維之寄舉茲公詔誕告多方皇子崇仁保運功臣忠正軍節度壽州管內觀察處置等使特進檢校太尉兼中書令使持節壽州諸軍事行壽州刺

史壽春郡王食邑三千戶食實封一千三百戶某敦厚慈仁聰明睿智英姿體於雲日美德冠於珪璋識達機微動成乎先見學探閫奧克顯於生知茂揚爲善之風特表問安之喜而中外臣庶奏疏洽聞仰譽徽之日新願典章之載舉既難謙抑是用俯從六朝奧區南夏雄屏建其茅社錫以旌旗位兼帝保之崇階視台儀之重進褒功之懿號增食采之眞封爾其靖共對越成命可開府儀同三司守太保兼中書令行江寧尹充建康軍節度管內觀察處置等使進封

昇王食邑二千戶實封一千戶賜宣德守正功臣勳如故仍令所司擇日備禮冊命（二年二月丁卯）

立昇王爲皇太子制

朕以纂紹慶基寅恭寶命緬懷聖緒祗守大倫詳觀方策之書具載典彝之訓古先哲后臨御中區何嘗不崇建天枝登隆國本謹玉符之命召嚴象輅之威容適及昌期顧玆上嗣欲懋修於三善繄永正於萬邦爰揆嘉辰誕頒明制皇子崇仁保運宣德守正功臣建康軍節度管內觀察處置等使開府儀同三司守太保兼中書令行江寧尹上

柱國昇王食邑五千戶食實封二千三百戶仁宗舊名惠和天賦謹敏夙成發自妙年蔚爲令器趨紫庭而遵教造丹扆以問安孝本因心禮皆中度而自毓英徽於蘭殿進封爵於金壇佐以儒臣導之經術春誦之功匪懈日新之德彌高乃眷具僚三陳封奏冀陟元扆之位用符歷代之文仰法前星俯從羣辟念宗祊之所賴命七鬯而是司僉議大同官占協吉重明貳極不其盛歟可立爲皇太子改名仁宗廟諱所司擇日備禮冊命大赦天下文武常參官子爲父後見任官者

賜勳一轉 二年八月十五日

張士遜罷相知江寧府制

入斡萬幾以總代天之職出倡九牧以宣美俗之風維時輔弼之賢迭爲朝廷之重其頒明制以告治庭推忠協謀佐理功臣特進行禮部尚書同中書門下平章事集賢殿大學士上柱國清河郡開國公食邑四千三百戶食實封一千四百戶張士遜識用沖深器懷沈遠早從朝路旣陪東學之游肆翼天飛遂正中階之列秉節在位宣勞有年念經邦務之煩肅寄藩符之佚天臺之峻司寇

帥於五刑澤國之饒秣陵都於一會載更顯序往布寬條於戲君之邇臣要始終而盡禮下之報上無出處而或渝允迪乃休以服朕命可特授刑部尚書知江寧府兼管內勸農使改賜推誠保德翊戴功臣天聖七年二月丙寅

王安石罷相知江寧府制

門下入則冠宰路之重百辟之所儀刑出則寄帥垣之尊萬邦之所憲法苟非令德奚稱異恩粤予端揆之臣久托機衡之任錫之寵渥均厥賢勞推忠協謀同德佐理功臣光祿大夫

行尚書禮部侍郎同中書門下平章事監修國史上桂國太原郡開國公食邑三千一百户食實封八百户王安石稟明哲之姿蹈柔嘉之則學問淵博爲時儒者之宗議論堅明有古直臣之烈間疇偉望升冠近司憂勤百爲夷險一節方藉壯猷之助且觀盛化之流遽上封章願還政事確誠莫奪茂典載加正位天官之聯升華殿幄之侍仍加賦邑以重藩維於戲納忠告猷卿所素尚尊德樂道朕豈或忘毋怠乃心而不予輔可特授行吏部尚書觀文殿大學士知江

寧軍府事兼管內勸農使兼江南東路屯駐駐泊兵馬鈐轄加食邑一千戶食實封四百戶改賜推誠保德崇仁翊戴功臣熙寧七年四月丙戌

王安石自江寧府拜昭文相制

門下乾健坤順二氣合而萬物通君明臣良一德同而百度正眷予元老時迺眞儒若礪與舟世莫先於汝作有袞及繡人久佇於公歸越升冢席之崇播告路朝之聽推誠保德崇仁翊戴功臣觀文殿大學士特進行吏部尚書知江寧府上柱國太原郡開國公食邑四千六百戶食

實封一千二百戶王安石信厚而簡重敦大而高明潛於神心馳天人之極摯尊厥德性泝道義之深源延登傑才禪參魁柄傳經以謀王體考古而起治功訓齊多方新美萬事爾則許國予惟知人讒波稽天孰斧斯之敢鈌忠氣貫日雖金石而自開向厥機衡之煩出宣屏翰之寄遠周歲歷殊拂師瞻宜還冠於宰司以大纛於邦采兼華上館衍食本封載更功號之隆用侈台符之峻於戲制天下之動爾惟樞柅通天下之志爾惟蓍龜繫國重輕於乃身毆民仁壽於

當代往服朕命圖成厥終可特授依前行吏部尚書同中書門下平章事昭文館大學士兼譯經潤文使加食邑一千戶食實封四百戶改賜推忠協謀同德佐理功臣 熙寧八年二月癸酉

王安石罷昭文相再判江寧府制

門下人君丞弼用表儀於百官出總翰藩將師帥於九牧地雖中外之異體亦重輕之均推忠協謀同德佐理功臣特進尚書左僕射兼門下侍郎同中書門下平章事昭文館大學士監修國史兼譯經潤文使上柱國太原郡開

國公食邑六千六百戶食實封二千戶王安石得古人之風蘊眞儒之學眷方深於台輔志彌懋於政經絜持綱維糾正法度俄屬伯魚之逝遽興王導之悲引疾自陳丐閑斯確宜仍宰路之秩載加衮鉞之榮於戲大官大邑以庇身建節雖臨於鄉郡嘉謀嘉猷而告后乃心猶在於朝廷納忠不忘懷德甚邇可特授檢校太傅依前尚書左僕射同中書門下平章事使持節都督洪州諸軍事行洪州刺史鎮南軍節度洪州管內觀察處置等使判江寧府兼管內勸農使

充江南東路兵馬鈐轄加食邑一千戶食實封四百戶改賜推誠保德崇仁翊戴功臣九年九月丙午

右二十五制皆

大詔令錄

前十八制知江南之所以平而

創業之規著焉錄

仁皇初潛

封冊三制知昇國之所以大而

太平之典在焉其後所錄

四制則士遜安石皆以宰相出守又見江寧之所以重而大臣之用捨有所關焉萬年其監于茲臣頓首頓首謹錄

景定建康志二卷末

景定建康志卷之三

建炎以來詔令

所錄惟大詔令凡宰執使相被　命爲帥首宣撫制置大使及守臣之被特恩而可考者錄之

建炎詔幸江寧府　國家歷運中微干戈未弭因時巡省蓋順權宜以江寧府王氣龍盤地形繡錯據大江之險茲惟用武之邦當六路之衝實有豐財之便將移前蹕暫駐大邦外以控制於多方內以經營乎中國尚慮有司排辦過於奉承百姓追呼疲於道路儻齊民之或擾豈菲德之敢安將來巡幸緣路州郡及兩浙路江東監司江寧府不得分毫騷擾以安人心

三年三月二十八日

詔改江寧府爲建康府建康之地古稱名都旣前代創業之方又仁祖興王之國朕本繇代邸光膺寶圖載惟藩潛之名實符建啓之義蓋天人之允屬況形勝之具存興邦正議於宏規繼夏不失於舊物其令父老再覩漢官之儀亦冀士夫無作楚囚之泣江寧府可改爲建康府其節鎭舊號如故三年五月八日

制授劉光世江南東路宣撫使建康府置司門下朕

觀高帝創興王之業亦安能久居於漢中孝文懷良將之風則未嘗不在於鉅鹿眷吾當世之傑克繼昔人之賢旄袞交輝俾東西而作鎮鼓旗相應庶表裏以濟功載消休辰敷告列位起復寧武寧國軍節度使開府儀同三司充兩浙路安撫大使馬步軍都總管兼知鎮江軍府事兼管內勸農使彭城郡開國公食邑四千八百戶食實封二千一百戶劉光世威嚴而持重沉毅而尚謀勇冠軍中幼已從於父戰名聞閫外壯自取於侯封屢宣入衛之勞茂著勤王之績

迫偪藩於京口實扞寇於淮瀆吳漢在軍隱若敵國李勣護塞賢於長城盡經理之百爲見忠純之一節幸天心之悔禍屬敵境之按兵敢恃小康遽忘遠略臨泗濵而列戍艮所重煩撫江左以宣威式從改命益資雅望還控上游視黄閤以參華仍壘纁而從事申加采食昭示邦彝廉藺相歡應體公家之急賈馮不伐佇觀遠業之成於戲殫廩稟之儲以豢兵斯欲賴一朝之用極名器之寵而命帥豈其美百姓之觀維予一人注意以疇咨與彼萬方勞心而屬望爾之

責也往其欽哉可特授檢校太傅依前起復寧武寧國軍節度使開府儀同三司充江南東路安撫使建康府置司加食邑五百戶實封三百戶封如故主者施行

賜劉光世辭免不允詔 敕光世省所再上劄子奏辭免恩命事具悉朕以安危之計寄於二三將帥之臣既命世忠出營淮泗則夫建鄴上游之地非時偉望其孰鎮之惟卿忠誼世濟勳名並高茹痛銜恤起從戎事家讎國患寧忘厥圖發號移屯軍聲益振固已

威先萬里之外矣方兹委重宜有寵行顧將相之官已登極品則帝傅之秩姑示褒崇往體眷懷毋煩堅避所請宜不允故兹詔示想宜知悉

賜江東宣撫使劉光世詔

勑光世朕惟吳越之區既畱警蹕江淮之險宜植藩籬顧貴池姑孰之津直下蔡歷陽之會接九江之衝要臨建業之上游分宿重兵是資偉望眷予勛舊深體囍虞聞指意以具字請從移戍馳封章而來上曾靡告勞卿能若斯朕復何慮載嘉恭順深動歎咨惟孝以親則必揚後世之名

惟忠於君則當徇公家之義念此中外安危之計屬卿二三將帥之臣情若弟兄毋蓄閱墻之怨義均寮寀共輸許國之誠所期戮力以同心用克折衝而禦侮丹青不朽將竝列於雲臺帶礪弗渝亦咸書於盟府乃所望也豈不韙歟已除卿江東淮西路宣撫使故茲詔示想宜知悉秋冷卿比平安好遣書指不多及

賜建康府路安撫大使呂頤浩乞給假不允詔

勑頤浩省所奏比因飲食不時遂致胃弱因傷寒變爲瘧疾伏望俯念衰殘給假將治纔候稍安卽兼程起

發前去事具悉爲臣之規固重於進退許國之誼宜徇於安危乃眷元臣實勤多難扁舟徑去身雖遠於朝廷魏闕遐瞻心諒存於王室屬此防秋之急肆先作牧之求素志克伸何恙不已中興江表今復見於夷吾薄伐太原尚有勞於吉甫其趣介圭之覲副兹仄席之思所請宜不允仍依累降指揮疾速前來行在奏事訖之任故兹詔示想宜知悉秋熱卿比安好遣書指不多及

賜建康府路安撫大使呂頤浩辭免不允詔勑頤浩

省所劄子奏辭免恩命事具悉君子處已以用捨爲行藏大臣立朝寄安危於進退卿中辭政柄出擁齋旄閲勞機務之繁優假真祠之逸惟乃心王室能忘國步之艱顧無瘉老臣用倚帥藩之託賜環趣召彌節來朝蒼生之望素高元老之猷益壯垂紳正笏精神端可以折衝緩帶輕裘談笑何難於卻敵維吾舊德宜體眷懷勉圖克復之功毋徇撝謙之節所請宜不允故茲詔示想宜知悉

紹興賜葉夢得辭免安撫大使不允勑書朕惟多事

以來厥民塗炭大軍之後所至荆榛日求綏馭之良
庶復纂承之舊惟大江襟帶之會實前古國都之餘
地關安危勢控南北豈獨頼兵民之鎮葢將朞農戰
之脩非吾耆舊之英孰任倚毗之大爰頒優詔用畀
劇權謂輿人而同憂必不日而引道乃形遜牘殊咈
眷懷其趣屆於提封以毋勤於軫慮所請宜不允故
兹詔示想宜知悉秋冷卿比平安好遣書指不多及

賜江南東路安撫大使兼知建康府充壽春府滁濠

和州無爲軍宣撫使李光辭免不允詔

勑李光省所

奏辭免恩命事具悉朕惟侍從之賢出入迭用其在朝則矢謨禁闥爲腹心之臣在外則折衝大邦膺屏翰之寄時有緩急任隨重輕朕方擢卿從班首冠六聯之長屬建康謀帥所急在兹雖坐執銓衡甚宜其職而宣威方面無以踰卿肆陞祕殿之華以壯長城之託亟祇成命勿事牢辭所請宜不允

賜鎮江建康府宣撫使韓世忠詔

勅世忠朕惟時已殘寒守當嚴備循江流而扼險顧力散以難周聯形勝以宿師則勢專而易應眷昇潤東西之府據江淮

南北之衝走集所趨舳艫交會封疆之接雞犬相聞曾無數舍之遥奚假兩軍之重乃命江東之戍更莅池陽遂因京口之屯竝臨建鄴仍資威望分控長淮惟卿勇不顧身忠無擇事寬其分部庶能展足以赴功睦乃比鄰尚克同心而濟務念國家之至計緊將相之協恭勉就大勳毋懷小忿譬猶捕鹿要爲掎角之圖有若獻豜皆獲公私之利往體朕意佇觀厥成已除卿鎮江建康府淮南東路宣撫使故兹詔示想宜知悉秋冷卿比平安好遣書指不多及

乾道御札賜知建康府江東安撫使史正志金帶朕以江東方面控制兩淮卿能悉意奉公協濟王事職務振舉朕實嘉之今遣中使甘昪賜卿金帶以示褒勸之意至可領也五年十一月

賜新除知建康府洪遵詔厥今重鎮莫如秣陵異時謀帥多取政塗之舊非特藉賴威望塡臨兵民亦惟嘗侍帷幄知德意志慮之詳焉卿文學政事著于中外當塗分守九號循良寬吾顧憂無易卿者夫繇諸侯而列方伯襗銅魚而佩玉麟固足以爲吏士之光

矣況乎枌榆故鄉近在封部之間哉勉稱恩榮毋煩

遜避七年六月十二日

淳熙御札賜知建康府江東安撫使劉珙勑劉珙朕

軫念元元靡忘宵旰每郡國小有水旱之虞則焦勞

惻怛惟恐一物之失所非得吾九牧之良憂國如家

視民猶已飢者推吾此意先事而爲之備安能拯斯

民於無事哉卿以樞機舊臣往釐別都屬並江諸郡

歲適不登而建業爲甚乃能前慮卻顧預講荒政或

廣儲而賤糴或發廩以勸分或旁糴於荆湘或汎招

於商旅凡可以爲賑恤之具靡所不至是以穀雖儉而市價不翔田畝雖傷而農人不至於飢餓轉徙今兹多稼新穀已升則斯民遂可以免艱食之患而安有生之樂矣夫豐荒之事所不能無然方民病而後圖與夫先事而爲計其利害得失則固有間此趙抃之所以守越蘇軾之所以守杭皆知是道而朕之所以有取於卿不忘乎嘉歎也故兹奬諭想宜知悉秋熱卿比平安好遣書指不多及

賜劉珙辭免不允詔 朕深懲守帥之數更遴擇循良

而久任眷陪都之重地煩宥府之舊人逮此累年底于多績召公南國當自適於憩棠裴度北門顧奚妨於臥鎮寧容引疾遂欲合符勉思自養之方庸體仰成之意所請宜不允五年閏六月

賜知建康府陳俊卿詔大江東西並置連帥其屬任等耳若乃外控淮甸內屏浙右建牙作牧兼寄留都之管籥則於選擇抑又重焉卿丞傅初潛簡知惟厚久儀宰路望實具孚前以從臣攝行帥事凡兵民之利病江山之形勝固嘗深思而熟講矣嗣成前績人

胥謂宜刕卿不憚暑行既開洪府今秋高氣爽舟輿安適造朝之鎮乃復告勞乎式遄其驅毋過朕命所辭宜不允五年八月十日

紹熙御札賜知建康府江東安撫使章森勑章森省所奏劄子創造見管軍兵營屋等事具悉陪都重地軍籍尤備聯校束伍必有營壘之固而事功創舉實資長才卿禁涂之英折符守籥政平訟理民用安業乃能以其餘力體國遠慮列楹舊址繕治一新夫經畫有方則民不病擾居處既定則士不知勞若兵與

民均安而亡害且足以儆軍實脩武事爲藩翰經久之計其利博矣成勞上聞深爲嘉歎故兹獎諭想宜知悉春暖卿比平安好遣書指不多及

除曾從龍督視軍馬制　門下朕祗承洪業遠慕駿功督江左之軍而國勢張晉賴謝安之略視淮右之師而皇威暢唐資裴度之籌顧采薇治外之孔嚴宜烝民任賢之九急妙簡元樞之望盡提諸將之權肆諗剛辰式渙孚號金紫光祿大夫知樞密院事兼參知政事曾從龍學醇而識邃德厚而器閎蚤擅兩都之

倫魁蔚爲三代之王佐炳謀國之智先見洞乎蓍龜
勵事君之忠精誠貫乎金石再踐政塗之峻獨顓宥
府之崇一念慮必圖乂於邦家一訏謨必思安於社
稷氣塞乾坤之大志期宇宙之清蠢靺鞨之黠戎乘
女眞之末緒幷吞諸郡莽萬里之邱墟蹂躪中原慘
兆民之塗炭不顧夷夏大分之定不思帝王正統之
尊敢嘯餘兇自干顯討況太一之神來格久占福曜
之臨而甲子之歷有開適應初陽之復趣迎善氣特
命元戎皇天付予有家莫重要衝之守寜王遺我大

寶適資艱運之扶維文武之全才藴沉深之大略就
陞使領仍衍井畬總表撑裏拓而庭規摹合前茅後
勁而受節度風生草木聲震山川聖策定則有功可
必應兵之勝眞儒用而無敵何難賊虜之平注倚非
輕延登有待於戲義問之拒逆亮收萬全於指顧之
間張浚之卻僞齊奏三捷於談笑之頃朕方倈於祖
烈爾宜邁於前修衆思集則精神彊列戍睦則首尾
應亟藩擴於外侮用勱相於中興可除樞密使督視
江淮軍馬加食邑食實封

除新知建康府會從龍參知政事制

勑慶歷之開太平范仲淹爲參預元祐之新大化吕公著爲疑丞朕遵晦十年厲精一旦趣召　先朝之彦俾還近輔之聯誕敭絲綸敷告簪紱資政殿學士新知建康府會從龍學根乎正大氣抱乎純明其重足以挫衆紛屹然鼎吕其靜足以燭羣動瞭若蓍龜蚤服在於大僚恥苟同於汙俗不合則去有待而行鶴鳴九臯久聞聲而樂只鳳翔千仞迄覽德以來思予與相見何晚之嗟爾動可爲忠言之喜舉昔大對勸今力行嘿有

羿於此心期共繇於斯道更化則可善治宜增重於

本朝折衝何必臨邊奚尚勞於外服爰輟居畱之寄

聿嚴共政之圖莅勑局以提綱拓爰田而衍賦併暗

異數式獎英猷噫六典建於周家莫先乎設參而直

輔庶績凝於虞室允在乎同寅而協恭勉殫訏謨之

忠共濟垂拱之治可除參知政事加食邑五百戶食

實封三百戶

除趙葵督視江淮軍馬制 續兼知建康府江東安撫使 行宮畱守 門下

朕若稽在昔無競維人南仲往城而玁狁于襄文后

所以嚴治外之政召虎來旬而淮漢庶定宣王所以成攘夷之功我有藎臣夙藴英略允謂文武兼資之彦久贊東西二府之權肅就樞聯陞進使範仍執國政翼宣化原兹適會於時艱所當急者兵務用煩戒道俾往視師士聽無譁王言作命通奉大夫知樞密院事兼參知政事權監修國史日歷同提舉編修勑令同提舉編修經武要略長沙郡開國公食邑三千三百戸食實封六百戸趙葵抱開物成務之學富康時經遠之謩識洞幾微得知國知兵之要世傳忠孝

播有臣有子之詩顯經制者十年盡劬瘁之一節膚公入奏旂常之勳績屢書威譽再馳旃裘之君長咸怖出則老熊當道入而猛虎在山休名雅似於仲淹勇退直希於若水屬時改紀有詔予環甲兵之問至廟堂肆俾分治股肱之寄在忠力未嘗辭難種蠡霸越之可期房杜相唐而有待載疇績用趣正使端當疆事之未寧而戎情之叵測分數不明而兵屯無以統一賞罰不信而士卒無以激昂孰寬顧憂卿獨勇往惟氣勢合則可以制勝惟精神運則可以折衝水

陸之備必嚴風寒之護必密兵事不由中御盡思運量之宜廷臣汝擇自從盡廣忠賢之助實倚長算克濟多虞廟論既得以參聞治脉庶幾於融貫並衍邑租之入於昭禮貌之隆於戲王導仗黃鉞而督晉師江左賴之清晏裴度荷雕戈而執蔡醜淮右以之底寧聖策定則有功眞儒用則無敵罔愧前哲則維汝能可特授樞密使兼參知政事督視江淮京西湖北軍馬依前通奉大夫長沙郡開國公加食邑一千戶食實封四百戶

賜趙葵辭免不允詔 勑趙葵省所奏劄子辭免兼知建康府兼 行宫留守江東安撫使恩命事具悉朕觀晉人備禦北方之略大將必有定居戴淵都督六縣而鎮合肥桓冲亦督七州而鎮上明所以據形勢立根本也卿以夙望授鉞既合江淮荆楚而盡護之陪都畱鑰之寄復付卿而不吝者亦晉人命戴淵亘冲意也兵事尚密卿勿多云所辭宜不允故兹詔示想宜知悉

特轉趙葵三官制 門下朕倚任大臣飭嚴外治籌帷

幄而决勝夙推謨略之長錫斧鉞以視師允藉威名之重屬虜氛之告警幸邊備之素脩遂以捷聞用寬憂顧猶未舉舍爵策勳之典其可稽加地進律之恩誕告朝倫咸聽朕命通奉大夫樞密使兼參知政事督視江淮京西湖北軍馬兼知建康軍府事兼管内勸農使兼　行宫留守江南東路安撫使馬步軍都總管兼營田使提舉編修經武要略權監修國史日歷同提舉編修勑令長沙郡開國公食邑四千三百户實封一百户趙葵恢閎而沈厚剛大而裕和識足

以照萬微智足以應羣動知子莫若父嘗許以開濟之才事君能致身所守者精忠之節再踐凝寄益賚贊襄頃緣疆埸之間慮有甲兵之問迫天之未陰雨如人之護風寒若思患而爲之防當先事而爲之備於時有建督之議適并予衷俾卿冠環樞之聯特爲朕往覽觀上下流之勢激昂文武士之心經營孔艱處分已審此虜不足平也恃吾有以待之俄聞蠭蝟之來敢肆犬羊之侮我衆素飽坐折遐衝王師如飛欲賈餘勇惟事豫則立而策先定故兵應者勝而力

不勞已信敵愾之威正欲解嚴之際以精誠體國厥
旣肯畱念股肱服勤宜先懋賞是用陟三階而眡左
光祿之舊階多邑而食我公田之腴以示恩徽以隆
枋任於戲在師中承天寵丕昭錫命之公鎭淮瀆修
我戎嗣有還歸之喜兵事以暇而整軍容非禮不嚴
必和衆而後可定功必有常而後可立武祗若予訓
以圖爾成可特授宣奉大夫依前樞密使兼參知政
事督視江淮京西湖北軍馬兼知建康軍府事兼管
內勸農使兼　行宮留守江南東路安撫使馬步軍

都總管兼營田使提舉編修經武要略權監修國史日歷提舉編修勑令長沙郡開國公加食邑一千戶食實封四百戶

賜趙葵辭免不允詔

勑趙葵省所上表再辭免視師朞年特轉三官依前樞密使兼參知政事督視江淮京西湖北軍馬兼知建康府江東安撫使　行宮留守仍加恩恩命事具悉朕觀宣王中興之雅知召虎平淮之功當其告成用錫爾祉寵命便蕃焉其四章曰無曰予小子召公是似釋者謂王欲虎無自謙損

耳五章曰錫山土田于周受命釋者謂使受賜于岐周顯其先也至卒章又曰對揚王休天子萬壽是其拜命必歸美于上君臣俱榮朕甚慕之日迺之捷賓卿勝算少遲入覲將圖爾成褒賞之行周邦咸喜今顧本之朝廷與士大夫之力自謂無赫赫之名而欲辭之謙毋已過乎莫府上功已詔第賞俾予一人以寧亦惟汝嘉亟其朕命勿重有請所辭宜不允

拜趙葵右丞相兼樞密使制

門下有常德以立武夙資禦侮之臣歌出車以勞還式副登庸之選廼眷機

廷之彥久顓督鉞之雄旬宣既奏於膚公體貌聿崇於次揆其敷言紓以諗朝紳宣奉大夫樞密使兼參知政事督視江淮京西湖北軍馬兼知建康軍府事兼管內勸農使兼　行宮留守江南東路安撫使馬步軍都總管兼營田使提舉編修經武要略權監修國史日歷同提舉編修勑令長沙郡開國公食邑六千三百戶食實封一千八百戶趙葵忠實而疏通沈潛而剛勁鍾南嶽之英氣爲西平之世臣仁不畀遠義不辭難蚤奮經營之略文能附衆武能威敵允兼

牧御之長勳績紀于旂常聲名震于草木洊陪宥密深簡眷知頃邊遽之戒嚴升使端而授任色詞慷慨毅然請行指授維容慮無遺筴盡護諸將于今三年坐收泗上却虜之功增重江介留臺之地朕惟折衝在乎彊本寬民所以備邊矧將序情而閔其勞肆因告成而錫爾祉太尉相尊等耳既久居位望之隆人傑吾能用之又何愛鈞衡之重爰立諸右式遄其歸北斗神樞仍本五兵之柄金章紫綬峻躋二品之階併衍畬租特優寵數於戲及閒暇而明國政朕素定

於宏摹建輔弼以成天功爾尚欽於明命必和衆乃爲保大必同心斯可圖安克壯其猷祗若茲訓可特授金紫光祿大夫右丞相兼樞密使提舉國史院實録院提舉編修國朝會要提舉編修經武要畧長沙郡開國公加食邑一千戶食實封四百戶主者施行

賜趙葵辭免不允詔

勑趙葵省所三上奏辭免特授金紫光祿大夫右丞相兼樞密使長沙郡開國公加食邑食實封恩命事具悉朕以卿久勞于外延登亢輔旣命撤幕屬邊以遽告爲朕少留江上指授吏士

非臨機達權疇克爾載覽封奏知虜已遁去介圭大
覲茲惟其時遂欲歸田何耶詩云來歸自鎬我行永
久此吉甫所以多受祉也式遄其驅以副欽佇所辭
宜不允不得更有陳請令疾速赴都堂治事故茲詔
示想宜知悉

除馬光祖沿江制置大使知建康府兼江東安撫使

制朕疇咨舊人易畀鉅鎮召虎之經營江漢夙敵戎
公畢公之申畫郊圻用成嘉績載加徽數式重中權
端明殿學士正奉大夫京湖安撫制置大使兼知江

陵軍府事兼管內勸農營田使兼夔路策應大使兼
總領湖廣江西京西財賦湖北京西軍馬錢糧專一
報發御前軍馬文字提領措置屯田兼京湖屯田大
使武義郡開國侯食邑一千戶食實封壹伯戶馬光
祖剛毅近仁質直好義老畧經世入麄細之才俊識
爽邦該體用之學頃繇留鑰往塡上流商畫邊籌指
授將略墾田積秭之粟募兵捐燧之貲士飽而歌人
百其勇雅分憂江湖之上數布喜京峴之間時嘉乃
功既錫爾祉荆州控聯蜀道雖盡護西北之風寒建

鄰拱衛行都宜重殖東南之根本惟熟器使則履屐
當惟精運掉則臂指隨頫煩元戎十乘之行益壯長
江萬里之險以大經制以遠精神百姓如慈母鞠育
于懷三軍若嚴師鞭辟其側旌旗爲之改色波濤依
然安流肆陞書殿之恩華一新帥垣之風采噫張詠
威惠相濟久渴借留之心顥浩彈壓爲長式慰遹來
之望昔尹茲土今見其人克踐前猷毋俾專美可依
前正奉大夫特授充資政殿學士沿江制置大使知
建康軍府事兼管內勸農營田使江南東路安撫使

馬步軍都總管　行宫留守節制和州無爲軍安慶府三郡屯田使加食邑四百戶食實封壹伯戶開慶元年二月

賜馬光祖辭免不允二詔

勑光祖省所奏辭免除資政殿學士沿江制置大使知建康府江東安撫使行宫留守恩命事具悉經營南紀久宣閫外之勞保釐東郊申錫師中之命卿忠忱體國俊傑識時緩帶輕裘居有邊籌之暇中權後勁克共武服之嚴屢奏膚公式嘉懋績惟荆州重地既遮蔽於風寒顧建鄴陪都宜培埴於根本峻升書殿增重制垣載熕戎乘

之行用慰舊鎮之望引以自近諒復奚辭河內得恂
熟知牧御之略江左有導其究鎮重之規亟體注懷
毋庸謙執所辭宜不允故茲詔示想宜知悉春暖卿
比平安好遣書指不多及

勑光祖省所再上奏辭免除資政殿學士沿江制置
大使知建康府江東安撫使　行宮留守恩命事具
悉江左東南根本畛周分陜必如召公留愛甘棠庶
幾重封殖之卿前治建鄴民習教條士知紀律易閫
上流去思如渴今茲付卿舊鎮是還百姓以慈母三

軍以嚴師拊摩訓督克成厥終正所望於卿又何辭焉所辭宜不允不得再有陳請故茲詔示想宜知悉春暄卿比平安好遣書指不多及

獎諭馬光祖賜金幣

鴟張之寇肆擾江瀆卿始則啓元乘以征行繼復集舟師而赴援恤鄰之誼固宜爾而體國之念殊可嘉因任進職已示褒寵復頒金幣用旌爾勞至可領也景定元年四月二十六日

授馬光祖資政殿大學士制

勑朕儀圖江閫申命制臣比援上流嘗藉濟師之力茲敷大號用陞顧問之

班仍專斧鉞之權因任藩垣之寄丕昭寵渥載錫賛
書資政殿學士正奉大夫沿江制置大使知建康軍
府事兼管內勸農營田使江南東路安撫使馬步軍
都總管　行宮留守兼節制和州無為軍安慶府三
郡屯田使金華郡開國侯食邑一千四百戶食實封
貳伯戶馬光祖強毅而端方宏深而肅括志存社稷
固將左執弭而右屬櫜令稟朝廷用能晨受命而夕
就道往返風濤之上驅馳兵革之間靡憚其勞率先
以往當彼寇猖之甚適我兵調遣之艱曲盡乃心

無落吾事爰肆敓於褒賞庸懋奬於忠勤加隆名於一字之榮仍寵任以六師之重以酬前績以勵後圖噫股肱宣力四方身雖居於閫闑君臣相須一體心毋遠於闕庭勉對恩徽益思報効可依前正奉大夫特授充資政殿大學士沿江制置大使知建康軍府事兼管内勸農營田使江南東路安撫使馬步軍都總管　行宫留守兼節制和州無爲軍安慶府三郡屯田使時暫兼淮西總領金華郡開國侯加食邑四百戶食實封壹伯戶

賜馬光祖辭免不允詔勑光祖省所奏辭免除資政殿大學士仍舊任恩命事具悉陪都爲經營四方之根本　中興以來如浚如俊卿皆以元勳碩輔再塡拊是邦草木知其威名猘虜不敢起飲江之想頭上流之備不戒騎墻漲于滸黃至勤宰臣擐甲督戰一洗而清之卿累月驅馳上下勞績用懋所謂麾下將士亦婁以得雋開莫府上功炳如也進書殿之鴻名仍閫府之舊寄見知而悅疇不謂宜巽章引避曾是以爲榮乎夫師以氣爲主以直爲壯今我之氣直且

壯矣勉圖常武之功嗣對遄歸之寵所辭宜不允故茲詔示想宜知悉夏熱卿比平安好遣書指不多及

御札獎諭馬光祖築宜城

勑光祖古舒與秋浦相望一衣帶水昔人所謂風寒處也移治以來雖建立官吏而蕩無堡障民有搖心或請板築宜城而守之議久不決屬者丞相行邊采其策卿以制閫任其事且佐其費向之荒墟今爲堅壘設虜南吠猝攻之不能克欲舍之深入則懼吾金湯之擬其後此國家以淮西三郡隸昇閫之初意也竣事來告忠勞至矣予嘉

乃續寤寐歎賞卿其益恢遠略以紓予北顧之憂故茲獎諭想宜知悉春寒卿比平安好遣書指不多及

景定二年三月

特轉馬光祖光祿大夫制

經始不日而成閫帥幹方之略有功見知則説公朝勵世之規眷言藩屏之賢能設金湯之險肆肦寵數式獎勛庸資政殿大學士正奉大夫沿江制置大使知建康軍府事兼管內勸農營田使江南東路安撫使馬步軍都總管 行宮留守兼節制和州無爲軍安慶府三郡屯田使時暫

兼淮西總領金華郡開國公食邑二千三百戶食實封四百戶馬光祖挺文武之全才膺安危之重寄當鐵騎倏游魂而至佩玉麟分方面之憂樽俎折衝屹若蔽遮於近甸樓船下瀨隱然掎角於上流迨邊祲之肅清贊廟謨之恢拓自舒移治有郡虛名至煩竹符之親臨泱就宜城而改築難與慮始昔嗟作舍之莫成知無不爲今有制垣之任責二紀之荊榛蔽野一朝之雉堞連雲滁濠皖之氛埃生蘄黃之氣勢伻圖來上宵旰頓寬其疊進於穹階以顯旌於殊績噫

長江號天塹卿其護腹背之風寒聖人有金城朕方賴股肱之忠力益閎規畫以副眷懷可特授光祿大夫依前充資政殿大學士沿江制置大使知建康軍府事兼管內勸農營田使江南東路安撫使馬步軍都總管　行宫留守兼節制和州無爲軍安慶府三郡屯田使時暫兼淮西總領金華郡開國公加食邑四百戶食實封一百戶

賜馬光祖辭免不允詔　勑光祖省所再上奏辭免任責浚築宜城特轉兩官仍令學士院降奬諭恩命事

具悉賞以勸勞國之彝典矧宜城板築就緒遂爲江南一障蔽厥勞茂矣勸獎其可已乎巽牘洊騰備見謙挹雖曰宰臣之指授亦惟閫制之經營二等進官受之奚過亟祗成命勿復有言所辭宜不允不得再有陳請故兹詔示想宜知悉春寒卿比平安好遣書指不多及

御札又賜馬光祖卿忠勤一節中外具知長江天塹賴以安妥前歲之援上流舊歲之築宜城又近績之最著者朕甚嘉之薦覽來奏欲釋閫寄非朕所樂聞

也增秩甫新倚重正切願毋遐心嗣對光寵景定二年

授馬光祖觀文殿學士制

勑制垣底績聿觀三載之成書殿冠班昭示四方之勸誕頒異數眔聳具瞻資政殿大學士光祿大夫沿江制置大使知建康軍府事兼管內勸農營田使充江南東路安撫使馬步軍都總管　行宮留守節制和州無爲軍安慶府三郡屯田使時暫兼淮西總領金華郡開國公食邑二千六百戶食實封伍伯戶馬光祖識遠而氣宏道周而業鉅天機錯綜冰壺玉鑑之高明學力雄渾泰山喬

嶽之負載能應則五官之並用盡忠則一髮之不欺京師衆大之居每思前尹金陵六朝之舊爰重中權逮往撫於荆襄久宣勞於江漢覜儀政路式表儒猷趙抃一琴累疏欲歸廉范五袴陪都懷舊宵旰倚寛於憂顧風濤靡憚於泝沿實然重臨惠此四履郵於冀如制水坐屹勝形晉及楚其餘波具有遠烈方且設險守國造舟爲梁青鐵鑄兵黄金募士或偃息或燕樂予拮据予蓄租既消騎火之紅正念玉關之老効式臻於久任職乃錫於隆名紫宸地殊非但序遷

之寵金城日壯尚惟柄用之圖繄我譽髦對揚休命可特授觀文殿學士依前光祿大夫沿江制置大使知建康軍府事兼管內勸農營田使充江南東路安撫使馬步軍都總管　行宮留守節制和州無爲軍安慶府三郡屯田使時暫兼淮西總領金華郡開國公加食邑四百戶食實封壹百戶

手詔獎諭馬光祖敕光祖卿前自渚宮重臨江閫荏苒三載勤勞百爲援枹鼓以掎角上流之師悉賦輿以板築宜城之壘蒐卒補逃亡之虛籍散金募遊擊

之健兒金鏁緑沉森羅武庫蒙衝鬬艦照映怒濤凡皆軍中節縮之羸靡煩公上抛降之助知鞠躬而盡力不矜能而伐功載嘉元戎衛社之忠深得大臣體國之誼賜璽書而褒美佇袞繡之來歸故兹奬諭想宜知悉冬寒卿比平安好遣書指不多及景定二年十月二十五日

第三次除馬光祖沿江制置大使知建康府江東安撫大使行宫留守制

勑朕簡求近弼重鎮陪京念昔全江淮以濟中興允賚碩望矧今崇詩書而謀元帥詎捨舊人起之珍間付以居守爰疏茂渥申錫賛

書觀文殿學士光祿大夫提舉臨安府洞霄宫金華郡開國公食邑三千七百户食實封柒伯户馬光祖器偉量閎資凝猷遠炳蓍龜之先見凛松栢之後凋方叔元老克壯其猷歷蕃宣於四國君陳嘉謀入告爾后嘗唯諾於一堂頃以藎臣荐分江閫投鞭欲渡有飈回霧塞之顯憂杖鉞以先助霆擊電掃之勝勢威名猶在謳檕可嘉朕慨念留都控扼天塹雖千羣奚用己屹立金湯之形然一物不牢敢少怠衣袽之戒孰寬憂顧無若老成兵將素服其拊循民吏夙安

其條教龍盤虎踞山川不易於鎮臨魚鑰麟符麾幟一新於號令以壯外攘夷狄之畧以恢北定中原之規噫抃以清脩固再臨於益部琦以勳輔尚三典於相臺勉企前脩益光賢業可依前觀文殿學士光祿大夫特授沿江制置大使兼知建康軍府事兼管內勸農營田使兼江南東路安撫大使馬步軍都總管兼　行宮留守節制和州無爲軍安慶府三郡屯田使食邑實封如故景定五年四月

賜馬光祖辭免不允二詔

敕光祖省所奏辭免依舊

職除沿江制置大使兼江東安撫大使兼知建康府恩命事具悉維今江閫內護留都每輟將相大臣往任保釐重寄卿碩膚厚德典刑宿儒其威名荐著於鎮臨其惠澤素覃於牧守兹謀元帥毋踰老臣昔黄霸潁川前後八年而愈治郭伋并部兒童數百以來迎成命既頒彼民大悅人惟求舊初何惜於重臨事不辭難亦胡爲而多遜所請宜不允故兹詔示想宜知悉春暄卿比平安好遣書指不多及景定五年四月

勑光祖省所再上奏辭免依舊除沿江制置大使兼

江東安撫大使兼知建康府　行宮留守恩命事具悉己丑詔書諭卿至矣胡猶未孚朕意昔臣仲淹事我　仁祖於再撫陝西之日有驚破賊膽之謡顧今秣陵爲國鉅鎮表淮裏江而分梱所賴折衝中權後勁之得人孰若圖舊是用起卿家食司鑰陪都若夫遮蔽風寒之規摹綢繆牖戶之知略駕輕就熟固饒爲之毋但以膂力既愆辭速就國可也所辭宜不允不得再有陳請故茲詔示想宜知悉春暄卿比平安好遣書指不多及　景定五年四月

乙丑賜馬光祖辭祠不允三詔

勑光祖省所奏乞畀叢祠事具悉卿曩事　先帝爲股肱純簡注不忘起之家食重付北門之管屹爲長江之防曾未幾時龍湖僊去所留以遺予沖眇者一二臣外尤藉卿以寬顧憂焉昔人有臥總留臺者豈得遽以疾諗乎如云滿歲漸欲引年茲固未可爾其體脊倚益懋壯猶是亦卿所以報　先帝之遇也所請宜不允故茲詔示想宜知悉夏熱卿比平安好遣書指不多及　四月

勑光祖省所奏乞畀祠廩以便養痾事具悉維周之

隆率東諸侯者以六師申豫防之戒報誥則曰爾身在外心在王室上下交修用荅揚光訓訪予落止亦惟股肱宣力之臣追　先帝殊外治于問暇之時作周匹休卿有方叔克壯之猶膺畢公保釐之寄以國爲家以民爲身其可屬負兹而忽徹桑虛商飈寖勁江防爲先惜分陰以護風寒精神折衝徒得卿重從容裘帶斯可養恬無棄爾成懋乃攸績所請宜不允故兹詔示想宜知悉夏熱卿比平安好遣書指不多及六月

勑光祖省所再上奏乞祠廩事具悉周經營江滸必召伯之有成漢餉餽關中惟酇侯之專屬師旅以暇而整威惠以久而孚卿雖三命於居留今甫踰年之宅牧我戎未定靡

歸聘寧不永懷舊人遠省知若勤豈宜易退閫寄不可數易疆事毋恃不來與其慕赤松之從游孰若勉干木之偃息曷爲洊奏未燭予衷不剛不柔而德修足食足兵而民信典聽朕毖圖功攸終所請宜不允不得再有陳請故兹詔示想宜知悉秋熱卿比平安好遣書指不多及

御札奬諭馬光祖提師應援覽奏以寇迫舒城元戎鋭於一出忠忱爲國威聲懾虜諸將有所倚賴事功何患不集予甚嘉之安慶城高池深固無足慮萬一有窺江之謀則豫防力遏必使無透漏乃可切宜勉旃庶寬憂顧咸淳元年八月

丙寅賜馬光祖丐祠不允[illegible]詔勑光祖省所奏乞畀叢祠事具悉卿以文武威風三尹陪京江滸經營厥功茂焉召伯有成王心則寧朕用寬北顧之憂采薇出車之勤瘁靡日忘之今天塹雖既清而陰雨之防

不可忽追我暇矣建威銷萌繄卿是賴其可謂事幾沓來而圖田里之安虛謹護風寒惟卿遠慮無忘于恤成乃圖功亦惟舊人丕克遠省昔元祐初留籥洛師者求釋位詔喻之曰視國如家忠臣可以忘年卿年未至也勉爲國計勿復懷歸所請宜不允故茲詔示想宜知悉春寒卿比平安好遣書指不多及 正月

勑光祖省所再上奏乞畀叢祠事具悉朕聞任賢責成者悠久而不易體國經遠者華皓而益堅角巾東路之言未聞羊祜之從欲臥護北門之寄豈曰裴度

之辭勞矧卿克壯其猶盡思不解于位耆壽俊在服
詎宜止足之謀樽俎間折衝奚必驅馳之役儻使卿
遂山林之志孰爲朕分疆埸之憂無踰老臣罔或自
介用逸所報　先帝亦惟以救圖功所請宜不允不
得再有陳請故兹詔示想宜知悉春寒卿比平安好
遣書指不多及

景定建康志卷之三

景定建康志卷之四

御製

御書

真宗皇帝御製御書

觀龍歌

中使自茅山取龍入獻乃作歌送還山中

四靈之長唯虬龍虬龍變化故難同三茅福地羣僊宅靈物潛形在此中池內僊人馴擾得至今隱現誰能測乘雲蠢動獨標奇行雨嘉生皆荷力常人競取暫從心才出山楹兮無處尋中使勤求深有意欲

獻明庭令陳上瑞初獻一龍朝魏闕偶挹二龍離洞穴入心龍心若符契一去一住何神異我覩眞龍幸不驚至誠祝龍龍好聽但祈風雨年年順庶使倉箱處處盈

仁宗皇帝御書

飛白堯舜佛安字賜知江寧府錢公輔

飛白帝佛字賜知江寧府傅堯俞

高宗皇帝御製御書

題金華宮石上十二字云虎踞龍蟠龔金陵之

王氣[高宗御名]書

慶元舊志載在第九卷書畫類注云即紹興初臨幸日所書也今在府治又於第十卷末云 此十二字非是 御書蓋謂 御書不宜書 御名又謂石在府治車駕至建康即入行 宮未嘗幸府治又謂唐潤州畢刺史之名與 高宗廟諱同此字疑爲畢所書也今以舊志詳之其不可信有四建康行宮係紹興二年命李光建 帝初至建康寔建炎二年五月其時未有行 宮暫駐蹕神霄宮即保寧寺也舊志乃謂 車駕至建康即入行宮一不可信也 駐蹕神霄之時嘗以華藏寺暫爲府治蓋舊府治欲建行宮故守臣出寓華藏其後行宮既成始改府治于行宮之東南隅則今之府治實非建炎以前之舊治舊志乃以 高宗未嘗幸府治而證 御書之非是安知此地未爲府治之先遊幸不會

到此指今府治為舊府治其不可信二也金華乃梁宮名去臺城三里舊志九卷記云御書金華宮石十卷記云元刊致一齋竹石間與金華宮石錯立兩卷自為牴牾其不可信三也九卷直書曰 高宗御書十卷又指為畢刺史書其不可信四也恭覩 高宗前後宸翰字體與臣黃庭堅字一相近此石所題十二字亦然庭堅字法自為一家唐人字學雖精未見有字體與庭堅同者前此守臣以此十二字為 高宗御書而嚴奉于玉麟堂之東必有見矣豈可以唐潤州刺史之名偶同 御名而意彼為是耶況昇潤各州以潤州刺史之名而證昇州之字亦未為確也今不敢不記於 御書之列俟正於後之君子

御製詩賜張浚曰願同越句踐焦思先吾身卒章曰高風動君子屬意種蠡臣建炎二年幸建康時

御書孝經十八章眞草相間賜秦檜

御書周易乾卦賜秦梓

御書决策元功精忠全德之碑十字賜秦檜

御書六軸賜王安節王珙本藏其家

御草書王安石詩賜趙搢紛紛擾擾十年間世事何嘗不强顔亦欲心如秋水靜應須身似嶺雲閑刻石在保寧寺

孝宗皇帝御製御書

武經龜鑑序賜王彥曰古之有天下國家者未

嘗去兵故曰天下雖安忘戰必危自司馬之法壞後之言兵者必曰孫武觀其消息盈虛合於天道橫斜曲直應變無窮可謂善之善矣朕於此每有感焉嘗欲考古今之成敗較謀略之短長以合於武敎示諸將庶政方繁有所未暇保平軍節度使王彥以其所編次武經龜鑑來上採掇前代已然之跡著其得失必取武書以驗之誠得我心之所同然者斯亦勤矣噫文武一道也三代以六卿命帥漢以御史大夫護軍凡

爲將者安可不學耶霍去病謂顧方略如何耳此一時有激而云非萬全之計不當以爲法也彦宜益懋勉俾無愧於此書豈不美哉嘉歎之餘因題于篇首隆興甲申歲秋九月甲子選德殿書賜王彦（彦時爲建康都統制刻石在本司）

御批賜郭振

卿廉正自守朕深知之但諸軍統兵官切宜待遇以禮隨其高下付與事權嚴其階級（如兵官有過當出自卿治之無使小人侮慢兵官如此則階級不嚴）庶可統率士卒不至犯分緩急可以責任卿宜體此（振時

爲建康都統制
刻石在本司

御札賜閻仲　朕惟將帥之弊每在蔽功而忌能尊己而自用故下有沉抑之歎而上無勝筭之助殊不知兼收衆善不揜其勞使智者獻其謀勇者盡其力迨夫成効則皆主帥之功也昔趙奢解閼與之圍始令軍中有諫者死及許歷進北山之策而奢許諾卒敗秦師奢爲封君與廉頗同位果何害焉卿當以奢爲法毋蹈前弊用副注委已嘗面諭此意故兹親札宜體至懷

皇帝御製御書

題趙葵墨梅詩曰溪藤疎影勢千尋筆補春工着意深止渴調羹歸妙手誰知一片歲寒心

御書明道書院四大字賜爲額

御書忠勤樓錦繡堂六大字賜吴淵

御書忠實不欺之堂裕齋桂山十字賜馬光祖

御書景福萬年之殿六大字賜茅山元符觀

御書靈休介福元壇六大字及聖德仁祐之殿六大字褒僊鎮寶四大字實珠林三大字賜茅

山崇禧觀

御書玉氣凝潤鶴情超遼八字賜司徒師坦

詔札碑刻 御書御製不專繫於建康而立石在府者錄于此

太宗皇帝御製戒石銘 曰爾俸爾祿民膏民脂下民易虐上天難欺

高宗皇帝御札 曰近得黃庭堅所書太宗皇帝御製戒石銘恭味 旨意是使民于今不厭宋德也因思朕異時所歷郡縣其戒石多置欄檻植以草花爲守爲令者鮮有知戒石之所謂也可令摹勒庭堅所書頒降天下非惟刻諸庭石且令置之座右爲晨夕之念豈曰小

補之哉紹興二年七月呂頤浩立石府治

仁宗皇帝御製放生文曰哀汝等前生中作何罪業變八惡道生胎卵濕化有無足兩足多足等故我今思曰汝往世曾爲酷煞生人過爲凶惡不忠國君不重父母十惡三業六情盡牽五蓋皆惑飲食盈腹而不美衣重過度而不華軟硬染心溫冷著意疼痒動念麄滑見情目亂雜色耳躭婬聲口貪諸味鼻齅臭香心無所足意起望外榮尊登天而不高威人仗煞而不足伏爲汝

等各歸入世莫爲畜種信行三寶奉成齋戒樂聞佛法永無罪障三世一切佛救此業四信心迴向不作過惡得成佛果慶歷七年八月七日降下至和三年四月十四日立石本府法光寺

徽宗皇帝手詔朕承祖宗遺休餘烈崇經術設學校興賢能以待天下之士高爵重祿承之庸之以待士之在官者蓋與之修政事理人民以立太平之基致唐虞三代之隆宜有豪傑特立之材忠信志義之人比肩相望焜耀一時爲世

盛事而比年以來懷僭亂之異謀干殊死之極憲如趙諗儲倅王宷劉昺之徒或賢科異等勳閥世胄或出入禁闥侍從之領袖爲搢紳士大夫之大辱閭巷無知愚夫愚婦之所憤疾武夫悍卒未嘗知書者咸羞道而喜攻之其故何也豈利心勝而義不足以動之歟抑勸導奉勵之方有所未至歟夫經傳所載君臣之分忠義之訓榮辱禍福之戒豈不深切著明今誦其言而不能効之行事深慮薄俗浸漬士風陵夷失崇

養之指害教化之原爲天下後世笑卿當師儒之任以學行致大官其思所以勸勵興起俾知尊君親上之美無復暴戾邪僻之行以居德而善俗以化天下與後世稱朕意焉故茲詔示奉行毋怠付李邦彥 政和八年二月刻石府學

大觀聖作之碑 刻石今在溧水句容縣學大成殿

高宗皇帝籍田手詔 朕惟兵興已來田畝多荒故不憚卑躬與民休息今疆埸罷警流徙復業朕親耕籍田以先黎庶三推復進勞賜耆老嘉與世

俗躋於富厚昔漢文帝頻年下詔首推農事之本至於上下給足減免田租光于史冊朕心庶幾焉咨爾中外當體至懷故茲詔諭想宜知悉

紹興十六年八月守臣晁謙之刻石府治

御筆頒戒石銘見前

御書蘭亭脩禊序刻石在溧陽縣

孝宗皇帝戒諭軍帥五事

主帥唯務廉正日前弊事當一切措置革去〇軍中財賦不得循習舊弊交結妄用巧作名目

虛破官錢○諸軍器械衣甲等除上教一副外更當椿辦兩副專充出戰使用即不得將已造下軍器輪轉作見造數目重疊支破官錢○遇陞差將佐等當依公選擇不得私受情囑或以喜怒行事○入隊戰士不得差撥雜役乾道七年十一月十六日差中使宣引帶　御器械王明至便殿　御札出諸袖中親以授之令朝夕閱視未幾差王明統戎池州繼爲步帥馬帥有功無過聖訓之力也淳熙三年九月立石建康馬軍司

手詔戒諭漕臣曰朕躬節儉以先天下無暴征無苛取期吾元元躋于富庶之域郡國之間宜

若公私交裕矣今顧不然豐年樂歲中外少事或未免於匱乏之州迫其縣縣迫吾民其故安在無乃賦入寡而用度衆歟吏二千石有能不能歟將輕費妄用莫知撙節歟朕既深居九重無以徧察故分道置臺寄耳目于爾漕臣職當計度欲其計一道盈虛而經度之也職在按察欲其蚤正素治毋使至于病民也厥或異此朕何賴焉且汝不聞黍苗之詩乎我任我輦我車我牛謂美召伯能成轉餫之功也後世以是名官

寧無意耶曰陰雨膏之言能養民如膏雨也其卒章曰王心則寧言家給人足乃能安王之心也汝等得不深思古誼視所部爲一家周知其經費而通融其有無廉察其能否而裁抑其耗蠹數者備矣郡計何患乎不足郡計足則屬邑寬屬邑寬則民力裕民力裕則吾宵旰之慮釋國有信賞於汝何吝若乃有餘者取之不足者聽之逮其乏事然後從而劾之斯亦晚矣是則黜罰之行奚獨郡守而已諸道轉運其明知朕

意淳熙六年三月丁丑臣雄臣淮臣艮臣奏事
殿中 天慈惻怛有民力未裕之歎因出
親筆手詔示臣等臣等再拜跽受退即捧讀紬
繹至再至三仰見聖明總覈庶職軫憂元元所
以加惠至厚天下幸甚臣等恭惟 陛下儉德
冠乎 帝王仁心同乎天地爰自即位池臺弗
增車服隨給橫恩妄予毫髮不私厚賦重征蠲
貸略盡是宜財力全實無媿前古之盛乃名藩
大府猶以病告致勤九重宵旰之念士夫交議
莫識所由及恭覩 宸奎勑戒漕臣將使審計
經度任州縣有無之責乃知聖鑒高遠推見本
原德意志慮非臣等所及臣等謹奉明指宣布
中外越二日又請刋石以副一墨徧賜諸道制曰
可臣等竊以天下譬猶一身一身之間血脉流
貫則四支和平天下之勢上下通融則百職修
舉此理之必然也昔劉晏號古今計臣之冠究
所設施不過取羨補乏蠲荒斂豐其後興利之
臣乃不問有無一切殫竭國計未贏而民力僨

矣是故轉■之任一道是寄盈虛緩急所當其體若乃智慮不通規爲不豫悉取其有餘以徼强濟之名安視其不足而諉曠敗之責自謀善矣謂公上何兹非置使之本意也今雲章昭回聖謨廣大凡厥奉承曷敢不敬敢不丕應詩云肅肅王命仲山甫將之邦國若否仲山甫明之臣等不佞尚能恪意悉力以助揚聖意若其受詔不虔與夫稱職有聞則當甄序以詔賞罰既入石謹拜手稽首而書于下方中奉大夫參知政事權監修國史同提舉詳定一司勅令華亭縣開國伯食邑九百户食實封叁伯户賜紫金魚袋臣錢良臣通議大夫樞密使東陽郡開國公食邑五千户食實封壹阡柒伯户臣王淮正奉大夫右丞相兼提舉編修玉牒提舉國史院提舉編修國朝會要提舉詳定一司勅令魯郡開國公食邑四千四百户食實封壹阡肆伯户臣趙雄謹書淳熙六年五月日朝奉大夫江南東路轉運判官借紫臣王師愈被

旨刻于
廳事

御筆付淮西總領李若川紹興三十年淮西總領所收支錢糧數目并隆興元年收支錢糧并添支數目並要子細開具頭項疾速奏來臣先父昨以司農少卿董饟淮右屬時虜寇侵軼邊圉繹騷　孝宗皇帝欲考金穀出納與夫兵興以來添支數目蓋嘗　親灑宸翰俾速奏聞臣不肖不才猥忝先職復値江淮徼擾供億夥繁懍涉淵氷懼弗克紹仰　覩昭回之光竊以謂忝稽收支此特有司之事　聖慮宏遠雲章下垂非惟責任臣工者爲不輕而規恢中興端足以詔萬世矣用敢刋諸琬琰併侈疇昔之榮遇云嘉定元年三月望日朝議大夫太府少卿總領淮西江東軍馬錢糧專一報發　御前軍馬文字

兼提領措置屯田曲周縣開國男食邑三百戶借紫臣李洪拜手稽首謹書

御書臨晉王羲之二帖 刻石溧陽縣

御書唐韓愈進學解

御書陰符清淨二經 刻石句容縣凝神庵

皇帝御製

訓廉銘

周典六計吏治條陳以廉爲本乃良而循彼肆貪虐與豺虎均肥于而家多瘠吾民縱逭於法愧其冠紳貨悖而入菑及後人我朝忠厚黜貪爲仁吝爾羣辟是訓是遵

謹刑銘民吾同胞疾痛猶己報虐以威刑非得已仰惟　祖　宗若保赤子明謹庶獄惻怛溫旨金科玉條豪析銖累夫何大吏蔑棄法理逮于郡邑濫用笞箠典聽朕言式克欽止

戒飭士習手詔朕親御路朝首興教化士風所繫尤務作新比年以來習尚澆漓文氣卑茶純厚典實視昔歉焉豈涵養之未充抑薰陶之或闕咨爾訓迪之職毋拘內外之殊各究乃心俾知所嚮矯偏適正崇雅黜浮使人皆君子之歸

如古者賢才之盛副予至意惟爾之休

録用勳臣後手詔 虞廷之賞延于世漢氏之官長子孫春秋謂成季之勳宣孟之忠而無後爲善者懼矣朕慨思　開國以來勳臣之裔有能世濟其美而不能世其祿者仰所在州軍體訪保明具以實聞以備録用

戒貪吏手詔 朕聞　祖　宗立法悉從寬厚惟贓吏之罰獨不少貸爲其蠹國害民也朕待遇臣下未嘗少恩訓廉有銘正欲善誘不謂邇來

貪風轉熾國與民俱匱而士大夫之家益肥間有自號清流而居官之汚濁尤甚朕將何賴焉自今小大之臣各宜洗心滌慮毋徇于貨賄其或不悛有淳熙之法在舉而行之非朕得已也故茲札示想宜體悉 以上並刻石本府

臣馬光祖跋云臣恭惟
皇帝陛下以忠厚制刑賞以典則柄廢置以正直作福威率由憲章發爲辭命謂虞氏之賞漢人之官皆世也今勳伐餘幾得無有降在皁隸者乎我其收之是以有錄用之詔謂汙吏之罰淳熙之法未遠也今民生終窶得無有蠹其人以自封者乎我其艾之是以有舉行之詔天聲雷動宸畫

奎垂巍巍煌煌盪人耳目可以躡虞而躒漢蹟寶祐於淳熙矣若將臣庶固有宅命義之正燭理慾之分不勉而忠不砥而厲者至於賞罰辨其前寵辱怵其後則雖中人以下猶將蹶然自度曰以身殉貨孰與以身殉國者之昌以忠烈澤子孫孰與以貨財殺子孫者之殃違彼而就此利初而安終家伊吕人夷齊事可日月致也彼有倚閥閱以爲庸而先畝之弗紹濯襟裾以爲潔而素踐之弗符饕其名而違其實者天青日白必無幸焉臣服在管鑰甚慶甚盛獲承丕顯休命宣昭而摹勒之豈惟勸之式克則之又朝夕之尚帥東諸侯與其屬有司胥保胥誨以勸于

帝之迪寶祐五年八月初吉寶章閣學士通奉大夫沿江制置使江南東路安撫使馬步軍都總管兼營田使知建康軍府事兼管内勸農使兼　行宫留守節制和州

無爲軍安慶府三郡屯田使兼提領江淮茶鹽所武義縣開國男食邑三百戶臣馬光祖拜手稽首謹言

御筆戒貪吏

朕於贓吏無所貸以其惟威惟虐大爲吾民仇民吾赤子而仇之是與寇賊姦宄者同科而何以爲天子之命吏古人喻貪以狠以碩鼠直目以物類之惡者蓋不得復言人矣惟彼貪夫僭莫之懲侵牟矯虔罔知盈厭朕夙興夜寐憂苦萬民封培本根每思弗蔇郡國之吏乃淫縱其欲以蠹厥生閭閻田里凄砭入眼

惻怛以還又甚自愧朕惟民生寡乏由於貪官之肆誅求貪官充斥由於監司之不按察抑無瑕可以戮人軌度其信而後可以治人初亦無以大相過耶我朝戢貪家法具在中興而後特爲詳密監司不按劾而臺臣彈奏則坐監司罪此紹興十一年九月之詔也以發擿而爲殿最不劾則重行貶黜則是年十月之詔也上下相蒙習爲媮惰當寘重憲悉具臧否連銜聞奏違則彈劾又十三年九月與三十二年十二月之

詔也又如乾道元年之正月四年之六月淳熙九年之三月十二年之六月慶元二年六年之正月皆有詔而詔不止是也率以外臺耳目不當蔽塞失察之罪凛乎其甚嚴今監司不廉問不按發間一二見或輒用胷臆而貪者顧得免朕獨安取此茲當歲首肆用咸與惟新繼自今仰諸路監司各舉其職無或以避礙縱蠹賊每半歲具劾過贓吏若干來上當視多寡爲殿最視殿最加賞罰而主之以必行郡守於民爲親

又當助監司所不及此當以一歲爲殿最賞罰亦如之或本路本州無所劾而臺諫論列則監司郡守皆以殿定罰咨爾部刺史而下典聽朕言無同于厥辜自取瑕殄其有治狀廉聲孚于衆德者亦須摭實奏聞以俟甄録薦賢受賞朕不汝吝

太保右丞相兼樞密使兼太子少師益國公臣賈似道太中大夫知樞密院事兼參知政事兼太子賓客臣朱熠端明殿學士通奉大夫簽書樞密院事兼權參知政事兼太子賓客臣皮龍榮端明殿學士中大夫同簽書樞密院事兼太子賓客臣沈炎

等恭惟
皇帝陛下一德當極　萬年敬休　惟欲
人我受民祈　天永命　肆念仁心仁聞
而下不被其澤罔匪貪官汙吏鴟義奪
攘不厭不止以故元元寡遂至治未臻上
勤　聖懷憂勞夙夜廼月正元日親灑
奎畫俾部刺史而下廉問按發以劾吏
之多寡爲使指之殿最治一州者則寬其
期殿最亦如之宸毫蜚動漢章昭回
與歲功以俱新期同宇以皆泰其視先漢
當春時議振貸詔下寬大書斯爲卓絕
無前矣臣等恭讀　聖訓至于再三實爲
生民立命爲萬世開太平非可與異時一
發號施令之不匿厥指者並論也部刺史
而下能恪守仰遵不負殿而以最聞繼是
吏當稱其職民當安其業邦本所在永永
不搖　社稷長遠終必賴之臣等忝聯通
列親奉　德言弗克欽承是爲有負謹欲

將上項 御筆刻之琬琰立之朝堂仍以
墨本肦之郡國令勒石治所以永觀省因
拜手稽首颺言曰獲上黨穗文之祥不若
寶此筆得河洛圖書之秘不若佩此
訓欲一道之得福星不若先懲勸以厲
其激揚清濁之志欲萬物之皆吐氣不若
嚴誅賞以計旌别淑慝之功使凡見此
者皆當竦然而作如在 殿陛之側而聞
丁寧之音相與濯去舊習以課來效臣等
不勝大願取 進止正月捌日三省同奉
聖旨
依
觀文殿學士光祿大夫沿江制置大使知
建康軍府事兼管內勸農營田使江南東
路安撫使馬步軍都總管 行宮留守節
制和州無爲軍安慶府三郡屯田使暫兼
淮西總領金華郡開國公食邑三千戶食
實封陸伯戶臣馬光祖立石恭書曰

皇上改元景定之明年月正元日特發
睿思親御　宸毫歷舉
祖　宗黜貪之詔申飭訓告頒示羣臣蓋
念民生之寡遂由於吏習之多貪吏貪弗
革由於監司按察之不嚴自今必以按吏
多寡爲殿最而勸懲之大哉　王言諄勤
惻怛雷霆震肅之中皆雨澤滂霈之意嚴
誅賞之令所以浚　惠養之仁昭
祖　宗之心所以永　上天無疆之命也
臣職叨分閫祗服　明訓既銘於心復刻
于石謹拜手稽首言曰先民有訓世無賞
罰雖堯舜不能化天下天下之吏人品不
齊不賞而勸不罰而懲者上也聞賞而勸
聞罰而懲者次也賞而不勸罰而不懲斯
爲下矣聖人從而刑之蓋有不得已焉者
臣少嘗誦書至盤庚之篇有曰朕不肩好
貨敢恭生生鞠人謀人之保居又曰無總
于貨寶生生自庸此盤庚戒貪之辭也成

湯之時宜非盤庚比敢有徇貨時謂滛風臣下不正其刑墨猶見於制官刑儆有位之時堯舜之時宜非商比渾沌窮奇檮杌饕餮猶不能無必待流放竄殛而後天下咸服是雖堯舜至治之世不能無貪臣堯舜至仁之君不能無嚴刑也然罪止於四它無聞焉聖心之易孚而人心之易化故也今我

皇上之心同符堯舜流放之刑既除姦凶有入心者皆宜洗濯舊染精白一心以承

休德

聖意丁寧猶慮有下品之吏聞罰而不知懲者於是按察殿最之法不容不嚴且明信且必也法如江河使人易避刑期無刑

聖人本心爲吏者聞此

詔必自謹其身而不待監司之按察然後爲吏之善爲監司者奉此

詔必申儆所部使部內無可按之吏然後

為令之孚天下皆無可按之吏然後為
聖化之成臣與所部之吏之監司何幸親
逢堯舜之君身為
堯舜之臣以觀
聖化之成哉臣嘗聞 先師臣德秀之言
曰萬分廉潔止是小善一點貪汚便是大
惡拳拳服膺久矣大學曰無諸己而后非
諸人臣願事斯語與同為監司者儆之以
無負
聖天子黜貪之令又曰有諸己而后求諸
人臣願事斯語與同為監司者勉之以無
負
聖天子舉廉之意謹拜手稽首書于下方

景定建康志卷之四

景定建康志卷之五

地理圖序

周官大司徒掌建邦之土地之圖與其人民之數以佐王安擾邦國以天下土地之圖周知九州之地域廣輪之數辨其山林川澤丘陵墳衍原隰之名物職方氏掌天下之圖辨其邦國都鄙周知其利害蓋方國各自爲圖掌於職方入於司徒則謂之天下土地之圖大司徒合而圖之則謂之建邦土地之圖然則上矣

皇朝令郡國圖經三歲一來上即成周所謂天下土

地之圖也龍盤虎踞帝王之宅襟江帶湖形勝之區自吳以來英主經營四方莫不以此爲根本我宋中興是爲　留都地至重矣由職方土地之圖以入於建邦土地之圖詎容闕典於是攷古證今爲圖凡十有五曰龍盤虎踞形勢圖曰歷代城郭互見圖曰建康府境方括圖曰金陵建閫所部圖圖分上下曰府城圖曰府治圖曰上元江寧句容溧水溧陽五縣圖曰府學圖曰明道書院圖曰青溪先賢堂圖地有當辨者附於圖後

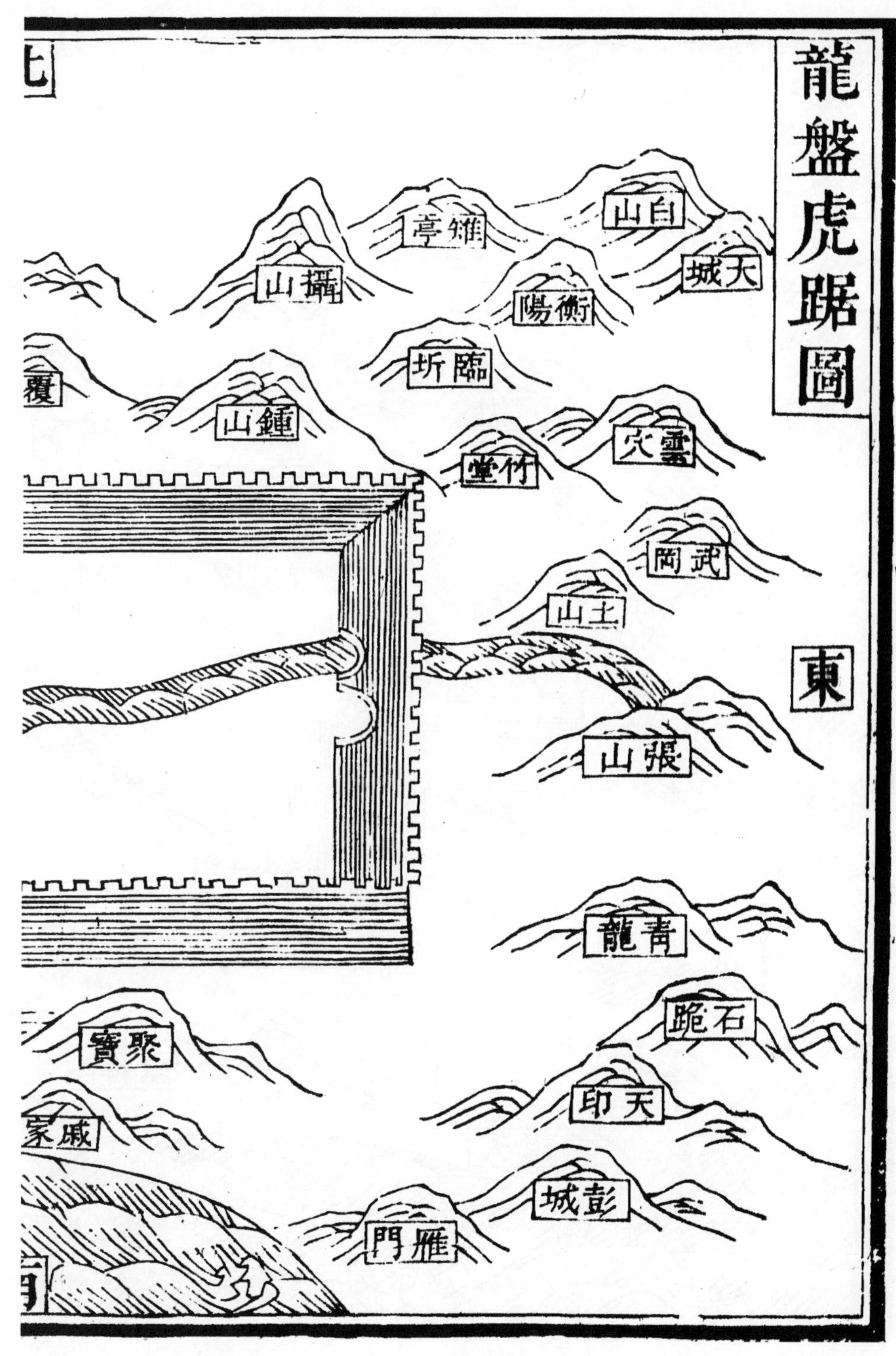
龍盤虎踞圖
北
東
白山
雉亭
天城
攝山
衡陽
臨沂
覆
鍾山
竹堂
雲穴
武岡
土山
張山
青龍
石跪
天印
彭城
雁門
聚寶
戚家

幕府
大壯
四望
舟
觀山
雞籠
馬鞍
大江
西
秦淮水
紫岩
梓潼
三山
夏侯
天闕

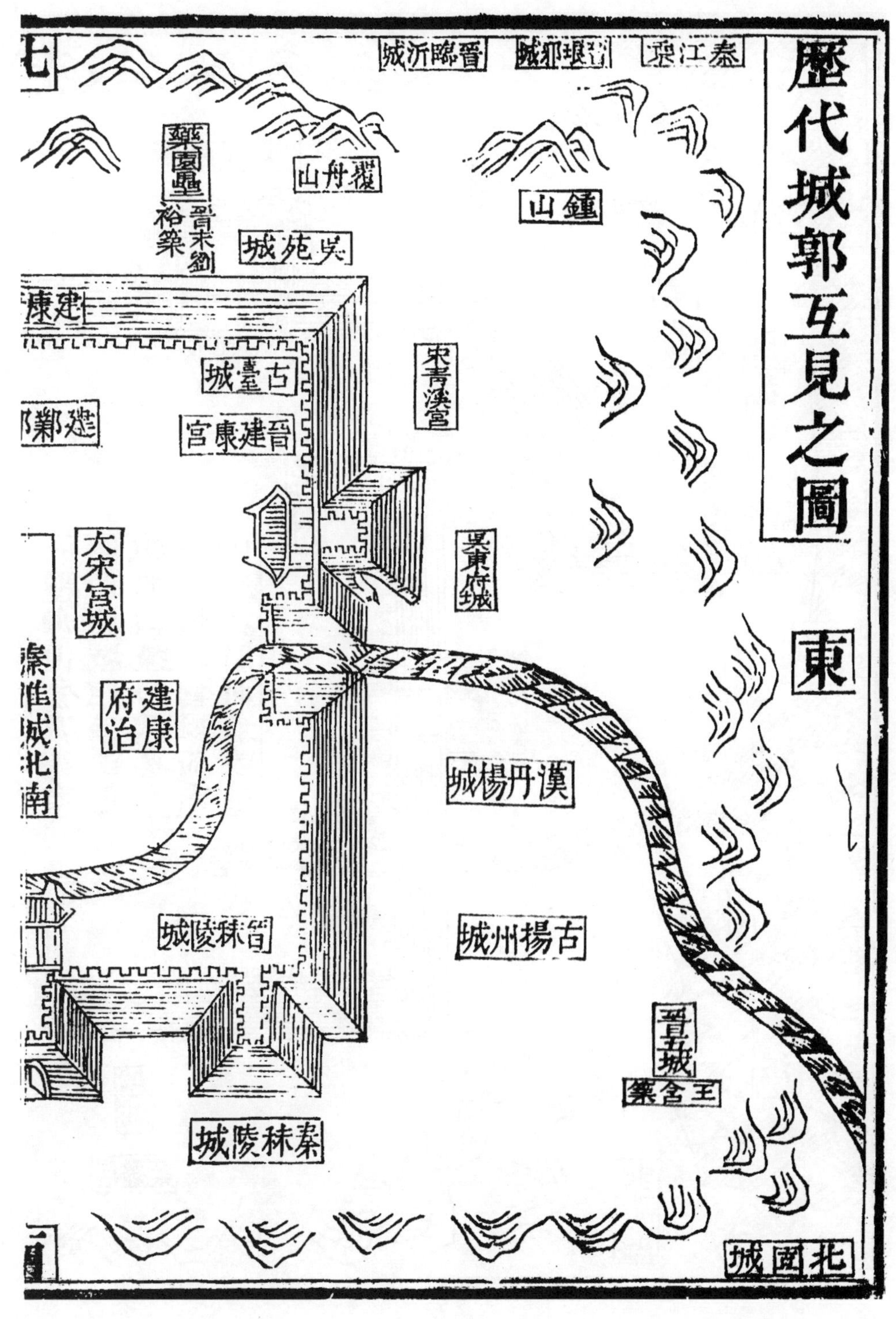
歷代城郭互見之圖
東
秦江乘
晉琅邪城
晉臨沂城
鍾山
覆舟山
藥園壘
晉宋劉裕築
吳苑城
建康
古臺城
晉建康宮
宋青溪宮
吳東府城
大宋宮城
建康府治
漢丹楊城
古揚州城
晉秣陵城
秦秣陵城
王含築

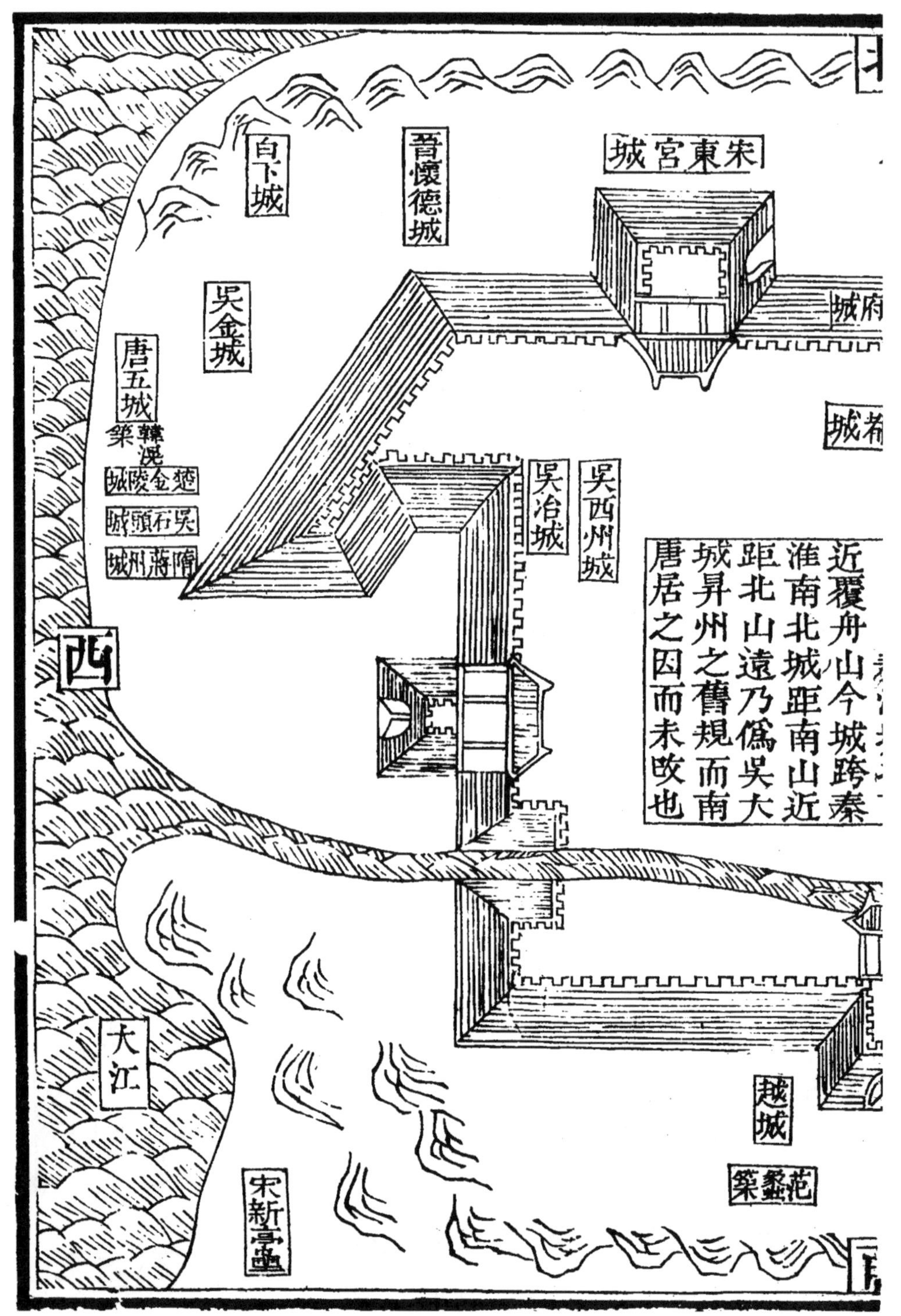
宋東宮城
白下城
晉懷德城
吳金城
唐五城
韓滉築
楚金陵城
吳石頭城
隋蔣州城
府城
都城
吳冶城
吳西州城
西
近覆舟山今城跨秦
淮南北城距南山近
距北山遠乃僞吳大
城昇州之舊規而南
唐居之因而未改也
大江
越城
范蠡築
宋新亭壘

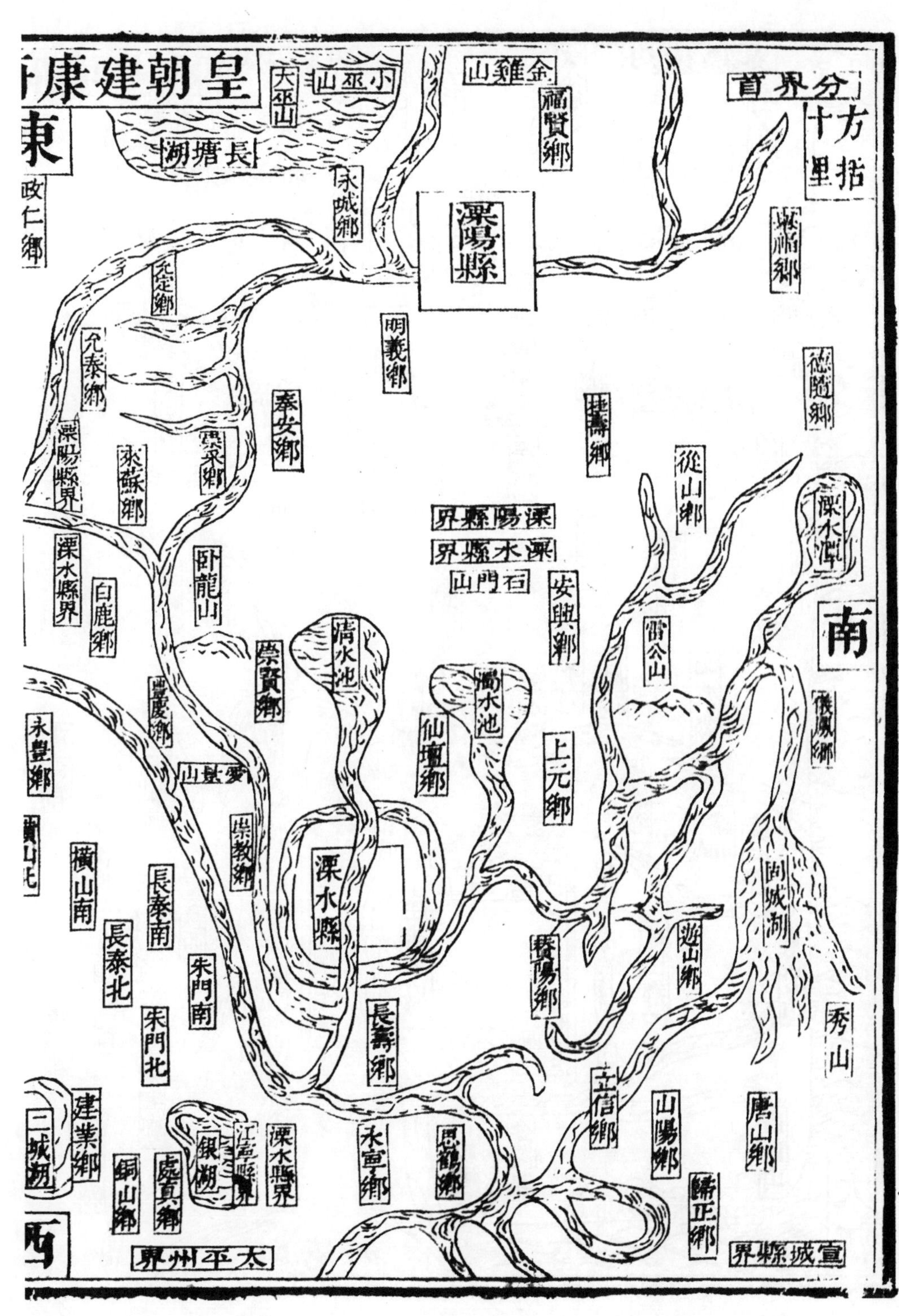
皇朝建康
東
小巫山
大巫山
長塘湖
金雞山
福賢鄉
永城鄉
溧陽縣
分界首
指方十里
政仁鄉
永定鄉
明義鄉
奉安鄉
來蘇鄉
溧陽縣界
溧水縣界
白鹿鄉
臥龍山
溧陽縣界
溧水縣界
石門山
安興鄉
從山鄉
雷公山
清水池
崇賢鄉
仙壇鄉
上元鄉
南
永豐鄉
愛景山
崇教鄉
溧水縣
橫山南
長泰南
長泰北
朱門南
朱門北
固城湖
遊山鄉
長壽鄉
秀山
建業鄉
二城湖
銅山鄉
銀湖
溧水縣界
永寧鄉
思鶴鄉
立信鄉
山陽鄉
唐山鄉
歸政鄉
西
太平州界
宣城縣界

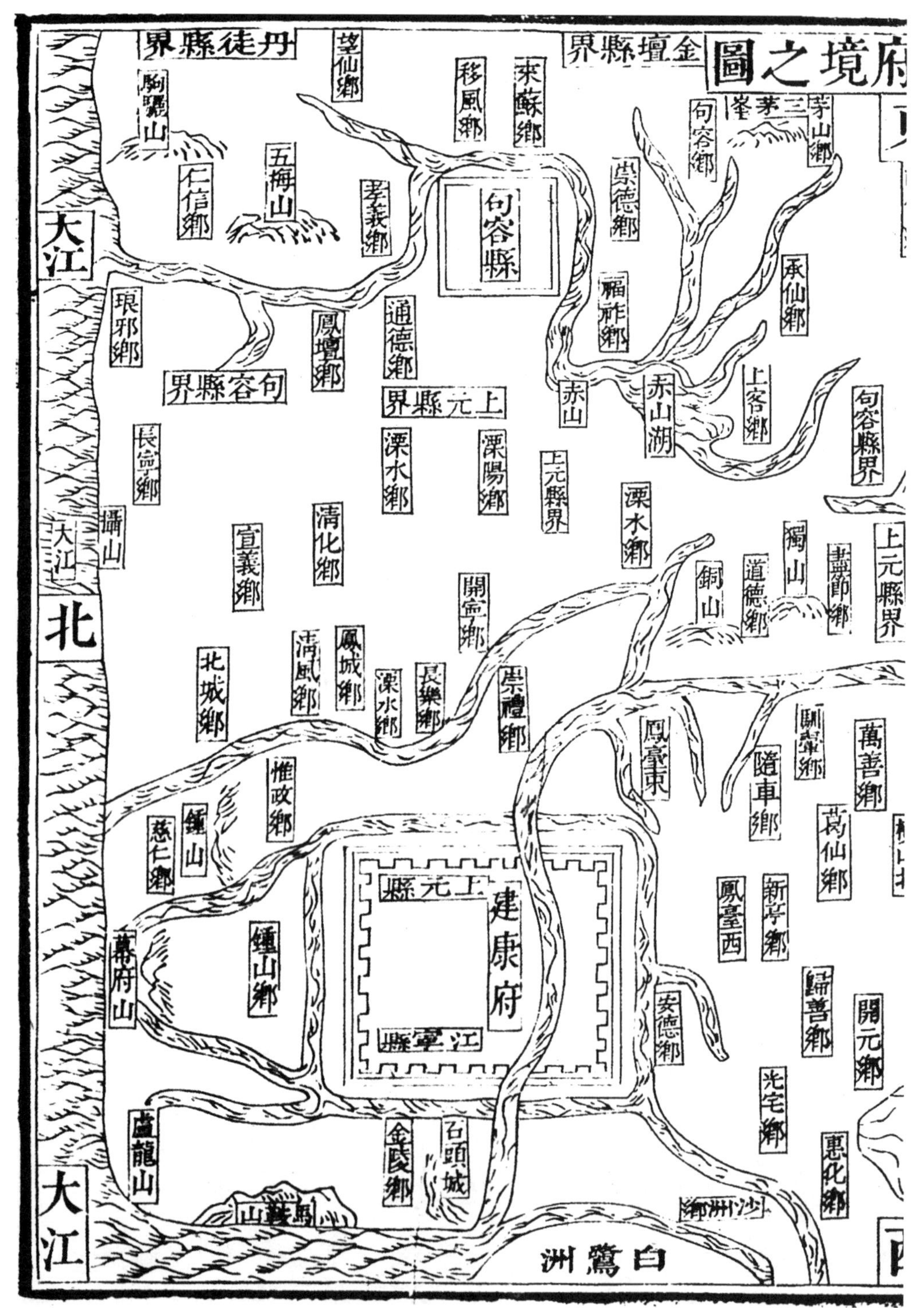
府境之圖
丹徒縣界
金壇縣界
望仙鄉
移風鄉
來蘇鄉
三茅峯
句容鄉
茅山鄉
五梅山
仁信鄉
孝義鄉
句容縣
崇德鄉
承仙鄉
福祚鄉
大江
琅邪鄉
句容縣界
鳳壇鄉
通德鄉
上元縣界
赤山
赤山湖
上容鄉
句容縣界
長寧鄉
溧水鄉
溧陽鄉
上元縣界
溧水鄉
攝山
大江
宣義鄉
清化鄉
開寧鄉
銅山
道德鄉
獨山
壽節鄉
上元縣界
北
北城鄉
清風鄉
鳳城鄉
溧水鄉
長樂鄉
崇禮鄉
鳳臺東
隨車鄉
萬善鄉
惟政鄉
鍾山
慈仁鄉
葛仙鄉
上元縣
建康府
江寧縣
鳳臺西
新亭鄉
幕府山
鍾山鄉
安德鄉
歸善鄉
開元鄉
光宅鄉
盧龍山
金陵鄉
石頭城
惠化鄉
馬鞍山
沙洲鄉
大江
白鷺洲
西

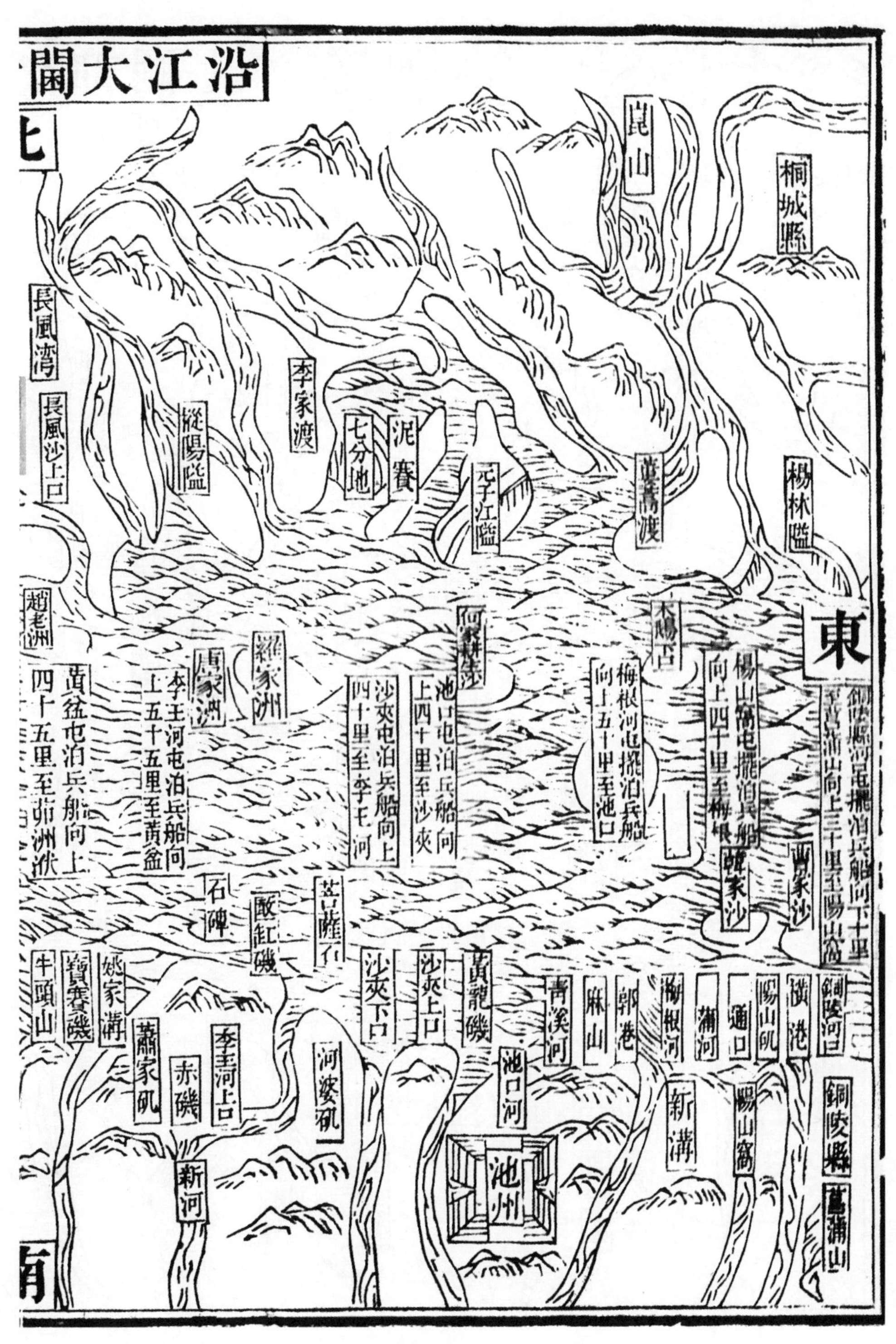
沿江大閫
北
東
南
桐城縣
楊林隘
長風灣
長風沙上口
縱陽隘
李家渡
七分地
泥賽
趙老洲
羅家洲
石碑
牛頭山
新河
赤磯
李王河上口
河婆矶
池口河
池州
沙夾下口
沙夾上口
黄龍磯
青溪河
麻山
郭巷
梅根河
蒲河
通口
新溝
陽山矶
陽山窩
横港
銅陵河口
銅陵縣
鳳家沙

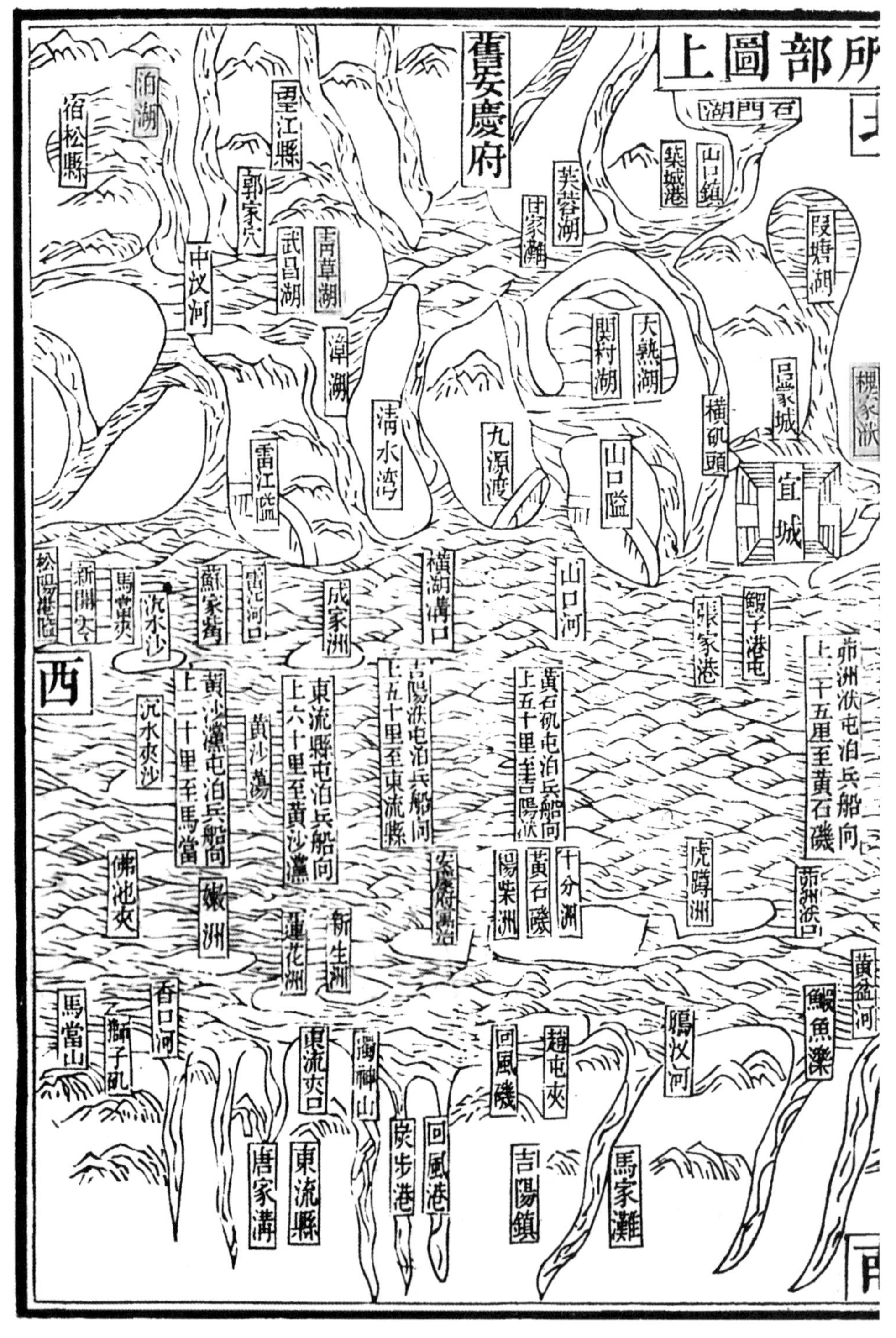
所部圖上
舊安慶府
望江縣
宿松縣
泊湖
郭家穴
武昌湖
青草湖
中汶河
漳湖
清水湾
雷江監
九源渡
芙蓉湖
甘家灘
大熟湖
閔村湖
山口監
橫矶頭
呂家城
宜城
段塘湖
山口鎮
柴城港
松陽港監
新開夾
沆水沙
蘇家觜
成家洲
橫湖溝口
山口河
張家港
鈕子港屯
西
沆水夾沙
黃沙灘屯泊兵船向上二十里至馬當
黃沙蕩
東流縣屯泊兵船向上六十里至黃沙灘
吉陽洑屯泊兵船向上五十里至東流縣
黃石矶屯泊兵船向上五十里至吉陽洑
荻洲洑屯泊兵船向上二十五里至黃石磯
佛池夾
嫩洲
蓮花洲
新生洲
安慶府新治
陽柴洲
黃石磯
十分洲
虎蹲洲
荻洲洑口
黃盆河
馬當山
獅子矶
香口河
東流夾口
回風磯
趙屯夾
鴈汊河
唐家溝
東流縣
炭步港
回風港
吉陽鎮
馬家灘

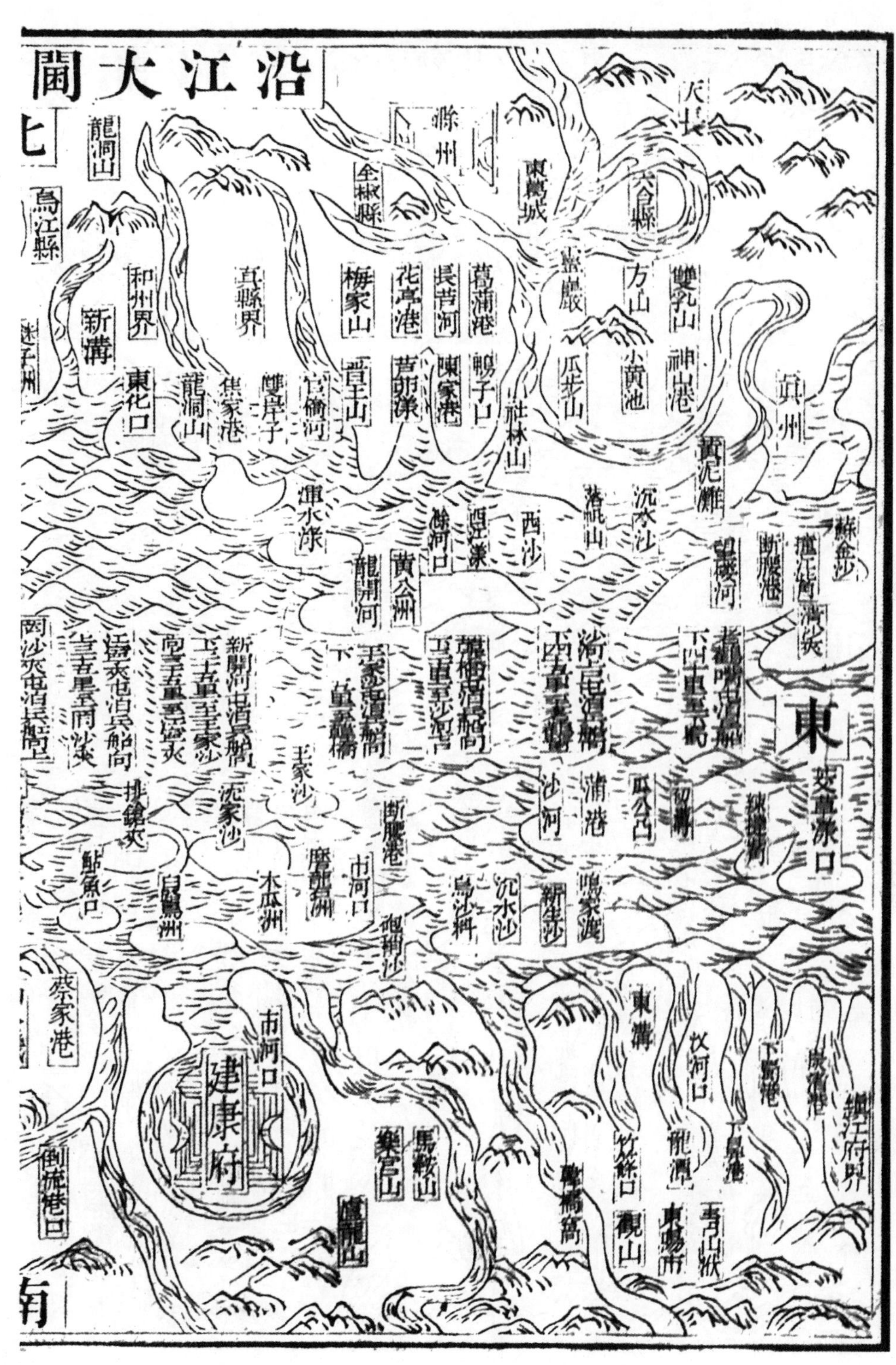
沿江大閫
北
東
南
龍洞山
烏江縣
新溝
和州界
東化口
滁州
全椒縣
六合縣
方山
瓜步山
神山港
真州
黃泥灘
沉水沙
落星山
西沙
黃公洲
梅家山
花亭港
長蘆河
王家沙
沉家沙
木瓜洲
白鷺洲
新生沙
沙河
蔡家港
市河口
建康府
馬鞍山
東溝
觀山
竹篠口
倒流港口
鎮江府界

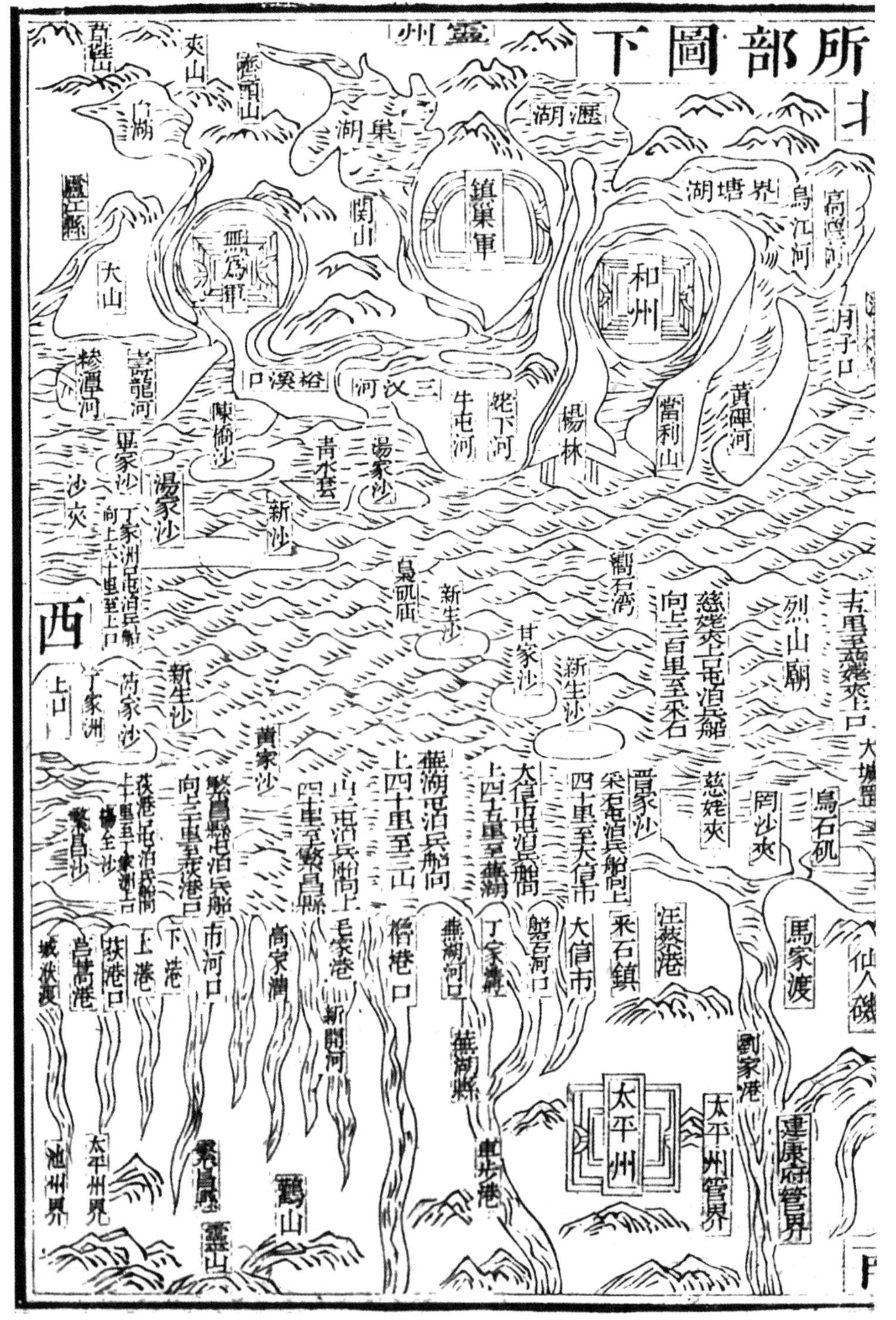
所部圖下
西
靈州
夾山
白湖
巢湖
歷湖
鎮巢軍
無為軍
和州
界塘湖
烏江河
大山
關山
三汊河
裕溪口
牛屯河
楊林
當利山
黄碑河
月子口
青龍河
陳橋沙
青水套
湯家沙
新沙
沙夾
梟磯廟
新生沙
甘家沙
鸖石湾
慈姥夾
烈山廟
新生沙
黄家沙
上口
丁家洲
荻港屯泊兵船
荻港口
下港
上港
市河口
高家灣
毛家港
新開河
繁昌縣
蕪湖屯泊兵船
蕪湖河口
丁家港
蕪湖縣
大信屯泊兵船
大信市
采石屯泊兵船
采石鎮
汪家港
周沙夾
烏石磯
馬家渡
仙人磯
劉家港
太平州
太平州管界
建康府管界
池州界
太平州界
鵲山
靈山
東步港

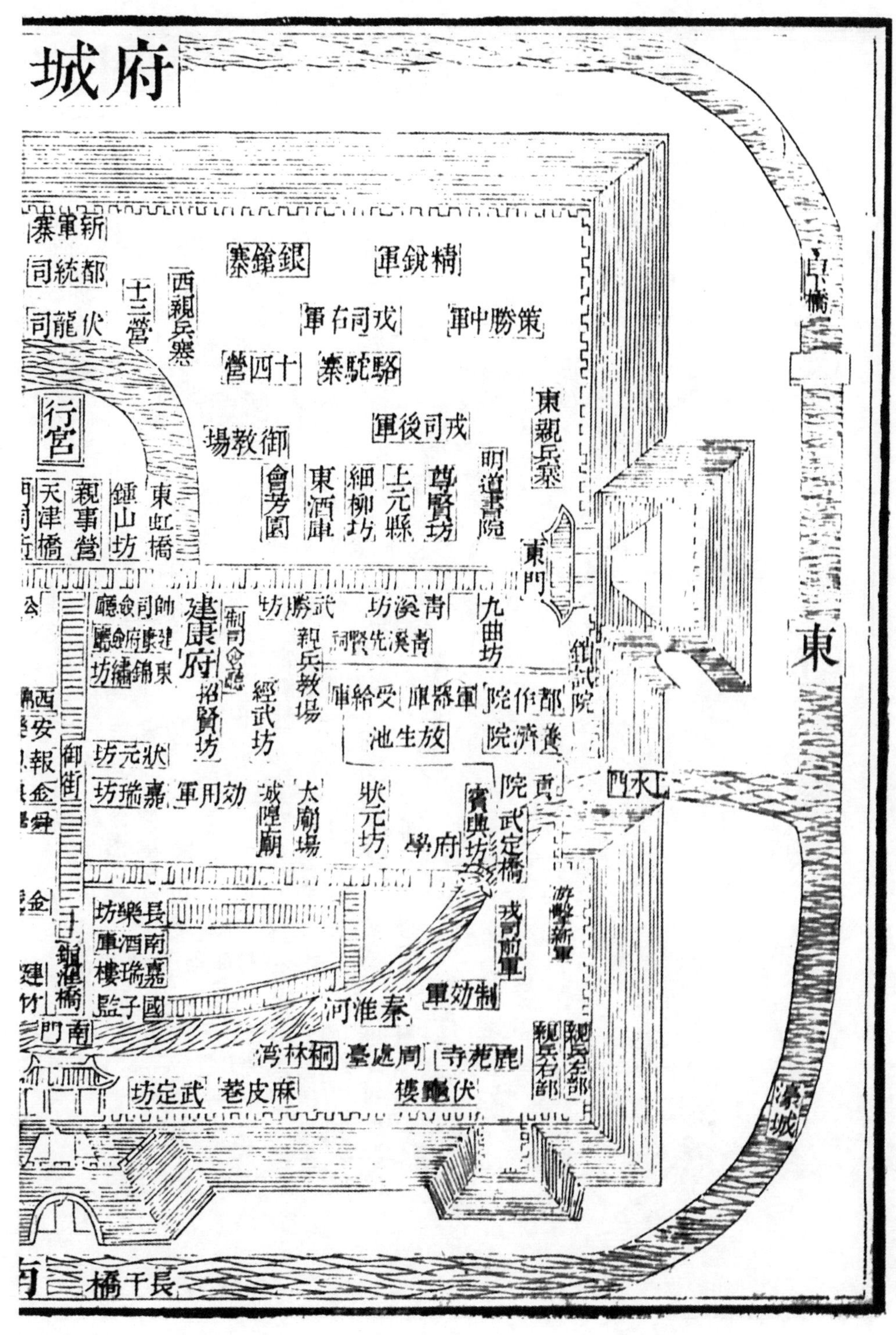
府城
新軍寨
都統司
伏龍司
銀鎗寨
精銳軍
十三營
西親兵寨
戎司右軍
策勝中軍
駱駝寨
十四營
行宮
御教場
戎司後軍
東親兵寨
明道書院
會芳園
東酒庫
細柳坊
上元縣
尊賢坊
天津橋
親事營
鍾山坊
東虹橋
東門
帥司僉廳
東錦繡坊
建康府
制司僉廳
招賢坊
武勝坊
青溪坊
青溪先賢祠
親兵教場
九曲坊
經武坊
受給庫
軍器庫
都作院
放生池
養濟院
御街
狀元坊
嘉瑞坊
效用軍
城隍廟
太廟場
狀元坊
府學
貢院
寶興坊
武定橋
長樂坊
南酒庫
嘉瑞樓
國子監
鎮淮橋
南門
秦淮河
戎司前軍
游擊新軍
制効軍
鹿苑寺
周處臺
麻皮巷
武定坊
伏龜樓
親兵右部
長干橋
東

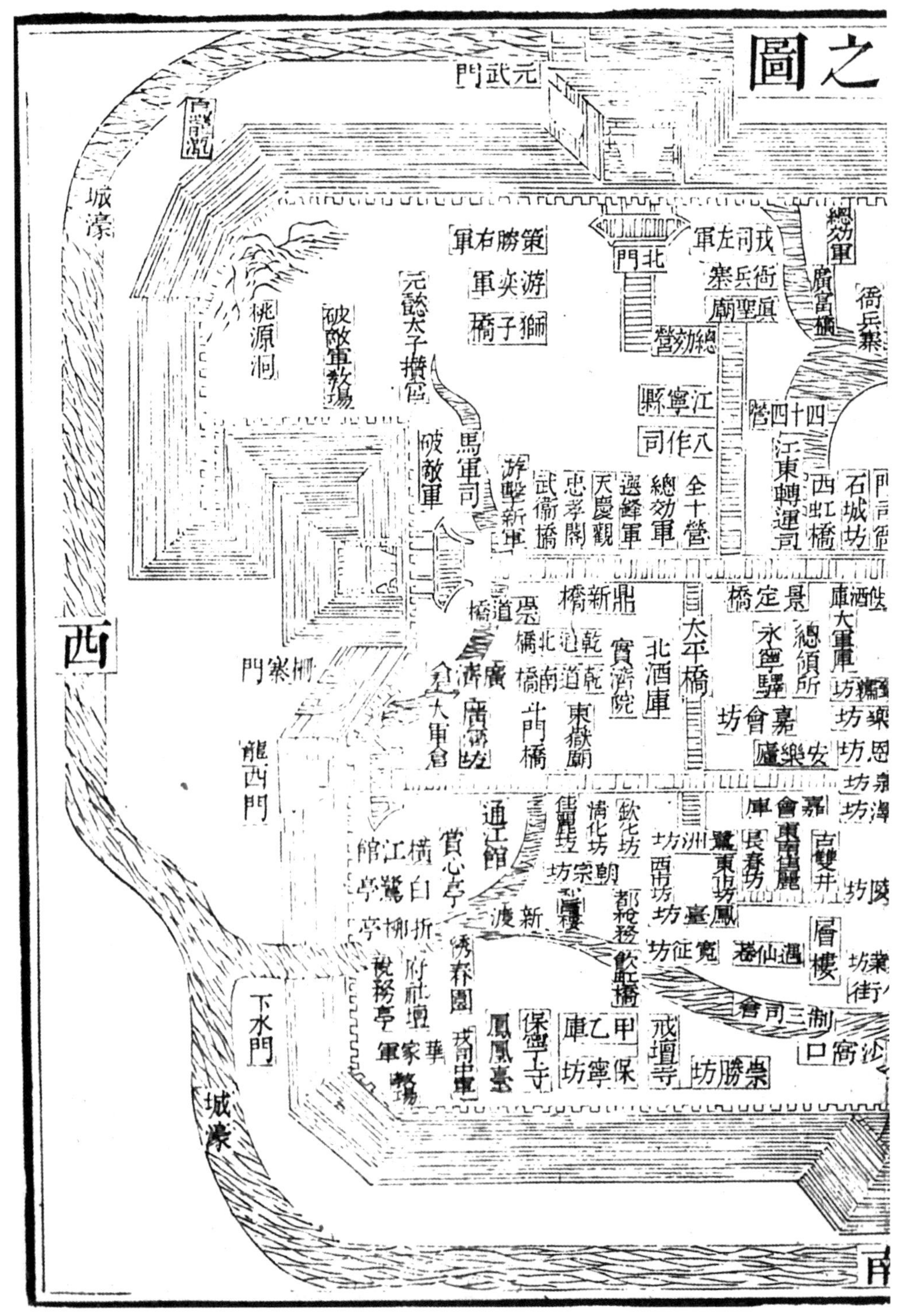
之圖
元武門
城濠
策勝右軍
游奕軍
獅子橋
戎司左軍
北門
總効營
桃源洞
破敵軍教場
元懿太子攢宮
江寧縣
八作司
四十營
江東轉運司
西虹橋
石城坊
馬軍司
破敵軍
游擊新軍
武衛橋
忠孝閣
天慶觀
選鋒軍
總効軍
西
柵寨門
鼎新橋
景定橋
太平橋
北酒庫
實濟院
乾道橋
北門橋
東嶽廟
總領所
永寧驛
大軍庫
嘉會坊
安樂廬
大軍倉
龍西門
通江館
賞心亭
白鷺亭
折柳亭
清化坊
欽化坊
新渡
都稅務
飲虹橋
遇仙巷
層樓
下水門
鳳凰臺
保寧寺
戒壇寺
崇勝坊
城濠

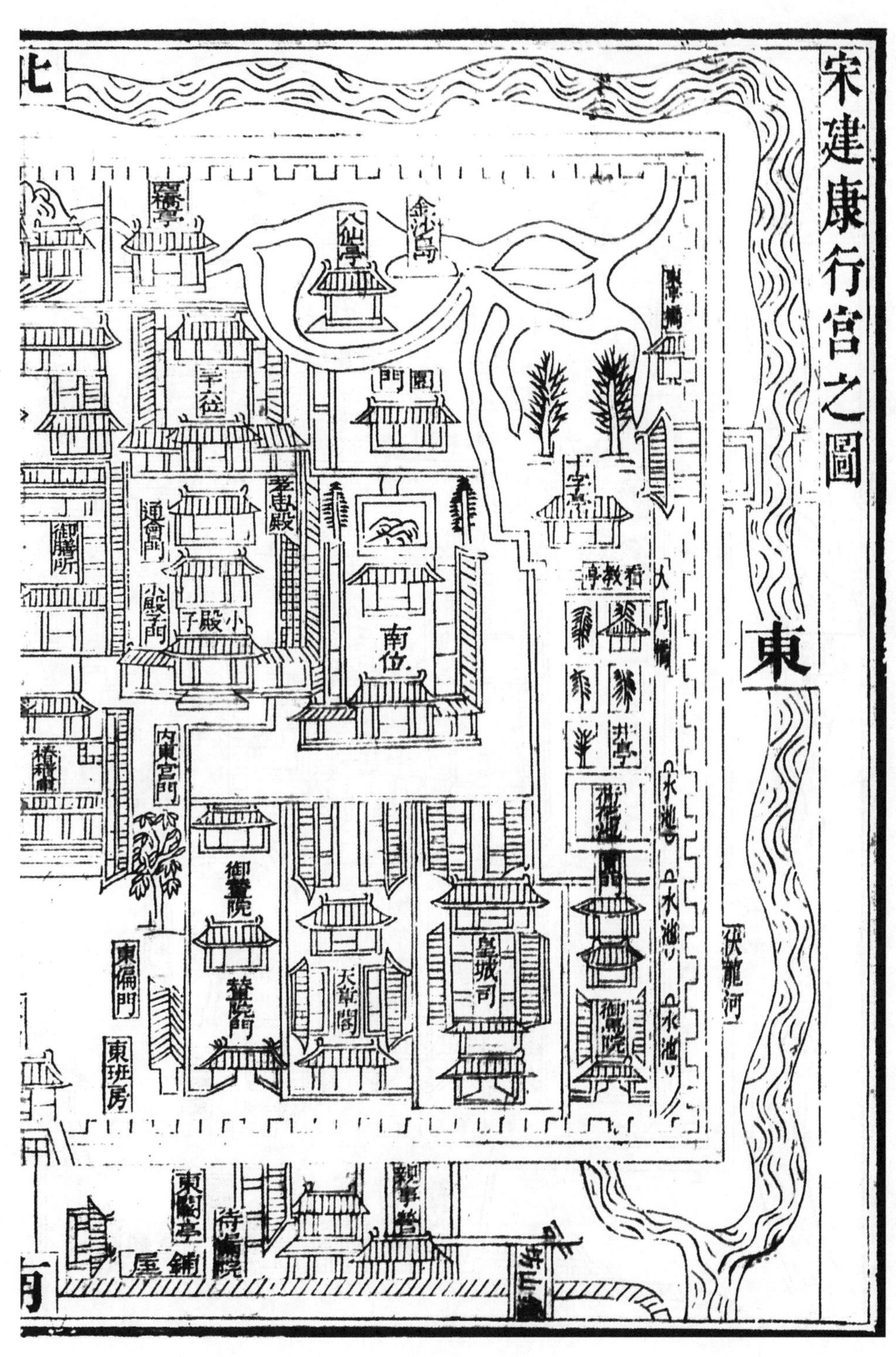
宋建康行宫之圖
北
東
南
伏龍河
南位
御書院
天章閣
皇城司
東偏門
東班房
小殿子
内東宫門

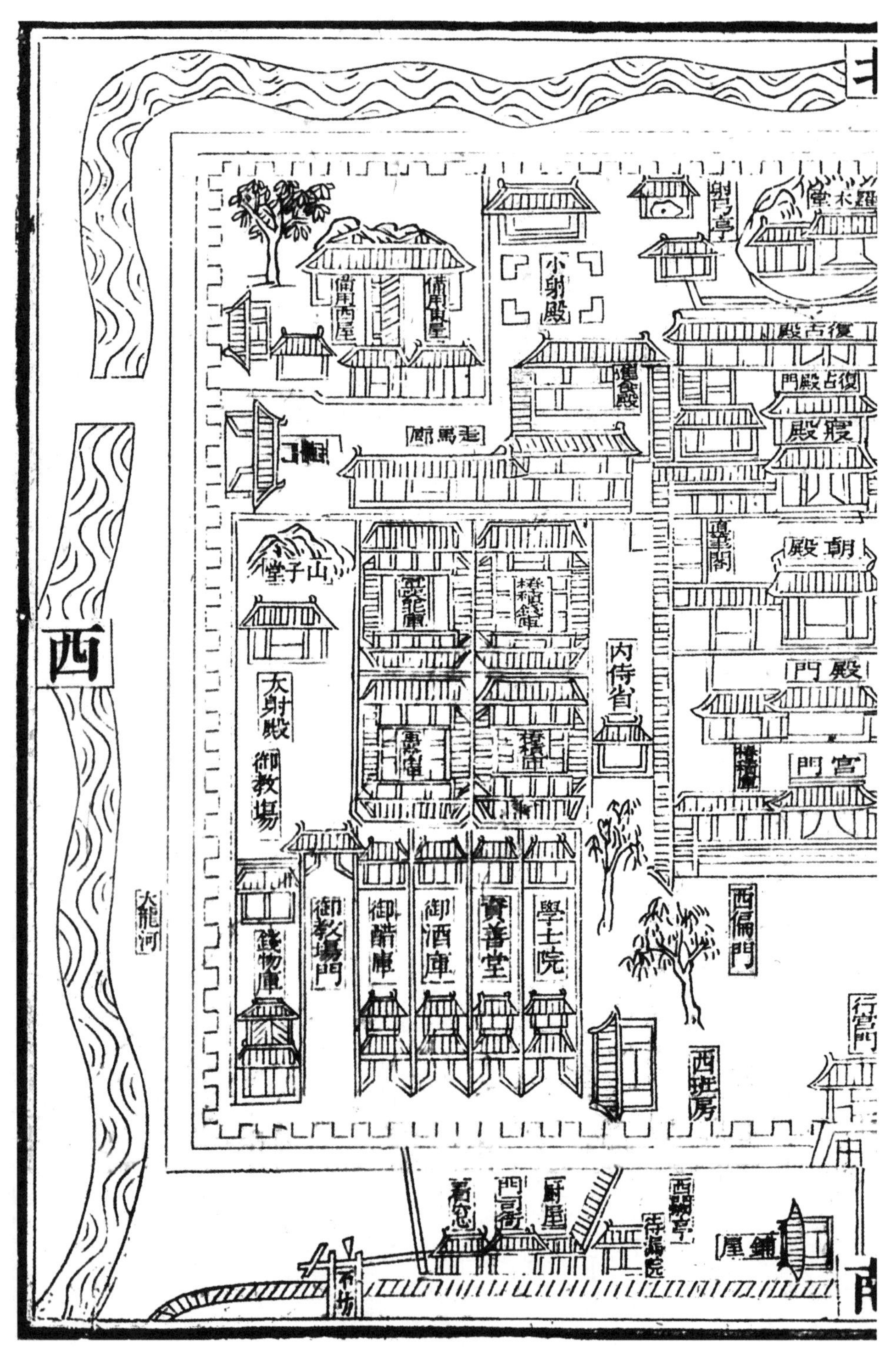

西
大龍河
小射殿
射弓亭
走馬廊
復古殿
復古殿門
寢殿
朝殿
殿門
宮門
內侍省
西偏門
大射殿
御教場
御教場門
錢物庫
御醋庫
御酒庫
資善堂
學士院
西班房
行宮門
廚屋
門房
鋪屋

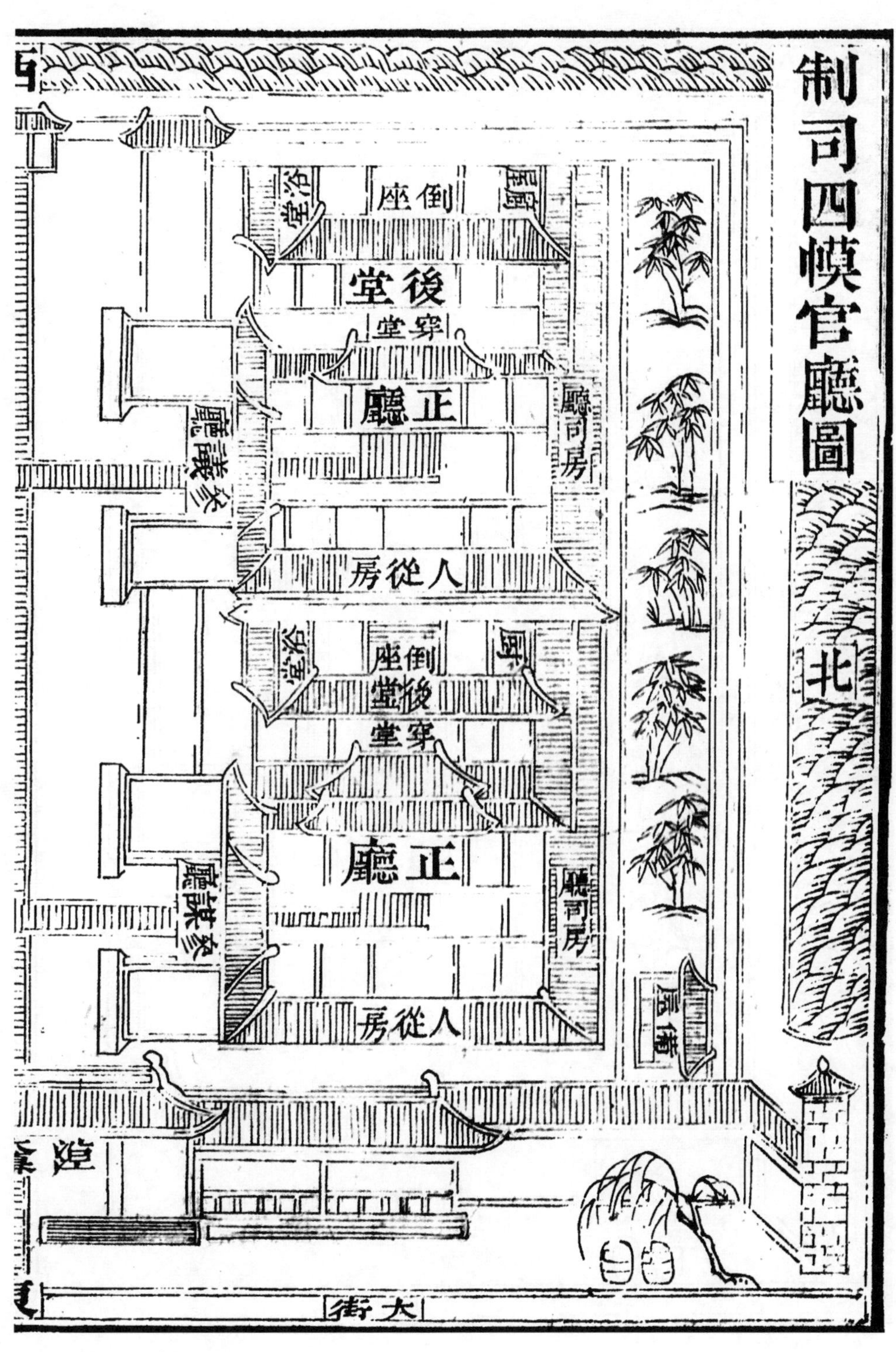
制司四幕官廳圖
北
倒座
後堂
穿堂
正廳
廳司房
參議廳
人從房
倒座
後堂
穿堂
正廳
參謀廳
廳司房
人從房
大街

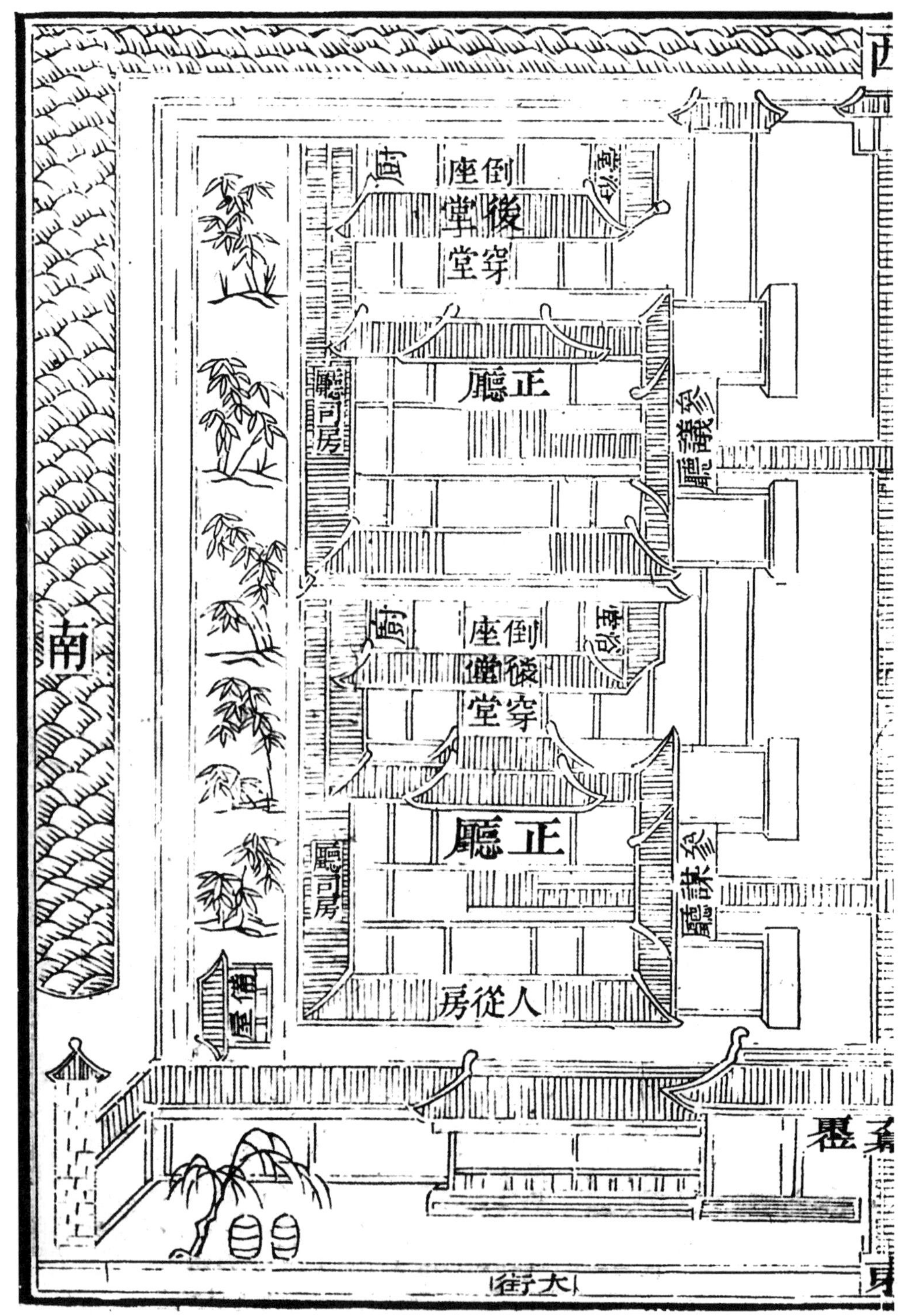
西
南
倒座
後堂
穿堂
正廳
參議廳
倒座
後堂
穿堂
正廳
參謀廳
從人房
大街

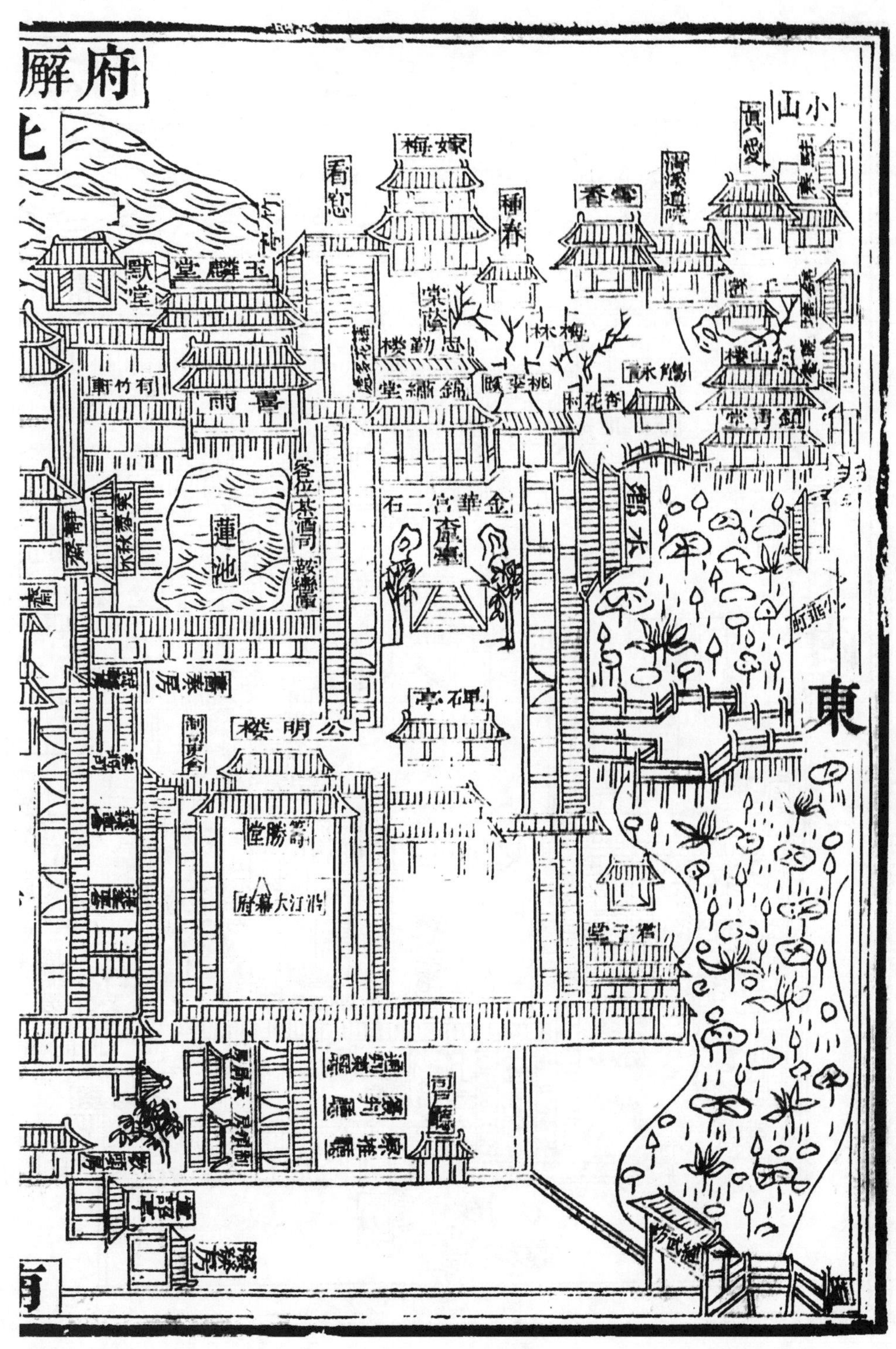
府解
北
東
南
玉麟堂
有竹軒
蓮池
忠勤樓
錦繡堂
金華二石
碑亭
公明樓
籌勝堂
沿江大幕府

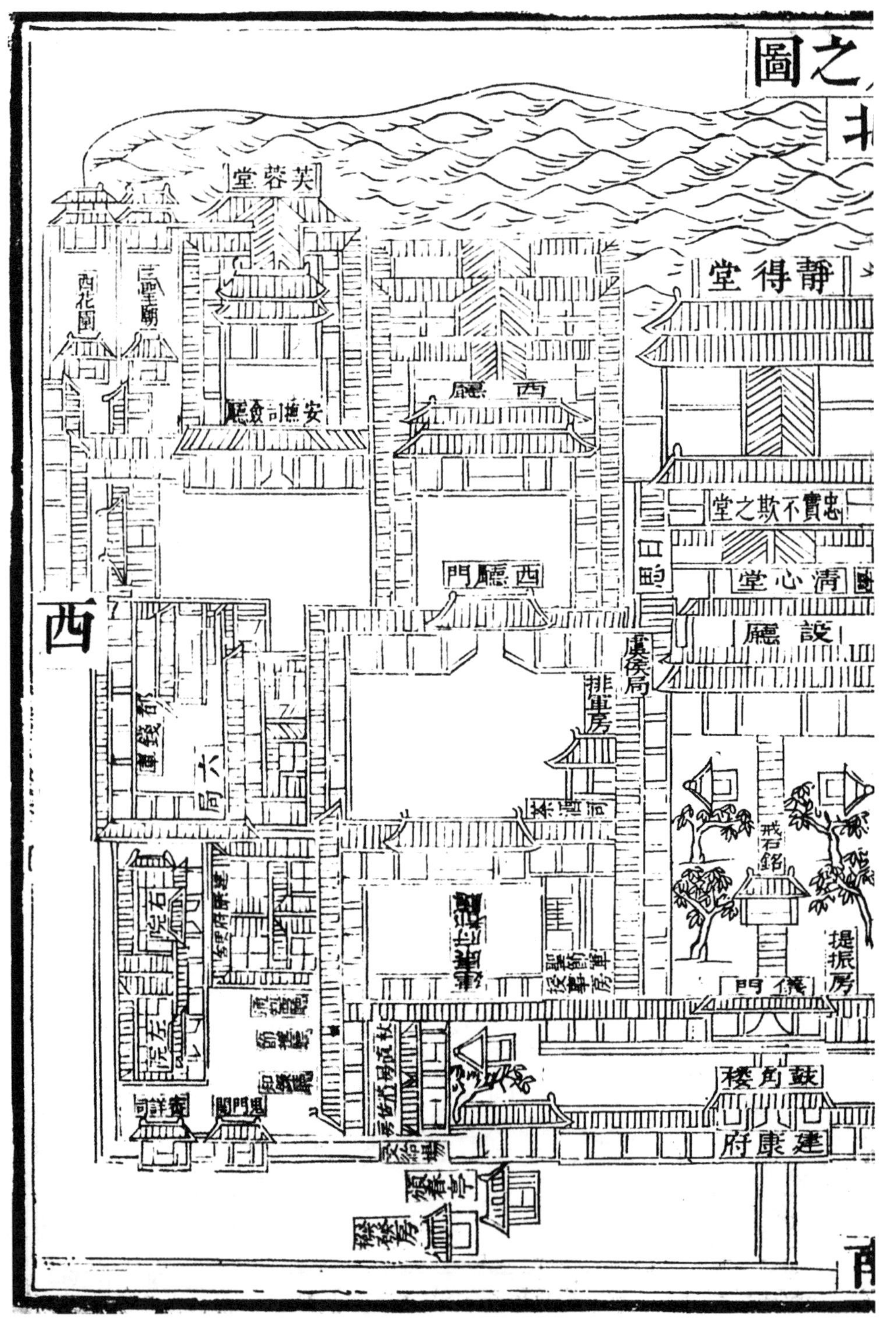
芙蓉堂
西花園
三聖廟
安撫司僉廳
西廳
西廳門
靜得堂
忠實不欺之堂
清心堂
設廳
西
虞候局
排軍房
戒石銘
提振房
儀門
鼓角樓
建康府

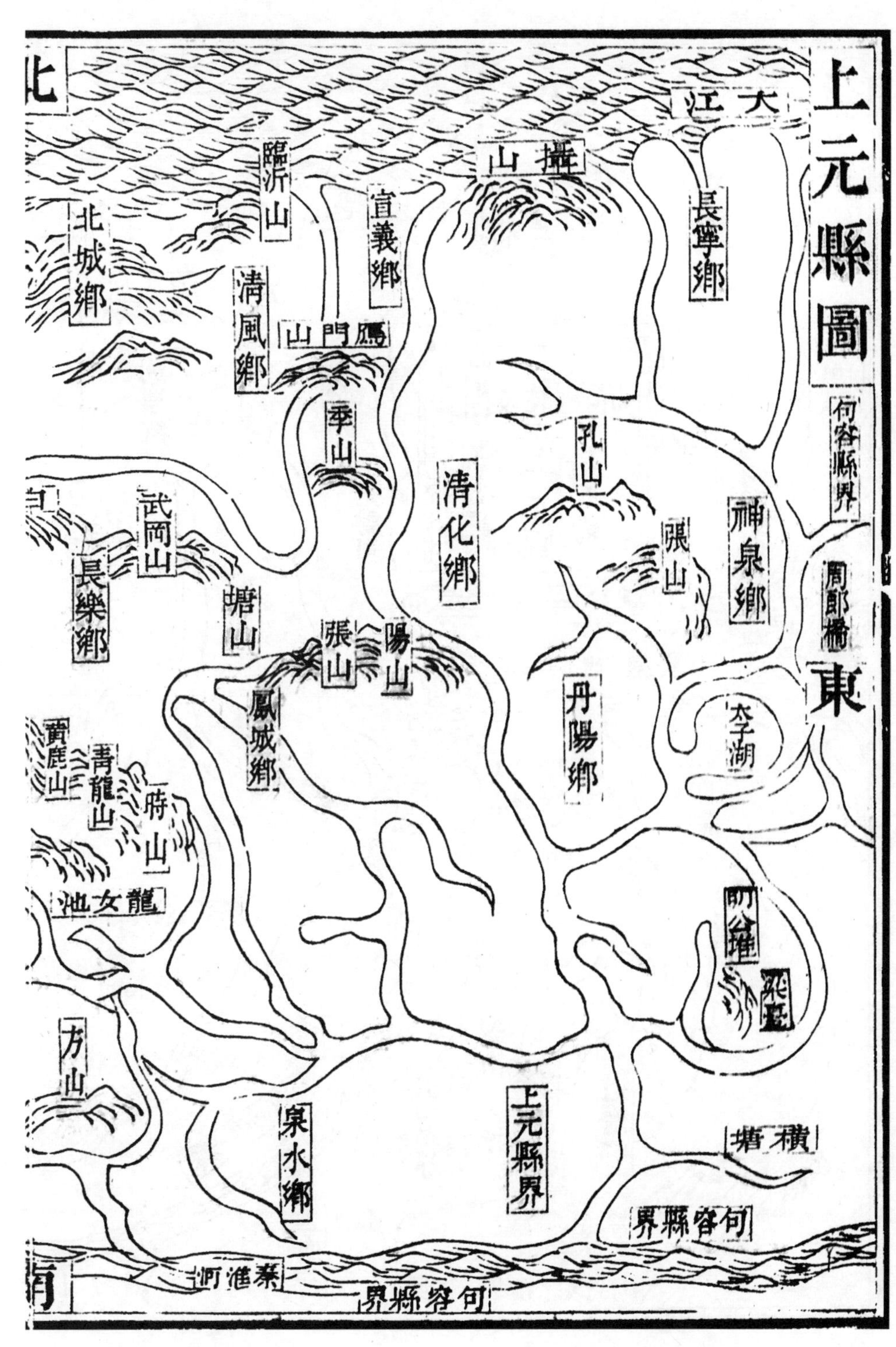
上元縣圖
大江
北
東
南
長寧鄉
臨沂山
宣義鄉
北城鄉
清風鄉
鴈門山
孔山
清化鄉
張山
神泉鄉
武岡山
長樂鄉
塘山
張山
陽山
丹陽鄉
鳳城鄉
黄鹿山
青龍山
龍女池
方山
泉水鄉
上元縣界
橫塘
句容縣界
秦淮河
句容縣界

大江
幕府山
獨山
慈仁鄉
直瀆山
鍾山
鍾山鄉
雞籠山
平頂山
盧龍山
金陵鄉
馬鞍山
石頭城
建康府
縣丞廳
上元縣
主簿廳
惟政鄉
上元尉司
開寧鄉
西
雨花臺
盡節鄉
梨塘
楊湖山
土山
崇禮鄉
銅山
道德鄉
上元縣界
秦淮河
江寧縣界
江寧縣界
溧水縣界橫山

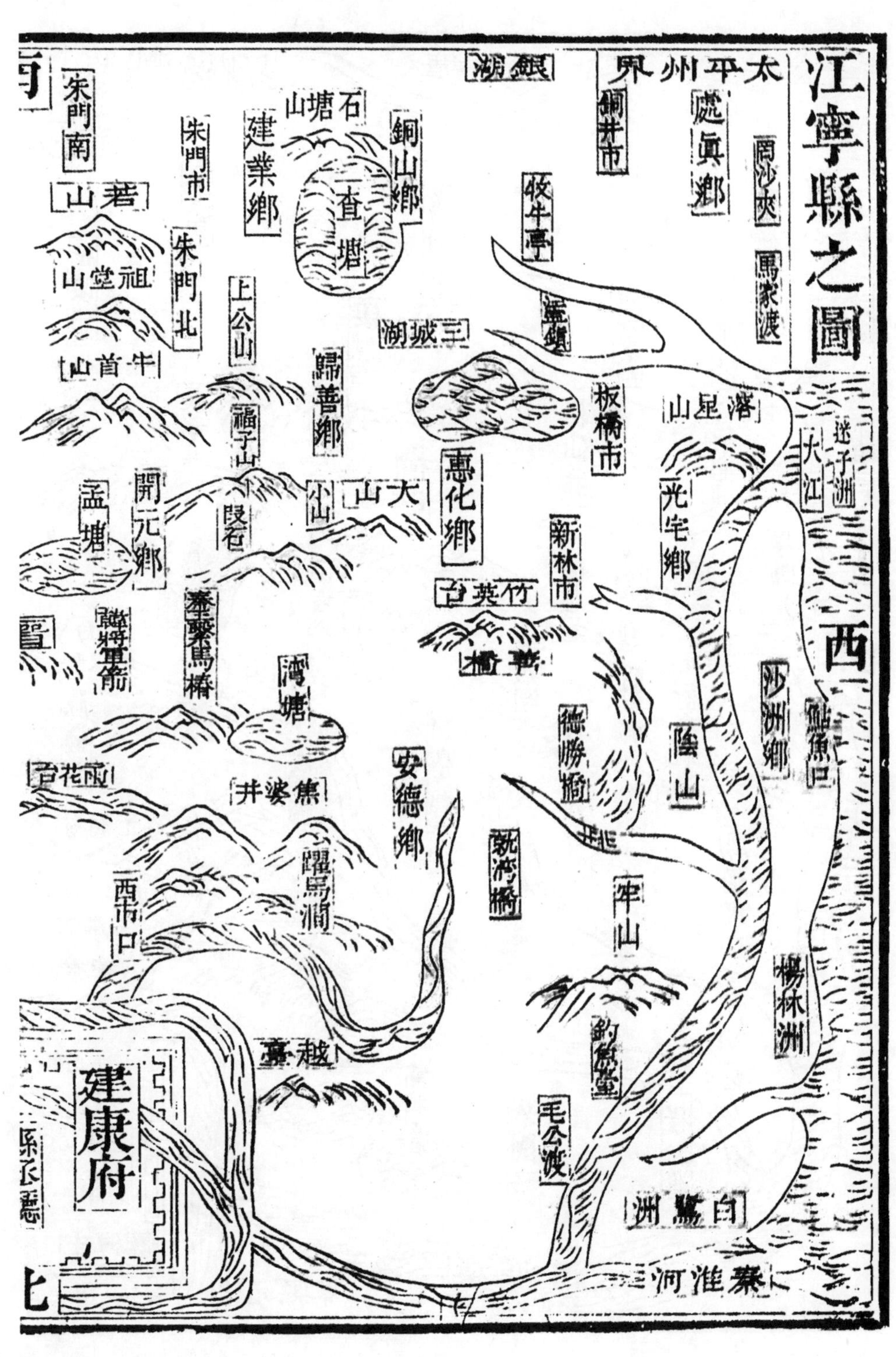
江寧縣之圖
太平州界
銀湖
處真鄉
馬家渡
銅井市
牧牛亭
石塘山
銅山鄉
建業鄉
查塘
朱門南
朱門市
朱門北
若山
祖堂山
牛首山
上公山
三城湖
歸善鄉
落星山
板橋市
大江
惠化鄉
大山
小山
光宅鄉
新林市
開元鄉
孟塘
竹英台
西
沙洲鄉
陰山
德勝橋
灣塘
雨花台
焦婆井
安德鄉
躍馬澗
西市口
釣魚臺
楊林洲
越臺
毛公渡
建康府
白鷺洲
秦淮河

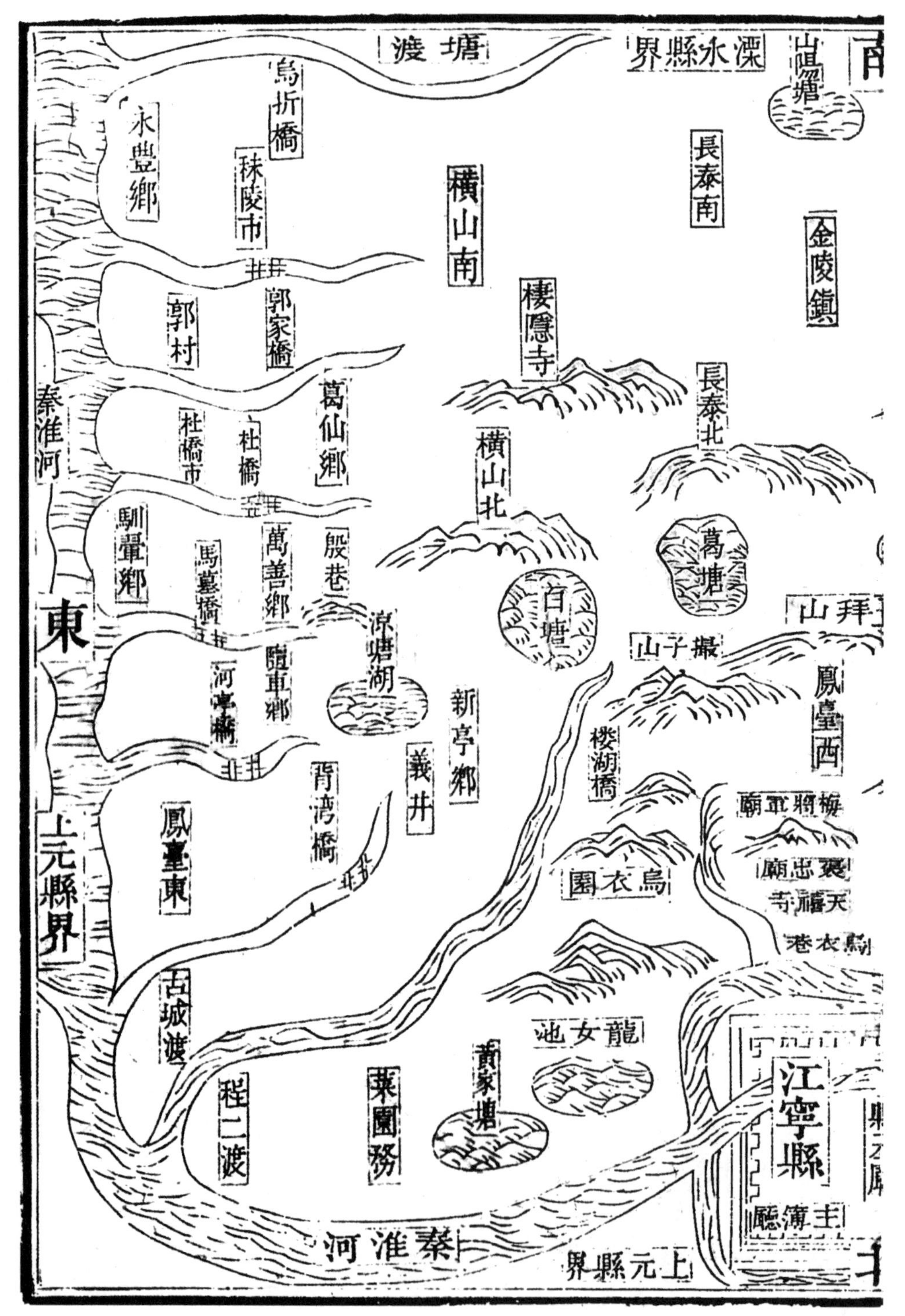

塘渡
溧水縣界
烏折橋
永豐鄉
秣陵市
郭家橋
郭村
葛仙鄉
杜橋市
杜橋
秦淮河
馴翬鄉
馬墓橋
萬善鄉
殷巷
河亭橋
隨車鄉
涼塘湖
東
上元縣界
鳳臺東
背湾橋
義井
新亭鄉
古城渡
程二渡
菜園務
秦淮河
橫山南
橫山北
長泰南
長泰北
棲隱寺
金陵鎮
葛塘
白塘
拜山
子山
鳳臺西
樓湖橋
梅將軍廟
褒忠廟
天禧寺
烏衣巷
烏衣園
龍女池
黃家塘
江寧縣
主簿廳
上元縣界

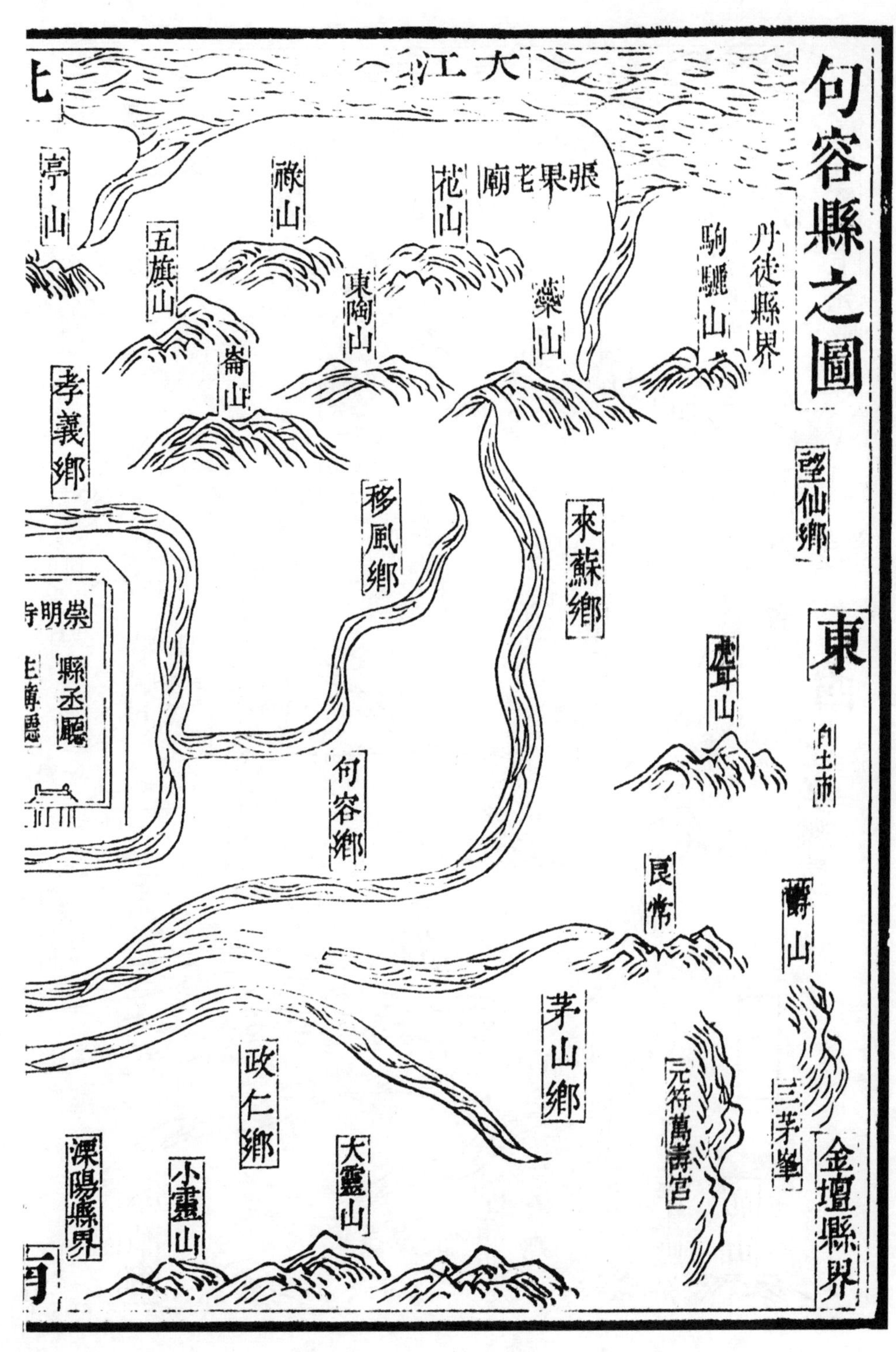
句容縣之圖
大江
北
東
南
亭山
䕸山
花山
張果老廟
丹徒縣界
駒驪山
五旗山
東陶山
藥山
崙山
孝義鄉
移風鄉
來蘇鄉
望仙鄉
崇明寺
縣丞廳
句容鄉
白土市
茅山鄉
政仁鄉
元符萬壽宮
三茅峯
金壇縣界
溧陽縣界
小盡山
大盡山

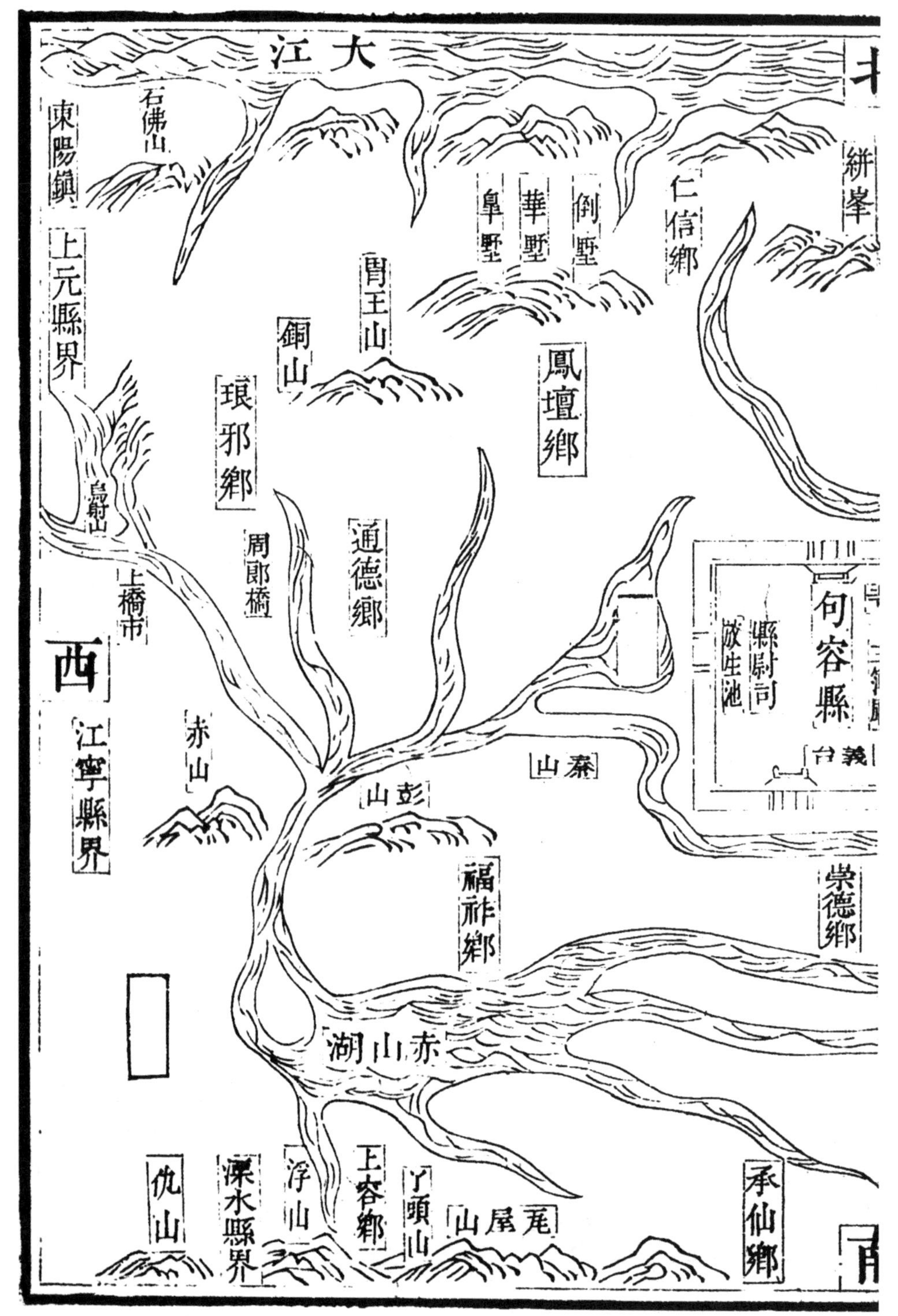
大江
北
西
南
東陽鎮
石佛山
上元縣界
倒墅
華墅
皐墅
仁信鄉
絣峯
胃王山
銅山
鳳壇鄉
琅邪鄉
通德鄉
周郎橋
上橋市
句容縣
縣尉司
放生池
江寧縣界
赤山
秦山
彭山
福祚鄉
崇德鄉
赤山湖
仇山
溧水縣界
浮山
上容鄉
了頭山
尾屋山
承仙鄉

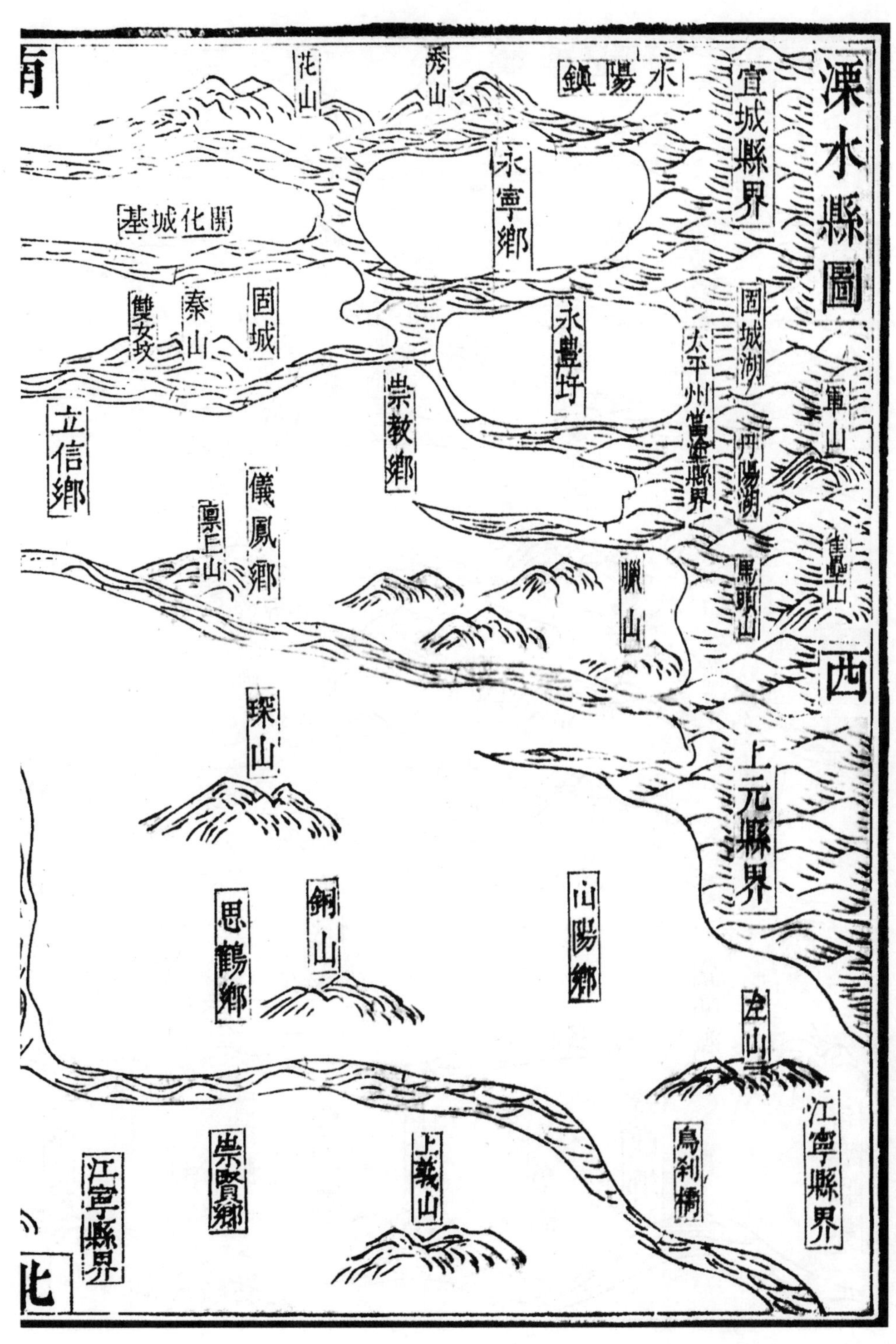
溧水縣圖
宣城縣界
永陽鎮
秀山
花山
南
永寧鄉
開化城基
固城湖
太平州當塗縣界
永豐圩
固城
泰山
雙女墳
立信鄉
崇教鄉
儀鳳鄉
丹陽湖
單山
馬頭山
西
上元縣界
山陽鄉
銅山
思鶴鄉
江寧縣界
烏刹橋
上義山
崇賢鄉
江寧縣界
北

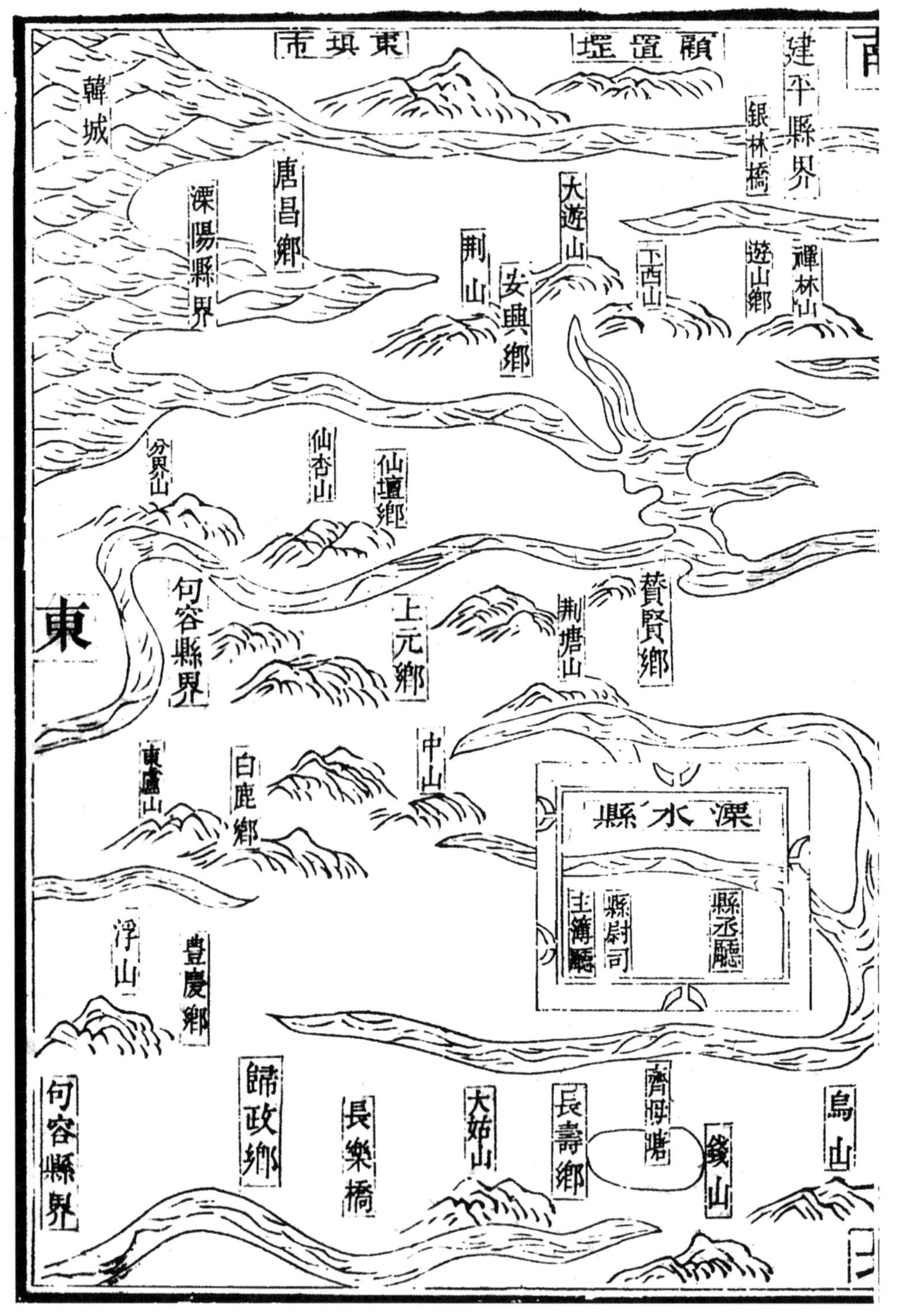
南
東
東垻市
顧置堰
建平縣界
韓城
唐昌鄉
溧陽縣界
銀林橋
大遊山
荆山
安興鄉
下西山
遊山鄉
禪林山
分界山
仙杏山
仙壇鄉
句容縣界
上元鄉
荆塘山
賛賢鄉
東盧山
白鹿鄉
中山
溧水縣
主簿廳
縣尉司
縣丞廳
浮山
豊慶鄉
句容縣界
歸政鄉
長樂橋
大姑山
長壽鄉
齊母塘
錢山
烏山

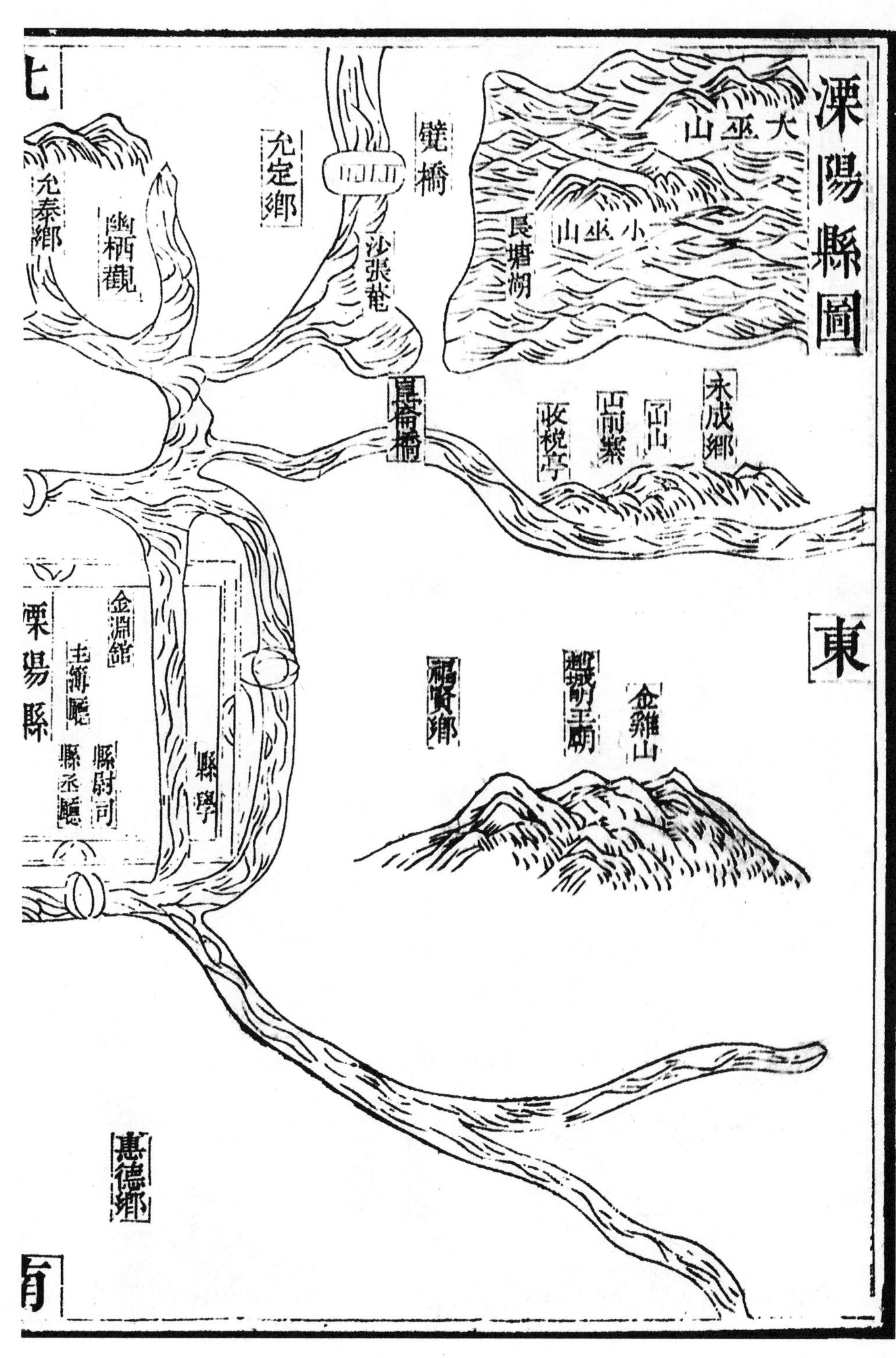
溧陽縣圖
大巫山
小巫山
長塘湖
永成鄉
山前寨
收稅亭
沙張菴
允定鄉
允泰鄉
幽栖觀
北
東
南
金雞山
福賢鄉
溧陽縣
金淵館
主簿廳
縣尉司
縣丞廳
縣學
惠德鄉

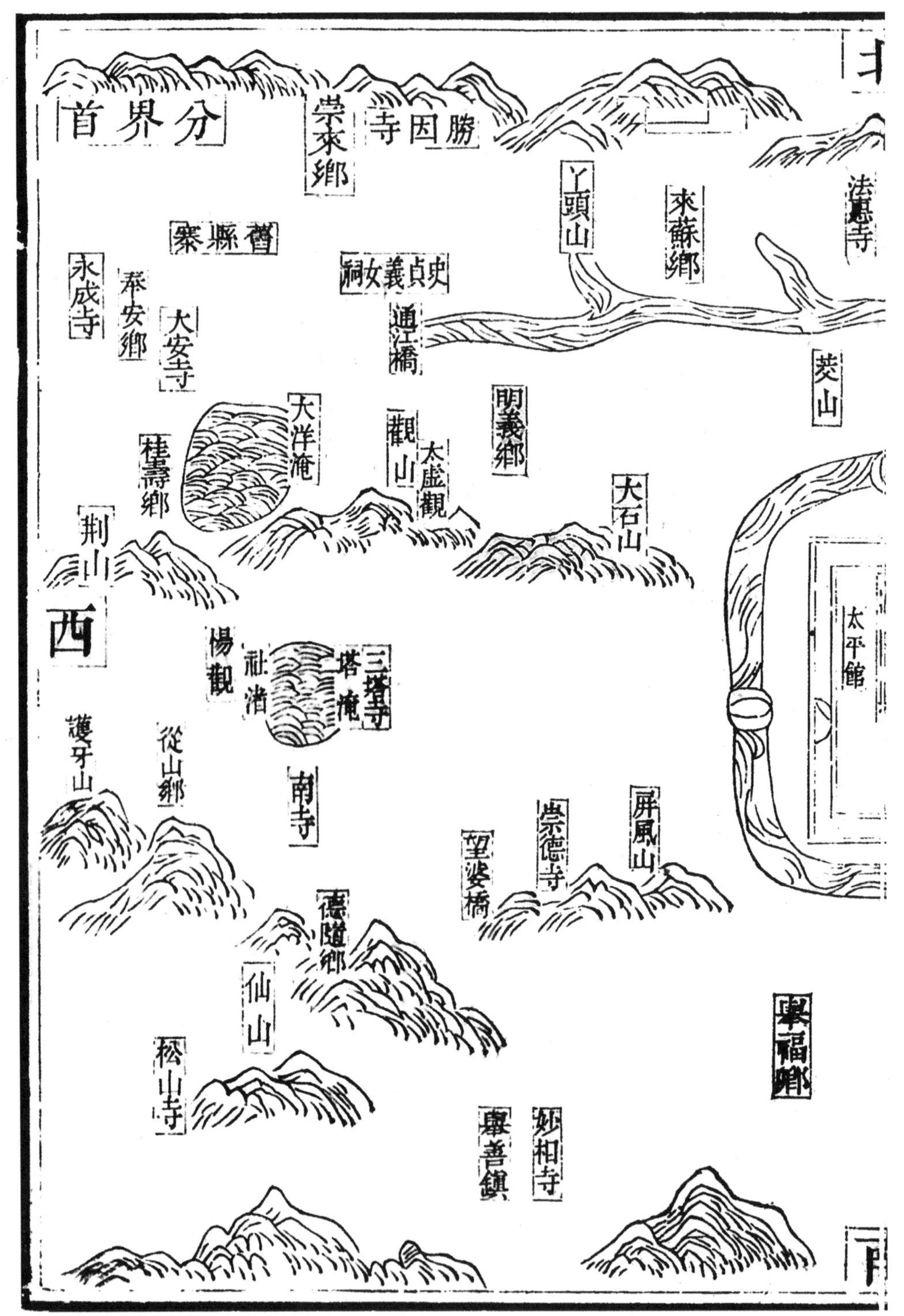
分界首
勝因寺
崇來鄉
舊縣寨
史貞義女祠
永成寺
奉安鄉
大安寺
丫頭山
來蘇鄉
法惠寺
通江橋
茭山
明義鄉
大洋淹
觀山
太虛觀
桂壽鄉
荊山
大石山
西
太平館
陽觀
社渚
三塔寺
塔淹
護牙山
從山鄉
南寺
崇德寺
屏風山
望婆橋
德馨鄉
仙山
松山寺
妙相寺
舉善鎮
舉福鄉

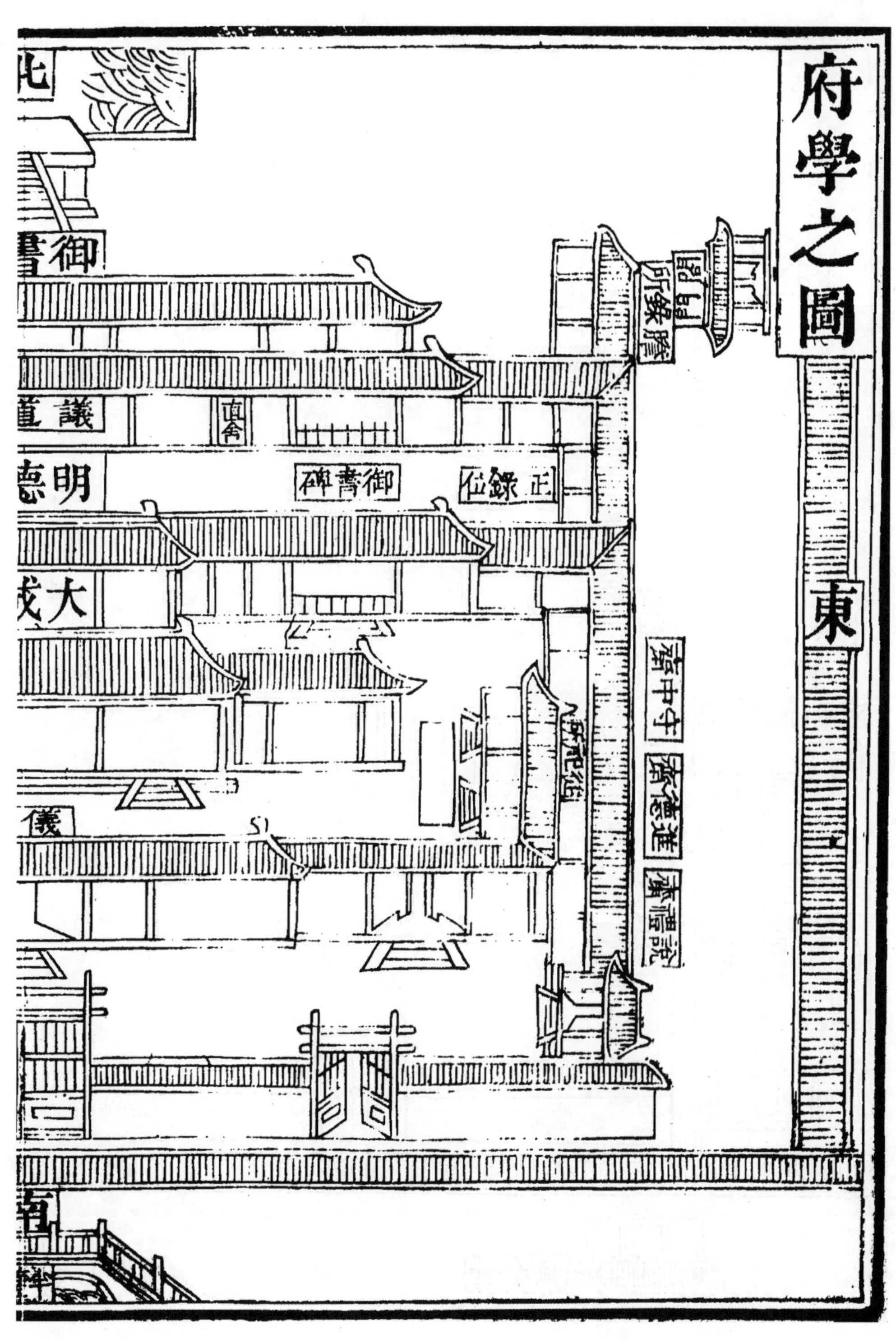
府學之圖
東
御書碑
正錄位
守中齋
進德齋

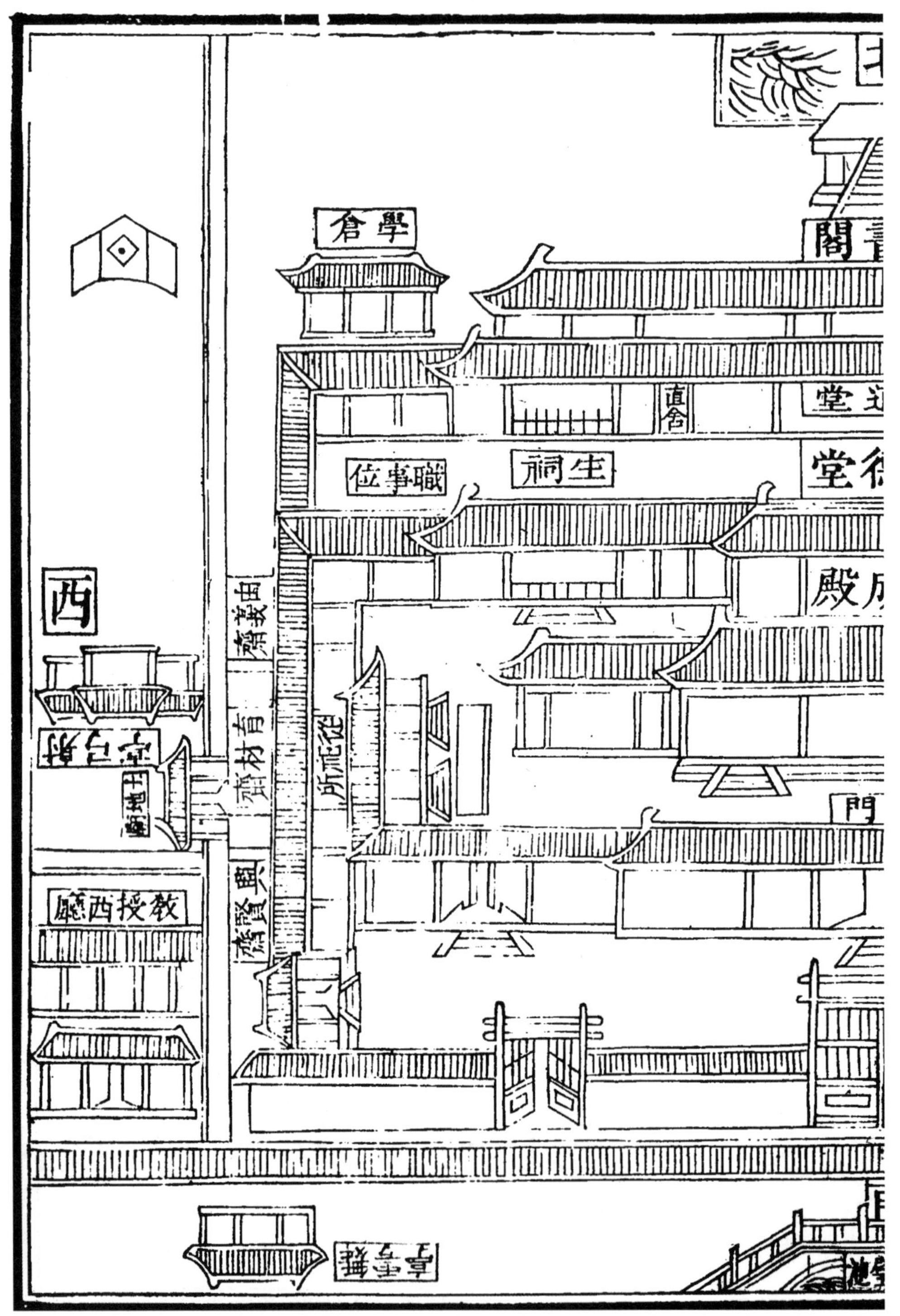
學倉
職事位
生祠
直舍
西
由義齋
育材齋
興賢齋
教授西廳
從祀所
殿
門
閣
堂

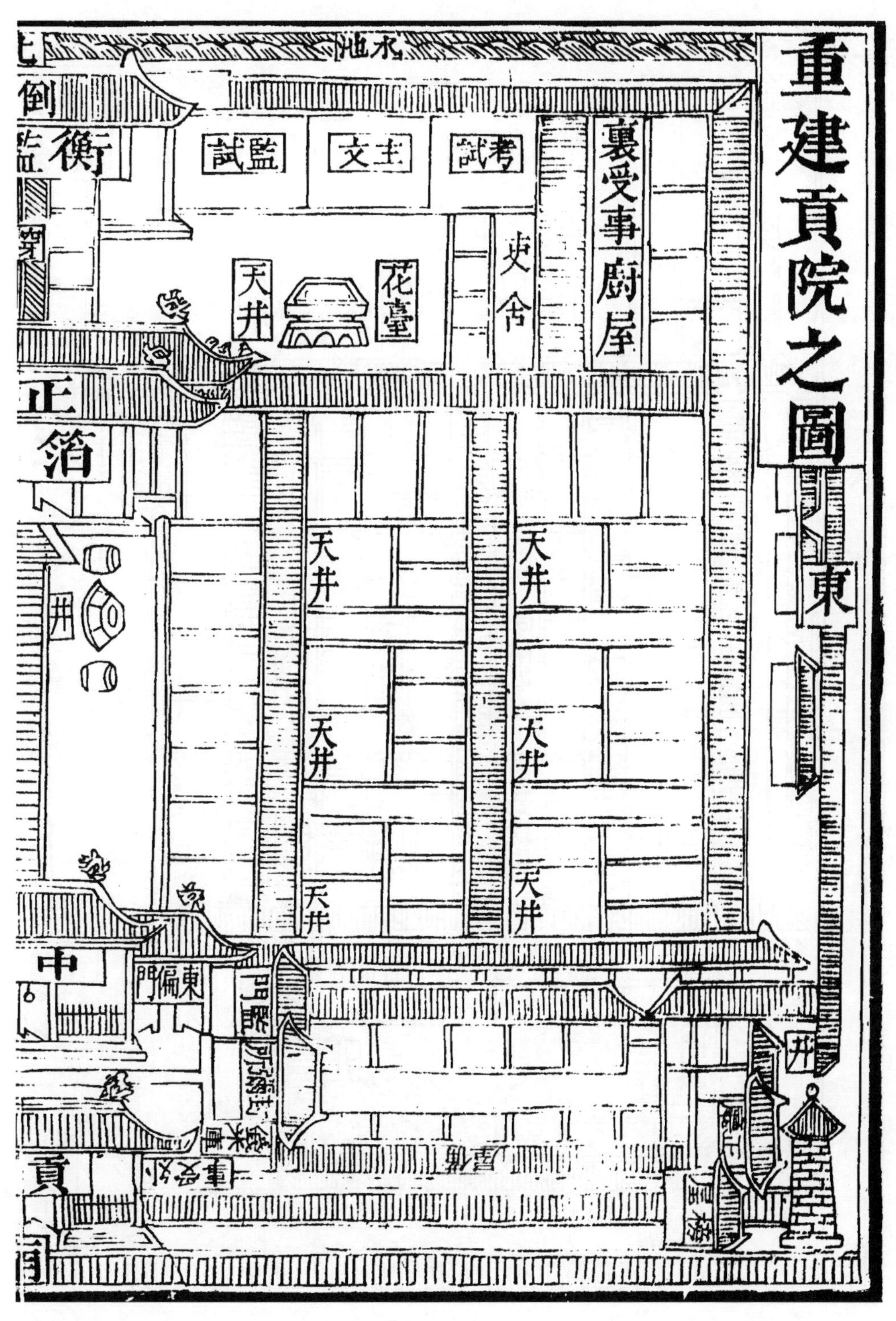
重建貢院之圖
水池
考試
主文
監試
裏受事廚屋
吏舍
花臺
天井
衡
監
正
箔
東
天井
天井
天井
天井
天井
天井
東偏門
中
貢
井

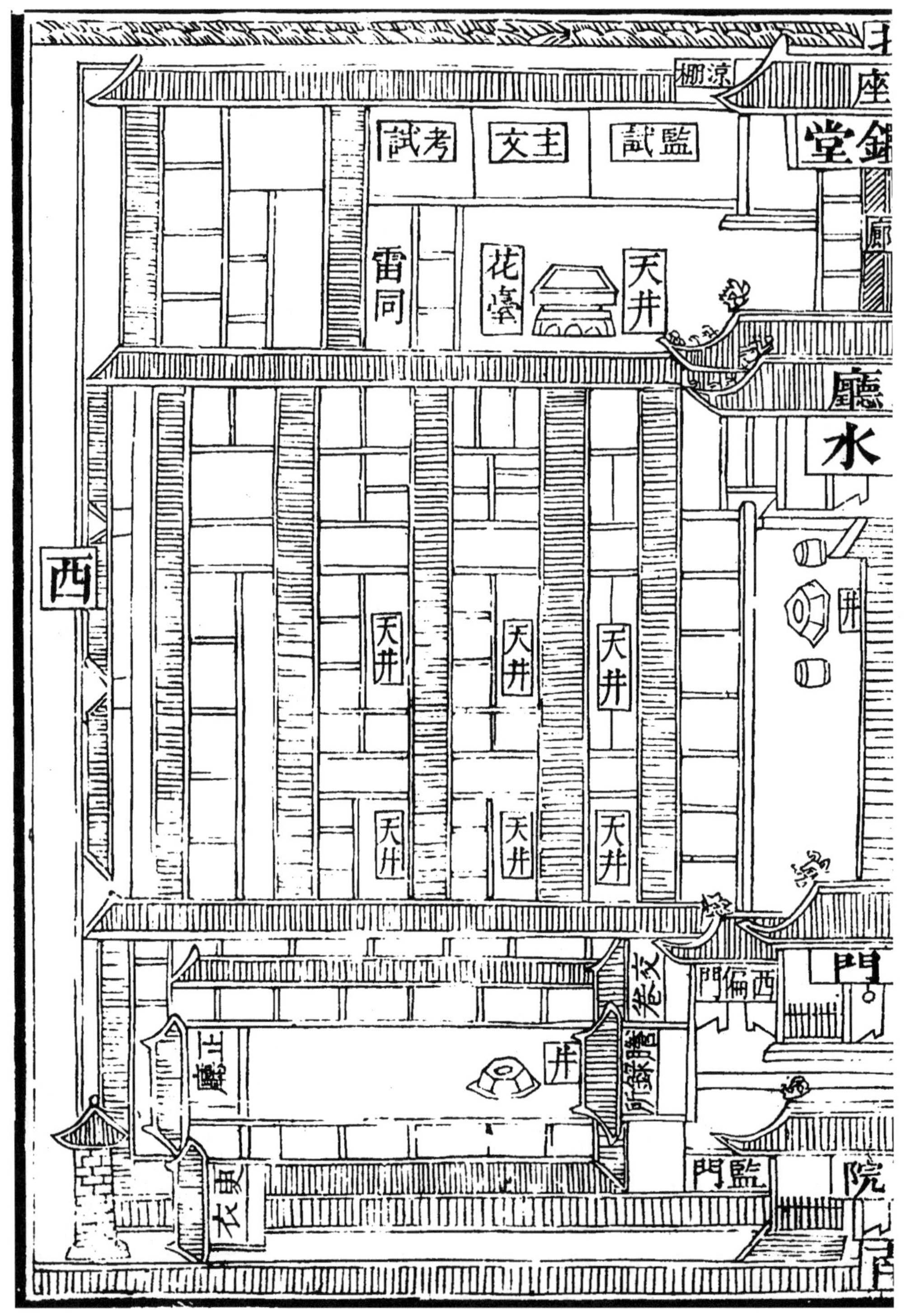
涼棚
座
堂
考試
主文
監試
雷同
花臺
天井
廳
水
西
井
天井
天井
天井
天井
天井
天井
門
西偏門
井
監門
院

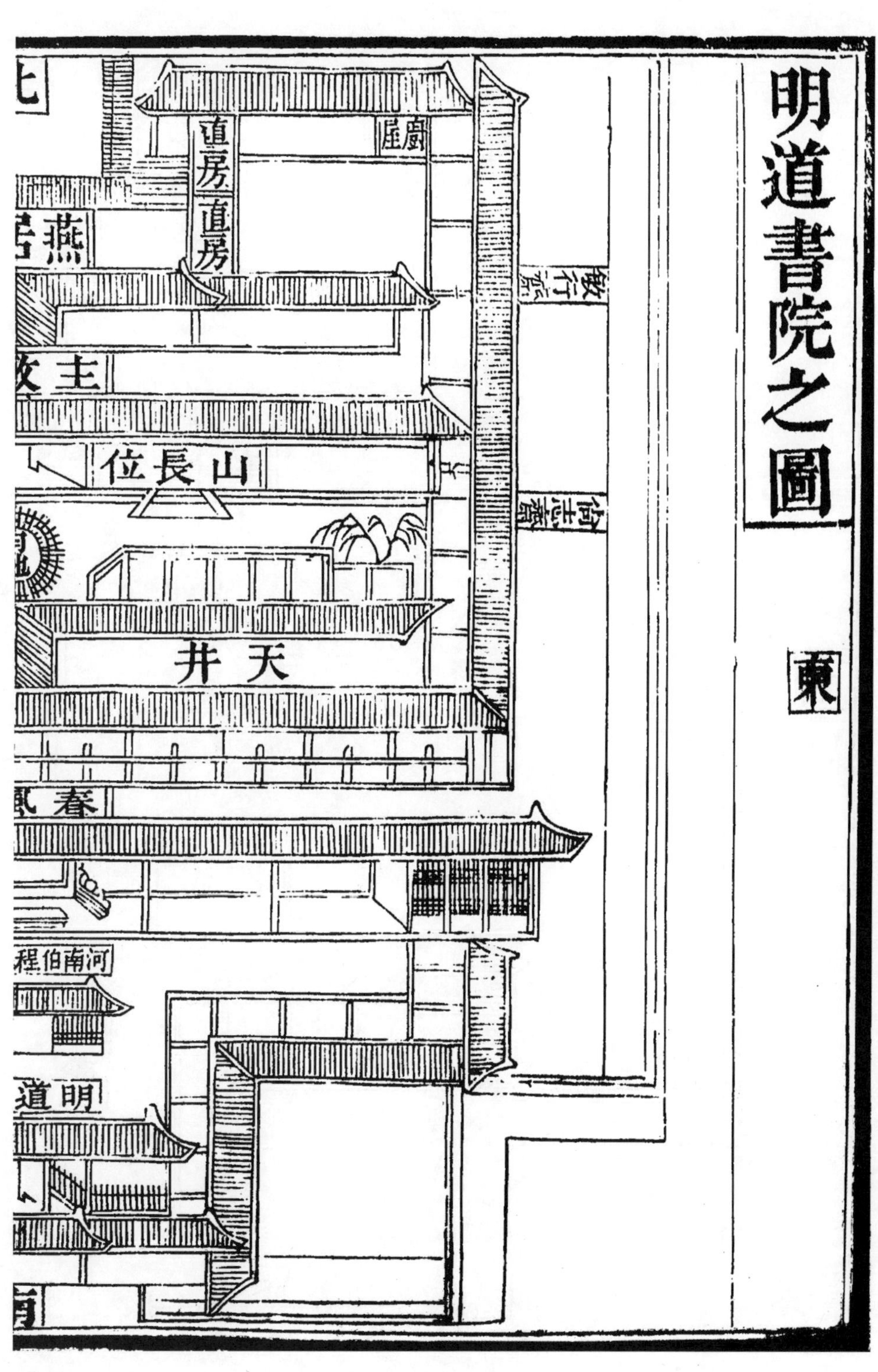
明道書院之圖
東
北
厨屋
直房
直房
燕居
敏行齋
主敬
山長位
尚志齋
天井
春風
河南伯程
明道
南

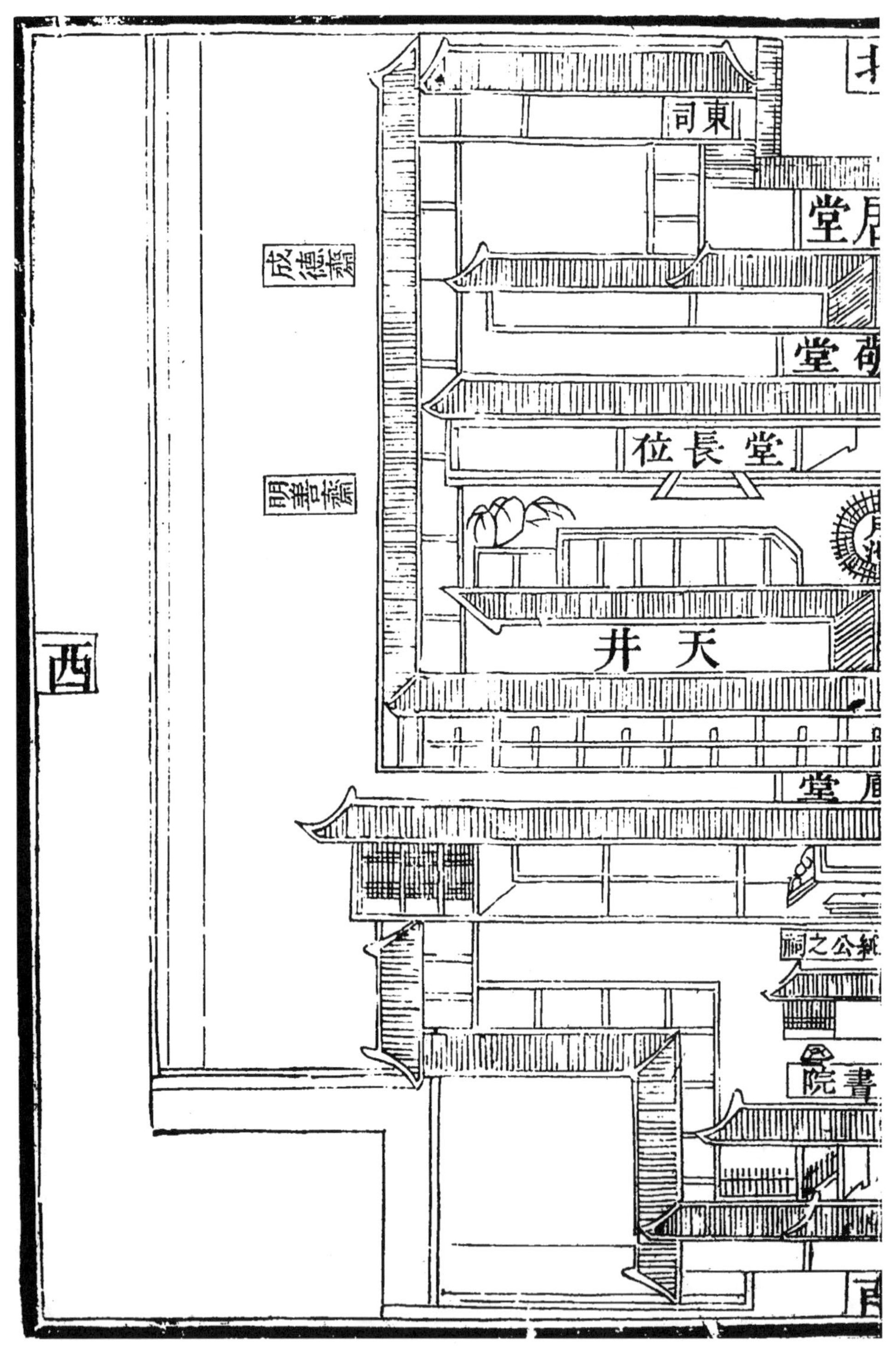
東司
成德齋
明善齋
堂長位
天井
西
公之祠
書院

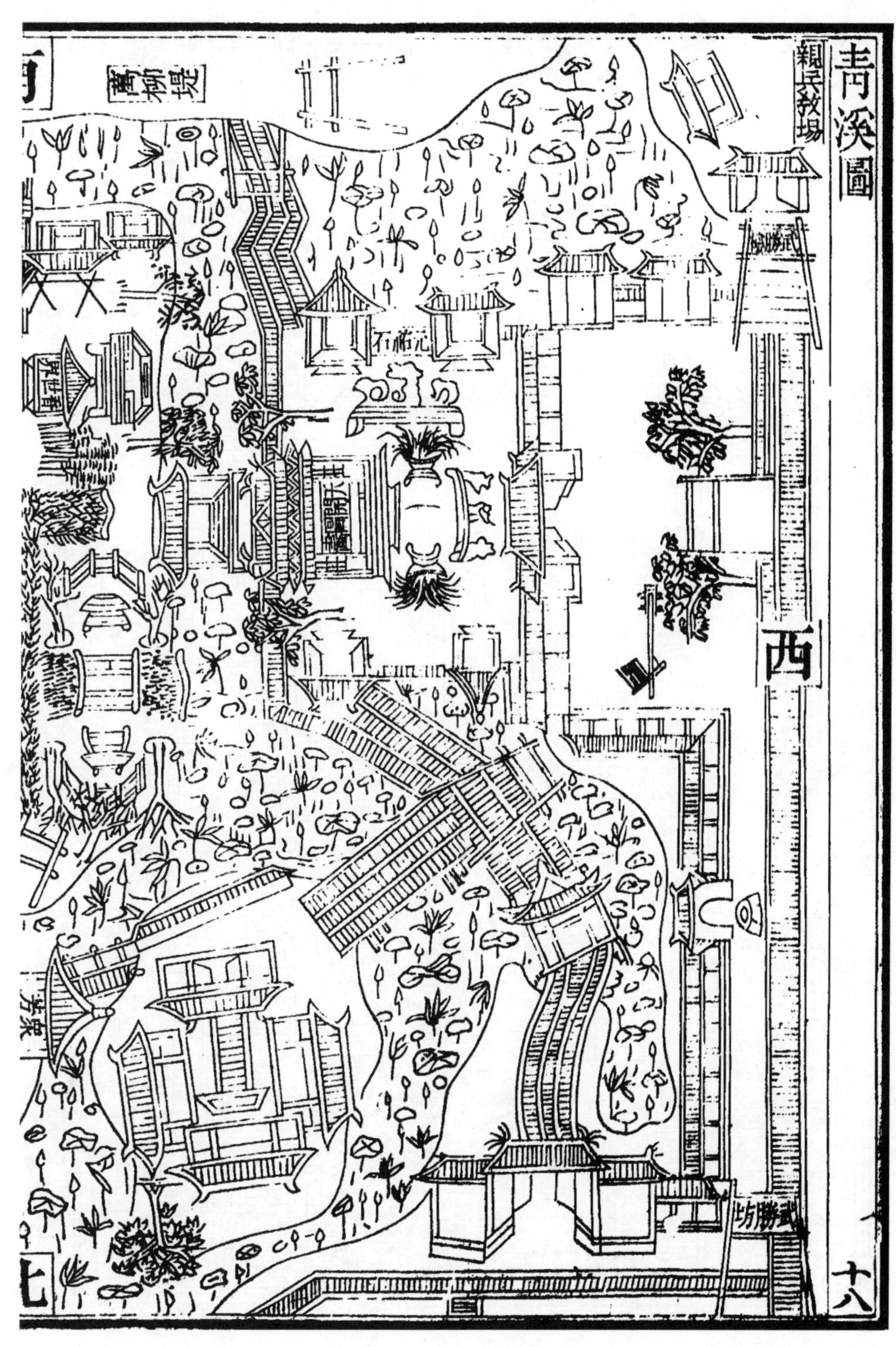
青溪圖
親民教場
萬柳堤
西
武勝坊
十八

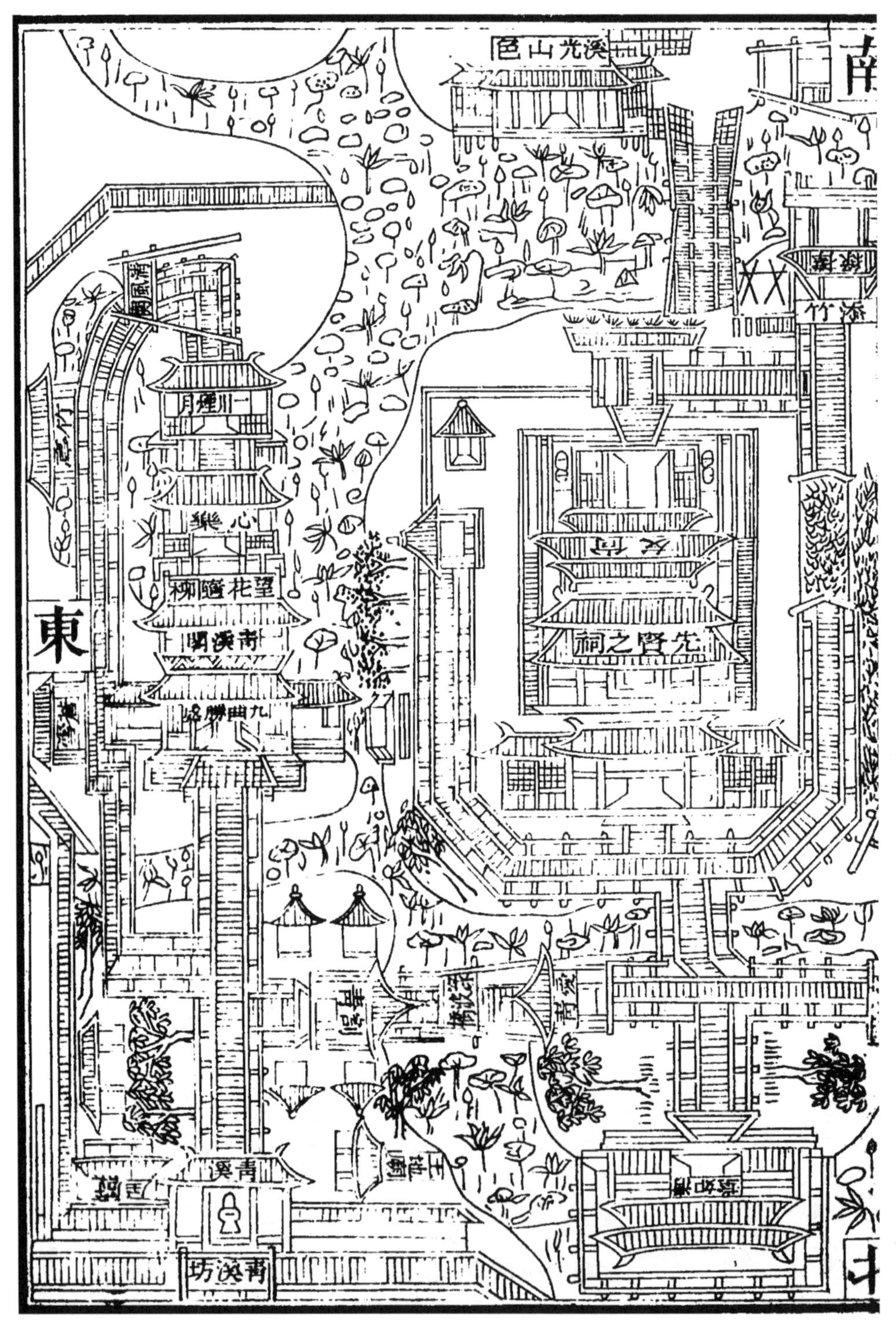
溪光山色
南
東
望花隨柳
青溪閣
先賢之祠
青溪
青溪坊

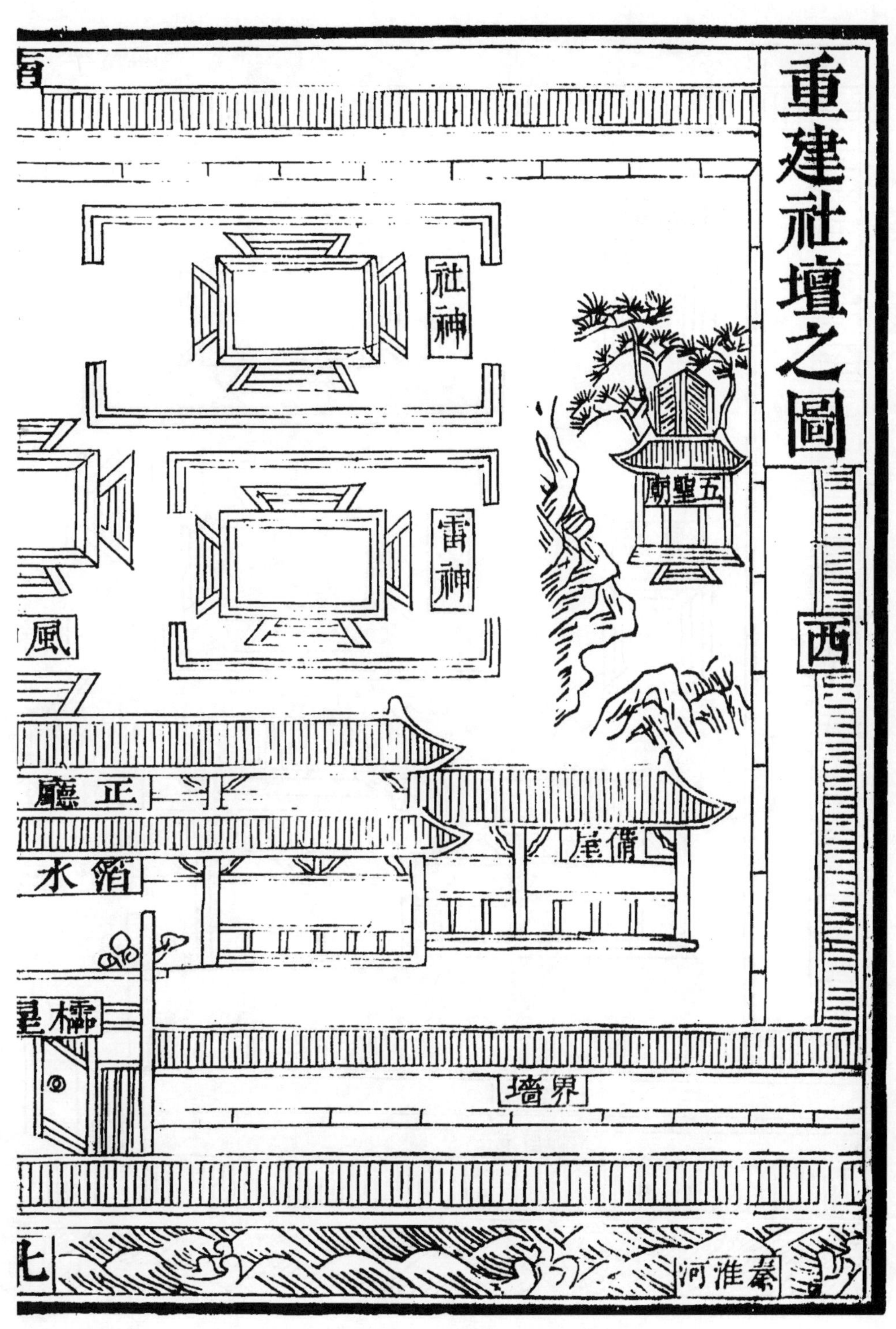
重建社壇之圖
社神
雷神
五聖廟
西
風
正廳
僧屋
滔水
櫺星
界墻
秦淮河
北

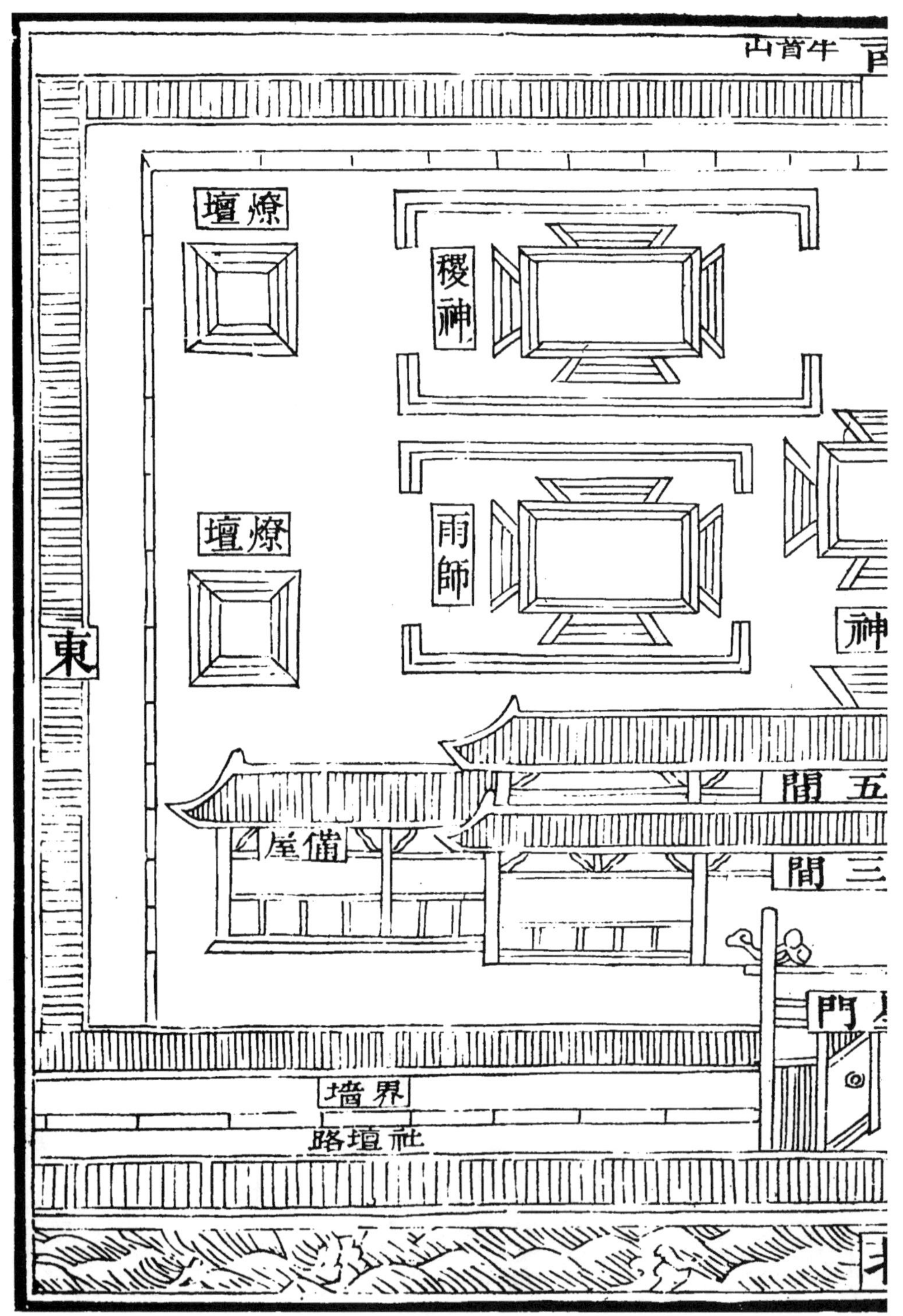
牛首山
燎壇
稷神
燎壇
雨師
東
神
五間
備屋
三間
門
界墻
社壇路

辨丹陽

丹陽之辨有三一辨其字二辨其地三辨其治按西漢地理志字從楊東漢郡國志字從陽自晉至唐見於史傳者或爲楊或爲陽無定字也江南地志云郡國有赭山其山丹赤寰宇記云赭山亦名丹山唐天寶中改爲絳巖山丹陽之義出此山臨平湖湖亦以丹陽名今此山在溧水句容兩縣之間以此證之則丹爲山名山南爲陽故曰丹陽字從陽者爲是晉地理志於丹楊郡之丹楊縣注云山多赤柳以此證之

丹楊卽赤柳之異名字從楊者爲是二字各有所據世或疑之切謂古史字多通用如豫章名郡取義於木而字不從樟會稽名郡取義會計而字或從鄶豈容以今字之拘而疑古字之通哉況柳之赤山之丹未必不互相因也丹山之有丹楊則因木取義宜也丹楊山之南曰丹陽因方取義亦宜也二字之通毋庸深辨而地則不可不辨耳葢地之名丹陽者不一周成王封熊繹於丹陽乃荆楚之所始其地在荆州不在揚州唐地理志丹州咸寧郡有府五丹陽居其

一此在關內道古雍州之域亦不在揚州也史記楚懷王與秦戰於丹陽司馬貞索隱云此丹陽在漢中則又屬梁益之州而非揚州也秦置鄣郡有縣曰丹陽漢改故鄣爲丹陽郡此實隸揚州孫吳析溧陽以北六縣爲丹陽治建業亦隸揚州自東晉以至於唐丹陽郡有分有合而皆隸揚州其名偶與荆雍梁益之丹陽同而其地實異蓋九州之域自禹而分不可紊也如秭歸縣有丹陽城枝江縣有丹陽聚地皆屬荆北史中有封丹陽侯者數人地皆在雍於此無辨

則丹陽見於史傳者多前之以彼爲此者未必知其訛今之書此遺彼未必不疑其畧矣丹陽之地名不一固所當辨而丹陽之屬揚州者其治不一或者猶有疑焉漢志云丹陽郡治宛陵盖今之寧國府也杜佑通典云以丹陽郡隷潤州盖今之鎭江府也吳寶鼎中嘗割丹陽附吳興盖今之安吉州也人多惑於三說遂疑丹陽之不在建鄴殊不知丹陽之名本出建鄴而郡治寓於宛陵者暫爾自建安以來丹陽郡治常在建鄴常以宰輔諸王爲尹隋以前未嘗改也

夫置丹陽治建鄴者孫權也割丹陽附吳興者孫皓也平吳以後復吳興所有之丹陽歸於建鄴者晉也平陳以後廢丹陽郡而置溧水縣者隋開皇也廢蔣州而復置丹陽郡者隋大業也以江寧溧水復置丹陽縣者唐武德也嘗攷潤州類集曰今之潤境舉非丹陽地而唐以丹陽名郡何也蓋唐天寶以前唯有潤州未有昇州是時潤所領縣六江寧句容在焉二縣乃丹陽故地天寶初改州爲郡因以名之迨至德二載始割出二縣增以溧水溧陽建爲昇州而丹陽

之名遂存於潤杜佑通典以天寶以前州縣爲定故載潤而闕昇後之作方志者曾不審此往往只據佑所書而在秦在漢皆繫於二郡之間誤矣又云漢元封二年改鄣爲丹陽其城在今江寧府東南八里即漢丹楊太守及晉丹楊尹之所治隋平陳廢之平其城以爲田大業初復置唐武德九年又廢之以其縣隸潤州天寶元年始改潤州爲丹陽郡又改曲阿爲丹陽縣皆非兩漢六朝之丹陽也又嘗攷諸縣治漢丹陽郡統縣十七秣陵句容丹陽溧陽江乘皆隸焉

晉丹陽郡統縣十一建鄴江寧丹陽溧陽江乘句容秣陵皆隸焉隋丹陽郡統縣三江寧溧水隸焉其丹陽名縣於潤境者亦唐天寶以後也非兩漢六朝之舊也是不可以不辨

辨揚州

或問禹貢揚州之域北距淮東南距海不專在建鄴也　宋朝揚州治廣陵不復隸建鄴也今以揚州刺史及州牧入建康志何哉曰自漢以來揚州無常治或徙壽春或徙曲阿或徙歷陽皆暫爾而治建鄴之

時獨多漢末揚州之地南屬吴者十四郡而揚州治建鄴合肥以北屬魏而揚州治壽春晉平吴以後徙壽春之揚州合治建鄴至元帝渡江都揚州統丹陽等郡宋以揚州爲王畿六朝都建鄴時若揚州牧若刺史皆以大臣諸王兼領治所皆在建鄴隋開皇初雖嘗徙治江都而大業隨廢唐武德二年置揚州東南道行臺治江寧三年以江寧溧水二縣置揚州六年又以延陵句容隸揚州以地言之皆建鄴也雖武德九年嘗徙治江都而貞觀七年復治江寧矣則隋

唐之間揚州常治建鄴而徙江都者亦暫爾至於五代僞吴楊行密雖以江都爲揚州而金陵實爲别都至僞唐又自廣陵而遷治金陵矣若以今之揚州言之則廣陵一郡之名耳若無關於建鄴以古揚州言之則禹貢九州之一之總名建鄴乃其州之鉅鎭而治所多在焉今於六朝表中書揚州之事從古也本朝表中不書揚州之事從今也是不可以不辨

辨金陵

金陵何爲而名也考之前史楚威王時以其地有王

氣埋金以鎮之故曰金陵又曰地接金壇其山產金故名於是因山立號置金陵邑至秦始皇時望氣者謂其地有天子氣又埋金寶於山以厭之昔有一碣在靖安道間題爲埋金碑其文曰不在山前不在山後不在山南不在山北有人獲得富了一國耆老指爲秦時古碑近年遂爲好事者取去是金陵之名始於楚秦千數百年於此矣前輩固嘗疑之蓋謂寶劍在地氣射斗牛光怪燭天其下有寶熊商巖政方惡其地氣之異而欲消去之乃復埋金寶於其地是益

其氣也安得爲知乎及見靖安道間埋金碑之語然後知熊商臧政知術相襲以愚黔首而千數百年無能發其詐者地有王氣楚秦所忌故將鑿山以泄其氣也役其人以鑿山則人未必從於是借埋金之說以致鑿山之人曰山有金也曰吾嘗埋金於山也人皆有求金於山之心則皆不憂其鑿山之力求不獲則鑿不已不待驅而從也又設爲山前山後山南山北之語以惑之神其有金之地將以眩其求金之人蓋人知其地之有金而莫知其金之所在則遍山而

求之遍山而鑿之金未有獲而山之氣泄矣求金之人皆無所得而楚秦之君求泄山氣之謀遂矣則是埋金之説所以爲軀人鑿山之術豈眞埋金也哉吁熊商嬴政將以愚黔首適自愚耳山融川結天地之氣爲之豈區區智術所能變之哉惟修德足以永天命惟施仁足以固人心惟行帝王之道足以消姦雄之變聖賢以理御氣大抵然也不是之務而求以人力勝地氣復以智術致人力熊商終無救於楚之滅嬴政終無救於秦之亾豈非甚愚也哉當時言天子

氣以五百年爲期自是四百九十年而晉元帝渡江建都金陵適符其數商與政如之何哉故著斯辨以發金陵之詐而袪黔首之惑云

辨建鄴

楚名此地曰金陵秦改金陵爲秣陵漢建安中孫權改秣陵爲建鄴晉建興初避愍帝諱改建鄴爲建康建鄴建康豈有異地哉世俗或疑其非者有二說晉書太興三年分淮水北爲建鄴南爲秣陵此所謂淮水者蓋指秦淮而言耳秦淮之水來自建鄴之東而

西注於江故晉於此水之南置縣曰秣陵名因秦舊也此水之北置縣曰建鄴名因吳舊也或者不察建鄴自有之淮誤指爲桐柏所導之淮遂謂建鄴移在江北可謂謬矣又一說龍川陳亮上

孝宗皇帝書有曰今之建鄴非昔之建鄴或者又執此語以爲建康非建鄴之證謬尤甚焉龍川所謂建鄴今昔之異者指其城郭而言耳非言其地之非昔也龍川萬言書云今之建鄴非昔之建鄴也臣嘗登石城鍾阜而望今城直在沙觜之傍耳鍾阜之支隴隱隱而下今

行宮據其平處以臨城市城之前則逼山而斗絕焉此必後世之讀山經而相宅者

之所定江南李氏之所爲幷有據高臨下以乘王氣而用之之意也　本朝以至仁平天下不恃險以爲固而而與天下共守之故因而不廢耳臣嘗問之鍾阜之僧亦能言臺城在鍾阜之側大司馬門當在今馬軍新營之傍耳其地據高臨下東環平岡以爲固西城石頭以爲重帶元武湖以爲險擁秦淮青溪以爲阻是以王氣可乘而運動如意若如今城則費侯景數日之力耳曹彬之登長干兀朮之上雨花臺皆俯瞰城市雖一飛鳥不能逃也蓋建鄴古都城實倚鍾阜而都城南門距秦淮倘七八里此吳晉之舊規龍川所謂昔之建鄴也僞吳時徐知誥大城昇州拓舊址二十里跨秦淮南北之地盡入城中北距鍾山甚遠而南距雨華長干諸山則甚廹矣知誥據此以爲南唐之僞都

皇朝既平江南即南唐故府以爲州治今城郭皆卽詳之舊此龍川所謂今之建鄴也謂建鄴今城非昔城則可謂建鄴今地非昔地則不可因爲此辨以正或者之謬不欲指言其人故或之

辨越臺

越城者建康作古之城句踐范蠡之所營也越臺者越城之故址也考之史傳無異辭矣詳見越城越而楚楚而秦秦而漢漢而吳晉宋齊梁陳攻守於此者西則石頭南則越城皆智者之所必據劉濞於此避條侯

溫嶠於此破王含劉裕於此拒盧循蕭懿於此拒慧景蕭衍於此屯王茂皆越城越臺也郡國志云越城在縣南六里實錄云越城在淮水南一里半祥符圖經云越城在秣陵縣長干里宮苑記云范蠡築城在瓦官寺南金陵事迹云南門外有越臺與天禧寺相對今府城之南江寧尉廨之後軍寨之間臺猶存也訪古者每興感焉近世詩人有作越臺曲者乃爲之說曰越女嫁江南國主爲妃以其地卑濕運越土築此臺以居焉見此詩者併爲一談牢不可破越臺曲云玉顏

如花越王女自小嬌癡不歌舞嫁作江南國主妃月日思歸淚如雨江南江北梅子黄潮頭夜漲秦淮江江邊雨多地卑濕旋築高臺臨曉粧千艘命載越中土喜見越人仍越語人生腳踏鄉土難無復歸心越中去高臺何易傾曲池亦復平越姬一去向千載不見此臺空有名使其考古必知誤矣借曰越女運土築臺事果有之南唐宮室初不在秦淮之南其妃築臺以居必不在宮室之外不待智者而知其非矣設南唐不史見之駁說以泯句踐范蠡作古之遺墓豈容無所辨哉

辨馬鞍山

乾道舊志及六朝事迹編皆云陳後主禎明三年隋

將濟江陳遣南康太守魯肅將兵以鐵鎖橫江隋將楊素擊之爭馬鞍山四十餘戰隋軍死者五千餘人指金陵馬鞍山爲是**慶元續志**引宜黃侯慧紀傳云隋師濟江慧紀率將士三萬人船艦千餘沿江而下欲趨臺城遣南康太守呂肅將兵據巫峽以五條鐵鎖橫江隋將楊素奮兵擊之四十餘戰爭馬鞍山及磨刀澗以此糾舊志爲非今以資治通鑑及三國志南史證之乾道慶元二志皆不能無誤陳無魯肅亦無呂肅慧紀所遣以拒隋兵者蓋南康內史呂忠肅

也楊素與忠肅四十餘戰爭馬鞍山乃在巫峽間非金陵之馬鞍山也山名偶同耳按蜀志先主爲陸遜所攻升馬鞍山陳兵自繞此在吳蜀接境處楊素所爭即此山也況隋之攻陳賀若弼自廣陵濟進軍鍾山頓白土岡韓擒虎自横江濟進拔姑熟由新林至石子岡皆不經金陵之馬鞍山慧紀遣呂忠肅使據巫峽以鎖江與楊素遇而有爭山之戰則其山在彼不在此明矣人名之異山名之同皆不可以不辨

景定建康志卷之五

景定建康志卷之六

承直郎宜差充江南東路安撫使司幹辦公事周應合修纂

建康表總序

春秋表年以首事太史公年表經緯之後之紀事者法焉國史郡乘皆有表而例不同今考諸古建康城邑始於周建康地本屬春秋之吳取之吳而城長干者越句踐也取之越而置金陵邑者楚熊商也時周命未改也吳越楚有地之時皆周也郡縣始於秦爲都始於孫吳自城而都地寖大周元王四年越城長干時也周命句踐爲伯時也未城邑前不可表也作建康表斷自

元王以下表之緯四一曰時表其世年而記其災祥二曰地表郡縣之沿革與疆土之分合三曰人表牧伯之更代與官制之因革四曰事表其得失之故成敗之由美惡具書勸戒寓焉其年月可考者爲年表不可考者爲世表世不可考者隨代附見表如左或問

國始於句吳都始於孫吳今表不始吳而始越何也曰始越之說四春秋此地屬吳吳特泛言耳吳國於檇李城邑未見於此地入於越越始城之未城不可表既城不可不表一也始城之年周王命句踐爲伯未表命伯之前不當表越城此地而爲伯不可以不表二也春秋何始於平王蓋周書至此而終故魯春秋自此而始今考句踐之時正當春秋之終則表始於句踐是亦取法魯春秋之遺意三也三代之王也諸侯

封而大者莫多於周之後次莫如殷禹之子孫寥寥也少康有田一成有衆一旅而祀夏配天少康之子封於會稽以奉禹祀此越之始也句踐乃其二十世孫也城吳地而周伯之太史公謂其有禹之遺烈今表越所以存禹四也或又曰表越是矣不冠以越而冠以周何也曰句踐之時周命未改在國之主在越天下之主在周句踐雖强一則曰致貢於周二則曰以尊周室賜胙爲伯必得周命而東諸侯服焉今以周之世表越之事亦春秋尊王之法也

建康表一

自周元王四年戊子至東漢獻帝建安己亥爲世表

時	地	人	事
周元王 四年戊子 末年壬辰	地本屬吳有固城在溧水四年始屬越范蠡城長干	四年命越勾踐爲伯	越用范蠡謀遂有吳地越將圖楚稱伯江淮乃築城於長干里今秦淮南一里半廢越城是也

貞定王 元年癸巳 末年己未		鼫與立	
考王 元年庚申 末年甲戌		不壽立	
威烈王 元年乙亥 末年戊戌		朱勾立	
安王 元年己亥 末年甲子		翳立	翳薨葬句容大橫山下
烈王 元年乙丑 末年辛未		之侯立	

顯王 元年壬申 末年己未	三十六年 地屬楚始 置金陵邑	無疆立 楚熊商滅之 商卒 熊槐立	三十六年楚子熊商敗越盡取故吳地以此地有王氣因埋金以鎮之號曰金陵今石頭城即其所也
慎靚王 元年庚申 末年乙丑		熊横立	
赧王 元年丙寅 末年甲辰		熊完立	
秦始皇 元年乙卯 末年辛卯	二十五年滅楚始以金陵爲鄣郡改金陵邑爲秣陵縣	熊悍立 負芻立 秦滅楚 始置郡守	三十七年始皇東遊自江乘渡江望氣者言五百年後金陵有天子氣因鑿鍾阜斷金陵長隴以通流後呼爲秦淮
二世 元年壬辰 末年甲午			

三マ九五

年	地	國	事
西漢高祖以**丹陽**會稽豫章三郡封 元年**乙未** 末年**丙午**	吳秣陵屬丹陽郡	**吳王** **劉濞**	上患吳俗輕悍無壯王以塡之諸子少乃立兄子濞爲吳王
惠帝 元年**丁未** 末年**癸丑**			
文帝 元年**壬戌** 末年**甲申**			濞失藩臣之禮鼂錯數言吳可削帝不忍
景帝 元年**乙酉** 末年**庚子**	地屬**江都**王國	**江都王** **劉非**	以錯言欲削吳地濞約諸侯同舉兵以誅錯爲名鄒陽枚乘皆諫不聽上使周亞夫擊吳大破之濞自越城走丹徒竇太后不許續吳後汝南王非年十五嘗請擊吳既破吳徙非王吳故地國號江都

帝紀	郡	王侯/刺史	事迹
武帝 元年辛丑 末年甲午	元封二年廢鄣郡置丹陽郡屬揚州統縣十七江乘秣陵故鄣句容溧陽隸焉	劉建 元朔二年立 元狩二年自殺國除 劉敢封丹陽侯 劉纏封秣陵侯 始置郡刺史	
昭帝 元年乙未 末年丁未			
宣帝 元年戊申 末年壬申		刺史 黃霸	宋畸舉霸賢良夏侯勝又薦霸於上擢爲揚州刺史三歲下詔曰制詔御史其以高第揚州刺史霸爲潁川太守秩比二千石 ○武射策甲科爲郎由諫議大夫遷揚

	何武	州刺史州中清平行部必先即學官見諸生試其詞論問以得失然後入傳舍出記問壟田頃畝五穀美惡已迺見二千石以爲常所居無赫赫名去後常見思
元帝 元年癸酉 末年戊子		
成帝 元年己丑 末年甲寅		
哀帝 元年乙卯 末年庚申		
平帝 元年辛酉 末年乙丑		

東漢

帝紀	建置	官守	事蹟
光武 元年乙酉 末年丁巳	丹陽郡治移宛陵揚州不改此地所隸仍舊	郡守 李忠 任光 州牧 鮑永	建武六年以忠爲丹楊太守海内新定江淮多擁兵據土忠到招懷降附旬月皆平忠以丹陽越俗不好學禮儀衰爲起學校習禮容春秋鄉飲選用明經郡中向慕○光爲丹陽太守墾田增多三歲閒流民占著者五萬餘口○永爲揚州牧時南土尚多寇暴永以瘡傷之後綏其銜轡誅彊橫鎮撫其餘百姓安之
明帝 元年戊午 末年乙亥		刺史 張禹	永平八年張禹拜揚州刺史當過江行部中土民皆以江有子胥神難涉禹將渡吏固請禹厲言曰子胥如有靈知吾志在理察枉訟豈危我哉遂鼓楫而進歷行郡邑深幽之處莫不畢到親錄囚徒多所明舉民皆喜悅
章帝 元年丙子 末年戊子			

和帝	殤帝	安帝	順帝	冲帝
元年己丑 末年乙巳	元年丙午	元年丁未 末年乙丑	元年丙寅 末年甲申	元年乙酉
			刺史 尹耀	

質帝　元年丙戌

桓帝　元年丁亥　末年丁未

靈帝　元年戊申　末年己巳

獻帝　元年庚午　末年己亥

吳侯孫策府在建鄴建安十三年孫權分丹陽郡爲新都郡十六年權自京口

時孫策爲吳侯弟權代之吳景爲郡太守州刺史劉繇逐之繇敗

袁術表策舅吳景爲丹陽太守刺史劉繇逐之策領衆五六千濟於橫江大破劉繇追敗於曲阿○策薨以吳事授弟權操表權爲吳侯○建安二十四年秋權表漢天子自率陸遜呂蒙等西征關羽拜呂範爲建武將軍領丹陽太守封宛陵侯使鎮建業謂之曰前從卿言無

徙治秣陵十七年城楚金陵邑地號石頭改秣陵爲建業二十六年置丹陽郡理於建業

景復爲郡太守孫翊代之都督嬀覽殺翊權使呂範爲太守鎮建業

今日之勢也今當取之卿好爲我居守也○二十六年十月曹丕代漢稱帝改元黄初而權江東猶稱建安○嬀覽與郡丞戴員等謀殺太守孫翊翊妻徐氏密與親近孫高傅嬰等謀覽員伏刃殺之盡誅其黨以覽員首祭翊墓○諸葛亮告權曰鍾阜龍盤石城虎踞眞帝王之宅乃徙建業

建康表二 起吳大帝元年辛丑至天紀四年庚子凡六十年爲年表

吳 太祖大皇帝姓孫氏諱權字仲謀吳郡富春人也其先出自周武王母弟衛康叔之後武公子惠孫曾耳爲衛上卿因以孫爲氏春秋時孫武爲吳王闔閭將因家于吳太祖乃武之後也祖鍾父堅堅生容貌奇異仕漢爲破虜將軍長沙太守靈帝末董卓作亂堅乃自長沙舉兵破卓軍於陽夏長驅入洛修祭漢陵廟屯軍城南甄官井上見五色氣使人入井得漢傳國璽文曰受命于天既壽永昌方圜四寸上紐交五龍一角缺後仍投井中堅生四子策權翊匡策爲吳侯臨終以後事付弟權曰舉江東之衆決機於兩陣之間與天下爭衡卿不如我舉賢任能各盡其心以保江東我不如卿權既統事以周瑜程普呂範爲爪牙魯肅諸葛瑾步騭陸遜爲腹心招延英俊而分部諸將鎮撫山越討不從命初堅娶錢塘吳氏孕策夢月入懷孕權又夢日入懷以告堅堅曰日月陰陽之精極貴之象吾子孫其興乎其後權破曹操軍於赤壁又破操軍於濡須塢操嘆曰生子當如孫仲謀其後又破關羽定荆州及曹丕代漢稱魏使邢貞册權爲吳王軍師張昭怒其無禮羣臣議稱漢上將軍九州伯不應受魏封權曰九州伯於古未聞昔沛公亦受項羽封爲漢王蓋時宜爾復何損也趙咨使魏還曰北方終不能守盟宜改年號正服色應天順人權納之十一

月權就吳王位於武昌大赦改明年爲黃武元年後七年公卿上表勸正尊號遂即帝位大赦改元追尊父堅爲武烈皇帝兄策爲長沙桓王立子登爲皇太子百官皆行賞鰥寡孤獨量給穀帛百姓免今年租賦天下賜酺五日傳四主合六十年都建康

時

太祖 獻帝建安季已禪魏庚子魏已改元惟江東猶用漢正朔至是年十一月始即吳王位明年壬寅方改元黃武至三十年改元凡五

元年

辛丑

夏五月甘露降于建業

地

丹陽郡

仍漢舊

治建業

人

詔揚州置牧以丹陽太守**呂範**爲揚州牧以東征將軍**高瑞**領丹陽太守

事

先是王西征關羽呂範居守建業拜建威將軍封宛陵侯領丹陽太守治建鄴督扶州以下至海轉以溧陽懷安寧國爲奉邑是年進州牧

黃武元年壬寅			魏責吳任子不得使曹休等來伐範督徐盛等以舟師拒休於洞口遇風敗退
二年癸卯			
三年甲辰			魏來伐徐盛爲疑城至臨江而還獲其輜車羽蓋
四年乙巳七月地連震			丞相孫劭薨衆望張昭爲相王不用以顧雍爲丞相雍不許江邊諸將掩襲
五年丙午			陸遜奏所在無寇令諸將廣農畝王稱善自率子弟親受田
六年丁未			

七年 戊申		範拜大司馬改封南昌侯命下而薨	周魴詐降以誘曹休陸遜大破休于夾石王將都建業過呂範墓祭以太牢
黃龍元年 己酉 王即帝位立郊改元	自武昌遷都建業十月城建業太初宮居之即長沙王故府也		正月即帝位立壇南郊柴燎告天在今縣南郊壇村○六月蜀使來慶踐位立壇城北與蜀使盟約滅魏中分天下時童謠云寧飲建業水不食武昌魚寧還建業死不就武昌居○秋七月乃遷建業以陸遜爲上將軍輔太子留守武昌
二年 庚戌			
三年 辛亥			夏五月建業有野蠶爲繭大如鳥卵由拳生野稻詔改由拳爲禾興縣○冬十月始平言嘉禾生○十二月丁卯大赦改明年爲嘉禾元年

嘉禾元年壬子			夏六月皇太子登自武昌歸建業
二年癸丑			句麗王獻馬百疋賜物還馬
三年甲寅	九月朔日隕霜傷穀		
四年乙卯	八月雨雹又隕霜		
五年丙辰	自去冬不雨至于五月冬十月彗星現于東方		議鑄大錢一當五百詔吏民輸銅畀直設錢監

二百七十三

建康志卷二十六 九

六年丁巳			冬十二月赤烏羣集前殿大赦改明年為赤烏元年
赤烏元年戊午			二月侍御史謝宏奏更鑄大錢一當千以廣貨帝許之
二年己未			夏五月城沙羨
三年庚申			詔勸治農桑時不得役事○夏四月始治城郭起樓穿塹發渠以備非常○冬十一月詔開倉賑給貧民○十二月使左臺侍御史郗儉監鑿城而南自秦淮比倉城名運瀆
四年辛酉 正月大雪平地三尺			五月皇太子登薨○冬十一月詔鑿青渠名青溪通城北塹潮溝

五年壬戌 夏四月旱			正月立子和爲皇太子大赦
六年癸亥			騶虞見新都○丞相顧雍薨
七年甲子 秋嘉禾生			
八年乙丑 夏五月震宮門及南津大橋棻陵縣洪水損二百餘家	立方山埭		帝欲廢太子和陸遜極諫帝怒遜恚而薨○作屯田發屯兵三萬鑿破崗瀆立方山埭
九年丙寅			百姓不便大錢詔鎔爲器

三百○四

十年 丁卯			適南宮改太初宮○詔移武昌材瓦繕建業宮○引見康僧會崇佛立建初寺○爲仙者葛元立洞元觀於方山
十一年 戊辰 夏四月雨雹			三月太初宮成
十二年 己巳			
十三年 庚午 五月熒惑入南斗日至夜七月犯魁第二星而東八月丹陽句容諸山崩洪水溢	作常邑 塗塘		冬十月以讒廢太子和爲庶人遷於故鄣大臣以切諫坐誅者十餘人○十一月立子亮爲皇太子○遣軍十萬作堂邑涂塘以淹北道○十二月以詔書大赦改明年爲太元元年

太元元年辛未

八月江海溢平地水一丈風拔樹三千排石碑礎動吳城兩門瓦飛落

以印綬迎陽羅神至建業爲立第于蒼龍門外　八月水右將軍呂據取大船以備宮內帝聞之喜華覈奏以樹拔碑動瓦落爲役繁賦重所致帝不省

廢帝

諱亮大帝少子在位六年廢爲會稽王

建興元年壬申

九月桃李花開十二月大風雷電星孛于牛斗

加諸葛恪都督中外諸軍事荆揚二州牧丞相陽都侯十一月以大將軍左司馬李衡爲丹陽太守

太傅諸葛恪輔政○恪築東興兩城魏兵五道入寇恪與戰于東興大破之○恪有遷都武昌意是月武昌端門災○冬十月公卿因大饗殺恪於殿內投之石子岡

二年癸酉

陽羡黑山石自立曰當有庶人爲帝之祥大旱

秋七月孫儀林恂等謀殺大將軍峻事覺伏誅

五鳳元年甲戌

二年乙亥

太平元年丙子

九月壬辰太白犯南斗

正月新作太廟遷太祖神主○二月用魏將文欽計大舉伐魏以欽爲先鋒呂據朱異劉纂唐咨等自江都引衆軍入淮泗以繼之諸軍將發孫峻餞於石頭因入據營見軍御整齊惡之乃稱心痛而歸夢諸葛恪擊之因病甚表弟偏將

景帝 諱休在位六年	二年 丁丑	

軍孫綝輔政○九月丁亥峻薨○戊子以孫綝爲侍中輔政○據等至江北聞綝代峻大怒乃表薦衛將軍滕允爲丞相綝不聽○癸卯以允爲大司馬據乃寄與允謀自廣陵引軍還討綝綝與允會蒼龍門是夜風急據不至綝使華容勒兵攻允殺之

四月帝始臨正殿大赦境内○帝選子弟十八以下十五以上得三千人以大將軍子弟有勇力者將之詔曰朕今立此軍欲與之俱長日於苑中習焉○帝常出中書省視先帝故事詰問左右曰先帝數有特詔令大將軍關事但令我書可耶左右懼無以荅

初廢帝惡綝專恣詔黄門侍郎全紀寄與全尚劉承謀誅綝全紀母以告綝綝懼戊午夜以兵襲宮取全尚殺劉承於蒼龍門○庚申使中郎李崇奪帝璽降

永安元年戊寅 十一月甲午有風四轉五復蒙霧連日	會稽王遣將軍孫耽送帝之國遣宗正孫楷往會稽迎休○十月孫恩率百官以乘輿法駕迎于武昌亭孫綝迎于土山之半野帝卽入宮御正殿以綝爲丞相大將軍荊州牧以恩爲御史大夫○帝與丁奉張布謀因戊辰臘會遂執綝斬之
二年己卯	
三年庚辰 赤烏見	是年黜亮爲候官侯○秋使都尉嚴密作浦里塘開丹陽湖田
四年辛巳 白龍見布山	
五年壬午 七月黄龍見八月大風震宙星門北樓火	乙酉立子𩅦爲皇太子

六年癸未

十月癸未石頭小城西南災

後主

諱皓大帝孫

在位十七年

元興元年甲申

景帝崩濮陽興張布言於朱太后以皓爲嗣

甘露元年乙酉

帝徙武昌

甘露降蔣陵

丁固諸葛靚

留守建業

七月殺朱皇后于苑中○十一月從步闡言徙都武昌留御史大夫丁固右將軍諸葛靚鎮建業

寶鼎元年丙戌

帝還建業

冬十月永安山賊施但等刼後主弟永安侯謙爲主取太子和陵上鼓吹曲蓋北入建業固靚率衆逆討於九里汀之牛屯殺謙初望氣者云荆州有天子氣

三百九十四

			破荆州而建業宫不利故後主上武昌而但等果反後主聞但平後使百餘精甲鼓譟入建業殺謙妻子號曰天子遣荆州兵來破揚州賊以厭其氣○十月帝自武昌還建業
二年丁亥			夏六月起新宫于太初之東制度尤廣二千石以下皆自入山督伐木又攘諸營地大開苑囿起土山作樓觀加飾珠玉制以奇名○秋七月使大匠卿薛珝營寢堂號曰清廟○十二月新宫成周五百丈署曰昭明宫開臨硎鑾徛之門正殿曰赤烏後主移居之○以法駕迎神于明陵祭于金城門
三年戊子			
建衡元年己丑			十月立子瑾爲皇太子

二年庚寅			初諸葛恪執政不欲令諸王處江濱徙於豫章孫奮不從恪爲書與奮奮懼移南昌恪誅奮徑下蕪湖欲入建業觀變殺傅相坐廢爲庶人太平中封章安侯至是以訛言見殺
三年辛卯 十二月鳳凰集西苑			春後主載太后以下六宮嬪妾千餘人濟自牛渚陸道西上呼云青蓋入洛陽以從天命行至華里遇大雪塗壞兵士皆被甲持仗百人共引一車寒凍欲死妃后菜色兵人不堪曰若遇敵便倒戈耳左右進諫皆不納東觀令華覈固爭後主乃還
鳳凰元年壬辰			尚書僕射高陵侯韋昭以嫌收下獄死
二年癸巳			立十一王給三千兵

三年甲午

大司馬陸抗薨

天册元年乙未

掘地得銀長一尺廣三分上有年月字因改元

天璽元年丙申

吴郡言臨平湖自漢末草穢擁塞今更除平古老相傳云此湖塞天下亂此湖開天下平又湖邊得石函函中有小石青色長四寸廣二寸餘刻上作皇帝字於是改元大赦俄而晉平吴孫盛以為元皇中興之符

天紀元年丁酉

二年戊戌

三年己亥

建業有鬼目草生工人黃狗家又有賈菜生工人吳平家東觀案圖名鬼目爲芝草賈菜爲平慮草遂以瑞封狗爲侍芝郎平爲平慮郎○冬十月晉司馬伷侵涂中王渾周浚逼牛渚王濬唐彬浮江東下

四年庚子

正月晉杜預破江陵王渾周浚攻陷江西屯戍遣張悌諸葛靚督沈瑩孫震帥衆三萬渡江逆之至牛渚渡江圍晉城陽都尉張喬於陽荷橋與晉周浚對陣悌死之後主聞悌沒大懼自選羽林精甲配沈瑩孫震屯于板橋○二月己未

晉王濬總蜀兵沿流直至建業司馬伷
濟□山遣周浚張喬等破吳軍于板
橋後主乃遣光祿勳薛瑩中書令胡冲
等奉牋詣壘綬於司馬伷○壬申王濬
舟師先至石頭後主草縛銜璧舁櫬見
濬軍門○癸亥晉琅邪王伷會諸軍八
自都城屯太初宫收其圖籍府庫

景定建康志卷之六

景定建康志卷之七

承直郎宜差充江南東路安撫使司幹辦公事周應合修纂

建康表三

起西晉太康庚子至元熙己未凡一百三十年爲年表

晉

司馬氏受魏禪都洛陽是爲西晉自武帝炎至愍帝鄴四主五十二年而中宗元帝睿即位於建康遂都焉是爲東晉元帝乃宣帝懿之曾孫琅邪恭王覲之子嗣父爲琅邪王永嘉元年因陳敏作亂以琅邪王爲安東將軍都督揚州江南諸軍事假節鎮建業討陳敏餘黨廓清江表至建興戊戌受愍帝詔即晉王位改元建武明年愍帝凶問至始即帝位改元太興其建武以前事屬西晉建武以後事屬東晉合兩晉論之自泰始至太康元年凡十有六年而吳始平自太康元年至建武元年凡三十九年而西晉改爲東晉都於建康自元帝建武至恭帝元熙十一主凡一百三年而禪於劉裕元熙以後事繫於宋太康以前事繫於吳故建康晉表始於太康訖於元熙合一百四十二年不分西東總曰晉表

西晉

世祖太康元年

庚子

平吳廢建業復爲秣陵分南陽爲宣城郡還理於秣陵在今縣東南六里度長樂橋古丹陽郡是也

沈瑩爲丹陽太守

先是益州刺史王濬上疏言孫皓荒淫凶逆宜速征伐若一旦皓死更立賢主則彊敵也臣作船七年日有朽敗臣年七十死亡無日三者一乖則難圖也誠願無失事機帝於是決意伐吳會王渾表孫皓欲北上邊戍乃議明年出師杜預又上表言自秋以來討賊之形頗露今若中止孫皓或怖而生計徙都武昌更修江南諸城遠其居民城不可攻野無所掠則明年之計無所及矣帝與張華圍棊預表適至華推枰斂手曰陛下聖武國富兵彊吳主淫虐誅殺賢能當今討之可不勞而定願勿以爲疑帝乃許之以華爲度支尚書量計運漕冬大舉伐吳鎮東將軍琅邪王伷出涂中安東將軍王渾出江西建威將軍王戎出武昌平南將軍胡奮出夏口鎮南大將軍杜預出江陵龍驤將軍王濬巴東監

揚州先分
南北南治
建鄴屬吳
北治壽春
屬晉晉既
平吳移壽

軍會國唐彬下巴蜀東西凡二十餘萬命賈充爲使持節假黃鉞大都督以冠軍將軍楊濟副之

正月杜預向江陵王渾出横江攻吳鎮戍所向皆克二月戊午王濬唐彬破丹陽監盛紀乙丑擊殺吳水軍都督陸景杜預克江陵諸郡望風送印綬乙亥詔王濬等共平夏口武昌順流長鶩直造秣陵或曰百年之寇未可盡克春水方生難於久駐宜俟來冬杜預曰昔樂毅藉濟西一戰以并強齊今兵威已振譬如破竹數節之後皆迎刃而解無復着手處也遂指授羣帥方略直造建業吳主聞王渾等南下使丞相張悌督丹陽太守沈瑩護軍孫歆副軍師諸葛靚帥衆三萬渡江逆戰至牛渚沈瑩曰晉治水軍於蜀久矣恐不能禦也宜畜衆力以待其來悌曰吳之將亡非今日也今

春之揚州併治建鄴於是揚州之南北合爲一統郡十八

渡江猶可決戰坐待敵到君臣俱降無復一人死難者不亦辱乎三月悌等濟江圍渾部將城陽都尉張喬於楊荷橋衆纔七千閉柵請降諸葛靚欲屠之悌不從撫之而進悌與揚州刺史周浚結陳相對沈瑩帥丹陽銳卒刀楯五千三衝晉兵不動瑩引退晉因其亂而乘之吳兵以次奔潰張喬自後擊之大敗吳師於版橋諸葛靚帥數百人遁去張悌不肯去靚自往牽之曰存亡自有大數非卿一人所支奈何故自取死悌垂涕曰仲思今日是我死日也且我爲兒童時便爲卿家丞相所識拔常恐不得其死負名賢知顧今以身徇社稷復何道邪靚再三牽之不動乃去行百餘步顧之爲晉軍所殺初詔書使王濬下建平受杜預節度至建業受王渾節度濬既破武昌乘勝東下徑趨建業吳主遣遊

擊將軍張象帥舟師萬人禦之象衆望
旗而降濬兵甲滿江旌旗燭天吳人大
懼吳主之嬖臣岑昬以傾險諛佞好興
工役爲衆患殿中親近數百人以北軍
日近請於吳主屠之時王渾王濬及琅
琊王伷皆臨近境吳司徒何植孫晏悉
送印節詣渾降吳主用薛瑩胡沖等計
分遣使者奉書於渾濬伷以請降壬寅
王濬舟師過三山王渾遣信要之濬舉
帆直指建業報曰風利不得泊也是日
濬戎卒八萬方舟百里鼓噪入石頭吳
主皓面縛輿櫬詣軍門降濬解縛焚櫬
延請相見收其圖籍克州四郡四十三
夏四月甲申詔賜孫皓爵爲歸命侯乙
酉大赦改元大酺五日遣使者分詣荆
揚撫慰吳牧守皆不更易除其苛政悉
從簡易吳人大悅王濬之入建業也明
日王渾始濟江登建業宮釃酒高會以

二年辛丑　揚州刺史周浚爲揚州刺史治移秣陵

三年壬寅　分秦淮北爲建鄴南爲秣陵縣仍在秦

濬不待已至先受孫皓降意甚愧忿頻奏濬罪狀有司亦奏濬違詔大不敬宜付廷尉帝不從命守廷尉劉頌校其事以渾爲上功濬爲中功帝以頌折濬失理左遷京兆太守增賈充邑八千戸王濬爲輔國大將軍封襄陽縣侯增王渾邑八千戸進爵爲公餘賞賜增邑各有差時人咸以濬功重報輕爲渾父子及黨與所挫抑爲之憤邑博士秦秀等上表訟濬之屈乃遷濬　鎭軍大將軍

三月詔選孫皓宮人五千人入宮是歲揚州刺史周浚移鎭秣陵吳民之未服者屢爲寇亂浚皆討平之賓禮故老搜求俊乂威惠並行吳人悅服

是歲薛瑩卒或謂吳郡陸喜曰瑩於吳士當爲第一乎喜曰瑩在四五之間安得爲第一夫以孫皓無道吳國之士沈默其體潛而勿用者第一也避尊居卑

	淮		祿以代耕者第二也侃然體國執正不懼者第三也斟酌時宜時獻微益者第四也溫恭脩慎不爲諂首者第五也過此以往不足復數故彼上士多淪沒而遠悔吝中士有聲位而近禍殃觀瑩之處身本末又安得爲第一乎
四年 癸卯 揚州大水			歸命侯孫皓卒
五年 甲辰			
六年 乙巳 百四十九			

年			
七年丙午			
八年丁未			
九年戊申			
十年己酉		濮陽王允爲淮南王都督揚江二州諸軍事	

惠帝永熙元年庚戌			
元康元年辛亥			
二年壬子	七月分荆揚十郡爲江州		
三年癸丑			
四年甲寅			

五年乙卯	六年丙辰	七年丁巳	八年戊午	九年己未
揚州大水			揚州大水	

永康元年庚申

永寧元年辛酉

郗隆爲揚州刺史

齊王冏謀討趙王倫移檄征鎭州郡縣國稱逆臣孫秀迷誤趙王當共誅討有不從命者誅及三族檄至揚州州人皆欲應冏刺史郗隆以兄子鑒及諸子悉在洛陽疑未決悉召僚吏謀之治中留寶主簿張褒西曹留承聞之請見曰不審明使君何施隆曰我俱受二帝恩無所偏助欲守州而已承曰天下者世祖之天下也太上承代已久今上取之不平齊王順時舉事成敗可見使君不早發兵應之狐疑遷延變難將生此州豈可保也隆不應停檄六日不下將士憤怨參軍王邃鎭石頭將士爭往歸之隆遣從事於牛渚禁之不能止將士遂奉邃攻隆隆父子皆死傳首於冏

王邃鎭石頭

太安元年壬戌

有石浮來建業自入秦淮夏架湖登岸二百餘步百姓咸曰石來遂爲明年石冰入揚州之讖

二年癸亥

陳徽爲揚州刺史

顧祕都督揚州九郡諸軍事

張昌黨石冰寇揚州敗刺史陳徽諸郡盡沒臨淮人封雲起兵寇徐州以應冰於是荆江揚豫徐五州之境多爲冰所據十二月議郎周玘長沙王矩起兵江東以討冰推前吳興太守吳郡顧祕都督揚州九郡諸軍事傳檄州縣殺冰所署將吏於是前侍御史賀循起兵於會稽廣陵華譚及丹陽葛洪甘卓皆起兵以應祕冰遣其將羌毒帥兵數萬拒玘玘擊斬之冰自臨淮退趨壽春征東將軍劉準聞冰至懼不知所爲廣陵度支陳敏統衆在壽春謂準曰請督帥運兵爲公討之準乃益兵使敏擊之

永興元年甲子		劉機為揚州刺史二月陳敏與石冰戰數十合冰衆十倍於敏敏擊之所向皆捷遂與周玘合攻冰於建康三月冰北走投封雲雲司馬張統斬冰及雲以降揚徐二州平周玘賀循皆散衆還家不言功賞朝廷以陳敏為廣陵相王曠為丹陽太守
二年乙丑		陳敏據建業陳敏既克石冰自謂勇略無敵有割據江東之志其父怒曰滅我門者必此兒也遂以憂卒敏以喪去職司空東海王越起敏為右將軍後越為劉佑所敗敏請東歸收兵遂據歷陽叛吳王常侍甘卓棄官東歸至歷陽敏為子景娶卓女使卓假稱皇太弟令拜敏揚州刺史敏使弟恢及別將錢端等南略江州弟斌東略諸郡江州刺史應邈揚州刺史劉機丹陽太守王曠皆棄官走敏遂據有自號揚州刺史假顧榮為丹陽內史

建康志卷十 七

江東以顧榮爲右將軍賀循爲丹陽內史周玘爲安豐太守凡江東豪傑名士咸加收禮爲將軍郡守者四十餘人或有老疾就加秩命循詐爲狂疾得免乃以榮爲丹陽內史玘亦稱疾不之郡敏疑諸名士終不爲己用欲盡誅之榮說敏乃止敏命僚佐推己爲都督江東諸軍事大司馬楚公加九錫

光熙元年丙寅

懷帝永嘉元年丁卯

瑯琊王睿用王導計渡江鎭建業

七月己未以瑯琊王睿爲安東將軍都

敏刑政無章不爲英俊所附顧榮甘卓周玘等愛之密使使報征東大將軍劉準使發兵臨江已爲內應準遣揚州刺史劉機等出歷陽討敏敏使弟昶將兵

因吳舊都督揚州江南
城修而居諸軍事假節
之太初宮鎮建業
爲府舍

數萬屯烏江弟宏屯牛渚弟昶知顧榮等有貳心勸敏殺之不從昶司馬錢廣與周玘同郡人也玘使廣殺昶廣勒兵屯朱雀橋南敏遣甘卓討廣堅甲精兵盡委之卓遂詐稱疾迎女斷橋收船南岸與玘榮及紀瞻共攻敏敏自帥萬餘人討卓軍人隔水語敏衆曰本所以戮力陳公者正以顧丹陽周安豐耳今皆異矣汝等何爲敏衆狐疑未決榮以白羽扇揮之衆皆潰去敏單騎北走追獲之於江乘敏歎曰諸人誤我以至今日遂斬敏於建業夷三族○九月瑯琊王睿至建業以安東司馬王導爲謀主推心親信每事咨焉睿名譽素輕吳人不附居久之士大夫莫有至者導患之會睿出觀禊導使睿乘肩轝具威儀導與諸名士皆騎從紀瞻顧榮等見之驚異拜於道左導曰顧榮賀循此土之望宜

			引之以結人心導使睿躬造循榮二人皆應命而至以循爲吳國內史榮爲軍司加散騎常侍又以紀瞻爲軍祭酒卞壼爲從事周玘爲倉曹屬瑯邪劉超爲舍人張闓及孔衍爲參軍王導勸睿謙以接士儉以足用以清靜爲政撫循新舊故江東歸心焉
二年戊辰			
三年己巳			
四年庚午			
五年辛未			夏六月劉曜寇洛陽京師淪陷懷帝蒙塵於平陽司空荀藩移書天下推瑯邪王爲盟主○時海內大亂獨江東差安

王導遷丹陽太守加輔國將軍固辭拜寧遠將軍尋拜右將軍揚州刺史監江南諸軍事

中國士民避亂者多渡江而南王導勸睿取其賢俊與之共事睿從之辟掾屬百六人時人謂之百六掾以刁協爲軍諮祭酒以王承卞壼爲從事中郎以諸葛恢陳頵爲行參軍庾亮爲西曹掾○秋七月王浚立皇太子布告天下以瑯邪王睿爲大將軍○周顗奔瑯邪王睿王以顗爲軍諮祭酒桓彝亦避亂過江見睿微弱謂顗曰我以中州多故來此求全而單弱如此將何以濟既而見王導退謂顗曰向見管夷吾無復憂矣諸名士相與登新亭遊宴周顗中坐歎曰風景不殊舉目有江河之異蓋謂建業山勢全似洛陽但洛陽近河建業近江耳因相視流涕王導愀然變色曰當共戮力王室克復神州何至作楚囚對泣耶衆皆收淚謝之

六年 壬申

石勒築壘於葛陂課農造舟將攻建業琅琊王睿大集江南之衆於壽春以鎮東長史紀瞻爲揚威將軍都督諸軍以討之師次壽陽勒退河北

愍帝建興元年 癸酉

詔改建業爲建康

五月壬辰以琅邪王睿爲左丞相都督諸軍事

以琅邪王爲左丞相詔曰今當掃除鯨鯢奉迎梓宮左丞相率所領精兵二十萬徑造洛陽同赴大期克成元勳○帝遣殿中都尉劉蜀詔左丞相睿以時進軍與乘輿會際中原八月癸亥蜀至建康睿辭以方平定江東未暇北伐

二年 甲戌

周勰以其父遺言因吳人之怨謀作亂使吳興功曹徐馥矯稱叔父丞相從事中郎札之命收合徒衆以討王導刁協豪傑翕然附之

三年 乙亥

二月丙子以琅邪王睿爲丞相大都督中外諸軍事

徐馥殺吳興太守袁琇有衆數千欲奉周札爲主札聞之大驚以走義興太守孔侃勰知札意不同不敢發馥黨懼攻馥殺之

四年丙子

東晉元帝 諱睿，字景文，宣帝曾孫，琅邪武王伷之孫，恭王覲之子。

建武元年丁丑

丞相睿聞長安不守，出師露次，躬擐甲冑，移檄四方，剋日北征，以漕運稽期，丙寅斬督運令史淳于伯。

二月辛巳，宋哲至建康，稱受愍帝詔，令丞相琅邪王睿統攝萬幾。三月，琅邪王睿出次，素服舉哀三日。西陽王羕及羣僚勸進，王辭不受。羕等固請，王流涕曰：孤罪人也，不能雪天下之恥。因歔欷不止，令私奴命駕，將返國。會稽內史紀瞻與長史王導俱入見王，立陳利害，王不許。羣臣請依魏晉故事爲晉王，許之。辛卯，琅邪王即晉王位，承制大赦，改元建武。初備百官，立宗廟社稷，拜諸參軍百餘人爲奉車都尉、駙馬都尉、諸掾屬。○丙辰，立世子紹爲晉王太子，進百官行賞。以王子宣城公裒爲琅邪王，以王導都督中外諸軍事，其餘進班各有差。司空幷州刺史劉琨、幽州刺史左賢王渤

太興元年戊寅

夏四月丁巳朔日有食之十一月乙卯日夜出高三丈

二年己卯

海公段匹磾等一百八十人遣長史温嶠來上表勸王即尊位○六月丙寅温嶠至建康○征南軍司戴邈上疏請立太學王從之

三月癸丑愍帝凶問至建康王斬縗居廬百官請上尊號王不許使殿中將軍韓績徹去御座紀瞻叱績曰帝座上應列星敢動者斬王爲之改容○丙辰王即皇帝位百官皆陪列帝命王導升御床共坐導固辭曰若太陽下同萬物蒼生何由仰照帝乃止大赦改元文武增位二等○庚午立王太子紹爲皇太子以賀循爲太子太傅周顗爲少傅庾亮爲中書郎○張寔遣牙門蔡忠奉表詣建康○以王導爲驃騎大將軍開府儀同三司帝令羣臣議郊祀尚書令刁協等以爲宜須還洛乃修之司徒荀組等曰漢獻帝都許即行郊祀何必洛邑帝從之立

郊上於建康之巳地○辛卯帝親祀南郊以未有北郊并地祇合祭之○十二月乙亥大赦

三年庚辰

三月癸亥日中有黑子

以琅邪國人隨過江者立懷德縣統丹陽郡

三月裴嶷至建康盛稱慕容廆之威德賢儁皆爲之用朝廷始重之乃遣使拜廆安北將軍平州刺史○以周顗爲尚書右僕射○北中郎將王舒執蔡豹至建康斬之○七月詔琅邪國人隨在此者近有千戶以立爲懷德縣統丹陽郡永復爲湯沐邑○是歲創北湖築長堤以壅北山之水東至覆舟山西至宣武城六里餘

四年辛巳

永昌元年壬午

周札都督石頭諸軍事

正月戊辰王敦舉兵於武昌罪狀劉隗沈充亦起兵於吳興以應敦敦以充爲大都督督護東吳諸軍事敦至蕪湖又上表帝大怒○乙亥詔曰王敦憑恃寵靈敢肆狂逆方朕太甲欲見幽囚是可

忍也孰不可忍今親率六軍以誅大逆有誅敦者封五千戶侯○帝徵戴淵劉隗入衛建康隗至百官迎於道隗岸幘大言意氣自若及入見勸帝盡誅王氏帝不許隗始有懼色司空導帥從弟中領軍邃左衛將軍廙侍中侃彬及宗族二十餘人每旦詣臺請罪呼周顗曰伯仁以百口累卿顗直入不顧既見言導忠誠申救甚至帝納其言顗出導又呼之顗不與言顧左右曰今年殺諸賊奴取金印如斗大繫肘後又上表明導無罪言甚切至導不知甚恨之帝命還導朝服召見之導稽首曰逆賊子何代無之不意今者近出臣族帝跣執其手曰茂宏方以百里之命寄卿是何言耶三月以導爲前鋒大都督以戴淵爲驃騎將軍以周顗爲尚書左僕射王邃爲右僕射周札爲右將軍都督石頭諸軍事敦

將至帝使劉隗軍金城札守石頭帝親被甲徇師於郊外敦至石頭欲攻劉隗杜宏勸敦先攻石頭周札敦從之以宏爲前鋒攻石頭札果開門納宏敦據石頭歎曰吾不復爲盛德事矣帝命刁協劉隗戴淵率衆攻石頭王導周顗郭逸等三道出戰協等皆大敗太子紹聞之欲自帥將士決戰中庶子溫嶠抽劍斬鞅乃止敦擁兵不朝放士卒刧掠宮省奔散惟安東將軍劉超案兵直衞及侍中二人侍帝側帝遣使謂敦曰公若不忘本朝於此息兵則天下尚可共安如其不然朕當歸瑯邪以避賢路刁協劉隗既敗入宮見帝於太極東除帝執協隗手勸令避禍給協隗人馬使自爲計協行至江乘爲人所殺隗奔後趙帝令公卿百官詣石頭見敦○辛未大赦以敦爲丞相都督中外諸軍錄尚書事江

導解揚州刺史遷司徒輔政

州牧封武昌郡公並讓不受敦大會百官問溫嶠曰皇太子以何稱聲色俱厲嶠曰鉤深致遠蓋非淺局所量以禮觀之可謂孝矣衆以爲然敦謀遂沮○丙子敦遣部將陳郡鄧岳收周顗及戴淵殺於石頭南門之外帝使侍中王彬勞敦敦以西陽王羕爲太宰加王導尚書令王廙爲荊州刺史改易百官及諸軍鎮轉徙黜罷者以百數或朝行暮改惟意所欲敦將還武昌謝鯤勸敦入朝敦勃然曰正復殺君等數百人亦復何損於時竟不朝而去○夏四月敦還武昌○徵兗州刺史郗鑒爲尚書○帝憂憤成疾○閏十一月己丑崩司空王導受遺詔輔政○庚寅太子卽皇帝位

明帝

元帝長子諱紹

二月庚戌葬元帝於建平陵○王敦謀簒位諷朝廷徵已帝手詔徵之○夏四月加敦黃鉞班劍奏事不名入朝不趨

大寧元年癸未

秋七月丙子朔震太極殿柱

王敦自領揚州牧

敦以王含都督揚州江西諸軍事

劒履上殿敦移鎮姑孰屯于湖以王導爲司徒敦自領揚州牧敦欲爲逆王彬諫之甚苦○六月壬子立庾氏爲皇后以庾亮爲中書監帝畏王敦之偪欲以郗鑒爲外援拜鑒兖州刺史都督揚州江西諸軍事王敦忌之表鑒爲尚書令○八月詔徵鑒還道經姑孰敦與之論西朝人士敦惡其言不復相見久留不遣敦黨勸敦殺之敦不從鑒還臺遂與帝謀討敦○冬十一月王敦徙王含爲征東將軍都督揚州江西諸軍事王舒爲荆州刺史監荆州沔南諸軍事王彬爲江州刺史

二年甲申

敦疾甚矯詔拜子應爲武衛將軍以自副以王含爲驃騎大將軍開府儀同三司錢鳳謂敦曰脫有不諱便當以後事付應耶敦曰應年少豈堪大事我死之後莫若釋兵散衆歸身朝廷保全門戸

王敦表溫嶠爲丹陽尹

司徒王導領揚州刺史嶠以都督與左將軍卞壼守石頭

護軍將軍應詹都督朱雀橋南諸軍事

上計也退還武昌貢獻不廢中計也及吾尚存領衆東下下計也鳳曰公之下計乃上策也遂與沈充定謀俟敦死卽作亂○初帝親任溫嶠敦惡之請嶠爲左司馬嶠繆爲恭敬綜其府事深結錢鳳爲之聲譽會丹楊尹缺嶠言於敦曰京尹咽喉之地公宜自選其才恐朝廷用人或不盡理敦然之問嶠誰可者嶠謂無如錢鳳鳳亦推嶠嶠僞辭之敦不聽六月敦表嶠爲丹陽尹且使覘伺朝廷嶠至建康盡以敦逆謀告帝請爲之備又與庾亮共畫攻討之策帝將討敦問光祿勳應詹詹勸成之帝意遂決○丁卯加司徒導大都督領揚州刺史以溫嶠都督東安北部諸軍事與右將軍卞壼守石頭應詹爲護軍將軍都督前鋒及朱雀橋南諸軍事郗鑒行衛將軍都督從駕諸軍事鑒請召臨淮太守蘇

桓彝以萬寧縣男爲丹陽尹

峻兗州刺史劉遐同討敦詔徵峻遐及徐州刺史王邃豫州刺史祖約廣陵太守陶瞻等入衛京師帝屯於中堂司徒導聞敦疾篤帥子弟爲敦發哀衆以爲信咸有奮志於是騰詔下敦府列敦罪惡敦見詔甚怒而病轉篤不能自將將舉兵伐京師使郭璞筮之璞曰無成敦乃收璞斬之敦使錢鳳鄧岳周撫等帥衆向京師以王含爲元帥敦乃上疏以誅姦臣溫嶠爲名○秋七月壬申朔王含等水陸五萬奄至江寧南岸人情恟懼溫嶠移屯水北燒朱雀桁以挫其鋒含等不得渡或以爲王含錢鳳衆力百倍苑城小而不固宜及軍勢未成大駕自出拒戰郗鑒諫不可帝乃止帝帥諸軍出屯南皇堂○癸酉夜募壯士遣將軍段秀中軍司馬曹渾等帥甲卒千人渡水掩其未備平旦戰於越城大破之

斬其前鋒將何康敦聞含敗大怒顧謂呂寶曰我當力行因作勢而起困乏復臥乃謂其舅少府羊鑒及王應曰我死應便即位敦尋卒應祕不發喪與諸葛瑤等日夜淫樂帝使沈禎說沈充許以爲司空充曰三司具瞻之重豈吾所任幣重言甘古人所畏中道改易人誰容我乎遂舉兵趨建康沈充衆萬餘與王含軍合○丁亥劉遐蘇峻等帥精卒萬人至帝夜見勞之賜將士各有差○乙未夜充鳳從竹格渚渡淮水護軍將軍應詹建威將軍趙允等拒戰不知充鳳至宣陽門拔柵將戰劉遐蘇峻自南塘橫擊大破之赴水死者三千人遐又破沈充於青溪○丙申王含等燒營夜遁○丁酉帝還宮大赦命庾亮蘇峻等追沈充於吳興溫嶠督劉遐等追王含錢鳳於江寧含奔荊州王舒遣軍迎之沈

含父子於江錢鳳走至閶廬周光斬之詣闕自贖沈充走失道誤入故將吳儒家儒殺之傳首建康有司發王敦墓出尸跽而斬之與沈充首同懸於南桁

三年乙酉

閏八月壬午帝不豫召太宰西陽王羕司徒王導尚書令卞壺車騎將軍郗鑒護軍將軍庾亮丹陽尹溫嶠等並受遺詔輔太子○戊子帝崩于太極東堂○己亥太子即皇帝位

成帝 諱衍字世根明帝長子

咸和元年丙戌

阮孚為丹陽尹以太后臨朝政出舅族求出為廣州刺史

羊曼代孚為

正月丁亥朔大赦改元文武各進位二等京師百里內復一年租庾亮用事任法裁物頗失人心豫州刺史祖約自以名輩不服郗卞而不與顧命又望開府不得遂懷怨望歷陽內史蘇峻有功於國威望漸著有鋭卒萬人器械甚精朝廷以江外寄之而峻頗懷驕溢有輕朝廷之志亮疑峻約反八月以丹陽尹溫嶠為都督江州諸軍事江州刺史鎮武

二年
丁亥

丹陽尹
温嶠改江州刺史

昌尚書僕射王舒爲會稽内史以廣聲援又修石頭以備之亮使右衛將軍趙允收南頓王宗殺之免太宰西陽王羕降封弋陽縣王宗帝近屬羕先帝保傅亮一旦剪黜由是愈失遠近之心宗黨卞闡亡奔蘇峻亮符峻送闡峻保匿不與○十一月後趙石聽攻壽春祖約屢表請救朝廷不爲出兵聽遂進寇逡遒阜陵殺掠五千餘人建康大震詔加司徒導大司馬假黄鉞都督中外諸軍事以禦之軍於江寧蘇峻遣其將韓晃擊石聽走之導解大司馬○冬十月赦京師百里内五歲以下刑○十一月壬子大閲於南郊

庾亮以蘇峻在歷陽終爲禍亂欲下詔徵之舉朝以爲不可亮皆不聽峻聞之遣司馬何仍詣亮曰討賊外任遠近惟命至於内輔實非所長亮不許召北中

夏五月甲申朔日有食之

以會稽內史王舒行揚州刺史事

郎將郭默爲後將軍領屯騎校尉司徒右長史庾冰爲吳國內史皆將兵以備峻於是下優詔徵峻爲大司農加散騎常侍位特進以弟逸代領部曲峻上表乞補青州界一荒郡以展鷹犬之用復不許峻嚴裝將赴召參軍任讓謂峻曰將軍求處荒郡而不見許事勢如此恐無生路不如勒兵自守阜陵令匡術亦勸峻反峻遂不應命溫嶠聞之即欲率衆下衛建康三吳亦欲起義兵亮並不聽峻知祖約怨朝廷乃遣參軍徐會推崇約請共討庾亮約大喜○十一月約遣兄子沛內史渙女壻淮南太守許柳以兵會峻詔復以卞壼爲尚書令領右衛將軍以會稽內史王舒行揚州刺史事吳興太守虞潭都督三吳諸軍事尚書左丞孔坦司徒司馬丹揚陶回言於王導請及峻未至急斷阜陵守江西當

三年
戊子

築白石壘以許柳爲

蘇峻矯詔

丹陽尹

利諸口導然之亮不從○十二月辛亥蘇峻遣其將韓晃張健等襲陷姑孰屠于湖取鹽米亮方悔之○壬子彭城王雄章武王休叛奔峻○庚申京師戒嚴假庾亮節都督征討諸軍事以趙允爲歷陽太守使左將軍司馬流將兵據慈湖以拒峻以前射聲校尉劉超爲左衛將軍侍中褚翜典征討軍事亮使弟翼以白衣領數百人備石頭

春正月溫嶠軍於潯陽將入救建康韓晃襲司馬流於慈湖流素懦怯兵敗而死○丁未蘇峻帥祖渙許柳等衆二萬入濟自橫江登牛渚軍于陵口臺兵禦之屢敗○二月庚戌峻至蔣陵覆舟山陶回謂庾亮曰峻知石頭有重戍不敢直下必向小丹陽南道步來宜伏兵邀之可一戰禽也亮不從峻果自小丹陽來迷失道夜行無復部分亮乃悔之朝

郗鑒都督揚州八郡諸軍事

士見京師危逼多遣家人入東避難左衛將軍劉超獨挈妻孥入居宮內詔以卞壼都督大桁東諸軍事與侍中鍾雅帥郭默趙允等軍及峻戰于西陵壼等大敗○丙辰峻攻青溪柵卞壼率諸軍拒擊不能禁峻因風縱火燒臺省及諸營寺署一時蕩盡壼帥左右苦戰而死二子眕盱隨父後亦赴敵而死丹陽尹羊曼勒兵守雲龍門與黃門侍郎周導廬江太守陶瞻皆戰死庾亮帥衆將陣於宣陽門內未及成列士衆皆棄甲走亮與弟條翼及郭默趙允俱奔潯陽峻兵入臺城司徒導謂侍中褚翜曰至尊當御正殿君可啟令速出翜卽入上閤躬自抱帝登太極前殿導及光祿大夫陸曄荀崧尚書張闓共登帝床擁衛帝以劉超爲右衛將軍使與鍾雅褚翜侍立左右太常孔愉朝服守宗廟時百官

奔散殿省蕭然峻兵旣入叱褚翜令下翜正立不動呵之曰蘇冠軍來覲至尊軍人豈得侵逼由是峻兵不敢上殿突入後宮宮人及太后左右侍人皆見掠奪峻兵驅役百官光祿勳王彬等皆被捶楚令負擔登蔣山哀號之聲震動內外○丁巳峻稱詔大赦惟庾亮兄弟不在原例以王導有德望使以本官居己之右祖約爲侍中太尉尚書令峻自爲驃騎將軍錄尚書事許柳爲丹陽尹馬雄爲左衛將軍祖渙爲驍騎將軍復以羕爲西陽王太宰錄尚書事以侍中蔡謨爲吳國內史○三月蘇峻南屯于湖○夏四月溫嶠庾亮起兵討蘇峻亮嶠互相推爲盟主嶠從弟充曰陶征西位重兵彊宜共推之嶠遣王愆期詣荆州邀陶侃與之同赴國難侃許之遣督護龔登帥兵詣嶠嶠有衆七千於是列上

尚書陳祖約蘇峻罪狀移告諸鎮灑泣登舟○五月陶侃帥衆至潯陽遂與亮嶠同趨建康戎卒四萬旌旗七百餘里鉦鼓之聲震於遠近蘇峻聞西方兵起用參軍賈寧計自姑熟還據石頭分兵以拒侃等○乙未峻逼遷帝於石頭帝哀泣升車宮中慟哭峻以倉屋爲帝宮劉超鍾雅荀崧華恒荀遂丁潭侍從不離帝側峻使左光祿大夫陸曄守留臺使匡術守苑城會稽內史王舒以庾冰行奮威將軍使將兵一萬西渡浙江於是吳興太守虞潭吳國內史蔡謨前義興太守顧衆等皆舉兵應之峻聞東方兵起遣其將管商等拒之虞潭等與戰互有勝負未能得前陶侃溫嶠軍於茄子浦峻送米萬斛饋約約遣司馬桓撫迎之毛寶帥千人爲侃前鋒襲撫悉獲其米斬獲萬計約由是飢乏陶侃表王

舒監浙東軍事虞潭監浙西軍事郗鑒都督揚州八郡諸軍事令舒潭皆受鑒節度鑒帥衆渡江與侃等會於茄子浦○丙辰侃等舟師直指石頭至於蔡洲侃屯査浦嶠屯沙門浦諸軍初至石頭即欲決戰侃曰賊衆方盛難與爭鋒當以歲月智計破之既而屢戰無功監軍部將李根請築白石壘從之侃遣庾亮以二千人守白石又令郗鑒與後將軍郭默還據京口立大業曲阿庱亭三壘以分峻之兵勢○壬辰祖約遣祖渙桓撫襲湓口侃將自擊之毛寶曰義師恃公公不可動寶請討之侃從之寶進攻祖約軍於東關會嶠召之復歸石頭○秋七月約衆潰奔歷陽峻腹心路永匡術賈寧聞祖約敗恐事不濟勸峻盡誅司徒導等更樹腹心峻雅敬導不許永等更貳於峻導使袁耽潛誘永使歸順

九月戊申導擕二子與永皆奔白石陶侃溫嶠與蘇峻久相持不決嶠軍食盡貸於陶侃侃分米五萬石以餉嶠軍毛寶燒峻句容湖熟積聚峻軍乏食峻將張健韓晃等急攻大業壘中乏水郭默懼潛突圍出留兵守之郗鑒在京口軍士皆失色陶侃將救大業長史殷羨曰吾兵不習步戰救大業而不捷則大事去矣不如急攻石頭則大業自解侃從之○庚午侃督水軍向石頭庾亮溫嶠趙允率步兵萬人從白石南上欲挑戰峻將八千人逆戰遣其子碩及其將匡孝分兵先薄趙允軍敗之峻方勞其將士乘醉望見允走曰孝能破賊我更不如耶因舍其衆與數騎北下突陳不得入將回趨白木陂馬躓侃部將彭世李千等投之以矛峻墜馬斬首臠割之焚其骨三軍皆稱萬歲餘衆大潰峻司馬

四年 己丑

以褚翜為丹陽尹

任讓等共立峻弟逸為主閉城自守溫嶠乃立行臺布告遠近凡故吏二千石以下皆令赴臺於是至者雲集韓晃聞峻死引兵趨石頭

時兵火之後民物凋殘翜收集散亡京邑遂安○正月光祿大夫陸曄及弟玩說匡術以苑城附于西軍○丁卯賊將匡術以苑城歸順百官皆赴之推曄督宮城軍事侃命毛寶守南城鄧岳守西城劉超鍾雅與建康令管旆等謀奉帝出赴西軍事泄蘇逸遣任讓將兵入宮收超雅殺之冠軍將軍趙允遣甘苗擊祖約于歷陽○戊辰約夜奔後趙蘇逸蘇碩韓晃併力攻臺城焚太極東堂及祕閣毛寶登城射殺數十人○二月丙戊諸軍攻石頭建威長史滕含擊蘇逸大破之蘇碩帥驍勇數百渡淮而戰溫嶠擊斬之兩軍獲蘇逸斬之含部將曹

據抱帝奔溫嶠船羣臣見帝頓首號泣請罪殺西陽王羕及彭城王雄司徒導入石頭令取故節侃笑曰蘇武節似不如是導有慚色○丁亥大赦○張健帥舟師自延陵將入吳興○乙未揚烈將軍王允之與戰大破之健復與韓晃馬雄等輕車西趨故鄣郗鑒遣李閎追之及於平陵山皆斬之是時宮闕煨燼以建平園爲宮溫嶠欲遷都豫章三吳之豪請都會稽司徒導曰孫仲謀劉元德俱言建康王者之宅古之帝王不以豐儉移都今宜鎮之以靜羣情自安由是不復遷都○三月壬子論平蘇峻功以陶侃爲侍中太尉封長沙郡公加都督交廣寧州諸軍事郗鑒爲侍中司空南昌縣公溫嶠爲驃騎將軍開府儀同三司加散騎常侍始安郡公陸曄進爵江陵公自餘賜爵侯伯子男甚衆庾亮泥

	五年庚寅	六年辛卯三月壬戌朔日有食之
		庾冰為揚州刺史都督揚豫兖三州軍事
首謝罪乞闔門投竄山海優詔不許亮又欲遁逃山海自暨陽東出詔有司錄奪舟船亮求外鎮自効出為都督豫州揚州之江西宣城諸軍事豫州刺史領宣城內史鎮蕪湖○夏四月己未始安公溫嶠卒	正月己亥梟江州刺史劉允首於大航○二月己巳會稽太守王舒表獻銅漏刻詔置端門西塹之西○九月作新宮始繕苑城修六門○冬十月駕幸司徒王導宅置酒大會下車入門先拜○十一月平西將軍庾亮表獻嘉橘一蔕十二實	冬烝祭太廟詔歸胙於司徒導且命無下拜導辭疾不敢當

七年 壬辰

正月辛未大赦○十一月壬子朔進太尉侃爲大將軍劍履上殿入朝不趨贊拜不名侃固辭不受○是月新宫成署曰建康宫亦名顯陽宫開五門南面二門東西北各一門○十二月帝遷於新宫

八年 癸巳

夏五月有星隕於肥鄉數一

正月辛亥朔朝萬國於新宫四夷列次帝詔曰昔長蛇縱暴宫室焚蕩元惡雖翦未暇營築有司屢陳朝會逼狹遂作斯宫子來之勞不日而成既獲臨御大饗群后九賓充庭百官象物知君子勤禮小人盡力矣思蠲密網咸同斯惠其大赦天下○丙子趙主勒遣使來修好詔焚其幣○是月改苑倉爲太倉○是歲作北郊於覆舟山之陽制度一如南郊

九年 甲午

二月丁卯加張駿爲大將軍○六月乙卯侍中太尉都督陶侃薨○九月戊寅陸曄卒

咸康元年乙未

秋七月白虹貫日

十月乙未朔日有食之

何充為丹陽尹

正月庚午朔帝加元服大赦改元○二月甲子帝親臨釋奠○司徒導以羸疾不堪朝會三月乙酉帝幸其府與羣臣宴於內室拜導并拜其妻曹氏侍中孔坦密表切諫以為帝初加元服動宜顧禮帝從之○趙王虎南遊臨江而還有游騎十餘至歷陽歷陽太守袁耽表上之不言騎多少朝廷震懼司徒導請出討之夏四月加導大司馬假黃鉞都督征討諸軍事癸丑帝觀兵廣莫門分命諸將救歷陽及戍慈湖牛渚蕪湖司空郗鑒使廣陵相陳光將兵入衛京師俄聞趙騎至少又已去戊午解嚴王導解大司馬

二年丙申

二月辛亥帝臨軒備六禮逆故當陽侯杜乂女陵陽為皇后大赦羣臣畢賀○冬十月更作朱雀門新立朱雀浮航航對朱雀門南渡淮水亦名朱雀橋

三年 丁酉			正月辛卯詔立太學於淮水南
四年 戊戌			以司徒導為太傅都督中外諸軍事郗鑒為太尉庾亮為司空○六月以導為丞相罷司徒官併入丞相府
五年 己亥		充為護軍將軍 殷融為丹陽尹 庾亮為揚州刺史固辭不拜以庾冰為揚州刺史參錄尚書事	正月辛丑大赦○征西將軍庾亮欲開復中原以武昌太守陳嚻為梁州刺史趨漢中遣參軍李松攻漢巴郡江陽○夏四月執漢荊州刺史李閎巴郡太守黃植送建康庾亮上疏言蜀甚弱而胡尚彊欲帥大衆十萬移鎮石城遣諸軍羅布江沔為伐趙之規帝下其議丞相導請許之郗鑒議以資用未備不可大舉太常蔡謨以為時有否泰道有屈伸苟不計彊弱而輕動則亡不終日為今之計莫若養威以俟時朝議多與謨同

乃詔亮不聽移鎮○秋七月庚申始興文獻公王導薨徵庾亮爲丞相揚州刺史錄尚書事亮固辭○辛酉以何充爲護軍將軍亮弟會稽內史冰爲中書監揚州刺史參錄尚書事○八月壬午復改丞相爲司徒司空庾亮領之○侍中太尉南昌公郗鑒薨○十二月丙戌以驃騎將軍琅邪王岳爲侍中司徒

六年 庚子

庚辰有星孛於太極

正月庚子朔都亭文康侯庾亮薨以護軍將軍錄尚書何充爲中書令辛亥以左光祿大夫陸玩爲侍中司空○三月丁卯大赦○秋七月乙卯依中興故事朔望聽政於東堂

七年 辛丑

二月甲子朔日有食之

分江乘縣西界置臨沂縣屬琅邪郡

二月己卯慕容皝遣使求假章璽許之○四月詔實編戶王公以下皆正土斷白籍○秋八月引見群臣射宴於延賢堂

八年 壬寅 正月己未朔日有食之			正月乙丑大赦○夏五月乙卯帝不豫○壬辰冰充及武陵王晞會稽王昱尚書令諸葛恢並受顧命○癸巳帝崩○甲午琅邪王卽皇帝位
康帝 諱岳成帝母弟 建元元年 癸卯		冰出爲江州刺史何充爲都督揚豫徐州之琅邪諸軍事領揚州刺史錄尚書事	九月詔琅邪國及府吏進位各有差庚冰歷求出外○辛巳以冰都督荆江寧益梁交廣七州豫州之四郡諸軍事領江州刺史以琅邪內史桓溫爲都督青徐兗三州諸軍事徐州刺史徽江州刺史褚裒爲衛將軍領中書令
二年 甲辰			九月丙申立聃爲皇太子○戊戌帝崩于式乾殿○己亥何充以遺旨奉太子卽位
穆帝 諱聃字彭子康帝長子			正月甲戌朔皇太后設白紗帷於太極殿抱帝臨軒○以會稽王昱爲撫軍大

五、八十七

永和元年乙巳			將軍録尚書六條事○都亭肅侯庾翼卒
二年丙午 夏四月己酉朔日有食之十二月枉矢自東南流于西北其長半天		充卒殷浩以中軍將軍爲揚州刺史	正月丙寅大赦○己卯都鄉文穆侯何充卒○二月癸丑以左光祿大夫蔡謨領司徒與會稽王昱同輔政○十一月辛未桓溫帥益州刺史周撫南郡太守譙王無忌伐漢
三年丁未 夏四月地震		冬十二月以侍中劉惔爲丹楊尹	二月桓溫軍至青衣漢主勢大發兵遣昝堅等自山陽趣合水諸將欲設伏以待晉兵堅不從○三月溫至彭模留參軍孫盛周楚守輜重溫自將步卒直指成都溫進遇李權三戰三捷溫軍於成都之十里勢悉衆出戰溫大破之溫乘勝長驅至成都李勢叩頭死罪尋輿櫬面縛詣軍門溫解縛焚櫬送勢及宗室十餘人於建康
四年戊申			秋八月進安西大將軍桓溫爲征西大將軍

五年 己酉 十一月甘露降崇平陵元宮前殿			正月辛未朔大赦○十二月征北大將軍褚裒薨
六年 庚戌 閏月丁巳彗星見于亢			秋七月濤水入石頭溺死者數百人○九月峻陽太陽二陵崩帝素服臨於太極殿三日遣兼太常趙拔修復山陵
七年 辛亥 正月丁酉日有食之			以武陵王晞爲太宰○九月殷浩上疏請北出宛洛帝許之以安西將軍謝尚北中郎將荀羨等爲督統進屯壽春○八月謝尚自枋頭奉傳國璽至建康百僚畢賀以
八年 壬子 正月辛卯日有食之			

三八八

九年癸丑	十年甲寅
浩免爲庶人 王述爲揚州刺史	

安西將軍謝尚爲尚書僕射○中軍將軍揚州刺史殷浩連年北伐師徒屢敗征西將軍桓温因朝野之怨上疏數浩之罪請廢之朝廷不得已免浩爲庶人徙東陽之信安自此內外大權一歸於温矣

二月乙丑桓温統步騎四萬伐秦四月壬寅温進至灞上○五月江西流民郭敞等千餘人執陳留內史劉仕降於姚襄建康震駭以吏部尚書周閔爲中軍將軍屯中堂豫州刺史謝尚自歷陽還衛京師固江備守○九月桓温還自伐秦帝遣侍中黃門勞温于襄陽

十一年 乙卯 夏四月隕霜地震			秋七月以吏部尚書周閔　左僕射 桓溫請移都洛陽修復園陵章十餘上不許拜溫征討大都督督司冀二州諸軍事以討姚襄溫發江陵北伐遣督護高武據魯陽輔國將軍戴施屯河上自帥大軍繼進○八月己亥溫至伊水襄拒水而戰襄衆大敗死者數千人襄奔平洛陽溫屯故太極殿前既而徙屯金墉城○己丑謁諸陵各置陵令詔遣兼司空散騎常侍車灌等持節如洛陽修五陵○十二月庚戌帝及羣臣皆服緦臨於太極殿三日
十二年 丙辰 冬十月癸巳朔日有食之			
升平元			正月壬戌朔帝加元服太后詔歸政大

年丁巳 正月丁丑隕石于槐里數

赦改元太后徙居崇德宮○三月壬申帝親釋奠于中堂

二年戊午 夏五月大水有星孛于天船冬十一月雷地震

正月司徒昱稽首歸政帝不許

三年己未

四年庚申 八月辛丑朔日有食之既冬十月天狗流于西南

五年辛酉

四月大水

二月南掖門馬足陷地得銅鍾一有二四字○五月丁巳帝崩于顯陽殿○庚申瑯邪王丕卽皇帝位○秋七月戊午葬穆帝于永平陵

哀帝諱丕成帝長子

隆和元年壬戌

十二月戊午朔日有食之

正月壬子大赦改元○五月丁巳桓温上疏請遷都洛陽朝廷畏温不敢異孫綽上疏謂且宜遣將帥有威名者先鎮洛陽掃平梁冀清壹河南中夏小康然後可徐議遷徙温見綽表不悅事果不行温又議移洛陽鍾簴王述謂方當蕩平區宇旋軫舊京不應先事鍾簴乃止

興寧元年癸亥

夏四月揚州地震湖瀆溢秋八月有星孛于角亢

二月己亥大赦改元○五月加征西大將軍桓温侍中大司馬都督中外諸軍錄尚書事假黃鉞○八月涼州牧張天錫遣司馬綸騫奉章詣建康請命○九月壬戌大司馬桓温北伐

五百七十二

二年 甲子	三年 乙丑	海西公 諱奕哀帝母第
五月加大司馬温揚州牧録尚書事		
二月癸卯耕籍田○三月辛未帝以藥發不能親萬幾褚太后臨朝攝政○五月壬申使侍中召大司馬温入參朝政温辭不至秋七月丁卯詔復徵大司馬温入朝八月温至赭圻詔尚書車灌止之温遂城赭圻居之固讓内録遥領揚州牧○是歲詔移陶官於淮水北遂以南岸窑處之地施僧慧力造瓦官寺	正月大司馬温移鎮姑孰司徒昱聞陳祐棄洛陽會大司馬于洌洲共議征討事○丙申帝崩于西堂○丁酉皇太后詔以琅邪王奕承大統百官奉迎于琅邪第○是日即皇帝位大赦○三月壬申葬哀帝于安平陵○秋七月己酉徙會稽王昱復爲琅邪王	朱序周楚擊司馬勳破之擒勳送大司馬温温斬之傳首建康○冬十月加司

太和元年丙寅

徙昱丞相錄尚書事入朝不趨讚拜不名劍履上殿

二年丁卯

三年戊辰

三月丁巳朔日有食之

夏四月癸巳雨雹大風折木

十二月加大司馬溫殊禮位在諸侯王上

四年己巳

冬十月大星西流有聲如雷

劉波鎮石頭

三月大司馬溫請與徐兗二州刺史郗愔江州刺史桓冲豫州刺史袁眞伐燕○夏四月庚戌溫帥步騎五萬發姑孰自兗州伐燕○六月辛丑溫至金鄉燕主暐以下邳王厲爲征討都督帥步騎

五年 庚子

秋七月癸酉朔日有食之

簡文皇帝

諱昱元帝少子

二萬逆戰于黃墟厲兵大敗暐復遣樂安王臧統諸軍拒温臧不能抗乃遣使求救于秦秦遣將軍苟池洛州刺史鄧羌帥步騎二萬以救燕九月桓温敗于襄邑十月温收散卒屯山陽深耻喪敗歸罪於袁眞奏免眞爲庶人眞以温誣己不服表温罪狀朝廷不報眞遂據壽春降燕○丞相昱與大司馬温會于涂中以謀後舉

二月癸酉袁眞卒陳郡太守朱輔立眞子瑾爲建威將軍以保壽春○温自廣陵帥衆二萬討袁瑾以襄城太守劉波爲淮南内史將五千人鎮石頭癸丑温敗瑾于壽春

正月丁亥温拔壽春擒瑾及輔幷其宗族送建康斬之○温恃其才略位望陰蓄不臣之志嘗撫枕歎曰男子不能流芳百世亦當遺臭萬年十一月癸卯温

五百九十五

咸安元年辛未

十二月辛卯熒惑逆行入太微

自廣陵將還姑孰屯于白石丁未詣建康諷褚太后請廢帝立丞相會稽王昱并作令草呈之己酉温集百官於朝堂廢立曠代所無莫有識其故典者百官震慄王彪之知事不可止乃命取霍光傳禮度儀制定於須臾於是宣太后令廢帝爲東海王以會稽王昱統承皇極百官入太極前殿温使竺瑤劉亨收帝璽綬帝著白帢單衣步下西堂乘犢車出神武門侍御史殿中監將兵百人衛送東海第温帥百官具乘輿法駕迎會稽王即皇帝位改元温出次中堂分兵屯衞使魏郡太守毛安之帥所領兵宿衞殿中戊午大赦○己未温如白石上書求歸姑孰庚申詔進温丞相大司馬如故留京師輔政温固辭請還鎮辛酉温自白石還姑孰

二年 壬申

六月太白晝見

武帝 諱曜簡文帝第三子

以侍中王坦之爲中書令領丹楊尹桓冲爲揚州刺史

三月戊午遣侍中王坦之徵大司馬温入輔温復辭○夏四月徙海西公於吳縣西柴里○庾希庾邈與故青州刺史武沈之子遵聚衆夜入京口城晉陵太守卞耽踰城奔曲阿希詐稱受海西公密旨誅大司馬温建康震擾內外戒嚴温遣東海內史周少孫討之秋七月壬辰拔其城擒希邈皆斬之○甲寅帝不豫急召温入輔一日一夜發四詔温辭不至○己未立昌明爲皇太子遺詔大司馬温依周公居攝故事是日帝崩太子即皇帝位大赦○冬十月丁卯葬簡文帝于高平陵

正月己丑朔大赦改元○二月大司馬温來朝○辛巳詔吏部尚書謝安侍中王坦之迎于新亭○是時都下人情恟恟或云欲誅王謝因移晉室坦之甚懼安神色不變温既至百官拜於道側温

年	天象		事
寧康元年癸酉	三月丙午月犯南斗第五星有彗星出于尾箕長十餘丈經太微垣東井自四月始見至秋冬不滅		大陳兵衛延見朝士坦之流汗沾衣倒執手版安從容坐定謂溫曰安聞諸侯有道守在四夷明公何須壁後置人耶溫笑曰正自不能不爾遂命左右徹之○溫有疾停建康十四日甲午還姑孰○三月癸丑詔除丹陽竹格等四航稅○秋七月己亥南郡宣武公桓溫薨冲稱溫遺命以少子元爲嗣時方五歲襲封南郡公○八月壬子太后復臨朝攝政○丙申以王彪之爲尚書令謝安爲僕射領吏部共掌朝政
二年甲戌	三月丙戌彗星見于氐九月丁丑有星孛于天市		正月癸未朔大赦
三年乙亥	冬十月癸酉朔日有食之十二月甲申神虎門災 五百九十四	以冲移鎮京口 謝安領揚州刺史	五月辛亥大赦○桓冲以謝安素有重望欲以揚州讓之甲寅詔以冲都督徐豫兗青揚五州諸軍事徐州刺史鎮京口以安領揚州十二月帝釋奠于中堂

太元元年丙子	夏五月癸丑地震十一月己巳朔日有食之			正月壬寅朔帝加元服甲辰大赦改元○夏五月甲寅大赦
二年丁丑	閏三月壬午地震暴風折木發屋揚砂石		以安都督五州諸軍事	秋七月丁未以尚書僕射謝安爲司徒安讓不拜復加侍中都督揚豫徐兗青五州諸軍事○壬寅散騎常侍王彪之卒
三年戊寅	夏六月熒惑守羽林七月乙酉老人星見于南方			二月乙巳作新宮帝移居會稽王邸○秋七月新宮成內外殿宇大小三千五百間○辛巳帝居新宮
四年己卯	秋八月乙未暴風揚砂石十二月己酉朔日有食之		八月丁亥以王蘊爲丹楊尹蘊自以國姻不欲在內復出爲都督浙江東五郡諸軍事會稽內史	正月丙子謁建平等七陵

五年庚辰

夏四月大旱六月甲寅震含章殿四柱并殺內侍二人

沈嘉爲丹楊尹

拜謝安衛將軍開府儀同三司○以會稽王道子爲司徒固讓不拜

六年辛巳

夏六月庚子朔日有食之冬十月乙卯有奔星東南經翼軫聲如雷

正月帝殿奉佛法立精舍於殿內引諸沙門居之○丁酉以尚書謝石爲僕射○秋九月辛未衛將軍謝安習水軍於石頭

七年壬午

冬十一月太白晝見在斗

士大夫置東冶亭爲餞送所

八年癸未

王荟代嘉爲丹楊尹

秋九月僞秦苻堅大舉兵自來寇衆號百萬是月詔司徒道子録尚書六條事以衛將軍謝安爲征討大都督安乃假弟石爲都督舉冠軍將軍謝元爲前鋒元帥西中郎將桓伊輔國將軍謝琰總

戎八萬拒秦軍于淮南是時秦兵既盛都下震恐桓冲遣精鋭三千入援京師謝安固却之元既渡江使廣陵相劉牢之領鋭卒五千直指澗洛大破秦軍斬梁成及弟雲生擒王顯慕容屈等石與元琰聞苻堅在壽春謀請戰秦許之乙亥琰進肥北元琰與桓伊等涉肥水鼓譟逡戰大破秦軍於肥南臨陳斬苻融堅中流矢衆潰冬十一月庚申詔謝安勞旋師于金城○庚午以謝石爲尚書令○初開酒禁增民稅米口五石

九年甲申

冬十月辛亥朔日有食之

謝安大都督揚州等十五州諸軍事

三月以謝安爲太保○正月辛亥謁建平等四陵○九月甲午加太保謝安爲大都督揚州江荆司豫徐兖青冀幽并梁益雍凉十五州諸軍事○中書侍郎車允上疏議立明堂辟雍事尚書令謝石以學校陵遲上疏請興復國學於太廟之南○謝安與會稽王道子有隙安求避之會秦苻堅爲慕容冲

十年乙酉

以琅邪王道子領揚州刺史都督中外

秋七月老人星見大旱井泉皆竭

諸軍事

姚萇所逼遣使求救安請自將救之乃詔安率衆救秦帝自行西池宴羣臣餞安賦詩者五十八人甲子安發自石頭壬戌出鎮廣陵之步丘築壘曰新城而居之○太保安有疾求還詔許之八月安至建康丁酉建昌文靖公謝安薨○庚子以司徒瑯邪王道子領揚州刺史錄尚書都督中外諸軍事以尚書令謝石爲衞將軍

十一年

丙戌

二月戊申太白晝見在東井壬子暴風發屋折木三月戊寅熒惑入月冬十月太白晝見于南斗

十二年

三月大赦○六月束帛聘處士戴逵○八月庚午詔封孔靖之爲奉聖亭侯奉

四百十五

丁亥	十三年 戊子 閏六月戊辰天狗北下有聲如雷冬十二月戊子濤水入石頭毀大航殺人乙未大風晝晦延賢堂災壬申螽斯百堂客館驛騎廄皆災	十四年 己丑 七月旱甲寅雷震宣陽門四柱災冬十二月己巳雨木冰
		道子移揚州理於東第
	道子進位丞相揚州牧	
宣尼祀立宣尼廟在丹陽郡城隅路東南○八月辛巳立皇子德宗爲皇太子大赦天下增文武位二等大酺五日賜百官布帛各有差	庚子尚書令謝石薨○散騎常侍會稽內史謝元薨	九月庚午以左僕射陸納爲尚書令

十五年 **庚寅**

三月己酉朔地震東北有聲如雷七月壬申有星孛于北河經太微三台文昌入北斗色白長十餘丈至後月戊戌入紫微乃滅八月己丑京師地震

瑯邪王道子恃寵驕恣帝不能平欲選時望爲藩鎮以潛制道子二月辛巳以中書令王恭爲都督青兗幽并冀五州諸軍事兗青二州刺史鎮京口○三月戊辰大赦○以侍中王國寶爲中書令俄兼中領軍○丁未以王珣爲尚書右僕射

十六年 **辛卯**

正月壬辰鵲巢太極殿東鴟吻

春正月詔徐廣校祕閣四部見書凡三萬六千卷○二月庚申改築太廟九月成○癸未以王珣爲左僕射謝琰爲右僕射

十七年 **壬辰**

五月丁卯朔日有食之夏六月癸卯京師地震甲寅海水入石頭毀大航秋七月丁丑太白晝見

正月己巳朔大赦○八月新作東宮徙左衛營○十一月庚寅以皇子德文爲瑯邪王徙瑯邪王道子爲會稽王

五百二十六

年	天象	官	事
十八年 癸巳	正月癸卯朔地震 秋七月旱		
十九年 甲午			六月壬子立簡文宣太后廟於太廟路西○八月尊皇太妃李氏爲皇太后居崇訓宮
二十年 乙未	三月庚辰朔日有食之 秋七月太白晝見太微 九月有蓬星如粉絮東南行歷女虛至哭星 十一月己卯暴風水合	丹楊尹王雅 領少傅	三月皇太子出就東宮以丹楊尹王雅領少傅○秋七月長星見帝心惡之於華林園舉酒祝之曰長星勸汝一杯酒自古何有萬歲天子耶
二十一年 丙申			以望蔡公謝琰爲尚書左僕射○正月起清暑殿於華林園○夏四月新作永安宮○帝嗜酒流連內殿外人罕得進

二月太白晝見于羽林　四月丁卯大雨雹　秋八月熒惑犯哭星

見張貴人寵冠後宮皆畏之庚申帝與後宮宴時貴人年近三十帝戲之曰汝以年亦當廢矣向夕帝醉寢於清暑殿貴人徧飲宦者酒散使婢以被蒙帝面弒之重賂左右云因魘暴崩時司馬道子昏惑元顯專權竟不能推窮其罪帝初爲清暑殿有識者以清暑反爲楚聲哀楚之徵也俄而帝崩○辛酉太子即皇帝位大赦○癸亥有司奏會稽王道子宜進位太傅揚州牧假黃鉞內外衆事動靜咨之○冬十月甲申葬帝于隆平陵

會稽王道子進位太傅揚州牧

安帝

諱德宗烈宗長子

領軍將軍王國寶加後將軍丹楊尹

正月己亥朔帝加元服改元○以左僕射王珣爲尚書令領軍將軍王國寶爲左僕射領選會稽王道子悉以東宮兵配國寶使領之是月太傅歸政夏四月甲戌兗州刺史王恭豫州刺史庾楷等舉兵以討尚書左僕射王國寶爲名國

隆安元年 丁酉	二年 戊戌
	江績加輔國將軍丹楊尹
寶惶懼不知所爲王緒說國寶令矯道子命召王珣車允殺之以除羣望因挾主相以討諸侯國寶許之珣允既至而未及害反問計於珣珣勸國寶放兵權以迎恭國寶信之又問於允允曰南北同舉而荊州未至若朝廷遣軍恭必城守若京城未拔而上流奄至君將何以待之國寶尤懼遂上疏解職詣闕待罪既而悔之詐稱詔復其本官欲收其兵拒諸侯之兵道子闇懦欲求休息乃委罪國寶甲申賜國寶死斬緒於市以謝王恭恭悅乃罷兵還京口	秋七月兗州刺史王恭豫州刺史庾楷荊州刺史殷仲堪廣州刺史桓元南蠻校尉楊佺期復舉兵反九月辛卯加會稽王道子黃鉞以世子元顯爲征討都督遣衞將軍王珣右將軍謝琰將兵討王恭譙王尚之將兵討庾楷己亥譙王

丹楊尹王愷發京邑數萬入據石頭以備桓元以劉牢之都督揚州等諸軍事

尚之大破庾楷于牛渚楷奔桓元乙巳桓元大破官軍于白石元與楊佺期進至橫江尚之退走丙午道子屯中堂元顯守石頭己酉王珣守北郊謝琰屯宣陽門以備之王恭以司馬劉牢之為前鋒次竹里元顯密以重利啗牢之牢之歸降使子敬宣迎擊恭敗之恭衆潰單騎奔曲阿故吏殷確以船載恭將奔桓元至長塘湖為人所告獲之送京師斬於兒塘以劉牢之為都督兗青冀幽并徐揚州晉陵諸軍事以代恭俄而楊佺期桓元至石頭殷仲堪至蕪湖元顯自竹里馳還京師遣丹楊尹王愷等發京邑士民數萬人據石頭以拒之佺期元等請誅劉牢之牢之帥北府之衆馳赴京師軍于新亭佺期等見之失色回軍蔡洲朝廷未知西軍虛實仲堪等擁衆數萬充斥郊畿內外憂逼於是以元為

江州刺史召郗恢爲尚書以佺期代恢爲都督梁雍秦三州諸軍事雍州刺史權領左衛文武之鎮黜殷仲堪爲廣州刺史詔敕仲堪回軍仲堪得詔大怒趣桓元楊佺期進軍元等猶豫未決仲堪遽自蕪湖南歸佺期部將劉京帥二千人先歸壬子元等盟于尋陽俱不受朝命上疏求誅劉牢之及譙王尚之朝廷乃還仲堪荆州優詔慰諭仲堪等乃受詔○十二月以琅邪王德文爲衛將軍開府儀同三司征虜將軍元顯爲中領軍衛軍將軍王雅爲尚書左僕射

三年 己亥

以會稽世子元顯爲揚州

正月辛酉大赦○會稽王道子有疾世子元顯知朝望去之乃諷朝廷解道子司徒揚州牧戊戌以琅邪王德文爲司徒○十月甲寅妖賊孫恩自入上虞攻陷會稽殺會稽內史王凝之旬日之間

刺史尋進領

軍將軍

衆數十萬恩據會稽自稱征東將軍恩表會稽王道子世子元顯之罪請誅之自帝卽位以來內外乖異石頭以南皆爲荆江所據以西皆豫州所專京口及江北皆劉牢之及廣陵相高雅之所制朝政所行惟三吳而已及孫恩作亂八郡皆爲恩有恩黨亦有潛伏建康者人情危懼於是內外戒嚴加道子黃鉞元顯領中軍將軍徐州刺史謝琰兼督吳興義興軍事以討恩甲戌謝琰劉牢之進至義興遣輔國劉裕累破孫恩恩逃入海島○以元顯錄尚書事時人謂道子爲東錄元顯爲西錄西府車騎塡湊東第門可張羅矣○江州刺史桓元將謀不軌因水災上襲江陵舉兵攻殷仲堪仲堪急召楊佺期赴戰俱爲元所破追殺之

四年庚子 三月彗星見于太微六月庚辰朔日有食之九月癸丑地震十二月戊寅有星孛于天津		進桓元都督揚豫等八部諸軍事元顯加開府儀同三司都督揚豫等十六州諸軍事	乙亥大赦○進桓元都督八州及揚豫八部諸軍事復領江州刺史○夏四月孫恩復寇峽口轉寇餘姚殺會稽內史謝琰○以元顯爲開府儀同三司都督揚豫徐兖青幽冀并荊江司雍梁益交廣十六州諸軍事領徐州刺史
五年 **辛丑** 三月衆星西流經牽牛歷紫微太微癸丑大角星散搖五色		**司馬恢之**爲丹楊尹	六月甲戌孫恩浮海奄至丹徒戰士十餘萬建康震駭乙亥內外戒嚴百官入居省內冠軍將軍高素等守石頭輔國將軍劉襲柵斷淮口丹楊尹司馬恢之戍南岸冠軍將軍桓謙等備白石左衛將軍王嘏等屯中堂豫州刺史譙王尚之入衛京師劉牢之使劉裕自海鹽入援裕倍道兼行與恩俱至丹徒恩帥衆鼓譟登蒜山裕帥所領奔擊大破之恩狼狽僅得還船然恩猶恃其衆復整兵徑向京師會稽王道子無它謀唯日禱蔣侯廟恩衆漸近百姓恟懼譙王尚之

元興元年

壬寅

帥精銳馳至徑屯積弩堂恩樓船高大泝風不得疾行數日乃至白石旣而知尚之在建康劉牢之已還至新洲不敢進而去浮海北走詔以劉裕爲下邳太守擊孫恩秋七月以輔國司馬劉裕爲建威將軍○桓元自謂有晉國三分之二數使人上己符瑞欲以惑衆又致牋於會稽王道子元顯見之大懼於是大治水軍徵兵裝艦以謀討元

正月庚午朔下詔罪狀桓元以尚書令元顯爲驃騎大將軍征討大都督都督十八州諸軍事加黃鉞丙子建牙于東府又以鎭北將軍劉牢之爲前鋒都督前將軍譙王尙之爲後部因大赦改元內外戒嚴加會稽王道子太傅○桓元留桓偉守江陵抗表罪狀元顯舉兵東下檄至元顯大懼二月丙午帝餞元顯于西池元顯下船而不發丁卯桓元敗

桓元爲揚州牧都督中外諸軍事總百揆

王師于姑孰齊王柔之譙王尚之皆遇害三月劉牢之軍溧洲參軍劉裕請擊元牢之不許乙巳朔牢之遣敬宣詣元請降元授敬宣爲諮議參軍元顯將發聞元已至新亭棄船退屯國子學辛未陳於宣陽門外軍中相驚言元已至南桁元顯引兵欲還宮元遣人拔刀隨後大呼曰放仗軍人皆崩潰元顯乘馬走入東府元遣太傅從事中郎毛泰收元顯送新亭縛于舫前而數之○壬申復隆安年號○帝遣侍中勞元於安樂渚元入京師稱詔解嚴以元總百揆都督中外諸軍事丞相錄尚書事揚州牧領徐荆江三州刺史假黃鉞○癸酉有司奏會稽王道子酣縱不孝當棄市詔徙安城郡斬元顯及東海王彥璋譙王尚之庾楷張灋順毛泰等於建康市○大赦改元大亨○桓元讓丞相改授太尉

二年 癸卯

夏四月癸巳朔日有食之

冊元爲相國封楚王加九錫

都督中外諸軍事揚州牧領豫州刺史總百揆○夏四月太尉元出屯姑孰辭錄尚書事詔許之○元使御史杜林酖道子殺之

正月乙卯以元爲大將軍侍中殷仲文散騎常侍卞範之勸元受禪陰撰九錫文及册命丙子册命元爲相國總百揆封十郡爲楚王加九錫十一月詔楚王元行天子禮樂丁丑卞範之爲禪詔使臨川王寶逼帝書之庚辰帝臨軒遣兼太保領司徒王謐奉璽綬禪位于楚○壬午帝出居永安宮○癸未遷太廟神主于琅邪國百官詣姑孰勸進十二月庚寅朔元築壇于九井山北壬辰即皇帝位封帝爲平固王戊戌元入建康宮登御坐而床忽陷羣下失色殷仲文曰將由聖德深厚地不能載元大悅癸丑納桓温神主于太廟

三年 **甲辰**

戊戌熒惑逆行犯太微

庚寅夜濤入石頭漂毀大航殺人其聲動天

桓元築別苑于冶城

桓元加**桓謙**揚州刺史征討都督

二月帝在尋陽乙卯建威將軍劉裕帥劉毅何無忌孟昶檀憑之等起義兵于丹徒丙辰斬徐州刺史桓脩于京口丁巳裕帥二州之衆千七百人軍于竹里移檄遠近聲言益州刺史毛璩已定荊楚江州刺史郭昶之奉迎主上返正於尋陽鎮北將軍王元德等並率部曲保據石頭揚武將軍諸葛長民已據歷陽元移還上宮召侍官皆入衛省中加揚州刺史新安王桓謙征討都督殷仲文爲徐兗二州刺史謙等請亟遣擊裕元曰彼兵鋭甚計出萬死若有蹉跌則彼氣成而吾事去矣不如屯大衆於覆舟山謙等固請擊之乃遣頓邱太守吳甫之右衛將軍皇甫敷相繼北上三月戊戌朔裕軍與吳甫之遇於江乘裕手執長刀大呼以衝之衆皆披靡卽斬甫之進至羅洛橋皇甫敷帥數千人逆戰裕

又斬之元聞二將死大懼使桓謙及遊擊將軍何澹之屯東陵侍中後將軍卞範之屯覆舟山西衆合二萬己未裕軍進至覆舟山將士皆殊死戰無不一當百呼聲動天地謙等諸軍大潰元濟使領軍將軍殷仲文具舟于石頭聞謙敗帥親信數千將其子昇兄子濬出南掖門舉策指天因鞭馬而走西趨石頭與仲文等浮江南走裕入建康止桓謙故營遣劉鍾據東府庚申裕屯石頭城立留臺焚桓溫神主于宣陽門外造晉新主納于太廟遣諸將追元尚書王嘏帥百官奉迎乘輿裕使臧熹入室收圖書器物封閉府庫丁卯劉裕遷鎮東府○桓元至尋陽郭昶之給以器用兵力辛未元逼帝西上劉毅帥何無忌等追之○丙戌劉裕稱受帝密詔以武陵王遵承制總百官行事加侍中大將軍因大

赦夏四月武陵王遵入居東室○庚寅桓元挾帝至江陵何無忌大破元將何澹之軍于桑落洲遣使奉送宗廟主祏還京師甲寅桓元復帥諸軍挾帝東下劉毅何無忌劉道規等與桓元會于崢嶸洲毅等乘風縱火盡銳爭先元衆大潰元挾帝單舸西走殷仲文叛元還建康己卯帝與元入江陵辛巳荆州别駕王康產奉帝入南郡府舍太守王騰之率文武爲侍衞壬午費恬斬元于枚回洲乘輿返正於江陵戊寅奉神主于太廟劉毅等傳送元首梟于大桁癸巳桓謙等帥羣臣奉璽綬于帝

義熙元年乙巳

何無忌爲右將軍豫揚州等五郡軍事

正月帝在江陵戊戌大赦改元惟桓氏不原二月丁巳留臺備法駕迎帝于江陵何無忌奉帝東還三月甲午帝至建康○庚子以瑯邪王德文爲大司馬武

秋七月庚辰太白晝見於翼軫			陵王遵爲太保劉裕爲侍中車騎將軍都督中外諸軍事劉毅爲左將軍何無忌爲右將軍督豫州揚州五郡軍事○夏四月劉裕還鎮京口帝餞于中堂
二年丙午			
三年丁未 六月辛卯熒惑犯辰星在翼秋七月戊戌朔日有食之			二月己酉劉裕詣建康固辭新所除官欲詣廷尉詔從所守裕乃還丹徒○劉裕誅東陽太守殷仲文及弟叔文等三人
四年戊申 十一月雷大風拔樹		劉裕爲揚州刺史	正月甲辰以琅邪王德文領司徒徵劉裕爲侍中車騎將軍開府儀同三司揚州刺史錄尚書事自丹徒入居東府輔政
五年己酉 三月乙亥大雪平地數尺六月震太廟十二月乙巳太白犯虛危		裕北伐固辭太尉	正月辛卯大赦○庚戌以劉毅爲衛將軍開府儀同三司○三月劉裕表伐南燕甲午建牙戒嚴四月帝餞裕於西堂九月加裕太尉固辭

五百九十二

六年 庚戌

六月丙寅震太廟鴟吻

徐道覆聞劉裕北伐勸盧循乘虛襲建康循從之循自始興寇長沙徐道覆順流東望器械甚盛時克燕之問未至朝廷急徵劉裕戊申引兵還何無忌自尋陽引兵拒盧循三月壬申與徐道覆遇于豫章會暴風飄無忌所乘小艦向東岸賊以大艦逼之衆奔潰無忌握節而死於是都中震駭朝議欲奉乘輿北走就劉裕會賊兵未至乃止夏四月癸未裕至建康青州刺史諸葛長民擧入衞建康劉毅帥舟師二萬發姑孰循即日發巴陵與道覆合兵而下五月循與毅戰于桑落洲毅兵大敗劉毅募八爲兵發民治石頭城時建康戰士不盈數千循戰士十餘萬舟車百里不絕孟昶等欲奉乘輿過江裕不聽乙丑盧循至淮口中外戒嚴琅邪王德文都督宮城諸軍事屯中堂皇劉裕屯石頭裕謂將佐曰

賊若於新亭直進其鋒不可當宜且廻避若廻泊西岸此成禽耳道覆請於新亭至白石焚舟而上數道攻裕循不從裕登石頭城望循軍初見引向新亭顧左右失色既而廻泊蔡洲乃悦裕恐循侵軼伐樹柵石頭淮口脩治越城築查浦藥園廷尉三壘皆以兵守之丙寅劉毅至建康待罪裕慰勉之毅乞自貶詔降爲後將軍盧循伏兵南岸使老弱乘舟向白石聲言悉衆自白石步上劉裕留參軍沈林子徐赤特戍南岸斷查浦戒令堅守裕及劉毅諸葛長民北出拒之庚辰盧循焚查浦進至張侯橋徐赤特擊之伏兵發赤特大敗單舸奔淮北林子等據柵力戰賊乃退循引精兵大上至丹楊郡裕率諸軍馳還石頭斬徐赤特久之乃出陳于南塘六月以劉裕爲太尉中書監加黄鉞裕受黄鉞餘固辭

秋七月庚申循自蔡洲南還尋陽裕使諸將追循劉裕還東府大治水軍遣孫處沈田子帥衆三千自海道襲番禺冬十月裕帥劉藩檀韶劉敬宣等南擊盧循以劉毅監太尉留府後事癸巳裕發建康十二月丙申大破盧循于左里循收散卒數千人徑奔番禺裕還建康

七年

辛亥

郗僧施為丹楊尹

正月己未劉裕至建康進大將軍加班劒二十人○劉藩帥諸將追盧循至嶺表○二月壬午懷王斬徐道覆于始興○三月劉裕始受太尉中書監以劉穆之爲太尉司馬○夏四月甲子交州刺史杜慧度敗盧循于石碕循衆大潰循知不免自投于水取其尸斬之函其父子七首送建康

八年 壬子		劉穆之爲丹楊尹 劉裕加太傅揚州牧固辭	三月丙子以孔靖爲尚書右僕射○九月乙卯劉裕以詔書罪狀劉毅之與藩及謝混共謀不軌收藩及混賜死○壬午裕帥諸軍發建康丙申至姑孰以參軍王鎭惡爲前驅十月己未鎭惡至江陵毅夜奔牛牧佛寺寺僧不容遂縊而死○加裕太傅揚州牧○是歲於石頭東城內起高樓加累入於雲霄連堞帶於積水署曰入漢樓
九年 癸丑	移秣陵於鬭場栢社之地		盜開卞壼墓詔給錢十萬修復之○正月裕自江陵東還諸葛長民與公卿奉候于新亭輙差其期乙丑裕輕舟徑進潛入東府二月丙寅朔諸葛長民驚趨至門裕伏壯士丁旿於幔中拉殺之輿尸付廷尉○九月再命太尉裕爲太傅揚州牧固辭

十年甲寅

九月丁巳朔日有食之

冬城東府

以高陽內史劉鍾領石頭鎮戍屯冶亭三命劉裕加太傅揚州牧又固辭

裕收司馬休之賜死發兵擊之詔加裕黄鉞領荊州刺史○庚午大赦○丁丑以謝裕爲尚書左僕射○辛巳裕發建康以劉穆之兼右僕射事三月壬午裕軍于馬頭率諸軍濟江休之軍大潰克江陵○有羣盜數百夜襲冶亭京師震駭劉鍾討平之○詔加裕太傅揚州牧劍履上殿入朝不趨贊拜不名八月甲子裕還建康固辭太傅州牧其餘受命九月己亥大赦○以劉穆之爲尚書左僕射

十一年乙卯

秋七月辛亥晦日有食之

秋七月京師大水壞太廟

十二年丙辰

十二月因劉裕求九錫詔裕爲相國總百揆揚州牧封十郡爲宋

加裕兗州刺史三月加中外大都督裕戒嚴將伐秦夏五月己巳加北雍州刺史八月丁巳裕發建康冬十月丙寅剋

公備九錫辭洛陽十一月裕遣王宏還建康諷朝廷

不受

求九錫

十三年 丁巳

正月甲戌朔日有食之

正月裕引水軍發彭城三月大軍進破秦將姚紹于潼關七月太尉裕至陝秦戍將棄城走裕率檀道濟王鎮惡入關別遣鎮惡率舟師泝河入渭破姚泓收其彝器歸京師斬泓于建康市九月裕至長安詔進宋公爵為王增封十郡辭不受辛未劉穆之卒裕聞之哀慟又以根本無託決意東還十二月庚子裕發長安自洛入河開汴渠以歸

十四年 戊午

十二月彗星出天津入太微經北斗絡紫微八十餘日滅

六月裕始受相國揚州牧宋公九錫之命

正月辛巳大赦○壬戌裕至彭城解嚴琅邪王德文先歸建康○裕以讖云昌明之後尚有二帝乃使中書侍郎王韶之密謀酖帝而立琅邪王德文十二月戊寅韶之以散衣縊帝于東堂裕因稱遺詔奉德文即皇帝位大赦

恭帝 諱德文安帝母弟也

元熙元年己未 有星孛于太微西藩十二月丁亥朔日有食之十二月己卯太史奏黑龍四見于東方

正月壬辰朔改元○甲午徵裕入朝進爵爲王裕辭○庚申葬安皇帝于休平陵○秋七月裕受進爵之命八月移鎮壽陽九月裕自解揚州牧

景定建康志卷之七

景定建康志卷之八

承直郎宣差充江南東路安撫使司幹辦公事周應合修纂

建康表四

起南宋永初庚申至昇明戊午凡五十八年爲年表

宋

高祖武皇帝姓劉氏諱裕字德輿彭城綏輿里人也漢楚元王交二十一世孫晉哀帝興寧元年癸亥六月壬寅夜生帝神光照室盡明是夕甘露降于墓樹產夜而皇妣趙氏殂帝及長雄傑有大度事繼母以孝聞嘗遊京口竹林寺獨卧講堂中上有五色龍章衆僧見之驚以白帝帝乃喜曰上人無妄言皇考墓在丹徒秦史所謂曲阿丹徒間有天子氣者也時有孔子恭者善占墓帝嘗與經墓問之曰此墓何如子恭曰非常地也帝由是益自負行止時見兩小龍附翼之樵漁山澤同侣亦或覩焉困於貧賤不修廉隅小節時人莫能識唯瑯耶王謐獨深敬重之嘗於下邳舍逆旅會一沙門謂帝曰江表方亂能安之者其在君乎既而忽失僧所在帝驚而異之至晉隆安中平孫恩盧循有功桓元篡位遷天子於尋陽帝隨桓修入朝元妻劉氏謂元曰昨見劉德輿龍行虎步視瞻不凡恐非人下者宜早爲其所元曰方欲北清中原非劉裕莫足使若關隴平定

徐思其宜裕還丹徒潛謀匡復乙卯帝因遊獵會同謀者二十七人願從者百十八丙辰平旦城門開馳入稱有詔遂擒桓修斬之以徇帝嘗造游擊將軍何澹之左右見帝光曜滿室以告澹之澹之以告元元不以爲意及聞義兵起方懼曰劉裕足爲一世之雄劉毅家無擔石之儲摴蒲一擲百萬何無忌劉牢之外甥酷似舅共舉大事何謂無成時推帝總徐州府事孟昶爲長史居守檀憑之爲司馬劉穆之爲府主簿帝率二州之衆一千七百人進及竹里移檄京師三月戊午逆破皇甫敷等於羅落橋進敗桓謙將於覆舟山元出自西掖門策馬石頭城輕舟南逸王謐率百辟推高祖領揚州帝固讓以王謐爲揚州刺史留臺朝廷肅然各守職王謐命尚書以帝爲使持節都督徐兖青冀幽并八州諸軍事鎮軍將軍徐州刺史鎮石頭丁卯焚桓溫神主于宣陽作晉主于太廟甲午天子至自江陵庚午詔進帝侍中車騎將軍都督中外諸軍事錄尚書帝固讓抗表歸藩是月旋鎮京口○義熙三年二月帝入朝乙卯旋鎮丹徒○四年春正月詔高祖入輔申前命且爲揚州刺史錄尚書事○五年秋七月加帝北青冀二州刺史○六年六月進太尉中書監加授黃鉞餘如故○帝自左里旋師天子遣侍中黃門勞師于行所○七年春正月乙未振旅而歸京師進大將軍揚州牧給班劍二十人其後又平劉毅及司馬休之北滅姚秦尅洛陽東還建康封十郡爲宋公備九錫明年進爵爲王增封十郡元熙

二年六月天子遣使奉冊禪位于帝如漢魏故事奉表陳讓太史令駱達奏曰自晉義熙元年太白晝見經天凡七占曰太白經天民更主異姓興焉義熙七年五虹見于東方占曰五虹見天子黜聖人出十三年鎮星入太微齊立王徙主之兆元熙元年冬有黑龍四登于天易傳曰冬龍見天子亡社稷大人受命冀州道人釋法稱告其弟子曰嵩神言江東有劉將軍漢家苗裔當受天命吾以璧三十二鎮金一餅與之劉氏下世之數也於是羣公卿士固請乃從之初漢光武立社于南陽漢末而其樹死劉備有蜀乃應之而興及晉末年舊根復萌至是而茂盛乃受法駕於南郊壇柴燎祭于上帝禮畢嚴駕還宮御太極前殿大赦改元永初自永初庚申至昇明戊午八主都建康合五十八年而禪位于齊

時	地	人	事
高祖永初元年庚申	以秣陵故縣爲零陵王宮	盧陵王義真爲揚州刺史	夏四月晉恭帝名宋王入輔○六月壬戌王至建康傅亮諷恭帝禪位于宋具詔草呈帝使書之帝欣然操筆謂左右曰桓元之時晉氏已無天下重爲劉公所延將二十載今日之事本所甘心遂書赤紙爲詔甲子帝遜于琅邪第百官

			拜辭祕書監徐廣流涕哀慟○丁卯王爲壇於南郊即皇帝位禮畢自石頭備法駕入建康宫臨太極殿奉晉恭帝爲零陵王優崇之禮皆倣晉初故事即宫于故秣陵縣○庚午以司空道憐爲太尉○八月癸酉立王太子義符爲皇太子○閏月壬午詔晉帝諸陵悉署守衛
二年 **辛酉**		**義眞**爲司徒中書令**徐羨之**以尚書令爲揚州刺史	正月辛酉大赦○以揚州刺史廬陵王義眞爲司徒中書令傅亮爲尚書僕射夏四月己卯朔詔所在淫祠自蔣子文以下皆除之○帝聽訟華林園○九月晉零陵王殂車駕率百官臨于朝堂三日十一月辛亥葬晉恭帝于冲平陵帝帥百官瞻送
三年 **壬戌**		正月**羨之**進司空刺史如故	三月上不豫太尉長沙王道憐司空徐羨之尚書僕射傅亮領軍將軍謝晦護軍將軍檀道濟並入侍醫藥帝疾瘳已未大赦○夏五月帝疾甚羨之傅亮謝

侍中謝方明爲丹楊尹

六月壬申以晦檀道濟等同受顧命癸亥帝殂于西殿太子即皇帝位○秋七月己酉葬武皇帝于初寧陵

營陽王

諱義符武帝長子

景平元年癸亥

冬十月有星孛于天指尾貫攝提向大角仲月在尾季月掃天倉而後滅

正月己亥朔大赦改元

辛丑帝祀南郊

文帝

諱義隆武帝第三子

夏四月羡之召檀道濟王宏入朝五月皆至建康以廢立之謀告之甲申謝晦以領軍府屋敗悉令家人出外聚將士

元嘉元年甲子

八月戊戌羨之進司徒甲辰皇弟竟陵王義宣爲左將軍鎮石頭

於府內又使中書舍人邢安泰潘盛爲內應夜邀檀道濟同宿晦悚動不得眠道濟就寢便熟睡以此服之時帝於華林園爲列肆親自沽賣又與左右引船爲樂夕遊天淵池即龍舟而寢乙酉詰旦道濟引兵居前羨之繼其後入自雲龍門安泰等先誡宿衛莫有禦者帝未興軍士進殺二侍者傷帝指扶出東閤收璽綬羣臣拜辭衛送還太子宮羨之等以宜都王義隆素有令望乃稱皇太后令數帝過惡廢爲營陽王以宜都王纂承大統遷營陽王於吳使檀道濟入守朝堂王至吳止金昌亭六月癸丑羨之等弑營陽王于吳傅亮率行臺百官奉灋駕迎宜都王于江陵八月丙申宜都王至建康羣臣迎拜於新亭丁酉王謁初寧陵還止中堂百官奉璽綬乃即皇帝位于中堂備灋駕入宮御太極殿

	二年 乙丑	三年 丙寅
	春有江鷗百許頭集太極殿堦 六月丙午吳郡大風山水湧出五丈殺居人	
		名王宏爲侍中司徒錄尚書事揚州刺史
大赦改元戊戌謁太廟○庚子以謝晦爲荆州刺史既發顧望石頭城喜曰今得脱矣○癸卯徐羨之進位司徒王宏進位司空傅亮加開府儀同三司謝晦進號衛將軍檀道濟進號征北將軍○是歲置竹林寺	正月徐羨之傅亮上表歸政表三上帝許之○辛未帝祀南郊大赦○二月乙巳策秀才于中堂置清園寺	正月乙丑帝名檀道濟至建康○丙寅下詔暴羨之晦亮殺營陽廬陵之罪命有司誅之遣到彦之檀道濟討謝晦○是日詔名羨之亮羨之行至西明門外

謝曜報亮云殿內有異處分亮遣信報羨之羨之還西州乘內人問訊車出郭步走至新林入陶竈中自經死亮乘車出郭門屯騎校尉郭泓收之至廣莫門上遣中書舍人以詔書示亮於是誅亮而徙其妻子於建安○帝下詔戒嚴大赦諸軍相次進路以討謝晦○二月戊午以金紫光祿大夫王敬宏爲尚書左僕射建安太守鄭鮮之爲右僕射○庚申上發建康命王宏與彭城王義康居守入居中書下省侍中殷景仁參掌留任謝晦自江陵東下晦至江口到彦之至彭城洲晦使中兵參軍孔延秀攻將軍蕭欣于彭城破之又攻洲口柵陷之道濟既至與彦之軍合晦惶懼無計戊辰臺軍至忌置洲尾列艦過江晦軍一時皆潰晦夜得小船還江陵丙子帝自蕪湖東還晦至江陵衆散畧盡乃携其

四年

丁卯

六月癸卯朔日有食之丙辰青黑虹見東西經天十一月辛未甘露降

弟遜等七騎北走己卯至安陸延頭爲戍主光順之所執檻送建康於是誅晦瞻遜及其兄弟之子并同黨孔延秀周超等○三月辛巳帝還建康徵謝靈運爲秘書監顔延之爲中書侍郎○夏五月乙未以檀道濟爲征南大將軍開府儀同三司江州刺史到彦之爲南豫州刺史○丙午上臨延賢堂聽訟

正月辛巳帝祀南郊○二月乙卯帝如丹徒乙巳謁京陵三月丙子宴丹徒宮帝鄉父老咸與焉丁亥帝還建康是月京師疾疫使使巡問給醫藥無家者賜以棺斂

五年 戊辰	六年 己巳
正月庚午朔大風京師大水五月己巳太白經天六月庚戌都下大水秋七月己丑大風九月癸酉夜有黑氣如流星出奎婁沒羽林	五月壬辰朔日有食之十二月己丑日有食之不盡如鉤星晝見
閱武于北郊	正月己丑祀南郊○癸巳名彭城王義康爲侍中司徒錄尚書事平北將軍南徐州刺史入知朝政○三月丁巳立皇子劭爲太子○夏四月癸亥以尚書左僕射王敬宏爲尚書令臨川王義慶爲左僕射吏部尚書江夷爲右僕射

七年	八年
七年 庚午 二月壬戌雪且雷十月甲午西北有赤氣中黑如旌旗十二月丙戌太白晝見己亥夜京師火延太廟北垣	八年 辛未 二月大雪四月辛亥太白晝見獲白雀于左衛府七月壬戌夜白虹見於東方十二月庚辰雷
十月以竟陵王義宣爲南徐州刺史猶戍石頭	八月甲辰以臨川王義慶爲中書令丹楊尹
三月戊子遣右將軍到彦之安北將軍王仲德兗州刺史竺秀靈等率師北伐剋復河北以長沙王義欣監征討諸軍事○右將軍到彦之安北將軍王仲德軍敗皆下獄免官兗州刺史竺秀靈等坐棄軍伏誅	六月乙丑大赦天下

九年 壬申 四月己丑太白晝見乙未大雨雹傷牛馬鳥獸	十年 癸酉	十一年 甲戌	十二年 乙亥
六月戊寅司徒南徐州刺史彭城王義康改領揚州刺史			何尚之爲丹楊尹
三月庚戌衛將軍王宏進位太保加中書監○丁巳征南大將軍檀道濟進位司空○七月庚午以領軍將軍殷景仁爲尚書僕射太子詹事劉湛爲領軍將軍	正月己未大赦○侍中左衛率謝宏微卒	三月丙申禊飲於樂遊園且爲江夏衡陽二王來朝帝詔會者賦詩命太子中庶子顏延之爲序○十二月置竹園寺	正月辛酉大赦○辛未上祀南郊○燕王遣使詣建康稱藩奉貢○四月加殷景仁中書令中護軍卽家爲府○帝還護軍府于西掖門外○十月江州刺史

年	災祥	郡守	事蹟
	正月己未朔日有食之夏四月丙辰夜京師地震冬十月壬子太白晝見		檀道濟來朝○彭城王義康欲以司徒劉斌爲丹揚尹上不許乃以何尚之爲之立宅南郭外尚之立學聚生徒東海徐秀魯郡孔惠宣等並慕道來遊謂之南學
十三年 丙子			正月癸丑朔上有疾不朝會○三月己未下詔稱檀道濟潛散金寶招誘剽猾因朕寢疾規肆禍心收付廷尉併其子十一人誅之
十四年 丁丑	鳳凰見改其地爲鳳凰里	王准之領吏部尚書爲丹楊尹	正月辛卯大赦
十五年 戊寅	二月京師木連理冬十月壬子流星出太白入	王瑩爲左光祿大夫開府儀同三司丹楊尹	秋七月新作東宮賜將作大匠布帛有差○是歲召處士雷次宗至建康爲開館於雞籠山使聚徒教授

六百○一

	十六年 己卯	十七年 庚辰
紫微有聲如雷冬十一月丁卯朔日有食之	五月丁卯太白經天八月戊午太白晝見	二月己巳夜黑氣經天夏四月戊午朔日有食之六月己酉太白晝見十一月乙酉朔甘露降于樂遊苑
	正月義康進位大將軍領司徒 正月戊寅閱武于北郊○十二月乙亥太子劭加元服大赦	十月以義康爲江州刺史出鎮豫章徵義恭爲侍中都督揚南徐兗三州司徒錄尚書事領太子太傅甲戌以殷景仁爲揚州刺史尚書僕射太子詹事十二月以始興王濬爲揚州刺史 六月太子劭詣京口拜京陵○九月上以司徒彭城王義康嫌隙已著恐成禍亂冬十月戊申收劉湛付廷尉下詔暴其罪惡就獄誅之是日敕義康入宿留止中書省其夕分收湛等青州刺史杜驥勒兵殿內以備非常遣人告義康以湛等罪狀義康上表遜位詔以義康爲江州刺史侍中大將軍如故出鎮豫章召南兗州刺史江夏王義恭爲司徒錄尚書事○己丑殷景仁卒

十八年 辛巳

三月庚子雨雹五月甲申甘露降臨川王園七月壬辰夜天有光通照

正月甲辰以彭城王義康都督江交廣三州軍事前龍驤參軍巴東扶令育詣闕上書引漢袁盎諫孝文遷淮南王事書表帝怒收付建康獄賜死○三月戊申置尚書刪定郎官

十九年 壬午

三月乙未太白晝見七月甲戌朔日有食之九月丙辰有客星在北斗因爲彗入于文昌貫五車掃畢拂天節經天苑至季冬乃滅

三月壬寅帝親臨儒學召處士雷次宗以巾褠近侍王公卿士造夕罷賜諸生帛各有差○四月甲戌上以疾愈大赦○十月甲申柔然遣使詣建康○十一月丙申詔曰胄子始集學業方興自微言滅絕將涉千祀懷仁感事意有慨然奉聖之允速議招集於先廟地特爲營造給祠直令四時享祭

五百五十二

二十年 **癸未** 六月秣陵縣白雀見十一月辛丑太白晝見			正月辛亥郊開萬春千秋等門○二月甲戌閲武于北郊○夏四月甲午封皇子誕爲廣陵王
二十一年 **甲申** 六月京師霖雨七月甘露降樂遊苑十月丙子雷且電		冬十月丙子起**徐湛之**本職丹楊尹	正月已亥帝耕籍田大赦○二月已丑江夏王義恭進位太尉領司徒○辛卯立皇子宏爲建平王○魏主使員外散騎常侍高濟來聘
二十二年 **乙酉** 八月甲午太晝見冬、籍獲嘉禾	三月庚子雨雹五月甲申甘露降臨川王圃七月壬辰夜天有光通照	以**趙伯符**爲丹楊尹	正月辛卯詔頒元嘉歷○三月壬戌封皇子褘爲東海王昶爲義陽王○三月乙未皇太子劭釋奠于國學○秋武陵[illegible]沈慶之討平諸蠻獲三萬餘口徙萬餘口於建康○伯符在郡嚴暴曹局不堪命或委叛被錄逃水而死○以荆州刺史衡陽王義

季爲征北大將軍開府儀同三司南兗州刺史九月癸酉上餞義季于武帳岡冬十月己未太子詹事范曄散騎常侍孔熙先等奉大將軍謀反伏誅丁酉免侍中彭城王義康爲庶人絕屬籍幽于安成郡○初江左二郊無樂宗廟雖有登歌亦無二舞是歲南郊始設登歌是冬浚淮起湖熟田千餘頃西去城八十里

二十三年

丙戌

六月癸未朔日有食之嘉禾秀于華林園甘露降于長寧陵

夏四月丁未大赦○九月乙卯上臨試諸生于國學賜學官帛有差○是歲堰元武湖于樂遊苑北興景陽山于華林園

二十四年

丁亥

二月京師木連

四百八十一

正月甲戌大赦天下文武賜位一等蠲秣陵今年田租半籍田華林園職掌疇量賜之○十二月封皇子渾爲汝陰王

理三月甘露降景陽山六月京師疾疫

二十五年
戊子

閏月辛亥雨雹四月丁卯太白經天四月丁丑青龍見于元武湖南五月戊戌黑龍見元武湖

二十六年
己丑

冬十月癸卯彗星見于太微

徐湛之爲丹楊尹

劉秀之再爲建康令政績有聲

閏二月己酉帝大蒐于宣武場三月庚辰校獵宣武場○夏四月新作閶闔廣莫等門改先廣莫門曰承明開陽曰津陽○秋八月甲子封皇子彧爲淮陽王九月辛未以尚書右僕射何尚之爲尚書左僕射領軍將軍○車駕幸江寧經劉穆之墓詔致祭墓所

正月辛巳祀南郊○二月己亥上如丹徒謁京陵夏五月壬午帝還建康

二十七年
庚寅

五丶六十九

二月魏主自將步騎十萬攻懸瓠不克夏四月魏主引兵還○秋七月庚午帝遣寧朔將軍王玄謨帥沈慶之申坦將水軍入河臧質王方回徑造許洛武陵王駿南陽王鑠各勒所部東西齊舉太尉江夏王義恭出次彭城爲衆軍節度伐魏乙亥玄謨進圍滑臺九月辛卯魏主引兵南救滑臺十月乙丑魏主渡河衆號百萬玄謨懼退走十一月甲午薛安都等克陝城魏兵大潰上以王玄謨敗退魏兵深入柳元景等不宜獨進皆召還壬子魏主攻彭城十二月丙辰朔魏引兵南下城邑望風奔潰戊午建康纂嚴己未魏兵至淮上庚午魏主至瓜步壞民廬舍伐葦爲筏聲言欲渡江建康震懼民皆荷擔而立壬午內外戒嚴命領軍將軍劉遵考等將兵分守津要遊邏上接于湖下至蔡洲陳艦列營周

太子劭出鎮石頭總統水軍

湛之守石頭倉城

亘江濱自采石至于暨陽六七百里吏部尚書江湛兼領軍軍事處置悉以委焉上登石頭城有憂色曰檀道濟若在豈使胡馬至此上又登幕府山觀望形勢購魏主及王公首魏主鑿瓜步山遣使求和請婚

二十八年 **辛卯**

四月已卯彗星見于昴五月壬午彗星見太微中對帝座

彗星起畢昴入太微掃帝座端門滅翼軫

湛之爲僕射護軍將軍

正月丙戌魏主自瓜步掠居民焚廬舍而去○帝遣中書舍人嚴龍賜彭城王義康死二月甲戌降太尉義恭爲驃騎將軍開府儀同三司○戊寅魏主濟河辛巳降鎮軍將軍武陵王駿爲北中郎將○壬午上如瓜步是日解嚴三月乙酉車駕還宮○丙申拜初寧陵○五月戊申以尚書左僕射何尚之爲尚書令以吏部尚書王僧綽爲侍中

二十九年 **壬辰**

二月乙未雷且雪三月壬午大風拔木都下災熒惑逆行守氐自十一月霖雨連雪陽光罕曜十二月戊申黃霧四塞

冬十一月壬寅揚州刺史廬陵王**紹**薨

二月庚午封皇子休仁為建安王○三月上聞魏世祖殂遣撫軍將軍蕭思話督張永等向碻磝魯爽等出許洛臧質趣潼關伐魏秋七月張永等至碻磝攻累旬不拔丁卯思話命諸軍皆退屯歷城己丑上以諸將屢出無功下詔免思話○尚書令何尚之以老請致仕退居方山詔書敦諭數四尚之復起視事○壬辰徙汝陰王渾為武昌王淮陽王彧為湘東王○丁酉大司農太子僕廷尉監宮○十二月辛未以江夏王義恭為大將軍南徐州刺史錄尚書事

三十年 **癸巳**

帝為太子劭所弒

正月戊寅以**南譙王義宣**為司徒揚州刺史

太子劭始與王濬與嚴道育等說詛事發帝欲廢太子劭賜始興王濬死立建平王宏為太子江湛欲立南平王鑠徐湛之欲立隋王誕議不決每夜與湛之屏人語或連日累夕常使湛之自秉燭

正月大風飛
霰且雷
秋七月辛巳
朔日有食之

繞壁撿行慮有竊聽者帝以其謀告潘淑妃妃以告濬濬馳告劭劭乃密與腹心隊主陳淑兒齋帥張超之等謀為逆初帝置東宮實甲萬人劭性黠而剛猛帝深倚之及將作亂每夜饗將士或親自行酒王僧綽密以啟聞癸亥夜劭詐為帝詔云魯秀謀反汝可平明守闕帥衆入甲子宮門未開劭以朱衣加戎服上乘畫輪與蕭斌同載衛從如常入朝之儀守門開從萬春門入舊制東宮隊不得入城劭以偽詔示門衛曰受敕有所討令後隊速來張超之等數十人馳至雲龍門及齋閤拔刃徑上合殿帝其夜與徐湛之屏人語至旦燭猶未滅門階戶席直衛兵尚寢未起帝見超之入舉几捍之五指皆落遂弒之湛之驚起趣北戶未及開人殺之劭進至合殿中閤聞帝已殂出坐東堂蕭斌執刀侍直

南平王鑠

戍石頭

呼中書舍人顧嘏嘏震懼不敢出旣至問曰欲共見廢何不早啟嘏未及荅卽於前斬之江湛直上省聞喧譟聲乃匿傍小屋中劭遣兵就殺之左細仗主廣威將軍卜天與疾呼左右出與劭戰手射劭於東堂幾中之劭使人從東閤入殺潘淑妃及太祖親信左右數十人急召始興王濬使帥衆屯中堂濬從南門出徑向石頭文武從者千餘人時南平王鑠戍石頭兵士亦千餘人俄而劭遣張超之馳馬召濬濬乃屛人問狀卽戎服乘馬而去劭詐爲太祖詔召大將軍義恭尚書令何尚之入拘於內幷召百官至者纔數十人劭遽卽位大赦改元太初○乙丑悉收先給諸處兵還武庫○武陵王駿屯五洲沈慶之自巴水來咨受軍畧三月乙亥典籤董元嗣自建康至五洲具言太子弒逆狀劭客與

三月壬午太子劭以臧質爲丹楊尹

壬子太子劭以褚湛之爲丹楊尹統石頭戍事

沈慶之手書令殺駿慶之求見王王懼辭以疾慶之突入以劭書示王王求入內與訣慶之曰下官受先帝厚恩今日之事唯力是視殿下何見疑之深王起再拜曰國家安危全在將軍慶之卽令內外勒兵旬日之間內外整辦人以爲神兵庚寅武陵王戒嚴誓衆南譙王義宣及臧質皆不受劭命起兵應駿乙未武陵王發西陽丁酉至尋陽南譙王義宣遣臧質引兵詣尋陽與駿同下劭聞四方兵起始憂懼戒嚴悉名下番將吏遷秦淮南岸居民於北岸盡聚諸王及大臣於城內移江夏王義恭處尚書下舍分義恭諸子處侍中下省夏四月癸卯柳元景統薛安都等十二軍發湓口丁未武陵王駿發尋陽沈慶之總中軍以從庚戌武陵王檄書至建康劭拘武陵王子於侍中下省南譙王義宣子於

太倉空舍壬子焚淮南岸室屋淮内船舫悉驅民家渡水北立子偉之爲皇太子以始興王濬妃父褚湛之爲丹楊尹人情大震癸丑武陵王軍于鵲橋柳元景以舟艦不堅憚於水戰乃倍道兼行丙辰至江寧步上使薛安都帥鐵騎曜兵於淮上戊午武陵王駿至南洲降者相屬己未軍于溧洲癸亥柳元景潛至新亭依山爲壘甲子劭使蕭斌統步軍褚湛之統水軍與魯秀王羅漢劉簡之等精兵合萬人攻新亭壘劭自登朱雀門督戰元景開壘鼓譟以乘之劭衆大潰墜淮死者甚多劭更帥餘衆自來攻壘元景復大破之劭僅以身免走還宫丙寅武陵王至江寧劭濬憂迫無計以輦迎蔣侯神像置宫中稽顙乞恩拜爲大司馬封鍾山侯戊辰武陵王軍于新亭己巳王即皇帝位是日劭亦臨軒拜

五月戊戌	以蕭思話爲中書令丹楊尹

太子偉之大赦五月癸酉臧質以兵二萬至新亭隨王誕遣參軍劉秀之將兵與顧彬之俱向建康劭遣殿中將軍燕欽等拒之遇于曲阿奔牛塘欽大敗劭於是緣淮樹柵以自守又決破崗方山埭以絕東軍甲戌魯秀募勇士攻大航克之乙亥輔國將軍朱修之克東府丙子諸軍克臺城各由諸門入會于殿庭劭穿西垣入武庫井中隊副高禽執之縛劭於馬上防送軍門斬劭及四子于牙下濬帥左右南走遇江夏王義恭于越城勸與俱歸於道斬之及其三子劭濬父子首並梟於大航暴尸於市○庚辰解嚴辛巳帝如東府○甲午帝謁初寧長寧陵○戊戌以南平王鑠爲司空建平王宏爲尚書左僕射蕭思話爲中書令丹楊尹○六月丙午帝還宫○十二月癸未以將置東宮省太子率更令

孝武帝

諱駿文帝第三子也

孝建

元年

甲午

秋七月丙申朔日有食之冬十月熒惑犯進賢里十一月甲申甘露降長寧

六、七十九

以義宣爲中書監都督揚豫二州丞相錄尚書六條事揚州刺史

正月己亥朔上祀南郊改元大赦○甲辰以尚書令何尚之爲左光祿大夫護軍將軍以左衛將軍顏竣爲吏部尚書領驍騎新軍○丙子立皇子子業爲皇太子○二月辛未丞相荆襄二州刺史南郡王義宣與臧質魯爽徐遺寶舉兵反自號建平元年三月癸亥內外戒嚴四月丙戌左將軍薛安都等大破魯爽於小峴斬首傳京師五月甲辰義宣至蕪湖而臧質逼梁山甲寅輔國將軍王元謨帥衆軍與臧質大戰于梁山質敗走義宣自蕪湖赴焉元謨縱兵苦戰薛安都繼出乘之賊大敗義宣單舸南走乙未解嚴是日栢護之朱循之帥師南定遺冦六月臧質西奔武昌投南湖斬之傳首京師庚辰修之入江陵殺義宣并誅其子十六人及同黨竺超民從事中郎蔡超諮議參軍顏樂之等超民兄

弟應從誅何尚之言賊既遁走一夫可擒今戮及兄弟則與其餘逆黨無異上乃原之○罷南蠻校尉遷其營於建康

二年 乙未

十月壬午以太傅義恭領揚州刺史

五月湘州刺史劉遵考爲尚書右僕射○六月甲子大赦○七月癸巳立皇弟休祐爲山陽王休茂爲海陵王休業爲鄱陽王○八月詔祀郊廟初設備樂○九月丁亥閱武于宣武場○十月壬午以建平王宏爲尚書令

三年 丙申

秋七月熒惑守南斗四月戊戌太白犯輿鬼

閏月以尚書左僕射劉遵考爲丹楊尹秋七月以皇子子尚爲揚州刺史九月遵考爲尚書右僕射右將軍顏竣爲丹楊尹

正月庚寅立皇弟休範爲順陽王休若爲巴陵王○戊戌立皇子子尚爲西陽王○甲寅大赦○上以熒惑守南斗廢西州舊館使子尚移治東城以厭之○丙午太傅義恭進位太宰領司徒○二月辛未策孝秀于東堂○是月丁丑初制朔望臨西堂接羣臣受奏事○六月乙未聽訟于華林園

大明元年丁酉

五月壬子紫氣出景陽樓狀如煙廻薄久之戊午嘉禾一株五莖生清暑殿鴟吻中

六月丁亥以正月辛亥朔改元大赦○三月壬戌初
竣為東揚州令大臣加班劍者不得入宮城門○夏
刺史劉秀之四月京師疾疫○五月改景陽樓為慶
為丹楊尹　雲樓

二年戊戌

夏四月辛丑地震七月己酉大白入東井

二月乙酉以金紫光祿大夫褚湛之為尚書左僕射○夏四月甲申立皇子子綏為安陸王

三年己亥

三月土守牽牛

五、五十四

三月己亥司空竟陵王誕殺兗州刺史桓閬據廣陵城反○己巳內外戒嚴以車騎大將軍開府儀同三司沈慶之為南兗州刺史帥師北伐豫州刺史宗慤

分浙江西立豫章王子尚王畿以浙江爲揚州刺史東爲揚州　加都督

徐州刺史劉道隆並引軍來會○癸丑慶之至廣陵○甲子帝御六師出宣武堂○七月已巳沈慶之克廣陵城擊傷誕墜水引出斬之上聞廣陵平出宣陽門敕左右皆呼萬歲廣陵城中民無老小悉命殺之沈慶之請自五尺以下免之上聚其首於石頭南岸爲京觀○辛未大赦○九月壬辰築上林苑於元武湖北○初晉人築南郊壇於已位徐爰以爲非禮詔徙於牛頭山西直宮城之午位○辛未命尚書左丞荀萬秋造五路依金根車加羽葆蓋

四年

庚子

五月月入太微

六月太白犯井

夏四月癸卯以南琅邪郡隸王畿

正月乙亥祀南郊耕籍田大赦○己卯詔祀郊廟初乘玉路○庚寅立皇子子勛爲晉安王子房爲尋陽王子頊爲歷陽王子鸞爲襄陽王○三月丙戌尚書僕射褚湛之卒○七月甲申開府儀同三司何尚之卒○十二月復置大司農官

五年 辛丑

正月雪戊子花雪降江夏王衣有六出有司奏以爲瑞帝悅之三月甲戌夜流星西流九月甲寅日有蝕之十一月己巳甘露降始安王第

六年 壬寅

二月月犯左角戊午甘露降於京師三月丙午青雀見華林園秋七月甲申地震有聲如雷

六、八十二

王僧朗爲丹楊尹

九月乙未以丹楊尹王僧朗爲右僕射

二月閱武于元武湖西○三月甲戌幸江乘使使祭王宏王曇首等墓○四月癸巳以西陽王子尚爲豫章王○庚子詔經始明堂直作大殿於丙巳之地制如太廟○夏五月丹楊尹王僧朗表獻蔣陵里所生嘉瓜○八月戊子立皇子子仁爲永嘉王子眞爲始安王○九月幸瑯邪郡訊獄○閏月丙申初築馳道自閶闔抵大航北自承天門抵元武湖

正月上初祀五帝於明堂大赦○丁未策孝秀于中堂揚州秀才顧法秀對制上覽之疾其諒也投策於地○三月立皇子子元爲邵陵王○四月新作朱雀門○丙戌初置陰室于覆舟山修藏冰之禮○九月以尚書右僕射劉遵考爲左僕射○十月壬申葬殷貴妃於龍山鑿崗通道數十里民不堪役江南塋埋之盛未之有也○辛巳加尚書令柳元景司空

七年

癸卯

四月大風折秣陵華表

正月丁亥以尚書右僕射王僧朗爲太常衛將軍顔師伯爲尚書僕射○癸未詔於元武湖大閲水軍並巡江右講武校獵○二月甲寅車駕西巡濟江立行宫於歷陽蠑石消○壬戌大赦○甲子如瓜步山壬申還建康○己丑以尚書令柳元景爲驃騎大將軍開府儀同三司○癸亥幸尉氏縣觀温泉○八月詔太官徹膳大赦天下親幸秣陵訊獄囚○乙丑立皇子子孟爲淮南王子產爲臨賀王○庚寅以新安王子鸞兼司空○己巳上校獵姑孰○十月壬寅太子子業冠于太極前殿○丁未車駕南巡百姓有窮厄屈滯皆聽自面陳訴自江寧縣南登山及陵望臺○甲子創行宫于南豫州城○丙寅聽政于行所○十一月丙子小會行所登白紵山使使祭晉大司馬桓温毛璩等墓置守塚三十

八年

甲辰

四月雨雹六月流星大如桃赤色有光照見人面尾長一丈從參北出東行直下經東井過南河沒冬十月太白守房

冬十二月壬辰復以王畿諸郡爲揚州

加柳元景開府儀同三司領丹楊尹以豫章王子尙爲司徒揚州刺史

戶訟溧陽獄囚於行所○癸巳上習水軍于梁山○十二月丙午如歷陽○甲寅大赦○己未太宰義恭加尙書令○癸亥上還建康

正月戊子以徐州刺史新安王子鸞領司徒○宗祀于明堂○四月壬子以吳郡太守顧愷之爲吏部尙書兼給事中五月壬寅太宰義恭領太尉○庚申上殂於玉燭殿遺詔太宰義恭解尙書令加中書監以驃騎將軍南兗州刺史柳元景領尙書令入居城內事無巨細悉關二公大事與始興公沈慶之參決○是日太子卽皇帝位○甲子詔復以太宰義恭錄尙書事○七月乙卯罷南北二馳道及孝建以來所改制度還依元嘉○丙午葬孝武帝於景寧陵○九月癸卯以尙書右僕射劉遵考爲特進右光祿大夫○是歲三吳大旱米有價無

廢帝

諱子業孝武長子先改元景光尋改景和十一月被弑

秋七月罷東揚州以石頭城爲長樂宮東府城爲未央宮甲戌以北邸爲建章宮南第爲長楊宮

六月壬午加顏師伯爲丹楊尹八月甲戌以揚州刺史豫章王子尚領尚書令

糶所富人貫珠玉相交枕死於道路建康寧陵兩縣爲薄粥賑之

正月乙未朔廢帝改元永光大赦○辛酉廢帝賜戴法興死○庚午以丹楊尹顏師伯爲尚書左僕射解卿尹以吏部尚書王彧爲右僕射○太宰義恭與柳元景顏師伯等聲樂酣飲不捨晝夜內不能平帝殺戴法興大臣各不自安於是元景師伯密謀廢帝立義恭沈慶之發其事癸酉帝自帥羽林兵討義恭殺之并殺柳元景顏師伯改元景和文武進位二等○八月乙亥以始興公沈慶之爲侍中太尉慶之固辭徵王元謨爲領軍將軍○九月己巳帝如姑孰戊戌還建康○辛丑賜新安王子鸞死○戊申徐州刺史義陽王昶聞江夏王既誅舉兵將襲帝帝聞喜曰自我即位未嘗戒嚴令人悒悒○己酉內外戒嚴以沈

明帝 諱彧文帝第十一子十一月自湘東王立改元
泰始元年
乙巳
五、八十
十二月癸亥以建安王休仁爲司徒尚書令揚州刺史

慶之爲前驅袒闘王師來內無親附遂棄家而載愛妾出彭城北門奔後魏○戊午詔親征彭城耀威宋野○是日於白下濟江幸瓜步城○十月丙寅帝旋于京師○寧朔將軍何邁謀廢帝立晉安子勛事泄○十一月壬辰帝自將兵誅邁○吏部尚書蔡興宗說沈慶之廢帝青州刺史沈文秀慶之弟子也將之鎮帥部曲出屯白下亦說慶之曰主上狂暴如此禍亂不久而一門受其寵任萬物皆謂與之同心今因衆力圖之易於反掌機會難值不可失也再三言之至於流涕慶之終不從及帝誅何邁量慶之必當入諫先閉青溪諸橋以絕之慶之聞之果往不得進而還帝乃遣慶之從父兄子直閤將軍攸之賜慶之藥慶之不肯飲攸之以被揜殺之時年八十○帝長忌諸父恐其在外爲患皆聚

之建康拘於殿內毆捶陵曳無復人理湘東王彧建安王休仁山陽王休祐皆肥壯帝爲竹籠盛而稱之以彧尤肥謂之猪王謂休仁爲殺王休義爲賊王帝以三王年長尤惡之常錄以自隨不離左右○十一月太史奏湘東有天子氣帝將南巡以厭之刻取明旦誅四叔乃行諸王見幽日久計無所出乃與阮佃夫李道兒陰謀執帝時直閤將軍柳光世與姜產亦有此謀未知所立及聞佃夫所說遂告中書舍人戴朋寶朋寶嚮應誣言華林後堂有鬼○戊午夕帝同建安王山陽王山陰公主向華林後堂自射鬼直閤將軍宗越童太一譚金乃帝腹心也並宿于外主衣壽寂之姜產乃懷刃以入弑帝帝驚引弓射寂不中寂乃刃帝而死時年十七宣令宿衛曰湘東王受太皇太后令除狂主今已平

二年 丙午

定殿省惶惑不知所爲休仁就祕書省見湘東王即稱臣引升西堂登御座召見諸大臣于時事起倉猝王失履跣至西堂猶著烏帽坐定休仁呼主衣以白帽代之令備羽儀宣太皇太后令數廢帝罪惡命湘東王纂承皇極○已未湘東王以太皇太后令賜豫章王子尚及會稽公主死○十二月庚申朔以東海王褘爲中書監太尉進鎮軍將軍江州刺史晉安王子勛爲車騎將軍開府儀同三司○丙寅湘東王即皇帝位于太極前殿大赦改元○辛未徙臨賀王子産爲南平王晉熙王子輿爲廬陵王○壬申以尚書右僕射王景文爲尚書左僕射

正月乙未晉安王子勛僭即僞位于尋陽年號義嘉○壬辰徐州刺史薛安都反○甲午内外戒嚴司徒建安王休仁

都督征討諸軍事統衆軍南討○丙戌徐州刺史申令孫司州刺史龐孟虬豫州刺史殷琰青州刺史沈文秀冀州刺史崔道固湖州刺史行軍何慧文廣州刺史袁盎益州刺史蕭惠開梁州刺史柳元怙並起兵應子勛是歲四方貢計皆歸尋陽朝廷所保惟丹楊淮南等數郡其間諸縣亦有應子勛者○丙午車駕親御六軍於中興堂○兖州刺史殷孝祖之甥顥以葛僧韶請徵孝祖入朝上遣之僧韶間行至孝祖孝祖即日委妻子於瑕丘帥文武二千人隨僧韶還建康時四方皆附尋陽朝廷惟保丹楊一郡而永世令孔景宣復叛義興兵垂至延陵內外憂危咸欲奔散孝祖忽至衆力不少人情大安甲辰進孝祖號撫軍將軍假節督前鋒諸軍事遣向虎檻○二月乙丑曲赦吳興晉陵義興山陽郡以吏部尚書蔡興

宗爲右僕射以吳興太守蕭道成東討平晉陵癸未曲赦江南五郡丁亥建武將軍吳嘉公率諸軍破賊於吳興會稽平定同逆皆伏誅○賊劉胡衆四萬據赭圻○三月庚寅撫軍將軍殷孝祖攻赭圻死之以輔國沈攸之代爲南討前鋒賊稍盛袁顗頓鵲尾連營至蕪湖衆十餘萬丙申南徐州刺史桂陽王休範總統北討諸軍事○戊戌貶尋陽王子房爵爲松滋縣侯○八月己酉司徒建安王休仁帥衆軍大破賊斬僞尚書僕射袁顗進討江郢荆襄雍五州平之晉安王子勛安陵王子綏臨海王子頊邵陵王子元並賜死同黨皆伏誅○九月癸巳解嚴大赦○戊戌以車騎將軍江州刺史王元謨爲左光祿大夫開府儀同三司鎮軍將軍○十月戊寅立皇子昱爲太子○乙卯永嘉王子仁始安王

三年
丁未
正月庚午都下大雨雪

四年
戊申
正月丙辰朔雨雹于宮十月癸酉朔日有食之

子眞淮南王子孟南平王子産廬陵王子輿松滋王子房並賜死○十二月立延年爲新安王

四月庚子立桂陽王休範第二子德嗣爲廬江王立侍中劉韞第三子銑爲南豐王以奉廬江昭王南豐哀王祀○五月壬戌以太子詹事袁粲爲尚書右僕射○八月壬寅以中領軍沈攸之行南兖州刺史帥衆北侵○九月戊午以皇后六宮已下雜衣千領金釵千枚賜北伐將士○十月壬午改新安王延年爲始平王○十二月立建安王休仁第二子伯仁爲江夏王

正月巳未祀南郊大赦○二月乙巳光祿大夫王元謨薨○四月丙申徙東海王禕爲廬江王山陽王休祐爲晉平王七月庚午上備法駕幸東宮小會赦揚南徐兖豫四州

五年 己酉

冬十月丁卯朔日有食之

十二月戊戌司徒建安王休仁解揚州己未以桂陽王休範爲揚州刺史袁粲加中書令丹楊尹

正月癸亥親籍田大赦賜力田爵一級六月辛未立晉平王休祐子宣曜爲南平王○九月甲寅立長沙王纂子延之爲始平王

六年 庚戌

六月癸卯以江州刺史王景文爲尚書左僕射揚州刺史

正月乙亥初制間二年一祭南郊間一年一祭明堂○二月甲寅大赦○丁巳以司徒休仁爲太尉領司徒固辭○四月己亥立皇子奕爲晉熙王○六月癸卯以王景文爲尚書左僕射以尚書僕射袁粲爲右僕射○南兗州刺史蕭道成在軍中久民間或言道成有異相當爲天子上疑之徵爲黃門侍郎越騎校尉道成懼不欲內遷○九月命道成還鎮淮陰○戊寅立總明觀置祭酒一人儒元文史學士各十八人○十月辛卯立皇子贊爲武陵王

五、七十九

七年 辛亥

二月癸丑征西將軍荆州刺史巴陵王休若進號征西將軍及征南大將軍江州刺史桂陽王休範並開府儀同三司○晉平剌王休祐貪虐無度上不使之鎮留建康○甲寅休祐從上於巖山射雉上遣左右壽寂之等數人逼休祐令墜馬因共毆拉殺之○五月戊午鴆司徒建安王休仁○庚午以袁粲爲尚書令褚彦回爲右僕射○丙戌追廢晉平王休祐爲庶人○七月巴陵哀王休若至建康乙丑賜死於第○戊寅徵蕭道成入朝拜散騎常侍太子左衛率○八月戊戌立皇子準爲安成王○上以故第爲湘宫寺備極壯麗欲造十級浮圖乃分爲二○新安太守巢尚之罷郡入見上曰卿至湘宫寺未此是我大功德用錢不少散騎常侍虞愿侍側曰此是百姓賣兒貼婦錢所爲若佛有知當慈

泰豫元年

壬子

正月丁巳巨人跡見西池冰上

四月乙巳以安成王準爲揚州刺史

蒼梧王

諱昱明帝長子

悲嗟愍罪高浮圖何功德之有上怒使人驅下殿愿徐去

正月甲寅朔上以疾久不平改元戊午皇太子會四方朝賀者於東宮并受貢計○二月己未遣使齎藥賜王景文死四月己亥上大漸以江州刺史桂陽王休範爲司空又以尚書右僕射褚淵爲護軍將軍加中領軍劉勔右僕射詔淵勔與尚書令袁粲荊州刺史蔡興宗郢州刺史沈攸之並受顧命詔又以蕭道成爲右衛將軍領衛尉與袁粲共掌機事是夕上殂庚子太子卽皇帝位○八月戊午樂安宣穆公蔡興宗卒○十一月己亥以郢州刺史劉秉爲尚書右僕射

正月戊寅朔改元大赦○桂陽王休範密與典籤許公輿謀襲建康○十二月己巳休範進位太尉○顧憲之爲建康令時有盜牛者與本主爭牛各稱己物前後令莫

元徽元年癸丑 八月都下旱十二月癸卯朔日有蝕之		
二年甲寅		九月丁酉以劉秉爲丹楊尹

能決之憲之至覆其狀乃令解牛任其自去牛徑還本宅盜者始伏其罪時人號曰神明至於權要請託長吏貪殘據法直繩無所阿縱性又淸儉强力爲政甚得人和故都下飲酒醇旨輒號爲顧建康

夏五月壬午江州刺史桂陽王休範舉兵反丙戌休範帥衆二萬騎五百發尋陽晝夜取道以書與諸執政稱楊運長王道隆蠱惑先帝使建安巴陵二王無罪被戮望執錄二豎以謝冤魂朝廷震駭褚淵張永劉勔蕭道成等集中書省計事莫有言者道成曰今應變之術不宜遠出宜頓新亭白下堅守宮城東府石頭以待賊至千里孤軍求戰不得自然瓦解我頓新亭以當其鋒征北守白下領軍屯宣陽門爲諸軍節度諸貴安坐殿中不須競出我自破賊必矣卽日內外戒嚴道成將前鋒兵出屯新亭張

永屯白下前兗州刺史沈懷明戍石頭袁粲褚淵入衛殿省蕭道成至新亭治城壘未畢辛卯休範前軍已至新林○壬辰賊攻新亭壘道成率衆拒擊休範白服乘肩輿自登城南臨滄觀以數十人自衛屯騎校尉黃回越騎校尉張敬兒出城南放仗走大呼稱降休範喜置回敬兒於左右回見休範無備目敬兒敬兒奪休範防身刀斬休範首敬兒馳馬持首歸新亭道成遣陳靈寶送休範首還臺靈寶道逢休範兵棄首於水休範將士不之知其將杜黑騾攻新亭甚急蕭道成在射堂司空主簿蕭惠朗帥敢死士數十人突入東門至射堂下道成上馬帥麾下搏戰惠朗乃退丁文豪破臺軍於皂莢橋直至朱雀桁南杜黑騾亦捨新亭北趣朱雀桁右將軍王道隆將羽林精兵在朱雀門內急名鄱陽

忠昭公劉勔於石頭道隆趣勔進戰勔
度桁南戰敗而死黑騾等乘勝度淮道
隆棄衆亦還臺黑騾兵追殺之王蘊重
傷踣於御溝之側於是中外大震道路
皆云臺城已陷白下石頭之衆皆潰張
永沈懷明逃還宮中宮中傳新亭亦陷
杜黑騾徑進至杜姥宅中書舍人孫千
齡開承明門出降宮省恇擾蕭道成遣
陳顯達張敬兒及輔師將軍任農夫馬
軍王東平周盤龍等將兵自石頭濟淮
從承明門入衛宮省陳顯達等引兵出
戰大破杜黑騾於杜姥宅丙申張敬兒
等又破黑騾等於宣陽門斬黑騾及丁
文豪進克東府餘黨悉平蕭道成振旅
還建康○丁酉解嚴○六月庚子以平
南將軍蕭道成爲中領軍南兗州刺史
留衛建康○荆州刺史沈攸之南徐州
刺史建平王景素郢州刺史晉熙王燮

	三年乙卯 三月己巳都下大水	四年丙辰
湘州刺史王僧虔雍州刺史張世興並舉義兵赴建業○六月癸卯晉熙王燮遣軍赴尋陽江州平諸鎮皆罷兵○七月庚辰立皇弟友爲邵陵王○九月丁酉以尚書令袁粲爲中書監領司徒加褚淵尚書令○十一月丙戌帝加元服大赦○十二月癸亥立皇弟躋爲江夏王贊爲武陵王	正月辛巳帝祀南郊明堂○袁粲褚淵皆固讓新官○秋七月庚戌復以粲爲尚書令○八月庚子加護軍將軍褚淵中書監	正月己亥帝耕籍田大赦○六月乙亥加蕭道成尚書左僕射劉秉中書令○楊運長阮佃夫等忌建平王景素益甚景素乃與殷瀰垣慶延沈融等謀爲自全之計遣人往來建康要結才力之士

九月車騎將軍揚州刺史**安成王準**進號驃騎大將軍開府儀同三司

冠軍將軍黃回輔國將軍曹欣之等陰與通謀武人不得志者皆歸之時帝好獨遊走郊野欣之謀據石頭城伺帝出作亂景素每禁使緩之○七月垣祗祖帥數百人自建康奔京口勸景素速入戊子景素據京口起兵巳丑遣領軍將軍黃回等將水軍以討之辛卯又命南豫州刺史段佛榮爲都統蕭道成知黃回有異志故使佛榮等與之偕行道成屯元武湖冠軍將軍蕭賾鎮東府○乙未諸軍拔京口殿中將軍張倪奴擒景素斬之并其三子同黨垣祗祖等數十人皆伏誅是日解嚴○八月丁卯立皇弟翽爲南陽王嵩爲新興王禧爲建始王庚午以給事黃門侍郎阮佃夫爲南豫州刺史留鎮京師○十月辛酉以吏部尚書王僧虔爲尚書右僕射

順帝 諱準明帝第三子

昇明

元年

丁巳

七月丙申以

晉安王燮爲

揚州刺史

夏四月甲戌豫州刺史阮佃夫步兵校尉申伯宗等謀廢立事發伏誅○帝忌蕭道成威名嘗自磨鋋曰明日殺蕭道成陳太妃罵之蕭道成有功於國若害之誰復爲汝盡力耶帝乃止道成憂懼乃命王敬則陰結帝左右楊玉夫楊萬年陳奉伯等二十五人於殿中詗問機便○七月丁亥夜帝微行至領軍府門左右曰一府皆眠何不緣墻入帝曰我今夕欲於一處作適宜待明夕戊子帝乘露車與左右於臺崗賭跳仍往青園尼寺晩至新安寺偷狗就曇度道人煮之飲酒醉還仁壽殿令楊玉夫伺織女度河曰見當報我不見將殺汝是夕王敬則出外玉夫伺帝熟寢與楊萬年取帝防身刀刎之陳奉伯袖其首稱敕開門詣王敬則敬則馳詣領軍府叩門大呼道成入殿殿中驚怖旣而聞蒼梧王

十二月乙亥以吏部尚書王奐爲丹楊尹以中書監袁粲鎮石頭

死咸稱萬歲道成等下議備法駕詣東城迎立安成王是日以太后令數蒼梧王罪惡曰吾密令蕭領軍潛運明略安成王準宜臨萬國追封昱爲蒼梧王○壬辰王即皇帝位○甲午蕭道成出鎮東府○丙申以道成爲司空錄尚書事驃騎將軍袁粲遷中書監褚淵加開府儀同三司劉秉遷尚書令加中領軍○辛丑以尚書右僕射王僧虔爲僕射○八月癸亥詔袁粲鎮石頭○蕭道成固讓司徒庚辰以爲驃騎大將軍開府儀同三司○十二月荆州刺史沈攸之舉兵貽蕭道成書曰少帝昏狂宜共諸公密議共白太后下令廢之奈何交結左右親行弑逆乃至不殯流蟲在尸凡在臣下誰不惋駭又移易朝舊布置親黨宮閣管籥悉關家人吾不明子孟孔明遺訓果如此乎足下既有賊宋之心吾

寧敢捐包胥之節恥朝廷聞之悔懼○丁卯道成入守朝堂命侍中蕭嶷代鎮東府○戊辰內外纂嚴○庚午以右衛將軍黄回爲郢州刺史督前鋒諸軍以討攸之○王藴袁粲劉秉密謀誅道成袁粲以其謀告褚淵淵即以告道成道成遣蘇烈薛淵將兵助粲守石頭又以驍騎將軍王敬則爲直閤與伯與共典禁兵粲等本期壬申夜發劉秉載婦人盡室奔石頭丹楊丞王遜等走告道成事大露王敬則至中書收劉韞殺之又殺伯與蘇烈戴僧靜等帥數百人自倉門得入幷力攻粲自亥至五戴僧靜分兵攻府西門焚之粲父子俱死百姓哀之謡曰可憐石頭城寧爲袁粲死不作褚淵生劉秉父子走至額檐湖斬之○乙亥以尚書僕射王僧虔爲左僕射王延之爲右僕射張岱爲吏部尚書○辛

二年 戊午		以揚州刺史晉熙王燮爲司徒進蕭道成領揚州牧
三月乙未日有食之 九月乙酉朔日有食之		

丑尚書左丞江謐建議假蕭道成黃鉞從之○乙巳蕭道成出頓新亭
正月己酉朔百官戎服入朝○沈攸之盡銳攻郢城柳世隆乘間屢破之○丁卯攸之走還江陵張敬兒襲江陵荆州平攸之與其子文和走至華容界皆縊于櫟村已巳村民斬首送江陵敬兒乃送建康○丙子解嚴以侍中柳世隆爲尚書右僕射蕭道成還鎭東府丁丑以侍中蕭嶷爲中領軍○二月庚辰以王僧虔爲尚書令右僕射王延之爲左僕射褚彥回爲中書監○癸未加蕭道成都督南徐等十六州諸軍事以衞將軍褚淵爲中書監司空道成表送黃鉞○蕭道成以黃回終爲亂辛卯召回入東府至停外齋使桓康將數十人數回罪而殺之○乙未以蕭賾爲領軍將軍○九月丙午詔進道成假黃鉞大都督中

三年 己未

四月禪位于齊

外諸軍事太傅領揚州牧劔履上殿入朝不趨贊拜不名使持節太尉驃騎大將軍録尚書南徐州刺史如故道成固辭殊禮

正月辛亥以竟陵世子賾爲尚書僕射進號中軍大將軍開府儀同三司○甲寅以道成謝朏爲侍中王儉爲左長史二月甲午詔申前命命太傅贊拜不名三月甲辰以太傅爲相國總百揆封十郡爲齊公加九錫其驃騎大將軍揚州牧南徐州刺史如故甲寅齊公受冊命赦其境內以石頭爲世子宫一如東宫以王儉爲齊尚書右僕射領吏部夏四月壬申朔進齊公爵爲王增封十郡丙戌加齊王殊禮進世子爲太子辛卯下詔禪位于齊壬辰帝當臨軒不肯出藏于佛蓋之下王敬則勒兵殿廷以板輿入迎太后懼帝收淚謂敬則曰欲見殺乎

敬則曰出居別宮耳官先取司馬家亦如此是日百僚陪位侍中謝朏在直當解璽綬陽爲不知曰有何公事傳詔云解璽綬授齊王朏引枕臥遂朝服步出東掖門仍登車還宅乃以王儉爲侍中解璽綬禮畢帝乘畫輪車出東掖門就東邸司空褚淵等奉璽綬帥齊官勸進

景定建康志卷之八

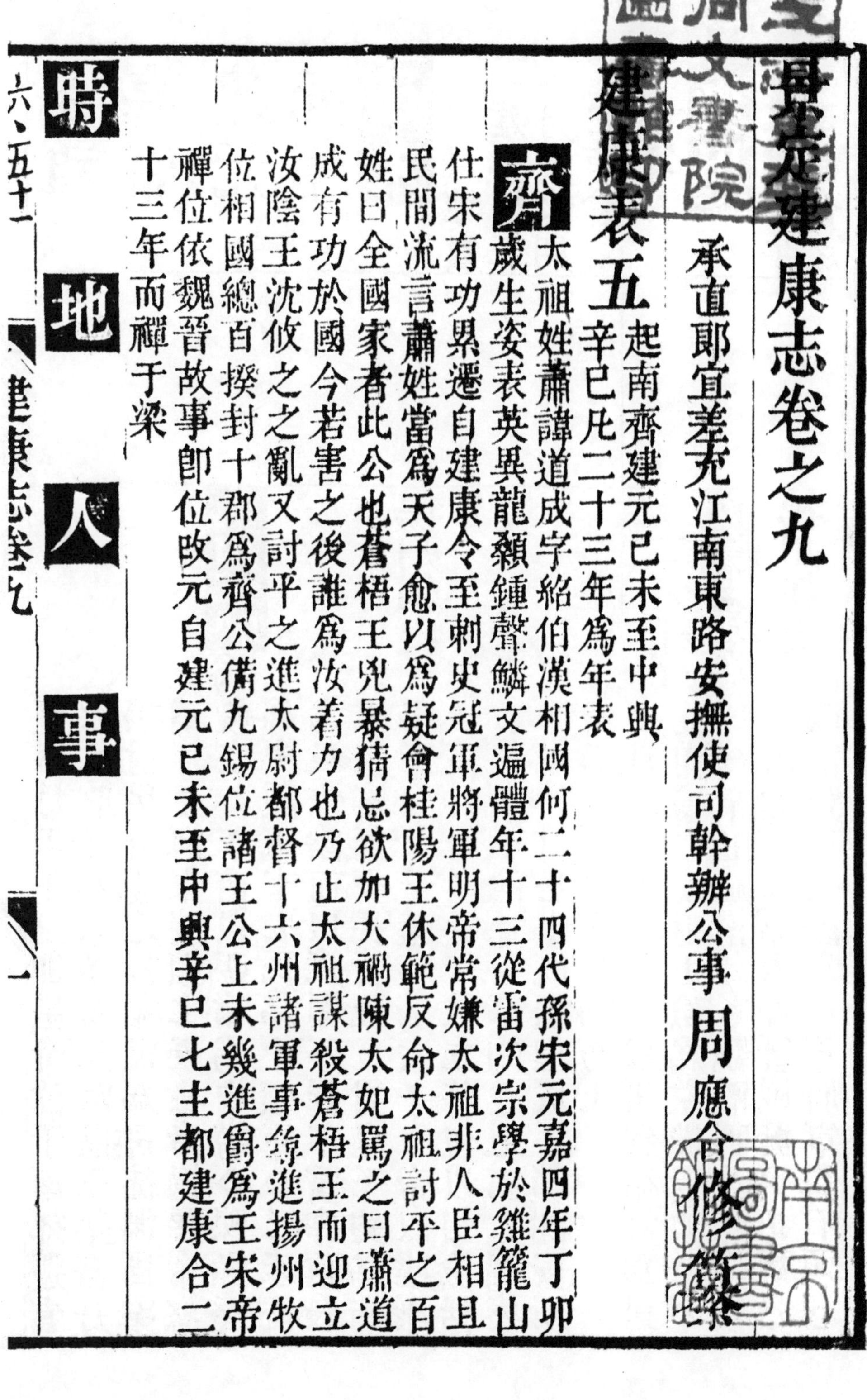

景定建康志卷之九

承直郎宜差充江南東路安撫使司幹辦公事周應合修纂

建康表五

起南齊建元己未至中興辛巳凡二十三年爲年表

齊 太祖姓蕭諱道成字紹伯漢相國何二十四代孫宋元嘉四年丁卯歲生姿表英異龍顙鍾聲鱗文遍體年十三從雷次宗學於雞籠山仕宋有功累遷自建康令至刺史冠軍將軍明帝常嫌太祖非人臣相且民間流言蕭姓當爲天子愈以爲疑會桂陽王休範反命太祖討平之百姓曰全國家者此公也蒼梧王凶暴猜忌欲加大禍陳太妃罵之曰蕭道成有功於國今若害之後誰爲汝着力也乃止太祖謀殺蒼梧王而迎立汝陰王沈攸之之亂又討平之進太尉都督十六州諸軍事錄進揚州牧位相國總百揆封十郡爲齊公備九錫位諸王公上未幾進爵爲王宋帝禪位依魏晉故事即位改元自建元己未至中興辛巳七主都建康合二十三年而禪于梁

時 **地** **人** **事**

太祖高帝建元元年己未

二月地震建陽門三月癸亥朔日有食之

臨川王映爲揚州刺史

夏四月甲午王卽皇帝位于南郊還宮大赦改元奉宋順帝爲汝陰王築宮丹楊置兵守衞之以褚淵爲司徒淵固辭不拜○河東裴顗上表數帝過惡帝怒殺之○丁酉以張緒爲中書令陳顯達爲中護軍李安民爲中領軍○己未衞士殺汝陰而以疾聞不罪不賞辛酉殺宋宗室無少長皆死○封皇子鈞爲衡陽王立太子賾爲皇太子○帝以建康居民舛雜多姦盜欲立符伍以相檢括右僕射王儉諫曰京師之地四方輻湊必也持符於事旣煩理成不曠謝安所謂不爾何以爲京師乃止

二年庚申

九月甲午日有食之

十二月壬子豫章王嶷爲揚州刺史

正月戊戌朔大赦○以司空褚淵爲司徒尚書右僕射王儉爲左僕射淵辭不拜○辛丑祀南郊○魏隴西公琛等攻拔馬頭乙卯詔內外纂嚴發兵拒魏○徵南郡王長懋爲中軍將軍鎭石頭○

	三年 辛酉 秋七月己未朔日有食之	四年 壬戌
南郡王長懋鎮石頭		

五、廿

改籬門爲都墻○十二月以司空褚淵爲司徒○嶷居青溪宅蒼梧王夜中微行欲掩襲宅内嶷令左右儛刀戟於中庭蒼梧從墻間窺見有備乃去○沈攸之之難高帝入朝堂嶷出鎮東府加冠軍將軍及袁粲舉兵夕丹楊丞王遜告變先至東府嶷遣帳内軍王戴元孫二千人隨薛道深等俱至石頭正月詔王公卿士各進讜言○

三月封皇子鋒爲江夏王○六月壬子大赦○詔修庠序選儒官進國胄

正月壬戌詔置學生二百人以中書令張緒爲國子祭酒○三月庚申上召司空褚淵尚書左僕射王儉受遺詔輔太子○壬戌上殂于臨光殿太子即位大赦○乙丑以褚淵錄尚書事王儉爲侍中尚書令車騎將軍張敬兒開府儀同三司○丁卯以前軍王奐爲尚書左僕射○庚午以豫章嶷爲太尉○四月庚寅

楚太祖于泰安陵○六月甲申朔立南郡王長懋爲皇太子○癸卯以褚淵爲司空領驃騎將軍侍中錄尚書事如故○癸卯褚淵卒○九月丁巳以國哀罷國子學○辛未以征南將軍王僧虔爲左光祿大夫開府儀同三司

武帝

諱賾太祖長子

永明元年癸亥

二月熒惑入太微

十二月乙巳朔日有食之

李安人爲丹楊尹遷尚書左僕射

正月辛亥祀南郊大赦改元○以太尉豫章王嶷爲太子太傅○上疑車騎將軍張敬兒有異志會華林園設八座齋朝臣皆預於座收敬兒敬兒脫冠貂投地曰此物誤我也丁酉殺敬兒幷其四子○王儉進號衛將軍參掌選事

二年 甲子

王儉領丹楊尹

正月乙亥以後將軍柳世隆爲尚書右僕射竟陵王子良爲護軍將軍兼司徒○壬寅以柳世隆爲尚書左僕射○冬十月乙巳以南徐州刺史長沙王晃爲中書監○秋七月車駕幸青溪舊宫設金石樂在位者賦詩○戊申幸元武湖○

三年 乙丑

詔以新吳□侯景先爲丹楊尹

正月辛卯祀南郊大赦○詔復立國學釋奠先師用上公禮○二月辛丑帝祭北郊○先是置總明觀以集學士亦謂之東觀上以國學既立夏五月乙未省總明觀時王儉領國子祭酒詔於儉宅開學士館以總明四部書充之詔儉以家爲府○八月乙未幸中堂聽訟

四年 丙寅

正月辛亥耕籍田禮畢車駕幸閲武堂勞小會

年		官	事
五年 丁卯		嶷進大司馬 儉加開府儀同三司	戊子以豫章王嶷爲大司馬竟陵王子良爲司徒臨川王映衛將軍王儉中軍將軍王敬則並加開府儀同三司○三月戊子幸芳林園禊宴○九月九日登商飈館
六年 戊辰		王奐爲丹楊尹	正月聽覽京師二百獄囚○冬十月庚申立冬初臨太極殿讀時令○閏月辛酉以尚書僕射王奐爲領軍將軍
七年 己巳		儉卒	正月辛亥祀南郊大赦○五月乙巳王儉卒○甲子以尚書左僕射柳世隆爲尚書令王奐爲左僕射○六月丁亥上如琅邪城
八年 庚午 六月大雪而有黄光竟天照地狀鍪色十月桃李再花		鄱陽王鏘爲丹楊尹	晏爲丹楊尹名王僧孺開功曹使撰東宫新記○秋七月癸卯大赦○荆州刺史巴東王子響赴建康蕭順之於射堂縊殺之

九年 辛未	十年 壬申 都下大水	十一年 癸酉
	五月巳巳以竟陵王子良爲揚州刺史徐孝嗣爲丹楊尹	

正月辛丑祀南郊○上夢太祖謂宋氏諸帝常在太廟從我求食可別爲吾致祠乃命豫章王妃庾氏四時祠二帝二后於青溪故宅牲牢服章皆用家人禮○都下大水竟陵王子良開倉振救貧病不能立者於第北立廨收養給衣及藥正月以竟陵王子良爲尚書令子良開西邸招文學高儁儒與太學生虞義等並以善辭藻游焉○十月甲午上殷祭太廟正月以驃騎大將軍王敬則爲司空○初上於石頭造露車三千乘欲步道取彭城魏諜知之會公卿議南伐上以右衛將軍崔慧景爲豫州刺史以備之○丙戌文惠太子長懋薨○夏四月甲午立南郡王昭業爲皇太孫○七月上不豫徙御延昌殿車輿始登堦而殿屋鳴咤上惡之○上大漸竟陵王子良日侍醫藥太孫閒日參承王融謀立子良不

六〇七

果俄而上殂西昌侯鸞奉太孫登殿遺詔曰太孫進德日茂社稷有寄子良善相毗輔思宏治道內外政事無大小悉與鸞參决○九月世祖梓宮下堵帝於端門內奉辭轀輬車未出端門亟稱疾還內甫入閤即奏胡伎鞞鐸之聲響震內外○丙寅葬武皇帝於景安陵廟號世祖

鬱林王

諱昭業武帝太孫改元隆昌四月被弑

閏四月戊辰**西昌侯**

鸞爲揚州刺史

正月丁未廢帝改元隆昌大赦○西昌侯鸞將謀廢立引前鎭西諮議參軍蕭衍與同謀徵垣歷生爲太子左衛率下白龍爲游擊將軍二人並至續召子隆爲侍中撫軍將軍○辛亥鬱林王祀南郊○戊午拜崇安陵○廢帝自山陵之後即與左右微服遊走市里世祖聚錢上庫五億萬齋庫亦出三億萬金銀布帛不可勝計鬱林王即位未期歲所用垂盡鸞數陳爭帝多不從○二月辛卯

帝祀明堂○四月戊子竟陵文宣王子良以憂卒○帝與中書令何允謀誅西昌侯鸞允依違諫說帝意復止是時蕭諶蕭坦之握兵權左僕射王晏總尚書事諶密名諸王典籤約語之不許諸王外接人物鸞以其謀告王晏晏聞之響應又告丹楊尹徐孝嗣孝嗣從之○壬辰鸞使蕭諶先入宮遇曹道剛及中書舍人朱隆之皆殺之鸞引兵自尚書入雲龍門戎服加朱衣於上王晏徐孝嗣蕭坦之陳顯達王廣之沈文季皆隨其後帝在壽昌殿聞外有變猶密爲手敕呼蕭諶俄而諶引兵入壽昌閣帝出延德殿行至西弄諶弑之輿尸出殯徐龍駒宅葬以王禮○癸巳以太后令追廢帝爲鬱林王迎立新安王昭文○丁酉新安王即皇帝位以西昌侯鸞爲驃騎大將軍錄尚書事揚州刺史宣城郡公大

海陵王

諱昭文鬱林王弟自新安王迎立改元延興十月廢

明帝

諱鸞始安貞王之子弒鬱林王廢海陵王而卽位號高宗十月改元

十月丁酉鸞爲揚州牧都督中外諸軍事進爵爲王

赦改元延興○八月甲辰以司空王敬則爲太尉鄱陽王鏘爲司徒車騎大將軍陳顯達爲司空尚書左僕射王晏爲尚書令○九月癸酉鸞遣兵二千人殺司徒鄱陽王鏘及隨王子隆謝粲等○江州刺史晉安王子懋聞鄱陽隨王沒遂遣兵乙未鸞假黃鉞內外纂嚴遣中護軍王元邈討誅之○丁亥以廬陵王子卿爲司徒桂陽王鑠爲中軍將軍開府儀同三司○冬十月丁酉解嚴乃以宣城公鸞爲太傅領大將軍揚州牧都督中外諸軍事加殊禮進爵爲王○十月戊戌殺桂陽王鑠衡陽王鈞江夏王鋒建安王子眞巴陵王子倫○辛亥太皇太后令曰嗣主沖幼庶政多昧早嬰尩疾弗克負荷太傅宣城王允體宣皇鍾慈太祖宜入承寶命帝可降封海陵王吾當歸別館且以宣城王爲太祖

建武元年甲戌	五月甲戌朔日有食之		十一月癸酉以始安王遥光爲揚州刺史
二年乙亥			
三年丙子			

第三子癸亥高宗卽皇帝位改元以太尉王敬則爲大司馬司空陳顯達爲太尉尚書令王晏加驃騎大將軍左僕射徐孝嗣加中軍大將軍蕭諶爲領軍將軍○十一月庚辰立皇子寶義爲晉安王寶元爲江夏王寶源爲廬陵王寶寅爲建安王寶融爲郡王寶攸爲南平王○戊午立皇子寶卷爲太子○上詐稱海陵恭王有疾遣御師瞻視因而隕之

六月壬戌上遊華林園與蕭諶及尚書令王晏數人宴盡歡坐罷留諶晚出至華林閣仗身執還入省上遣左右數諶罪殺之○上又殺西陽王子明南海王子罕邵陵王子貞○乙丑以右衛將軍蕭坦之爲領軍將軍○十二月丁酉詔修晉帝諸陵增置守衛

十月戊寅太子寶卷冠

四年丁丑

永泰元年戊寅

巴陵王寶義爲都督揚州刺史

正月大赦○丙辰名王晏于華林園誅之○二月甲子以左僕射徐孝嗣爲尚書令

正月癸未朔大赦○加中軍大將軍徐孝嗣開府儀同三司○丁未殺河東王鉉臨賀王子岳西陽王子文永陽王子峻南康王子琳衡陽王子珉湘東王子建南郡王子夏桂陽王昭粲巴陵王昭秀於是太祖世祖及世宗諸子皆盡矣○夏四月甲寅改元○丁卯大司馬會稽太守王敬則舉兵反帥實甲萬人過浙江張瓌遣兵三千拒敬則於松江聞敬則軍鼓聲一時皆散走五月壬午敬則攻興盛山陽二壘胡松引騎兵突其後敬則軍大敗崔恭祖刺敬則仆地興盛軍客袁文曠斬之乙酉傳首建康○秋七月己酉上殂于正福殿○太子郎位○八月葬明皇帝于興安陵

東昏侯 諱寶卷字智藏高宗第二子

永元

元年

己卯

秋八月己巳以右將軍蕭坦之為尚書右僕射丹楊尹

正月戊寅朔大赦改元○辛卯祀南郊○五月癸亥加撫軍大將軍遥光開府儀同三司○帝自即位寄腹心於江祏兄弟祏欲廢帝立始安王遥光劉暄發祏謀帝命袁之曠收祏并弟祀皆死○始安王遥光素有異志與其弟荊州刺史遥欣密謀舉兵據東府使遥欣自江陵引兵急下刻期將發而遥欣病卒江祏被誅遥光懼稱疾不復入臺帝慮遥光不自安欲遷為司徒使還第名入諭旨遥光恐見殺於乙卯晡時收集二州部曲於東府東門召劉渢劉晏等謀舉兵以討劉暄為名夜遣數百人破東冶出囚於尚方取仗又召驍騎將軍垣歷生歷生隨信而至蕭坦之宅在東府城東遥光遣人掩取之坦之踰墻走左將軍沈約聞變馳入西掖門○丙辰詔曲赦建康中外戒嚴徐孝嗣以下屯衛宫

遙光加撫軍大將軍開府儀同三司遙光反被斬

城蕭坦之帥臺軍討遙光蕭坦之屯湘宮寺左興盛屯東籬門鎮軍司馬曹虎屯青溪大橋衆軍圍東城三面燒司徒府○已未垣歷生往南門出戰因棄矟降曹虎虎斬之其晚臺軍以火箭燒東北角樓城自潰遙光還小齋帳中令人反拒齋閤皆重關左右並踰屋散出臺軍主劉國寶等先入遙光聞外兵至滅燭扶匐牀下軍人排閤入於暗中牽出斬之○已巳以徐孝嗣爲司空加沈文季鎮軍將軍侍中僕射劉暄爲領軍將軍曹虎爲散騎常侍右衛將軍皆賞平始安之功也○江祏等既敗蕭坦之剛狠而專嬖倖畏而憎之遙光死二十餘日帝遣延明主帥黃文濟將兵圍坦之宅殺之○茹法珍等譖劉暄有異志帝殺之○帝疑曹虎舊將且利其財殺之○壬戌以頻誅大臣大赦○徐孝嗣沈

二年

晉安王寶義

以司徒爲揚州刺史

文季沈昭畧謀因帝出遊廢立○十月乙未帝召孝嗣文季昭畧入華林省賜以藥酒皆死○十一月丙辰陳顯達舉兵於尋陽與朝貴書數帝罪惡云欲奉建安王爲王須京師一靜乃迎大駕○乙丑以護軍將軍崔慧景爲平南將軍督衆軍擊顯達後軍將軍胡松帥水軍據梁山左衞將軍左興盛督前鋒軍屯杜姥宅○陳顯達發尋陽敗胡松於采石建康震恐○甲申軍於新林左興盛帥諸軍拒之顯達潛軍夜渡襲宮城○乙酉顯達以數千人登落星崗新亭諸軍聞之犇還宮城大駭閉門設守顯達與臺軍戰再合顯達大勝手殺數人馬矟折臺軍繼至顯達不能抗退走西州後騎官趙潭刺顯達墜馬斬之

豫州刺史裴叔業奉表降魏○正月庚午帝下詔討叔業○戊戌魏以彭城王

庚辰

十二月廢十一月甲寅太白及辰星俱見西方

十二月**蕭衍**爲中書監大司馬錄尚書事驃騎大將軍揚州刺史、建安郡公

勰爲司徒鎭壽陽○二月乙卯帝遣崔慧景將水軍討壽陽帝屏除出瑯琊城送之慧景至廣陵會諸軍主曰幼主昏狂朝廷壞亂危而不扶責在今日欲與諸君共建大功可乎衆皆響應廣陵司馬崔恭祖開門納之○壬子帝使左興盛督建康水陸諸軍以討之○慧景停廣陵二日收衆渡江慧景向建康臺遣驃騎將軍張佛護等六將據竹里爲數城以拒之與慧景軍合戰臺軍饑困斬佛護徐元稱降餘四軍主○乙卯遣中領軍王瑩都督衆軍據湖頭築壘上帶蔣山西巖實甲數萬慧景至查硎竹塘人萬副兒因說慧景曰今平路皆爲臺軍所斷不可議進唯宜從蔣山虎尾上出其不意耳慧景從之分遣千餘人魚貫緣山自西巖夜下鼓叫臨城中臺軍驚恐即時奔散帝遣左興盛帥臺內三

萬人拒慧景於北籬門興盛望風退走○甲子慧景入樂遊苑崔恭祖帥輕騎十餘突入北掖門乃復出宮門皆閉慧景帥衆圍之於是東府石頭白下新亭皆潰左興盛不得入宮逃淮渚荻舫中慧景擒殺之慧景燒蘭臺府署爲戰場稱宣德太后令廢帝爲吳王慧景欲立巴陵王昭胄猶豫不能決時蕭懿將兵在小峴帝遣使密告之懿即帥胡松李居士數千人自采石濟江頓越城臺中稱慶慧景遣崔覺將精兵數千人渡南岸懿軍昧旦進戰數合覺大敗赴淮死者二千餘人○夏四月癸酉慧景將腹心數人潛去欲北渡江單騎至蟹浦爲漁人所斬以頭納鰌鮝擔送建康○己酉江夏王寶元伏誅○壬子大赦○六月乙丑曲赦建康○八月甲辰夜後宮火時帝出未還宮內人不得出外人不

得輒開門及開門死者相枕燒二千餘間帝乃大起芳樂玉壽等諸殿窮極綺麗役者自夜達曉猶不副速崔慧景死懿爲尚書令茹法珍等譖懿欲行隆昌故事○冬十月帝賜懿藥於省中懿死○十一月雍州刺史蕭衍起義兵於襄陽○乙卯以南康王寶融教纂嚴又教赦囚徒施惠澤頒賞格○丙辰以蕭衍爲使持節都督前鋒諸軍事○戊午衍勸南康王寶融稱尊號不許○壬辰夏侯亶自建康亡歸江陵稱奉宣德太后令南康王宜纂承皇祚方俟清宮未即大號可封十郡爲宣城王相國荊州牧加黃鉞選百官西中郎府南康國如故正月丁酉東昏侯以晉安王寶義爲司徒建安王寶寅爲車騎將軍開府儀同三司○乙巳南康王寶融始稱相國大赦以蕭穎胄爲左長史蕭衍爲征東將

	中興元年辛巳 正月己巳長星見竟天
	張瓌鎮 石頭

軍○戊申衍發襄陽○二月壬午東昏侯遣羽林兵擊雍州中外纂嚴○甲申蕭衍至竟陵○乙巳南康王即皇帝位于江陵以蕭穎胄爲尚書令蕭衍爲左僕射○乙酉加蕭衍征東大將軍都督征討諸軍事假黃鉞○七月衍命諸軍自郢州即日上道緣江至建康○八月辛未東昏侯以光祿大夫張瓌鎮石頭○丙子衍至尋陽○辛巳東昏侯以太子左率李居士總督西討諸軍事屯新亭○九月乙未詔蕭衍若定京邑得以便宜從事衍留驃騎將軍鄭紹叔守尋陽與陳伯之引兵東下○甲申蕭衍前軍至蕪湖穎胄軍二萬人棄姑孰走衍進軍據之○蕭衍遣曹景宗進軍江寧○丙辰李居士自新亭選精騎一千至江寧景宗奮擊破之乘勝至皂莢橋於是王茂鄧元起呂僧珍進據赤鼻邏新

亭城主江道林引兵出戰衆軍禽之於陳衍至新林命王茂據越城鄧元起據道士墩陳伯之據籬門呂僧珍據白板橋李居士請於東昏侯燒南岸邑屋以開戰場自大航以西新亭以北皆盡○十月甲戌東昏侯遣征虜將軍王珍國軍主胡虎牙將精兵十萬餘人陳於朱雀航南宦官王寶孫持白虎幡督戰曹景宗呂僧珍等將士皆殊死戰東昏侯諸軍皆潰衍軍長驅至宣陽門陳伯之屯西明門○戊寅東昏寧朔將軍徐元瑜以東府城降張瓌棄石頭命諸軍攻六門東昏燒門內營署官府驅逼士民悉入宮城閉門自守城中軍事悉委王珍國兗州刺史張稷入衛京師以稷爲珍國之副兗州中兵參軍張齊稷之腹心也珍國因齊密與稷謀廢東昏○十二月丙寅齊密令人開雲龍門珍國稷

引兵入殿御刀豐勇之爲內應東昏在含德殿聞兵入趨出北戶欲還後宮門已閉宦者黃泰平刀傷其膝仆地張齊斬之稷召尚書右僕射王亮列殿前西鍾下令百官署牋以黃油裹東昏首范雲送詣石頭衍使張宏策先入清宮封府庫及圖籍〇己巳蕭衍以宣德太后令追廢涪陵王爲東昏侯以衍爲中書監大司馬錄尚書事驃騎大將軍揚州刺史封建安郡公依晉武陵王遵承制如故〇癸酉以司徒揚州刺史晉安王寶義爲大尉領司徒〇己卯衍入閱武堂〇乙酉以護國將軍蕭宏爲中護軍

景定建康志卷之九

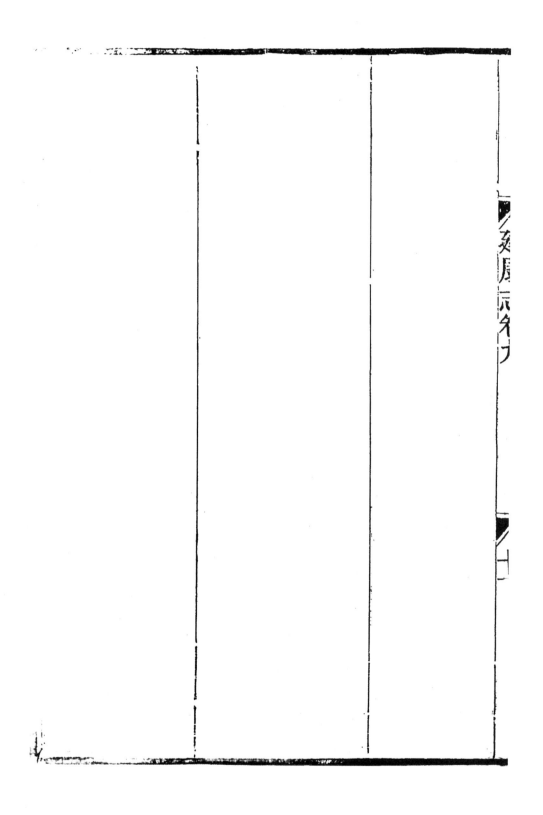

景定建康志卷之十

承直郎宜差充江南東路安撫使司幹辦公事周應合修纂

建康表六

起蕭梁天監壬午至太平丁丑凡五十六年爲年表

梁 高祖武皇帝姓蕭名衍字叔達與齊朝同爲漢相國何之後皇考順之字文緯齊高祖族弟參預佐命封臨湘侯累至領軍將軍丹楊內史高祖以宋大明元年甲辰歲生于秣陵縣同夏里三橋宅初皇妣張氏常夢抱日已而有孕乃生帝帝生有奇異之光兩髈骿骨狀貌殊特頂上隆起日角龍顔重嶽虎顧舌文爲八字項有浮光身映日無影爲兒童能蹈空而行有文在左手曰武及長博學多通好籌略有文武才幹流輩咸推許焉所居宅常若有雲氣人有遇者體輒肅然起家巴陵王參軍遷衛軍王儉府東閤祭酒王儉一見深相器異請爲戶曹屬謂廬江何憲曰此蕭郎三十內當作侍中出此則貴不可言齊竟陵王子良開西邸招文學之士高祖與沈約謝朓王融蕭琛范雲任昉陸倕等並遊焉號爲八友王融俊爽識鑒過人尤敬異高祖每謂所親曰宰制天下必在此人累遷隋王諮議行經牛渚逢風入泊龍瀆有一老人謂曰君龍行虎步貴不可言

天下將亂能安之者其在君乎拜黄門侍郎入直殿省與蕭諶等定策封建陽侯建武二年解司州圍走魏軍還爲太子中庶子領羽林監頃之出鎮石城四年敗魏軍於雍州進使持節雍梁南北秦四州軍事雍州刺史東昏侯立六貴人要擅權用事高祖曰政出多門亂其階矣永元二年長兄懿自益州刺史罷還朝被害高祖密謀曰昏虐暴主誅戮朝賢生民塗炭卿等同心嫉惡共興義舉辰在兹日是日建牙於軍門收拾甲士三萬餘人馬一千匹船三百艘引荆州軍下沔南立新野郡以集新附三年二月己巳南康王寶融即帝位於江陵改永元三年爲中興元年遥廢東昏爲涪陵王以高祖爲左僕射假黄鉞西臺置百官司馬八月次蕪湖據姑孰使曹景宗蕭穎達領馬步進屯江寧使王茂進據越城十月壬午高祖鎮石頭命衆軍圍城衛尉張稷北徐州刺史王珍國斬東昏首送高祖使吕僧珍勒兵封府庫及圖籍嬖庶兇黨王咺之已下四十八人並誅之宣德皇后下令追廢涪陵王爲東昏侯依漢海昏故事授高祖中書監揚徐軍事大司馬録尚書驃騎大將軍揚州刺史封建安公食邑萬户給班劍四十人假黄鉞依晉武陵王司馬遵承制故事己卯高祖入屯閲武堂下令一切滛刑濫罰賦役並原放明年正月齊和帝自江陵遣侍中席闡文黄門侍郎樂法才慰勞京邑詔進高祖劒履上殿入朝不趨贊拜不名加前後羽葆鼓吹置左右長史從事中郎掾屬各四人尋進相國封十郡爲

梁王備九錫丙午命王冕十有二旒建天子旌旗出警入蹕丙辰齊帝禪位于梁依晉宋故事齊百官豫章王綝等八百一十九人及梁臺侍中臣雲等百一十七人並上表勸進太史令蔣道秀陳天文符讖六十四條乃即位改元自天監壬午至太平丙子四主都建康合五十五年而禪于陳

時	地	人	事
武帝天監元年 壬午 正月乙酉甘露降于茅山彌縵			正月齊和帝遣兼侍中席闡文等慰勞建康○壬寅進大司馬衍都督中外諸軍事劍履上殿贊拜不名○初衍與范雲沈約任昉同在竟陵王西邸意好敦密至是引雲爲大司馬諮議參軍領録事約爲驃騎司馬昉爲記室參軍與參謀議衍內有受禪之志沈約微扣其端衍不應它日又進曰齊祚已終明公當承其運天文讖記又復炳然衍曰吾方思之約曰今王業已成何所復思衍然之約出衍召雲告之雲意略同雲出語約約曰卿必待我衍命草具其事約乃

數里

臨川王宏

爲揚州刺

史加都督

出懷中詔書幷諸選置衍初無改○甲寅詔進大司馬位相國總百揆揚州牧封十郡爲梁公備九錫之禮置梁百司去録尚書之號驃騎大將軍如故○二月辛酉梁公始受命○南兗隊主陳文興於城內鑿井得鏤騏驎玉璧水精環各二枚又鳳凰見建康縣桐下里宣德皇后稱美符瑞歸于相府○丙寅詔梁國選諸要職悉依天朝之制於是以沈約爲吏部尚書兼右僕射范雲爲侍中梁公納東昏余妃頗妨政事范雲以爲言曰昔沛公入關婦女無所幸此范增所以畏其志大也今明公始定建康海內想望風聲奈何襲亂亡之迹以女德爲累乎王茂起拜曰范雲言是也梁公默然雲卽請以余氏賚王茂梁公賢其意而許之明日賜雲茂錢各百萬○丙戌詔梁公增封十郡進爵爲王○癸巳

受命赦國內及府州所統殊死以下○三月齊和帝至姑孰丙辰下詔禪位于梁○夏四月辛酉宣德太后令曰西詔至帝憲章前代敬禪神器于梁可臨軒遣使恭授璽紱未亡人歸于別宮○壬戌發策遣兼太保尚書令亮等奉皇帝璽綬詣梁宮○丙寅梁王即皇帝于南郊大赦改元○丁卯奉和帝爲巴陵王宮于姑孰以中書監王亮爲尚書令相國左長史王瑩爲中書監吏部尚書沈約爲尚書僕射長兼侍中范雲爲散騎常侍吏部尚書詔凡後宮樂府諸婦女一皆放遣○戊辰巴陵王卒○庚午詔有司依周漢故事議贖刑○以謝沭縣公寶義爲巴陵王奉齊祀齊南康侯子恪及弟子範嘗因事入見上從容謂曰我初平建康人皆勸我除去卿輩以壹物心我於時依而行之誰謂不可正以

江左以來代謝之際必相屠滅感傷和氣所以國祚不長又齊梁雖云革命事異前世我與卿兄弟耳○癸酉詔公車府謗木肺石傍各置一函若肉食莫言欲有横議投謗木函若有功勞才器寃沈莫達者投肺石函上身服浣濯之衣常膳惟以菜蔬簡吏務遴廉平○河南褚渭居建康素薄行仕宦不得志頻造尚書范雲雲不禮之渭怒私所親曰建武以後草澤下族悉化成貴人吾何罪而見棄今天下草創饑饉不已喪亂未可知陳伯之擁彊兵在江州非主上舊臣有自疑之意且熒惑守南斗詎非爲我出邪遂投伯之伯之舉兵反使王茂爲征南將軍江州刺史討平之伯之遂與渭俱奔魏○秋八月丁未命尚書删定郎蔡法度損益王植之集注舊律爲梁律仍命王亮王瑩沈約范雲等九人

二年癸未

特進光祿大夫王份監丹楊尹

同議定○十一月巳未立小廟以祭太祖之母每祭太廟畢以一太牢祭之○甲子立皇子統爲太子○是歲江東大旱米斗五千民多餓死初立長干寺

成都城中食盡升米三千人相食劉季連食粥累月計無所出上遣主書趙景悅宣詔受季連降季連肉袒請罪鄧元起遷季連于城外俄而造焉待之以禮元起送季連詣建康季連至建康入東掖門數步一稽顙以至上前上笑曰卿欲慕劉備而曾不及公孫述豈無臥龍之臣邪赦爲庶人○癸卯蔡法度上梁律二十卷令三十卷科四十卷詔班行之○五月范雲卒衆謂沈約宜當樞管上以約輕易不如徐勉乃以勉及右衛將軍周捨同參國政○沈約以母憂去○扶南龜茲中天竺國各遣使貢方物交州進鸚鵡能歌不納

三年 甲申

四年 乙酉

五月建康縣定陰里生嘉禾莖十二穗十二月天清朗西南有電光聞雷聲者三

詔宏都督諸軍鎮東將軍沈約爲丹楊尹

正月癸卯詔置五經博士各一人廣開館宇招納後進於是以賀瑒及平原明山賓吳興沈峻建平嚴植之補博士各主一館館有數百生徒給其餼廩其射策通明者即除爲吏分遣博士祭酒巡州郡立學○辛亥上祀南郊大赦○六月庚戌初立孔子廟○冬十月上大舉伐魏以揚州刺史王宏都督北討諸軍事王公以下各上國租及田穀以助軍○是歲大穰米斛三十錢○初置敬業寺

五年 丙戌

三月丙寅朔日有食之

正月甲申封皇子綱爲晉安王○始豐獲白目龜一置淨居寺○十一月乙丑大赦

六年 丁亥

七月甲子太白晝見八月戊戌大風折木京師大水濤入御道七尺

三月有象入京師○四月置左右驍衛左右遊擊將軍建安王偉揚州刺史沈約爲尚書左僕射○八月戊子大赦○乙亥改閲武堂爲德陽堂聽訟堂爲議賢堂○初置光宅寺帝捨宅造寺未成於小莊嚴寺造無量壽佛像長一丈八尺及鑄銅不足帝又給功德銅三千斤詔吏部尚書徐勉定百官凡一百九號○夏四月乙卯皇太子納妃大赦○六月辛酉復建修二陵周廻五里改陵監爲陵令○七月初置涅槃寺峯頂又有擧微寺天晴日暖望見廣陵城在目前

七年 戊子

八年 己丑

正月辛巳上祀南郊大赦

年	事	人	事
九年 庚寅	新作緣淮塘北岸起石頭迄東冶南岸起後渚籬門迄三橋		三月己丑上幸國學親臨講席賜祭酒以下帛有差○乙未詔皇太子以及王侯之子年可從師者皆入學○初置本業寺在蔣山里
十年 辛卯	六月嘉蓮一莖三花生樂遊苑九月丙申天西北隆隆有聲赤氣下至地	約加特進遷中軍將軍丹楊尹	正月辛丑上祀南郊大赦○尚書左僕射張稷自謂功大賞薄嘗侍宴樂壽殿酒酣怨望形於辭色乃癸卯出爲靑冀二州刺史○辛酉上祀明堂○上敦睦九族朝士有犯罪屈法申之百姓有罪則案之如灋嘗因郊祀有秣陵老人遮車駕言曰陛下爲灋急於庶民緩於權貴非長久之道誠能反是天下幸甚上於是思有以寬之○初作宮城門三重及開二道初置解脫寺帝爲宣德皇后造太淸里內
十一年 壬辰			

十二年 癸巳

約卒 武陵王紀爲揚州刺史

正月辛卯上祀南郊大赦詔掩骼埋胔○辛巳新作太極殿改爲十三間六月新作太廟增基九尺○紀爲刺史詔中書加四句曰貞白儉素是其清也臨財能讓是其廉也知法不犯是其慎也庶事無留是其勤也紀特爲帝愛故先作揚州牧

十三年 甲午

老人星見

二月丁亥躬耕籍田孝悌力田增爵一級大赦宋齊藉田皆用正月至是始用二月及致齋先農○秋七月乙亥立皇子綸爲邵陵王繹爲湘東王紀爲武陵王

十四年 乙未

開府儀同三司王茂爲丹楊尹

正月乙巳朔上冠太子於太極殿大赦天下賜爲父後者爵一級王公已下有差○辛亥上祀南郊○是冬寒甚浮山堰士卒死者什七八

十五年 丙申

三月朔日有食之 六百廿四

宏坐法免吳平侯景加侍中及太尉揚州刺史

冬十一月交州刺史李畟斬交州反者李宗孝傳首建康○景在州尤稱明斷符教嚴整有田舍老姥訴得符還至縣縣吏未即發姥語曰蕭監州符如火汝

手何敢留之其爲人所畏敬如此

十六年 丁酉

詔景以安右將軍監揚州置佐吏即宅爲府

正月辛未上祀南郊詔尤貧家勿收今年三調恤理寃獄幷振孤老鰥寡不能自存者○二月辛亥耕籍田○甲寅赦罪人○三月丙子勑太醫不得以生類爲藥郊廟牲牷皆代以麵其山川諸祀則否時朝野諠譁以爲宗廟去牲乃是不復血食帝竟不從冬十月詔以宗廟猶用脯脩更議代之於是以大餅代大脯其餘盡用蔬果起至敬殿景陽臺置七廟座每月中再設淨饌

十七年 戊戌

二月甲辰大赦○臨川王宏妾弟灋壽殺人而匿於宏府中上勑宏出之即日伏辜上幸光宅寺有盜伏於驃騎航伺上夜出上將行心動乃於朱雀航過事發稱爲宏所使上泣謂宏曰汝何爲者我非不能爲漢文帝念汝愚耳

十八年己亥 七月甲申老人星見			正月辛卯祀南郊○夏四月丁巳大赦天下○初置惠日寺
普通元年庚子 正月丙子日有食之七月江淮海三瀆並溢九月乙亥夜有日見于東方光爛如火		以臨川王宏遷太尉復爲揚州刺史侍中如故	正月乙亥朔改元大赦○扶南高麗及河南國皆遣使貢獻
二年辛丑			正月辛巳祀南郊○詔置孤獨園於建康收養窮民○戊子大赦○二月辛丑祀明堂○四月乙卯改作南北郊○丙

三年 **壬寅** 五月壬辰朔日有食之

四年 **癸卯** 十一月癸未朔日有食之

五年 **甲辰**

辰詔徙籍田於東郊外十五里○五月己卯琬琰殿火延燒後宮三千餘間

五月癸巳大赦○詔公卿百寮各上封事連帥郡國舉賢良方正直言之士○八月甲子婆利白提國遣使貢獻○十一月造猛信尼寺

正月辛卯祀南郊大赦○丙午祀明堂○二月乙亥耕籍田○議罷銅錢始鑄鐵錢○狼牙脩國遣使貢獻

征北將軍元樹率衆侵魏○置衆造寺○散騎常侍朱异始掌機密軍旅謀議方鎮改易朝儀詔敕皆典之

六月乙酉龍鬬于曲阿陂西行至建陵所過樹木皆折拔數十丈

六年

乙巳

正月辛亥祀南郊大赦○三月己酉上幸白下城履行六軍頓所○召元瀍僧及元略還建康瀍僧驅彭城吏民萬餘人南渡

七年

丙午

宏卒

正月辛丑大赦○詔在外郡縣各舉所知凡是清廉咸須聞薦○十一月庚辰大赦丁貴嬪卒太子水漿不入口上使謂之曰毀不滅性況我在耶乃進粥數合○是月河南高麗林邑滑國並遣使貢獻○宏卒帝與羣臣議代時貴戚王公咸望遷授帝曰孔休源才識通敏實應此選乃授宣惠將軍監揚州事神州都會簿領殷繁休源剖斷如流旁無私謁晝決辭訟夜覽墳籍每車駕巡幸常以軍國事委之時人名爲兼天子

孔休源爲宣惠將軍監揚州事

大通元年 丁未	二年 戊申	中大通元年 己酉
	休源加金紫光祿大夫	
正月辛未祀南郊詔流亡者復其宅業蠲役五年尤貧者勿令出今年三調孝悌力田賜爵一級○帝創同泰寺寺在宮後別開一門名大通門對寺之南門晨夕幸寺講議多遊此門○辛未上幸寺捨身甲戌還宮大赦改元○是歲林邑師子高麗等國各遣使貢獻○置園居尼寺	二月築寒山堰○四月戊戌魏爾朱榮廢君殺主胡太后臨朝時魏大亂魏王子北海臨淮汝南等並割地來奔○又豫州郢州北青州南荆州皆以地來降	正月辛酉祀南郊大赦辛巳祀明堂○六月都下疫甚帝於重雲殿爲萬姓設救苦齋以身爲禱○九月癸巳上幸同泰寺設四部無遮大會上釋御服持法衣行清淨大捨以便省爲房素牀瓦器乘小車私人執役甲子升講堂法座爲四部大衆開涅槃經題癸卯羣臣以錢一億祈

震大航華表然盡

自三寶奉贖皇帝菩薩默許乙巳百辟詣寺東門奉表請還臨宸極三請乃許上三荅書前後並稱頓首冬十月己酉上又設四部無遮大會道俗五萬餘人會畢上御金輅還宮御太極殿大赦改元○十一月盤盤蠕蠕國並遣使朝貢○初置禪巖寺○是年震壁大航華表然後建康縣驗啓顧協以爲非吉祥未即呈聞後帝知之曰震之所擊一本罰惡龍二章厭之有過協掩惡揚善非曰忠由是免中書舍人

二年 庚戌

四月癸丑幸同泰寺○六月林邑扶南遣使貢獻○八月庚戌上幸德陽堂

三年 辛亥

正月辛巳祀南郊大赦○二月辛丑祀明堂○四月己巳太子統薨太子自加元服上即使省錄朝政百司奏事塡委於前太子辨析詐謬秋毫必睹但令改正不加案劾平斷法獄多所全宥寬和容衆喜慍不形於色好讀書屬文引接才俊賞愛無倦出宮二十餘年每霖雨

積雪遣左右周行閭巷視貧者賑之天性孝謹在東宮雖燕居坐起常西向或宿被召當入危坐達旦及寢疾恐貽帝憂敕參問輒自力手書及卒朝野惋愕建康男女奔走宮門號泣道路初昭明太子葬其母丁貴嬪遣人求墓地之吉者或賂宦者俞三副求賣地云若得錢三百萬當以百萬與之三副密啓上言太子所得地不如今地之吉上年老多忌即命市之葬畢有道士云此地不利長子若厭之或可申延乃爲蠟鵝及諸物埋於墓側長子位宮監鮑邈之魏雅初有寵於太子邈之晚見疎於雅乃密啓上云雅爲太子厭禱上遣人撿掘果得鵝物大驚將窮其事徐勉固諫而止但誅道士由是太子終身慚憤不能自明及卒上徵其長子華容公歡至建康欲立以爲嗣銜其前事猶豫卒不立遣

還鎭○丙申立太子母弟晉安王綱爲皇太子大赦賜父後者爵一級及忠孝文武精勤並如之○六月癸丑立華容公歡枝江公譽曲阿公詧並爲王以人言不息故封歡兄弟以大郡用慰其心久之鮑邈之坐誘略人罪不至死太子綱追思昭明之冤揮淚誅之○庚寅皇宗族有服屬者並賜湯沐食鄉亭侯隨遠近爲差○九月狼牙脩國使貢獻○十月己酉上幸同泰寺升法座講涅槃經七日而罷○十一月乙未上幸同泰寺講般若經七日而罷

四年

壬子

七月甲辰星隕如雨

邵陵王綸爲揚州刺史

二月封諸王嫡子爲王○庚子皇子邵陵王綸有罪免爲庶人○立太子綱之長子大器爲宣城王○十月置制旨孝經助教一人生十人專通上所釋孝經義○十二月高麗遣使朝貢

五年癸丑 戊申京師地震己酉長星見		**何敬容**兼丹陽尹	正月辛卯祀南郊忽聞異香三陵風至及行事奏樂迎拜拜畢有神光圓照壇上五色食頃乃滅大赦○辛亥祀明堂○二月癸未上幸同泰寺講般若經七日而罷會者數萬人○五月戊子京師大水御道通船○南波斯盤盤遣使朝貢○初置法苑寺
六年甲寅 夏四月癸丑日食十二月西南有雷聲出地		以**臨賀郡王正德**爲丹楊尹尋出爲南兗州	二月癸亥親耕籍田大赦賜孝悌力田○三月百濟遣使貢方物○四月丁卯以信都將軍元慶和率衆北侵魏
大同元年乙卯 十月黃塵如雪			正月戊申朔大赦改元○二月辛巳祀明堂○丁亥耕籍田○高麗丹滑波斯等國朝貢○壬戌上幸同泰寺鑄銀像○初置頭陀寺萬福尼寺木願尼寺巖栖觀

二年 丙辰

十一月雨塵如雪攬之盈掬是月都下地生白毛長二尺

三年 丁巳

六百〇七

正月詔求讜言及令文武官舉士○上爲文帝作皇基寺以追福命有司求良材曲阿宏氏自湘州買巨材東下南津校尉孟少卿欲求媚於上誣宏氏爲劫而殺之沒其材以爲寺○二月乙亥耕籍田○四月考城江子四上封事極言政治得失○五月癸卯詔曰古人有言屋漏在上知之在下朕有過失不能自覺江子四等封事所言尚書可時加檢括於民有蠹害者宜悉詳啓○十月乙亥詔大舉伐東魏○壬午幸同泰寺設無礙大齋○十一月乙亥有詔班師○壬午魏遣使求和詔許之○初置慈恩普化化成福興善業寒林等寺

正月祀南郊大赦○二月丁亥耕籍田○東魏遣兼散騎常侍李諧來聘秋七月諧至建康上引見與語應對如流諧等出上目送之謂左右曰朕今日遇勍

四月壬寅大雨灰黃色冬地大震

四年　戊午

正月辛酉朔日有食之

五年　己未

丹楊尹何敬容爲尚書令

敵卿輩常言北間全無人物此等何自而來○四月辛丑夜朱雀門災上修長干寺阿育王塔出佛爪髮舍利○辛卯上幸寺設無礙會大赦○九月使散騎常侍張皐報聘東魏

二月己亥耕籍田○河南蠕蠕國朝貢○五月甲戌東魏遣鄭伯雅來聘○七月癸亥詔以東冶徒李允之得如來舍利大赦○遣散騎常侍劉孝儀聘東魏○八月甲辰詔淮南十二州飢饉逋租宿債勿收○九月閱武於樂遊苑○十二月國子助教黃侃表上禮記疏義五十卷○置洞靈觀

丁巳御史中丞參禮儀事賀琛奏南北二郊及藉田往還並宜御輦不復乘輅詔從之祀宗廟仍乘玉輦○辛未祀南郊○八月扶南獻生犀○十一月魏人來聘遣侍中柳豹聘于魏○是時都下

			訛言云天子取人肝以飼天狗大小相驚日晚閉門持刀杖數月乃止
六年 庚申 閏五月丁丑朔日有食之			二月巳亥耕籍田○五月乙卯河南王遣使獻馬及方物求經論十四條并請制所定涅槃經般若金光明經講疏一百三卷○七月東魏人來聘○八月戊午大赦
七年 辛酉			正月辛巳祀南郊大赦○辛丑祀明堂○二月辛亥耕藉田○於宮城西立士林館延集學者○宕昌蠕蠕各遣使貢方物○百濟王求涅槃經疏及醫工畫師毛詩博士並許之
八年 壬戌			正月安城郡劉敬躬反改元永漢置官屬進攻廬陵逼豫章○二月江州刺史湘東王繹遣司馬王僧辯中兵曹子郢討之○三月戊辰擒敬躬送建康斬之○十一月丙子詔罷所在女丁役

九年癸亥
正月丙申地震生毛
自新亭鑿渠通新林 浦置江潭苑未成
而侯景亂

十年甲子
十一月大雪三尺
敬容坐事免官
三月甲午上幸蘭陵○庚子謁建寧陵使太子入守宫城陵上有紫雲覆久而乃散帝望陵流涕所沾草木變色陵旁先有枯泉是時流水香潔○辛丑帝哭於脩陵又於皇基寺設法會賜蘭陵老少位各一階所經縣邑放今年租調因賦還舊鄉詩○己酉上幸京口城北固樓更名北顧○庚戌幸回賓亭宴鄉里故老及所經近縣迎候者少長數千人各賚錢二千○四月乙卯上還自蘭陵○五月甲午東魏遣魏季景來聘

十一年 乙丑

華林園震

正月東魏遣李業來聘○震華林園光嚴殿帝自貶拜謝上天累刻乃止○置履道寺渴寒寺○冬十月乙未詔有罪者復聽入贖○散騎常侍賀琛啓陳四事上惡其觸實大怒召主書於前口授敕書以責琛琛但謝過而已不復敢言

中大同元年 丙寅

二月曲阿縣建陵隧口石辟邪起舞有大蛇鬭隧中其一被傷奔走又青蟲食陵樹葉俱盡

大字十九

三月乙巳大赦○庚戌上幸同泰寺遂停寺省講三慧經乃捨身爲奴至四月皇太子以下羣臣出錢億萬奉贖還丙戌解講大赦改元是夜同泰寺浮圖災上曰此魔也宜廣爲法事羣臣皆稱善乃下詔曰道高魔盛行善障生當窮茲土木倍增往日遂起十二層浮圖將成値侯景亂而止○甲子詔今從犯罪非大逆父母祖父母不坐○冬十月乙亥以前東揚州刺史岳陽王詧爲雍州刺史上捨詧兄弟而立綱內常愧之詧兄

四月丙戌同泰寺浮圖災

六月辛巳天有聲如雷及風水相薄之音

大清元年丁卯

正月朔日有食之不盡如鉤二月白虹貫日

弟亦懷不平詧以上衰老朝多秕政以襄陽形勢之地梁業所基遇亂可以圖大功乃折節下士招募勇敢延納規諫所部稱治○渴盤陀國貢方物

正月辛酉祀南郊大赦○甲子祀明堂○二月庚辰東魏司徒濮陽王侯景奉河南十三州地歸降使行臺丁和奉表帝許之○壬午以景爲大將軍封河南王大行臺承制如鄧禹故事平西諮議參軍周宏正善占候前此謂人曰國家數年後當有兵起及聞納景曰亂階在此矣○丁亥耕籍田○三月庚子上幸同泰寺陞光嚴殿講三慧經又捨身如大通故事○甲辰以司州刺史羊鴉仁常和等率兵應接侯景○四月丙子羣臣以億萬奉贖衆默許百辟詣鳳莊門上表請帝帝三荅皆稱頓首○丁亥服

二年

戊辰

正月朔兩月相承如鈎見西方

衮冕還宫幸太極殿如初即位之禮大赦改元○甲午東魏遣李系來聘○神馬出太子獻寶馬頌○置幽巖寺○立儀香尼寺

正月己亥交州刺史楊嘌司馬陳霸先破屈獠洞斬李賁傳首京師○五月上遣建康令謝挺徐陵聘于東魏以納侯景之故復脩前好○侯景自至壽陽徵求朝廷無己又闘與東魏和親反謀益甚元貞知景有異志逃歸建康具以事聞上不問臨賀王正德屢得罪於上景遣人結之正德大喜曰侯公之意闇與吾同且曰僕為其內公為其外何有不濟時上以邊事專委朱异异以為必無此理景自壽陽反以誅朱异徐驎陸驗周石珍為名异等以姦佞驕貪蔽主弄權為時人所疾故景託以興兵○甲辰上以邵陵王綸持節董督衆軍討景景

六月天裂

聞臺軍討之問策於王偉偉曰邵陵若至必爲所困不如輕兵直掩建康臨賀反其内大王攻其外天下不足定也景出兵攻歷陽太守莊鐵以城降因説景曰國家承平歲久人不習戰宜速趨建康可兵不血刃而成大功上聞景臨江問策於羊侃侃請以二千人急據采石使邵陵王襲取壽陽使景進不得前退失巢穴烏合之衆自然瓦解朱异曰景必無渡江之志遂寢其議○己酉景自横江濟于采石有馬數百匹兵八千人是夕朝廷始命戒嚴景分兵襲姑孰朝廷猶不知正德之情命正德屯朱雀門寧國公大臨屯新亭太府卿韋黯屯六門繕脩宫城爲受敵之備景至慈湖建康大駭御街人更相劫掠不復通行赦東西冶尚方錢署及建康繫囚以大器都督城内諸軍事以羊侃副之西與公

七月庚寅朔日有食之

大春守石頭謝禧元貞守白下韋黯柳津等分守宮城諸門及朝堂○庚戌景至板橋遣徐思玉來求見實欲觀城中虛實思玉至山景啓乞帶甲入朝除君側之惡百姓聞景至競入城無復次序羊侃區分防擬皆以宗室間之軍人爭入武庫取器甲侃斬數人方止○辛亥景至朱雀桁正德帥衆於張侯橋迎景馬上交揖景乘勝至闕下城中恟懼大春棄石頭元貞棄白下彭文粲等以石頭城降景○壬子景列兵繞臺城旛旗皆黑繞城既帀百道俱攻縱火燒大司馬東西華門羊侃鑿門竅下水沃火○癸丑景作木驢攻城城上投石碎之又作尖項木驢侃作雉尾炬以焚之景又執侃子鷟以示侃侃曰我傾宗報主猶恨不足豈計一子幸早殺之○十一月戊午朔臨賀王正德即帝位於儀賢堂

十二月戊申天西北裂有光如火

下詔稱普通○壬戌太子請上巡城上幸大司馬門城上聞蹕聲皆鼓譟流涕衆心粗安景初至建康謂朝夕可拔及屢攻不克人心離沮石頭常平諸倉既盡士卒乏食乃縱士卒奪民米及金帛子女米一石直七八萬錢荊州刺史湘東王繹邵陵王綸入援京師景遣軍至江乘拒綸軍趙伯超曰若從黃城大路必與賊遇不如徑指鍾山突據廣莫門圍解必矣綸從之夜行失道迂二十餘里○庚辰旦營于蔣山景見之大駭悉送所掠婦女珍貨於石頭欲走分三道攻綸綸戰破之景陳兵於覆舟山○乙酉綸進軍元武湖側與景對陳不戰至暮景約明日會戰綸許之安南侯駿見景軍退以爲走即與壯士逐之景旋軍擊之駿敗走乘勝擊綸諸軍皆潰綸收餘兵千餘人入天保寺景焚寺綸奔朱

三年

己巳

三月壬午火守心乙卯太白晝見

王固封莫口亭侯爲丹楊尹

方○湘東王繹遣世子方等將步騎一萬入援建康○衡州刺史韋粲聞景亂簡閱部下得精兵五千倍道赴援○司州刺史柳仲禮亦率步騎萬餘人入援○湘東王繹將銳卒三萬發江陵○柳仲禮夜入韋粲營部分衆軍旦日會戰諸將各有據守令粲頓青塘粲以青塘當石頭中路賊必爭頗憚之仲禮曰青塘要地非兄不可若疑兵少當更遣軍相助乃使劉叔允助之

正月丁巳柳仲禮自新亭徙營大桁會大霧韋粲軍迷道比及青塘夜已過半立柵未合侯景望見帥銳卒攻粲粲與子弟俱戰死仲禮往救與景戰于青塘大破之仲禮稍將及景而賊將支伯仁自後斫仲禮中肩馬陷于淖騎將郭山石救之得免○初臺城之閉也公卿以食爲念男女貴賤並出負米得四十萬

斛而不備薪芻魚鹽至是壞尚書省以爲薪撤薦飼馬軍士無肴或煮鎧熏鼠捕雀食之御甘露廚有乾苔味酸鹹分給戰士○侯景衆亦飢抄掠無所獲東城有米可支一年景遣其將任約于子悅至城下僞求和運東城米入石頭於是決石闕前水百道攻城晝夜不息○三月丁卯宮城陷景遣王偉入文德殿奉謁偉拜呈景啓稱爲姦佞所蔽領衆入朝驚動聖躬今詣闕待罪上問景何在可召來景入見於太極東堂上神色不變問勞景景不敢仰視景復至永福省見太子亦無懼容景退謂其廂公王僧貴曰吾嘗跨鞍對陳矢刃交下而意氣安緩了無怖心今見蕭公使人自懾豈非天威難犯吾不可以再見之乃矯詔大赦自加大都督中外諸軍錄尚書事建康士民逃難四出上外爲侯景所

簡文帝 名綱字世纘 武帝太子

大寶元年庚午

西陽王大鈞 爲丹楊尹

制內甚懷不平所求多不遂志飲膳亦爲所裁節憂憤成疾○五月丙辰上崩淨居殿口苦索蜜不得再曰荷荷遂殂年八十六景秘不發喪遷殯於昭陽殿迎太子於永福省○辛巳發高祖喪升梓宮於太極殿是日太子卽皇帝位大赦景出屯朝堂分兵守衛

正月辛亥朔大赦改元○二月侯景遣任約于度等帥衆二萬攻諸瀋景又遣侯子鑒帥舟師八千自帥徒兵一萬攻廣陵三日克之以子鑒爲南兗州刺史鎮廣陵景還建康景納上女溧陽公主甚愛之○三月甲申景請上禊宴於樂遊苑暢飲三日上還宮景與公主共據御牀南面並坐羣臣文武列坐侍宴○四月景請上幸西州上御素輦侍衛四百餘人景浴鐵數千翼衛左右○九月乙亥進侯景位相國封二十郡爲漢王

二年

辛未

加殊禮○十月乙未侯景自加宇宙大將軍都督六合諸軍事以詔文呈上上驚曰將軍乃有宇宙之號乎○齊東徐州刺史行臺辛術鎮下邳○十一月侯景徵租入建康術帥衆度淮斷之燒其穀百萬石遂圍陽平○景自帥衆討楊白華于宣城白華力屈而降○十二月景還建康

大鈞遇害

武寧王大威爲丹楊尹尋遇害

三月任約告急侯景自帥衆西上閏月景發建康自石頭至新林舳艫相接○壬寅景軍至西陽與徐文盛夾江築壘○癸卯文盛擊破之景逝走還營○六月陳霸先引兵發南康進頓西昌○七月丁亥景還建康○辛丑王僧辯督衆軍討景下溢城霸先帥所部三萬人會之屯于巴丘西軍乏食霸先有糧五十萬分三十萬以資之○八月湘東王繹命僧辯且頓尋陽以待諸軍之集○初

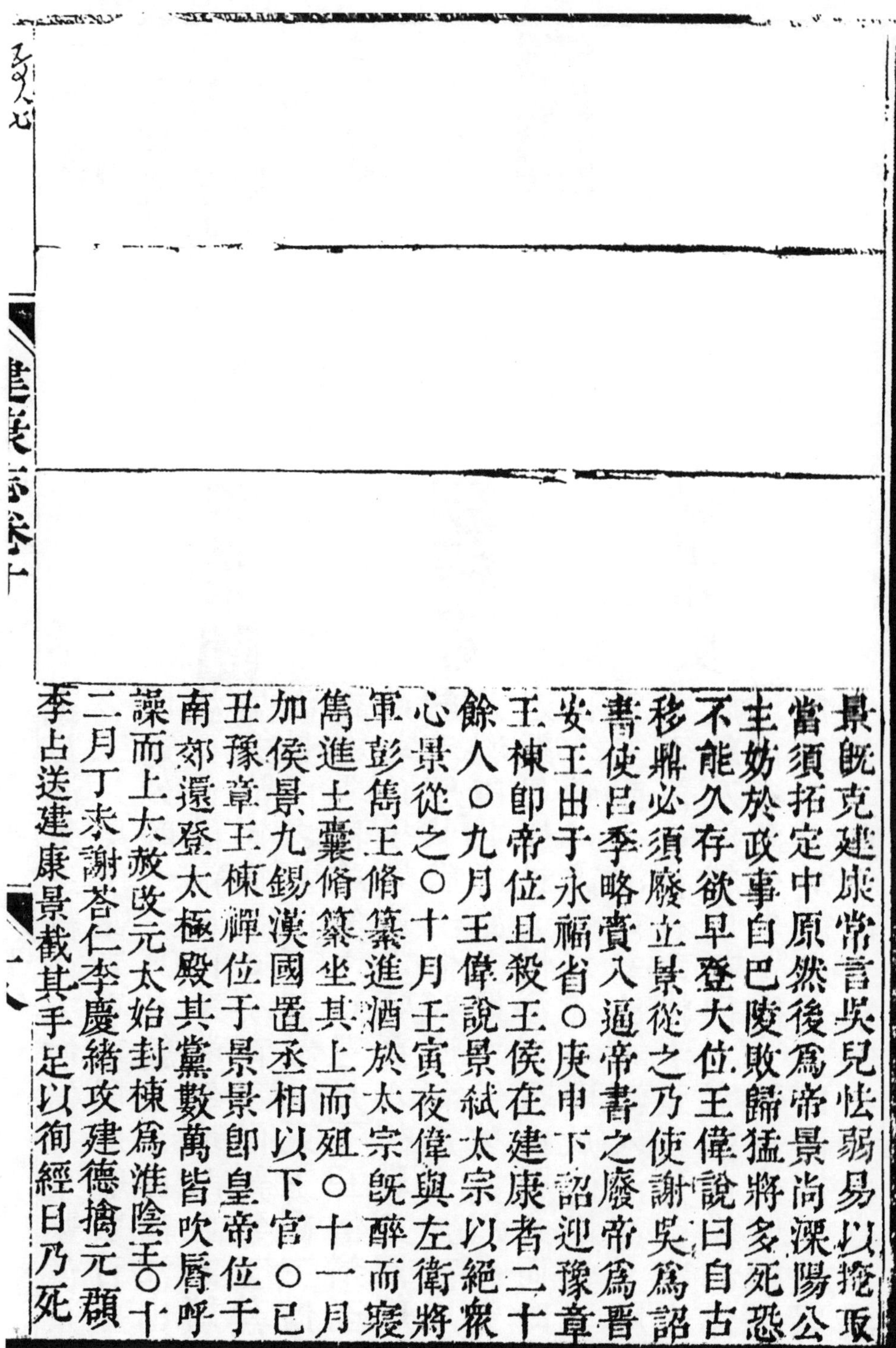

景既克建康常言吳兒怯弱易以捲取當須拓定中原然後爲帝景尚溧陽公主妨於政事自巳陵敗歸猛將多死恐不能久存欲早登大位王偉說曰自古移鼎必須廢立景從之乃使謝吳爲詔書使呂季略賫入逼帝書之廢帝爲晋安王出于永福省○庚申下詔迎豫章王棟即帝位且殺王侯在建康者二十餘人○九月王偉說景弒太宗以絶衆心景從之○十月壬寅夜偉與左衛將軍彭儁王脩纂進酒於太宗既醉而寢儁進土囊脩纂坐其上而殂○十一月加侯景九錫漢國置丞相以下官○巳丑豫章王棟禪位于景景即皇帝位于南郊還登太極殿其黨數萬皆吹脣呼譟而上大赦改元太始封棟爲淮陰王○十二月丁亥謝答仁李慶緒攻建德擒元頵李占送建康景截其手足以徇經日乃死

元帝 諱繹武帝第七子即位江陵改元

承聖元年

壬申

侯景平

南平王恪爲揚州刺史

正月湘東王繹命王僧辯等東擊侯景○二月庚子諸軍發尋陽舳艫數百里陳霸先帥士三萬舟艦二千自南江出湓口會僧辯於白茅灣築壇歃血共讀盟文流涕慷慨○癸酉王僧辯等至蕪湖景聞之甚懼下詔赦湘東王繹王僧辯之罪衆咸笑之○三月丁丑僧辯至姑孰侯子鑒以步騎萬人挑戰又以鵃舫千艘載戰士僧辯麾細船少却而以大艦斷其歸路大敗之子鑒僅以身免走還建康景大懼涕下覆面引衾而卧良久歎曰誤殺乃公○庚辰僧辯督諸軍至張公洲○辛巳乘潮入淮進至禪靈寺前景召石頭津主張賓使引淮中舣舫及海艟以石縋之塞淮口緣淮作城自石頭至朱雀街十餘里樓堞相接僧辯問計於霸先霸先曰前柳仲禮將十萬兵隔水而坐韋粲在青溪竟不渡

王僧辯為

揚州刺史

岸賊登高望之表裏俱盡故能破我師徒今圍石頭須渡北岸○壬午霸先於石頭西落星山築柵衆軍次連八城直出石頭西北景恐西州路絕自帥侯子鑒等亦於石頭東北築五城以遏大路○丁亥王僧辯進軍招提寺北景帥衆萬餘人鐵騎八百餘陳於西州之西霸先乃命諸將分處置兵景衝將軍王僧志陳僧志小縮霸先遣將軍徐度安陸將弩手二千橫截其後景兵乃却霸先與王琳杜龕等以鐵騎乘之僧辯以大軍繼進景兵敗退據其柵景儀同三司盧暉略開石頭城降僧辯入據之景與霸先殊死戰景帥百餘騎衝陳不動衆遂大潰景以皮囊盛其江東所生之子挂之鞍後與房世貴等百餘騎東走欲就謝荅仁於吳杜崱 入據臺城是夜軍士遺火焚太極殿及東西堂寶器羽

儀輦輅無遺○戊子僧辯迎太宗梓宫升朝堂帥百官哭踊如禮○僧辯命侯瑱率精甲五千追景○己丑僧辯等上表勸進且迎都建業王未許○四月僧辯啓霸先鎮京口○己酉侯瑱追及景於松江景猶有船二百艘衆數千人瑱進擊敗之擒彭雋田遷房世貴蔡壽樂王伯醜瑱生剖雋腹手自收之乃斬之景與腹心數十人單舸走推墮二子於水將入海瑱遣副將焦僧度追之景納羊侃之女爲小妻以其兄鵾爲庫直都督待之甚厚鵾隨景東走與景所親王葳蕤密圖之景下海欲向蒙山鵾拔刀叱海師向京口因謂景曰吾等爲王効力多矣今至於此終無所成欲就王乞頭以取富貴景未及答白刃交下景欲投水鵾以刀斫之景走入船中以佩刀抉船底鵾以矟刺殺之右僕射索超世

在別船藏瘞以景命召而勅之南徐州刺史徐嗣徽斬超世以鹽納景腹中送其尸於建康王僧辯傳首江陵截其手使謝葳蕤送于齊縣尸於市士民爭取食之幷骨皆盡溧陽公主亦預食焉○丁巳湘東王下令解嚴○五月戊寅景首至江陵梟之於市三日煮而漆之以付武庫○庚辰以南平王恪爲揚州刺史王僧辯爲司徒鎮衛將軍封長寧公陳霸先爲征虜將軍開府儀同三司封長城縣侯○九月甲戌恪卒甲申以僧辯爲揚州刺史○公卿藩鎮數勸進於湘東王○十一月丙子卽皇帝位於江陵改元大赦

二年

癸酉

六十二

正月僧辯發建康陳霸先

八月庚子下詔將還建康御史中丞劉㲄諫曰建業王氣已盡與虜正隔一江若有不虞悔無及也尚書右僕射王褒曰今百姓未見輿駕入建康謂是列國

帝欲還建業以羣臣議不果

代爲揚州刺史鎮建康九月詔霸先復還京口以僧辯復爲揚州刺史鎮建康

諸王願早從四海之望上令朝臣議之上曰吾欲還建康諸卿以爲如何衆莫敢先對朱買臣曰建康舊都山陵所在荆蠻邊疆非王者之宅願勿疑以致後悔上以建康彫殘江陵全盛意亦安之卒從劉瑴等議○九月庚午詔僧辯還鎮建康霸先復還京口○齊主使郭元建治水軍二萬餘人於合淝將襲建康霸先在建康聞之白上上詔僧辯鎮姑孰以禦之○己酉僧辯至姑孰遣侯瑱等築壘東關以待齊師○閏月丁丑瑱與郭元建等戰於東關齊師大敗僧辯還建康

三年 甲戌

帝爲魏人所殺

陳霸先復爲揚州刺史鎮建康

三月甲辰以王僧辯爲太尉車騎大將軍○四月癸酉以陳霸先爲司空○九月魏遣兵五萬入寇江陵○十月辛未帝使李膺至建康徵僧辯爲大都督荆州刺史命霸先徙鎮揚州僧辯遣侯瑱

敬皇帝

諱方智元帝第九子

紹泰元年乙亥

十二月乙卯太白出東方

等爲前軍杜僧明等爲後軍○十一月江陵城陷○十二月帝爲魏人所殺王僧辯陳霸先共奉江州刺史晉安王方智爲太宰承制

正月梁王詧即皇帝位於江陵改元大定○二月齊主先使殿中尚書邢子才馳傳詣建康與王僧辯書以爲嗣王冲藐未堪負荷彼貞陽侯梁武猶子長沙之胤以年以望堪保金陵故置爲梁主納於彼國卿宜部分舟艫迎接今主并心一力善建良圖○乙卯貞陽侯淵明亦與僧辯書求迎僧辯復書曰不敢聞命○三月貞陽侯淵明至東關散騎常侍裴之横禦之○丙戌齊克東關斬裴之横俘數千人僧辯大懼出屯姑孰謀納淵明○五月王僧辯遣使奉啓於貞陽侯定君臣之禮○庚子遣龍舟灋駕迎之○辛丑自采石濟江齊侍中裴英

起衛送淵明與僧辯會于江寧○癸卯淵明入建康望朱雀門而哭道逆者以哭對○丙午卽皇帝位改元天成以晉安王爲皇太子王僧辯爲大司馬陳霸先爲侍中○初僧辯與霸先共滅侯景情好甚篤僧辯爲子頠娶霸先女會僧辯有母喪未成昏僧辯居石頭霸先在京口僧辯推心待之及納貞陽侯霸先遣使苦爭之僧辯不從霸先竊歎謂所親曰武帝子孫甚多惟孝元能復讎雪耻其子何罪而忽廢之吾與王公並處託孤之地而王公一旦改圖外依戎狄何所爲乎會有告齊師大舉至壽春將入寇者僧辯遣記室江旰告霸先使爲之備霸先因是留旰於京口舉兵襲僧辯○九月霸先部分將士分賜金帛使徐度侯安都帥水軍趨石頭霸先帥馬步自江乘羅落會之是夜皆發外人皆

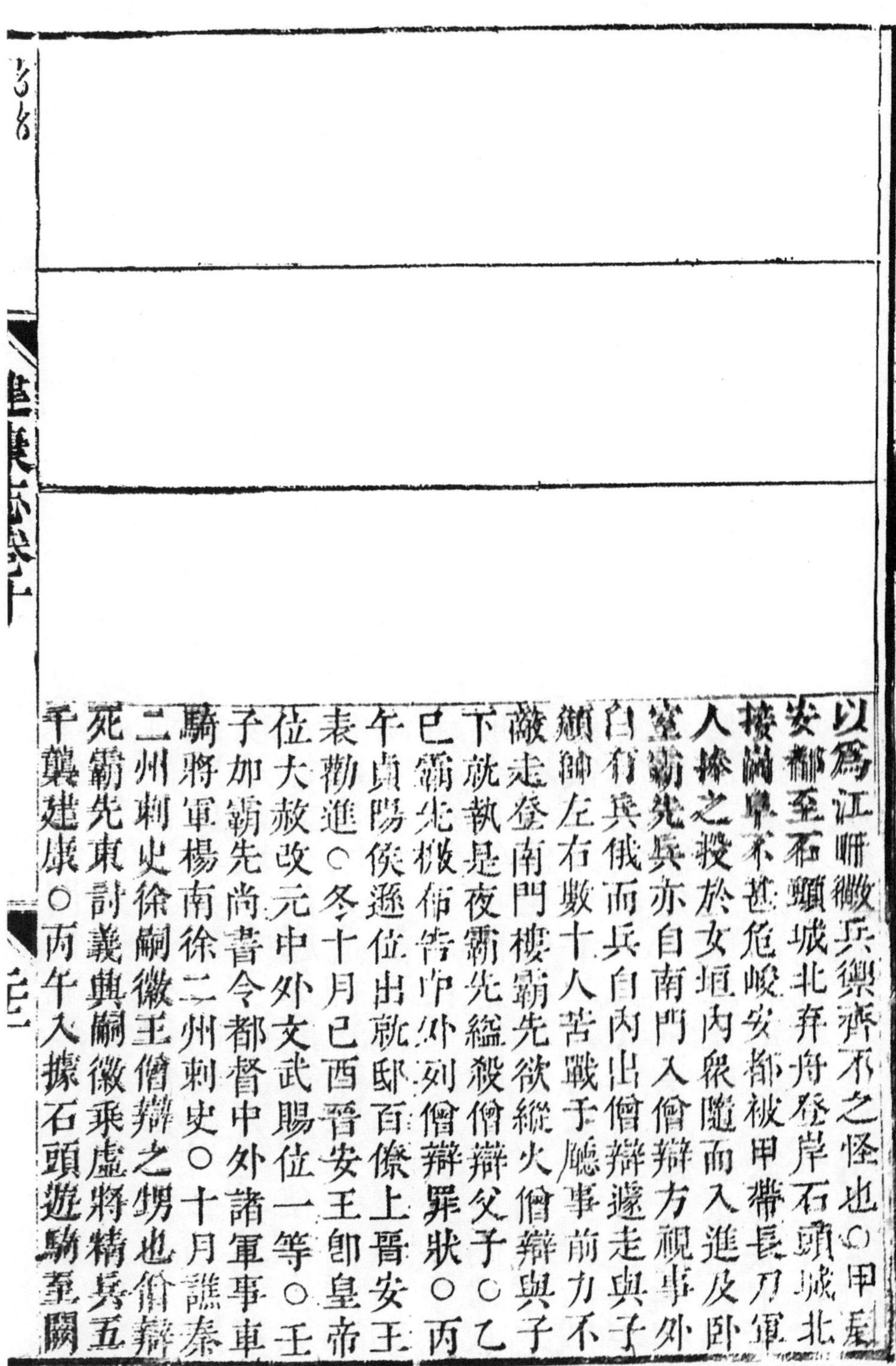

以為江旰徵兵禦齊不之怪也○甲辰安都至石頭城北弃舟登岸石頭城北接崗阜不甚危峻安都被甲帶長刀軍人捧之投於女垣内衆隨而入進及卧室霸先兵亦自南門入僧辯方視事外白有兵俄而兵自内出僧辯遽走與子頠帥左右數十人苦戰于廳事前力不敵走登南門樓霸先欲縱火僧辯與子下就執是夜霸先縊殺僧辯父子○乙巳霸先檄布告中外列僧辯罪狀○丙午貞陽侯遜位出就邸百僚上晉安王表勸進○冬十月己酉晉安王即皇帝位大赦改元中外文武賜位一等○壬子加霸先尚書令都督中外諸軍事車騎將軍楊南徐二州刺史○十月譙秦二州刺史徐嗣徽王僧辯之甥也僧辯死霸先東討義興嗣徽乘虛將精兵五千襲建康○丙午入據石頭遊騎至闕

下侯安都閉門藏旗幟示之以弱及夕嗣徽等收兵還石頭安都夜爲戰備將旦嗣徽又至安都帥甲士三百開東西掖門出戰大破之嗣徽犇還石頭不敢復逼臺城○十一月北齊遣兵五千渡江據姑孰以應徐嗣徽霸先使徐度立柵於冶城又遣柳達摩以兵一萬頓於湖墅以米三萬石馬千疋潛渡據石頭霸先命侯安都夜襲湖墅燒齊船千餘艘令周鐵虎斷齊運輸○甲辰嗣徽攻冶城柵霸先將精甲自西明門出擊之嗣徽大敗○十二月丙辰霸先對冶城立航悉渡衆軍攻其水南二柵達摩拒淮據之霸先督衆軍疾戰縱火燒柵煙塵漲天齊人敗走達摩等合衆軍入保石頭霸先於南北岸絕其汲路城中諸井無水水一合貿米一升米一升貿絹一疋或炒米而食之達摩謂其衆曰我

太平元年**丙子**

九月龍見於御路自太社至于象魏

霸先又爲揚州刺史尋爲揚州牧

在北聞謡言云石頭擣兩襠擣青復擣黄青侯景着青已倒於此今吾徒衣黄豈不是謡言驗乎○庚申達摩請和霸先僞許之與城外盟約任其將士南北○辛酉霸先陳兵石頭門送齊人歸北收齊馬仗船米不可勝計齊主誅達摩○壬戌江寧令陳嗣黄門侍郎曹郎據姑孰反霸先命侯安都等討平之

正月戊寅大赦其與任約徐嗣徽同謀者一無所問○癸未霸先遣江旰説嗣徽南歸嗣徽執旰送齊○二月癸亥嗣徽任約襲采石執刺史張懷鈞送于齊○三月壬午詔雜用古今錢○戊戌齊遣蕭軌庫狄伏連堯難宗東方老等與任約徐嗣徽合兵十萬入寇出柵口向梁山霸先帳内盪主黄叢逆擊破之齊師退保蕪湖霸先遣沈泰等就侯安都共據梁山以禦之○四月丁巳霸先如

梁山巡撫諸軍○五月丙申齊軍至秣陵故城霸先遣周文育屯方山徐度屯馬收霸先帥宗室王侯朝臣等立壇於司馬門外仁虎闕下刑牲告天以齊背約食言涕泗交流士卒感奮○辛丑齊人跨淮立橋柵度兵夜至方山嗣徽等列艦於青墩至于七磯以斷周文育之歸路文育鼓譟而發嗣徽等不能制文育斬其驍將鮑砰○癸卯齊兵自方山進及倪塘遊騎至臺建康震駭帝總禁兵出頓長樂寺內外纂嚴侯安都與嗣徽等戰於耕壇南安都帥十二騎突其陳破之生擒齊乞伏無勞霸先潛撤精兵三千配沈泰度江襲齊行臺趙彥深於瓜步獲艦百餘艘粟萬斛○六月甲辰齊兵潛至鍾山安都與齊將王敬寶戰于龍尾○丁未齊師至莫府山霸先遣錢明將水軍出江乘邀擊齊人糧運

盡獲其船米齊軍乏食殺馬驢食之○庚戌齊軍踰鍾山霸先與衆軍分頓樂遊苑東及覆舟山北斷其衝要○壬子齊軍至元武湖西北將據北郊壇霸先引軍自覆舟山東移於郊南與齊人相對會連日大雨平地水丈餘齊軍日夜坐立泥中足指皆爛懸鬲以爨而臺中及潮溝北路燥梁軍每得番易時四方壅隔糧運不至建康戶口流散徵求無所○甲寅少蘇霸先將戰調市人得麥飯分給軍士會陳蒨饋米三千斛鴨千頭霸先乃炊飯煮鴨人人以荷葉裹飯混以鴨肉數臠○乙卯未明蓐食比曉霸先帥麾下出莫府山侯安都謂其部將蕭摩訶曰卿驍勇有名千聞不如一見摩訶對曰今日令公見之及戰安都墜馬齊人圍之摩訶單騎大呼直衝齊軍齊軍披靡安都乃免霸先與吳明徹

沈泰等衆軍首尾齊舉縱兵大戰安都自白下引兵横出其後齊師大潰相藉死者不可勝計生擒徐嗣徽及其弟嗣宗斬之以徇追奔至于臨沂其江乘攝山鍾山等諸軍相次克捷虜蕭軌東方老王敬寶等將帥凡四十六人其軍士得竄至江者自盧龍縛筏以濟中江而溺流尸至京口翳水彌岸唯任約王僧愔得免○丁巳衆軍出南兖州燒齊舟艦○戊午大赦○己未解嚴○庚申斬齊將蕭軌等○七月丙子以陳霸先爲中書監司徒揚州刺史進爵長城公餘如故○九月壬寅改元大赦以陳霸先爲丞相録尚書事鎮衛大將軍揚州牧義興公

二年 丁丑

三月庚子周文育送歐陽頠于建康丞相霸先於頠有舊怨釋而厚待之○四月己卯鑄四柱錢一當二十壬辰改四

十月禪于陳

柱錢一當十丙申復閉細錢○齊遣使請和○八月甲午進霸先爲太傅加黃鉞殊禮贊拜不名九月辛丑進爲相國總百揆封十郡爲陳公備九錫陳國置百司

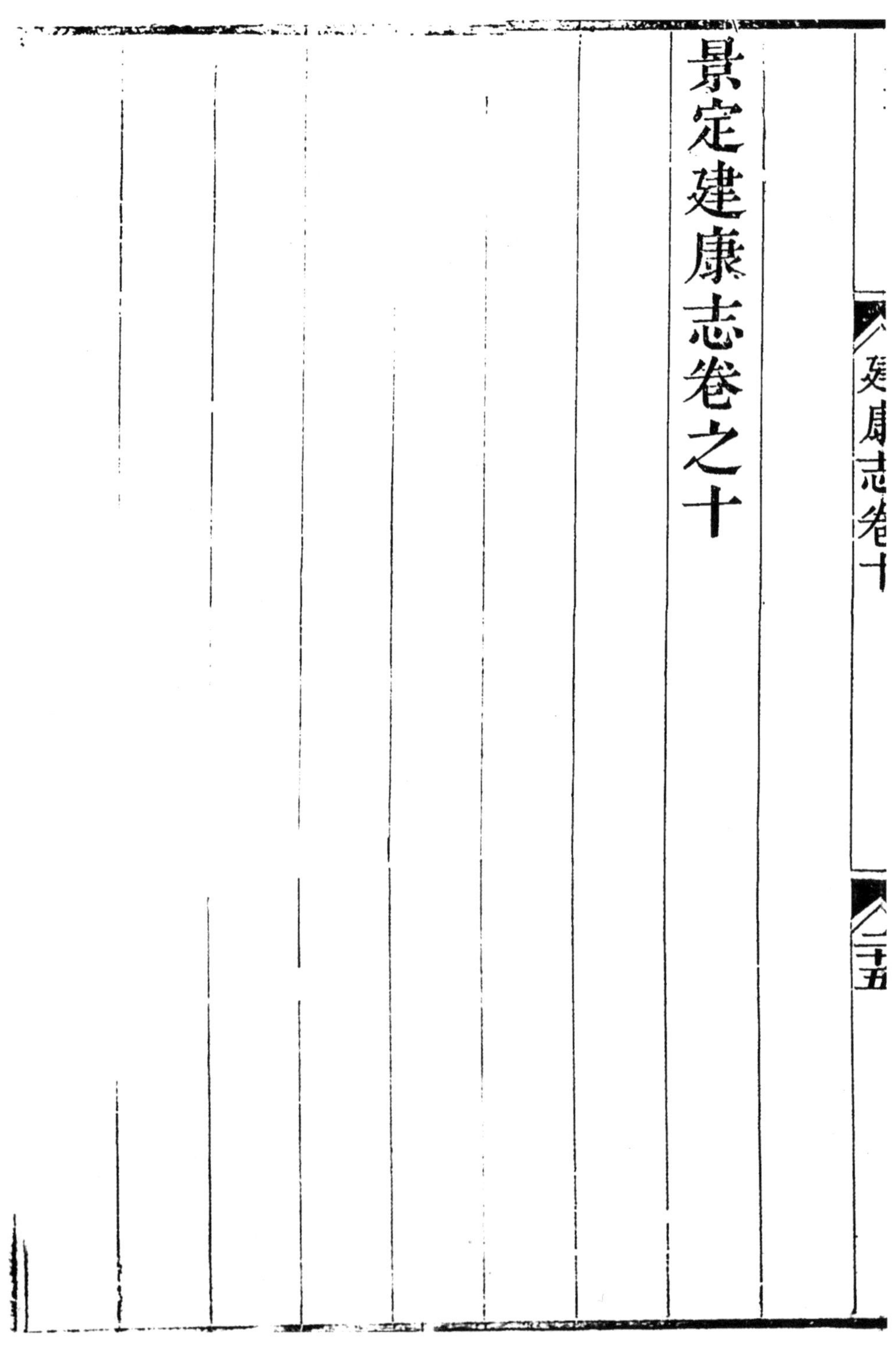

景定建康志卷之十

建康志卷十

二十五

景定建康志卷之十一

承直郎宜差充江南東路安撫使司幹辦公事周應合修纂

建康表七

起南陳永定丁丑至禎明己酉凡三十三年爲年表

陳 高祖姓陳氏諱霸先字興國吳興長城下若里人漢太丘長寔之後本居潁川寔元孫晉太尉準準生匡匡生達永嘉初爲丞相掾隨晉南遷拜太子洗馬出爲長城令悅其山水遂家焉常謂所親曰此地山川秀麗當有王者興焉二百年後我子孫必鍾斯運高祖即達之十一世孫也少倜儻有大志意氣雄傑好史籍讀書長於謀策明緯候孤虛遁甲又善武藝不事產業家貧每以捕魚爲事身長七尺五寸日角龍顔垂手過膝髭生連骨普通中嘗遊義興館於許氏夜夢天開數丈有朱衣四人捧日而至納於高祖口中驚覺腹內猶熱心獨喜之初仕鄉爲里正後逃於義興吳興太守蕭映過從之建業映遂用爲吏映鎮廣州奏高祖爲參軍從令招集士馬高祖率兵大破賊軍梁高祖聞深異之遥授直閤將軍封新枋縣子遣使圖其形貌入觀之既而蕭映卒高祖送映喪至大庾嶺梁帝詔高祖爲交州司馬領武平太守與刺史楊瞟南討李賁定交阯以功

除振遠將軍西江督護高要太守侯景作亂高祖厚結豪傑同謀義舉以救京師侯安都張偲等率衆來附將東下蕭勃聞之使鍾休悅留高祖不許度嶺言侯景驍雄天下無敵援軍前後無敢當鋒嶺北王侯又已自相屠戮君之疎外豈可暗投未若且住始興以張形勢高祖泣謂休悅曰君辱臣死誰敢愛命吾行計決矣勃既不能止因令蔡路養等以兵遏高祖軍高祖大破之於大庾嶺進鎮南康（今贛州地）乃遣使間道往江陵稟承節度於梁湘東王蕭繹是爲元帝承制授高祖持節明威將軍交州刺史改封南野縣伯高祖乃修南康古城居之人常遠望見城上有紫雲氣垂覆左右深結事之尋遷南江州刺史改封長城侯大寶二年六月高祖發自南康下頓西昌贛石水舊有二十四灘灘多巨石行旅爲難自高祖之發水暴漲高數丈三百里間巨石皆沒時有龍見於水濱約高五丈五彩鮮明軍人觀者大歡慶焉時湘東王遣王僧辯督衆討侯景師次湓城高祖率戈甲三萬將往會焉高祖聞西軍乏糧乃分三十萬斛米以資西軍是年侯景廢簡文帝綱而立豫章嗣王棟帝遣長史沈兖奉表於江陵勸湘東王繹即位王授高祖都督會稽東陽新安臨海永嘉五郡諸軍事平東將軍東揚州刺史大寶三年壬申春正月發自豫章二月次桑落洲時王僧辯亦率軍發自湓城與高祖會於白茆灣共登岸立壇刑牲歃血結盟約進平侯景詞理悲切淚下霑衣於是平定侯景進鎮京口是歲梁元帝即

位於荆州使拜高祖爲司空領南徐州刺史元帝爲魏軍所戮高祖與僧辯共迎立元帝第九子江州刺史晉安王方智爲帝入居建康宫承聖四年夏五月北齊送貞陽侯蕭淵明歸主梁嗣王僧辯納之貶帝爲皇太子高祖遣使苦諫僧辯僧辯不從往返數四高祖憤歎乃密與徐度侯安都周文育等謀部衆攻僧辯大敗就擒遂縊殺之高祖却廢貞陽侯而復奉方智爲帝改元紹泰進高祖中外諸軍事加班劒鼓吹明年進位丞相揚州刺史封義興公太平二年春正月加高祖班劒三十人置丞相别駕以近辰坐廣州刺史蕭勃反沿流而下江州刺史余孝頃起兵應之高祖命侯安都討平之八月進位太傅加黄鉞劒履上殿入朝不趨前後羽葆鼓吹皁輪車九月進加相國封十郡爲陳公備九錫之禮十月戊辰進爵爲王加二十郡冕十有二旒建天子旌旗出警入蹕乘金根車駕六馬備副車置旄頭雲罕樂舞八佾設鍾簴宫懸陳臺百官一依舊式辛未帝禪位于陳王策命曰惟王乃聖乃神欽明文思二儀並運四節合叙天賜勇智人挺雄傑爰初投袂日夜勤王王公卿士莫不攸屬敬從人神之願授帝位于爾躬四海困窮天禄永終王其允執厥中乃命太保王通太尉長史王瑒奉皇帝璽紱受終之禮一依唐虞故事梁帝遜位于别宫高祖三讓羣臣固請以梁太平二年冬十月乙亥設壇於南郊即皇帝位柴燎告天禮畢輿駕旋建康宫臨太極前殿大赦改梁太平二年爲永定元年自永

定丁丑至禎明己酉五主皆都建康合三十三年而併于隋

時	地	人	事
高祖永定元年丁丑		王沖領太子少傅加特進左光祿大夫領丹楊尹	十月戊辰進陳公爵爲王加二十郡冕十有二旒建天子旌旗出警入蹕乘金根車駕六馬備副車置旄頭雲罕樂舞八佾設鍾虡宮懸陳臺百官一依舊式○辛未梁敬帝禪位于陳乃命太保王通太尉長史王瑒奉皇帝璽綬受終之禮一依唐虞故事○陳王使中書舍人劉師知引宣猛將軍沈恪勒兵入宮衛送梁主如別宮恪排闥見王叩頭謝曰恪身經事蕭氏今日不忍見此分受死耳決不奉命王嘉其意不復逼更以盪主王僧志代之○乙亥王即皇帝位于南郊柴燎告天禮畢輿駕旋建康宮臨太極前殿大赦改元先是氛霧雨雪晝

二年

戊寅

夜晦暝至此日景氣清晏詔百官文武進位有差奉梁敬帝爲江陰王居晉陵梁太后爲太妃皇后爲妃以給事黄門侍郎蔡景歷爲秘書監兼中書通事舍人是時政事皆由中書省置二十一局各當尚書諸曹掌國機要尚書惟聽受而已○丙申上幸鍾山祠蔣帝廟○庚辰上出佛牙於杜姥宅設無遮大會帝親出闕前膜拜○置刪定郎治律令

正月王琳引兵下至湓城帶甲十萬欲向建康遣記室宗虩求援於齊且請納梁永嘉王莊以主梁祀○辛丑上祀南郊大赦乙巳祀北郊○戊午上祀明堂○四月甲子上享太廟○乙丑上使人害梁敬帝立梁武林侯諮之子季卿爲江陰王○戊辰重雲殿東鴟吻有紫烟出屬天○辛酉上幸大莊嚴寺捨身壬戌羣臣表請還宫○六月詔司空侯瑱

徐度等討王琳七月戊戌上幸石頭送侯瑱等○新作太極殿欠一柱忽有樟木大十八圍長四丈五尺自流泊陶家後渚監軍鄒子度以聞詔起部尚書蔡儔兼將作大匠取木以構之○八月辛未詔臨川王蒨西討以舟師五萬發建康上幸冶城寺送之○王琳在白水浦周文育侯安都徐敬成許王子晉以厚賂子晉乃偽以小船依艦而釣夜載之上岸入深草中步投陳軍還建康自劾上引見並宥之戊寅復其本官琳請還湘州詔遣衆軍還建康○癸未衆軍至自大雷○十二月甲子又幸莊嚴寺設無碍大會捨乘輿法駕羣臣備禮奉迎還宮

三年

己卯

正月太極殿前有龍跡見○周文育周迪黄法氍共討余公颺豫章内史熊曇朗引兵會之衆且萬人文育軍於金口

正月丁酉大雪五月丙辰朔日有食之六月癸丑熒惑在心

袁樞爲吏部尚書丹楊尹

公颺詐降謀執文育文育覺之囚送建康後熊曇朗殺文育而併其軍○五月有司奏舊儀御前殿合服朱紗袍袞冕自今永可爲準○丙寅扶南遣使貢方物○乙亥周文育喪至帝素服哭于朝堂哀慟甚因發疾○六月丁酉上不豫遣太宰尚書左僕射王通以疾告太廟太宰中書令謝哲告太祖及南北郊○詔賜尚書令沈衆死○丙午上崩於璇璣殿上臨戎制勝英謀獨運性儉素常膳不過數品私宴用瓦器蚌盤後宮無金翠之飾不設女樂時皇子昌在長安內無嫡嗣外有彊敵朝無重臣惟杜稜典宿衞兵在建康章皇后召稜及蔡景歷入宮中定議祕不發喪急召臨川王蒨於南皖適侯安都軍還遂與臨川王俱至建康王入居中書省安都與羣臣定議奉王嗣位王謙讓不敢當皇后以

昌故未肯下令羣臣猶豫不能決安都曰今四方未定何暇及遠臨川有大功於天下須共立之今日之事後應者斬即按劍上殿白皇后出璽又手解蒨髮推就喪次遷殯大行于太極殿西階皇后乃下令以蒨纂承大統是日即皇帝位大赦○八月甲申葬武皇帝於萬安陵今縣東南三十里彭城驛側廟號高祖○辛酉立皇子伯宗爲太子○乙亥立太子母沈妃爲皇后○十月王琳聞高祖殂奉梁永嘉王莊出屯濡須口齊揚州道行臺慕容儼帥衆臨江爲之聲援○十一月乙卯琳寇大雷詔侯瑱侯安都及徐度將兵禦之安州刺史吳明徹夜襲湓城琳遣巴陵太守任忠擊破之琳因引兵東下

文帝

正月癸丑朔大赦改元賜鰥寡孤獨孝悌力田粟各五斛○甲寅發使宣勞四

諱蒨昭烈王長子

天嘉元年庚辰

二月辛卯老人星見

以永脩縣侯擬除丹楊尹

方○辛酉祀南郊○辛未祀北郊○二月王琳帥衆舟東下去蕪湖十里而泊擊柝聞於陳軍齊劉伯球將兵萬餘人助琳水戰行臺慕容子會將鐵騎二千屯蕪湖西岸爲之聲勢瑱軍亦屯蕪湖丙申令軍中晨炊蓐食以待之時西南風急琳自謂得天助引兵直趣建業瑱等徐出蕪湖躡其後西南風翻爲瑱用琳擲火炬以燒陳船皆反燒其船瑱發拍以擊琳艦又以牛皮冒蒙衝小船以觸其艦并鎔鐵灑之琳軍大敗軍士溺死者什二三餘皆棄船登岸走爲陳軍所殺殆盡齊步騎在西岸者自相蹂踐並陷于蘆荻泥淖中擒劉伯球慕容子會琳乘舴艋冒陳走至湓城乃與妻妾左右十餘人奔齊○戊戌詔衣冠士族將帥戰兵陷在王琳黨中者皆赦之隨材銓叙○三月丁巳江州刺史周迪追

斬賊帥熊曇朗於新淦虜男女萬餘口曇朗走入村中村民斬之丁巳傳首建康懸于朱雀觀盡收其宗黨無少長皆棄市是月驃騎將軍湘川牧衡陽王昌薨於會山江中○四月喪至帝親臨詔謚獻王立第七子伯信爲衡陽王奉獻王祀○五月侯安都父文捍爲始興內史卒官上迎其母還建康母固求停鄉里乙卯爲置東衡州以安都從弟曉爲刺史安都子祕纔九歲上以爲始興內史並令在鄉侍養○六月壬辰詔葬梁元帝於江寧車旗禮章悉用梁典○八月戊子詔非兵器及國容所須金銀珠玉衣服雜玩悉皆禁斷○十二月乙未詔自今孟春訖于夏首大辟事已款者宜且申停

二年

正月高麗倭國及百濟並遣使貢方物○庚戌大赦○十二月太子中庶子餘

辛巳

四月丙子朔日有食之十月甲子朔日有食之

始興王伯茂爲揚州刺史

姚虞荔御史中丞孔奐以國用不足奏立煮鹽鹽賦及權酤之科從之虞荔自梁末將母入臺城尋過城陷情理不伸由是疏食布衣不聽音樂及世祖嗣位除太子中庶子尋領大著作○初高祖以帝女豐安公主妻留異之子貞臣徵異爲南徐州刺史屢遣其長史王澌入朝澌每言朝廷虛弱異信之雖外示臣節常懷兩端與王琳潛通琳敗上以沈恪代異實以兵襲之異出軍下淮以拒恪恪敗而退異復上表遜謝時衆軍方事湘郢乃降詔書慰諭羈縻之異知朝廷終將討已乃以兵戍下淮以備江路丙午詔司空南徐州刺史侯安都討之

三年

壬午

五百九二

正月辛亥祀南郊○二月辛酉祀北郊○帝徵江州刺史周迪出鎮湓城又徵其子入朝迪且顧望並不至獨豫章太守周敷先入朝進安西將軍給鼓吹一

九月戊辰朔日有食之

部賜女妓金帛令還豫章迪以數出巳下深不平之乃陰與留異相結遣兵襲敷敷戰破之又遣兵襲湓城監江州事華皎遣兵逆擊之上以閩州刺史陳寶應之父爲光祿大夫子女皆受封命編入屬籍而寶應以留異女爲妻陰與異合虞荔弟寄流寓閩中荔思之成疾上爲徵之寶應留不遣寄常以逆順諷寶應亦終不從寄恐禍及已乃着居士服居東山寺寶應焚其屋縱火者自救之○梁末喪亂鐵錢不行民間私用鵝眼錢甲子改鑄五銖錢一當鵝眼之十○三月丙子安成王頊自周還建康詔以爲中書監中衛將軍頊妃柳氏及子叔寶猶在穰城上復遣毛喜如周請周人皆歸之○丁丑以安右將軍吳明徹爲江州刺史督黃法𣰰周敷共討周迪○甲申大赦○留異始謂臺軍必自錢塘

四年 癸未

三月乙丑朔日有食之

六月丁未

六、〇三

上既而侯安都步由諸壘出永康與大驚奔桃枝嶺於巖口竪柵以拒之安都爲流矢所中血流至踝乘輿指麾因其山勢迮而爲堰會潦水漲安都引船入堰起樓艦與異城等發拍碎其樓堞異與其子忠臣奔晉安依陳寶應安都虜其妻子盡收鎧仗而還〇八月上遣使聘齊〇十月戊戌詔以軍旅費廣百姓空虛凡供乘輿飲食衣服及宫中調度悉從減削至於百司宜亦省約

司空侯安都恃功驕横數聚文武之士騎射賦詩齋中賓客動至千人部下將帥多不遵法度每有表啓封訖有事未盡開封自書之又啓某事及侍宴酒酣或箕踞傾倚嘗陪樂遊禊飲謂上曰何如作臨川王時上不應又再三言之上曰此雖天命抑亦明公之力宴訖啓借供帳水飾欲載妻妾於御堂宴飲上

夜白虹兩道出北斗閒

重雲殿災

五年

甲申

三月庚寅朔日有食之

四月太白歲星合在奎中

雖許之意甚不懌明日安都坐於御牀宴賓客稱壽重雲殿災安都帶甲而入上惡之後用爲江吳二州刺史○五月安都自京口還建康部伍入于石頭○六月帝引安都宴於嘉德殿又集其部下將帥會于朝堂坐上收安都囚于嘉德西省乃下詔暴其罪惡明日賜死宥其妻子資給其喪○七月乙未皇太子納妃朱氏在位文武賜帛有差○是歲初祭始興昭烈王於建康用天子禮

正月辛巳祀北郊○陳寶應據建晉安二郡水陸爲柵以拒章昭達昭達與戰不利因據上流命軍士伐木爲筏施拍其上會大雨江漲昭達放筏衝寶應水柵盡壞之又出兵攻其步軍方合戰上遣將軍余孝頃自海道適至併力乘之○十一月己丑寶應大敗昭達追擒之并擒留異及其族黨送建康斬之異

八月丁亥朔日有食之

六年乙酉

七月辛巳朔日有食之癸未大風自西南至纔廣百餘步激壞靈臺候館

子內臣以尚主得免寶應賓客皆死上聞虞寄嘗諫竇應命昭達禮遣詣建康既見勞之曰管寧無恙以爲衡陽王掌書記

正月乙酉皇太子加元服王公已下賜各有差○四月甲寅以安成王頊爲司空頊以帝弟之重勢傾朝野御史中丞徐陵爲奏彈之上見陵章服嚴肅爲斂容正坐時頊在殿上侍立仰視上流汗失色陵遣御史引頊下殿上爲之免頊侍中中書監朝廷肅然○六月周人來聘○七月甲申儀賢堂前架無故自壞○上遣都督程靈洗自鄱陽別道擊周迪破之迪與麾下竄山穴中日月浸久從者亦稍苦之後遣人出臨川市魚臨川太守駱牙執之令取迪自效因使腹心勇士隨之入山其人誘迪出獵勇士伏於道傍出斬之丙戌傳首至建康

天康元年丙戌

正月己卯日有食之

尚書令安成王頊爲揚州刺史

廢帝

正月周遣小載師杜杲來聘○丙子大赦改元○三月己卯以安成王頊爲尚書令○上不豫臺閣衆事並令尚書僕射到仲舉五兵尚書孔奐共決之太子伯宗柔弱上憂其不能守位謂頊曰吾欲遵太伯之事頊拜伏泣涕固辭上又謂仲舉奐等曰今三方鼎峙四海事重宜須長君朕欲近則晉成遠隆殷法卿等宜遵此意孔奐流涕對曰太子春秋鼎盛聖德日躋安成王介弟之尊足爲周旦若有廢立之心臣等愚誠不敢聞詔上曰古之遺直復見於卿乃以奐爲太子詹事○四月癸酉帝崩于有覺殿○太子即位大赦○六月丙寅葬文皇帝于永寧陵廟號世祖○十月庚申帝享太廟○十一月乙亥周遣使來弔

正月乙亥大赦改元○辛卯祀南郊大赦○二月辛亥南豫州刺史余孝頃坐

光大

諱伯宗文帝嫡子

元年

丁亥

正月癸酉朔日有食之十一月戊戌朔日有食之

誅反誅○四月癸丑齊遣散騎常侍司馬幼之來聘○湘州刺史華皎反潛引周兵爲援○五月癸巳頊以丹楊尹吳明徹爲湘州刺史帥舟師三萬趣郢州丙申遣淳于量帥舟師五萬繼之共襲華皎○六月壬寅以司空徐度爲車騎將軍總督建康諸軍步道趣湘州華皎遣使誘章昭達昭達執送建康又誘程靈洗靈洗斬之○九月乙巳悉誅皎家屬梁以皎爲司空遣王操將兵二萬會之周權景宣將水軍元定將陸軍衛公直總之與皎俱下與周梁水軍戰于沌口量明徹等迎擊之皎等大敗與戴僧朔單舸奔江陵擒元定送建康皎黨四十餘人並伏誅

二年

正月己亥安成王頊進位太傅領司徒揚州牧加殊禮劒履上殿入朝不趨贊

戊子

四月辛巳太白晝見六月丁卯彗星見十一月壬辰朔日有食之

安成王頊

進位太傅領司徒揚州牧

拜不名○庚子以淳于量為中軍大將軍○五月丙辰太傅安成王獻玉璽一紐○七月丙午享太廟○八月庚午享太廟○九月新羅林邑狼牙脩國並遣使朝貢時安成王與僕射到仲舉中書舍人劉師知等常在禁中參決庶務而安成王為揚州刺史左右甲仗三百人入居尚書省○十一月師知仲舉惡安成權重乃陰說帝矯太后令下詔安成可還東府經治州務安成將出毛喜馳入止之曰王今出外便受制於它人譬如曹爽願作富家翁不可得也此必師知矯太后之令請覆之安成大懼乃稱疾召師知留與語遣喜入白太后太后曰今伯宗年幼政事並委二郎此非我意喜出報安成安成因師知付廷尉獄賜死自是政事大小皆決於安成乃諷慈訓太后遂廢帝為淮海王送之蕃邸

宣帝諱頊世祖母弟始興昭烈王第二子	太建	元年己丑	二年庚寅
長沙王叔堅		爲丹楊尹	

正月甲午安成王卽皇帝位改元大赦進文武位一等復太后尊號曰太皇太后沈氏爲文皇后立妃柳氏爲皇后世子叔寶爲太子皇子叔陵爲始興王奉昭烈王祀○乙未上謁太廟○丁酉使御史出四方觀行風俗○辛丑祀南郊○戊午享太廟○二月乙亥耕籍田○七月辛卯太子納妃沈氏王公已下賜帛有差○歐陽紇在廣州十餘年威惠著於百越自華皎之叛帝心疑之徵爲左衛將軍紇恐懼其部下多勸之反遂舉兵攻衡州刺史錢道戰○十月辛未詔遣車騎將軍章昭達討紇○壬午享太廟

正月丙午享太廟○歐陽紇召陽春太守馮僕至南海誘與同反僕遣使告其母洗夫人母曰我爲忠貞經今兩世不能惜汝負國遂發兵帥酋長迎章昭達

四月己巳太白晝見十月辛巳朔日有食之

昭達倍道兼行至始興紇聞昭達奄至不知所爲出頓淮口多聚沙石盛以竹籠置于水柵之外用遏舟艦昭達居上流令軍人銜刀潛行水中以斫籠篾皆解因縱大艦隨流突之紇衆大敗生擒紇癸未斬於建康市○三月丙申皇太后崩於紫極殿祔葬萬安陵○閏月戊申上謁太廟○五月齊遣使來弔○十月乙酉享太廟

三年 辛卯

四月戊寅朔日有食之

正月癸丑以尚書右僕射徐陵爲左僕射○辛酉祀南郊○辛未祀北郊○二月辛巳祀明堂○丁酉耕籍田○三月丁巳大赦○四月齊遣使來聘○五月丹丹天竺盤盤等國貢方物○癸亥周使納言鄭詡來聘○八月辛丑太子釋奠於太學○十月甲申上享太廟

四年

正月丙午以尚書僕射徐陵爲左僕射中書監王勱爲右僕射○庚午享太廟

壬辰

三月癸卯朔日有食之八月丁丑景雲見九月庚子朔日有食之十一月己亥夜大震

○二月乙酉封皇子叔卿爲建安王○七月遣使如周○八月辛未周使杜杲來聘上謂曰若欲合從圖齊宜以樊鄧見與對曰合從圖齊豈徼邑之利必須城鎮宜待得之於齊先索漢南使臣不敢聞命○九月辛亥大赦○詔徐慶杜稜程靈洗等配食武帝廟庭章昭達配食文帝廟庭○十月辛未周遣小匠師楊勰等來聘○乙酉享太廟

五年

五七三

癸巳

二月夜有白氣如虹自北斗貫紫微宮九月壬辰晦夜明

正月癸酉以吏部尚書沈君理爲右僕射○庚辰齊遣崔象來聘○辛巳祀南郊○甲午享太廟○二月辛丑祀明堂○三月詔吳明徹爲都督征討諸軍事裴忌監軍事統衆十萬伐齊發自白下明徹出秦郡都督黃瀘甗出歷陽齊遣軍救歷陽瀘甗擊破之又遣尉破胡長孫洪略救秦州蕭摩訶破之尉破胡走長孫洪略戰死五月己巳瓦梁城降癸

酉陽平郡降甲戌徐槾克廬江城歷陽窘蹙乞降濮巋急攻克之辛未詔濮巋徙鎮歷陽○六月治明堂○十月吳明徹攻壽陽堰淝水灌城城中多病腫泄死者什之六七乙巳明徹躬擐甲冑四面疾攻一鼓拔之生擒王琳王貴顯盧潛等送建康梟首朱雀航

六年 甲午

二月壬午朔日有食之四月庚子彗星見

正月壬戌大赦江右淮北諸州○壬午享太廟○甲申周人來聘○二月辛亥耕籍田○六月壬辰尚書右僕射周宏正卒○十月丙申周遣御正宏農楊尚希禮部盧愷來聘

七年 乙未

正月辛未祀北郊○乙亥左衛將軍樊毅克潼州○辛巳祀北郊○四月甲午享太廟○監豫州陳桃根獻青牛詔遣還民又表上織成羅文錦被各二百復

二月丙戌朔日有食之九月甘露三降樂遊苑十二月辛亥朔日有食之

詔於雲龍門外焚之○六月丙戌詔從征將士死王事者尅日舉哀○乙酉收作雲龍神虎二門○八月癸卯周遣使來聘○閏月車騎大將軍吳明徹將兵擊齊彭城壬辰敗齊兵數萬於呂梁○丁未幸樂遊苑採甘露宴羣臣於苑內覆舟山上立甘露寺○十一月甲子南康郡獻瑞鍾一口○是歲殷不害自周還優詔拜司農卿尋遷光祿大夫

八年

丙申

正月庚辰西南紫雲見六月戊申朔日有食之

正月壬申以開府儀同三司吳明徹爲司空○四月己未享太廟○尚書左僕射王瑒卒○太子叔寶欲以左戶部尚書江總爲詹事令管記陸瑜言於吏部尚書孔奐奐謂瑜曰江有潘陸之華而無園綺之實輔弼儲宫竊有所難太子深以爲恨自言於帝帝將許之奐奏曰江總文華之士太子文華不少豈藉於總如臣愚見願選敦重之才以居輔導

九年 丁酉

七月大風雨震萬安陵華表癸卯震死官寺重門一女子死十一月己亥晦日有食之

十年 戊戌

始興王叔陵爲揚州刺史

之職帝曰即如卿言誰當居此奐曰都官尚書王廓世有懿德識性敦敏可以居之太子固爭之卒以總爲詹事總與太子爲長夜之飲養良娣陳氏爲女太子亟微行遊總家上怒免總官○九月以皇子叔彪爲淮南王叔齊叔文皆爲郡王

正月辛卯祭北郊○二月壬午耕籍田○上聞周人滅齊欲爭徐兖詔吳明徹督諸軍伐周○十二月新作東宮成太子徙居之

正月吳明徹圍周彭城爲周人所執封爲懷德公位大將軍憂憤而卒○三月丙子命淳于量爲大都督總水陸諸軍事以備周○乙酉大赦○九月乙巳立

六月大雨震大皇寺刹莊嚴寺露盤重陽閣東樓千秋門內槐樹鴻臚寺府門

十一年

己亥

正月龍見于南兗州永寧樓側池中

六百廿九

叔陵爲大都督總水步衆軍尋丁所生母彭氏憂去職

方明壇於婁湖○戊申以揚州刺史始興王叔陵爲王官伯臨盟百官○甲寅上幸婁湖誓衆乙卯分遣大使以盟誓班下四方上下相警戒○十月戊子以尚書左僕射陸繕爲尚書僕射

二月癸亥耕籍田○七月辛卯初用大貨六銖錢○八月丁卯上閱武於大壯觀命都督任忠帥步騎十萬陳於元武湖都督陳景仲樓艦五百出瓜步江振旅而還○戊寅上還宫豫章內史南康王方泰在郡秩滿縱火延燒邑居因行暴掠驅錄富人徵求財貨上閱武方泰當從啓稱母疾不行而微服往民間淫人妻爲州所錄又帥人仗抗傷禁司爲有司所奏上大怒下方泰獄免官削爵土尋而復舊○九月周遣梁士彥等寇淮南仍遣杜杲薛舒來聘○十月以陸繕爲尚書左僕射○十一月辛卯大赦

十二年

○詔淳于量爲上流水軍都督樊毅都督北討諸軍事任忠都督北討前軍事皇文奏帥步騎三千趣陽平郡癸卯任忠帥步騎七千趣秦郡丙午仁威將軍魯廣達入淮是日樊毅水軍二萬自東關入焦湖武毅將軍蕭摩訶帥步騎趣歷陽戊申韋孝寬拔壽陽杞公亮拔黃城梁士彥拔廣陵辛亥又取霍州癸丑以揚州刺史始興王叔陵爲大都督總水步衆軍○十二月乙丑南北兗晉三州及盱眙山陽陽平馬頭秦歷陽沛北譙南梁等九郡民並自拔還江南周又取譙北徐州自是江北之地盡沒于周○癸酉遣平北將軍沈恪電威將軍裴子烈鎭南徐州開遠將軍徐道奴鎭柵口前信州刺史楊寶安鎭白下

正月戊戌以任忠爲南豫州刺史督緣江軍防事○五月癸巳以尚書右僕射

六月大風吹壞皋門中闥九月天東南有聲如風水相激三夜乃止十月甲寅日有食之

十三年

辛丑

九月癸亥夜大風從西南來發屋拔樹

新安王伯固爲都督揚州刺史

晉安王伯恭爲僕射○八月乙未周鄖州總管司馬消難以所統九州八鎮之地來降詔消難爲大都督九州八鎮諸軍事遷司空賜爵隋公給鼓吹女樂一部率衆江北授之大軍北伐庚申詔任忠帥衆趣歷陽陳慧紀趣南兗州戊辰詔以司馬消難爲大都督水陸諸軍事庚午通直散騎常侍淳于陵克臨江郡癸酉魯廣達克周之郭默城丙子淳于陵克祐州城丁亥周將王延貴帥衆援歷陽任忠擊破之生擒延貴送建康辛丑以晉王伯恭爲尚書左僕射袁憲爲右僕射○二月乙亥親耕籍田○三月戊子隋以上開府儀同三司賀若弼爲吳州總管鎮廣陵和州刺史江南韓擒虎爲廬州總管鎮廬江隋主有并吞江南之志問將帥於高熲熲薦二人故置於南邊使潛爲經略壬申隋以上柱

大雨雹十二月辛巳彗星見西南

十四年

壬寅

四月自建康至荊州江水色赤如血八月丁酉天赤如火九月辛亥夜天東北有聲如蟲飛

義陽王叔達

爲丹楊尹

國長孫覽元景山並爲行軍元帥發兵入寇命尚書左僕射高熲節度諸軍○七月徵君馬樞卒樞寓居京口梁邵陵王綸爲南徐州刺史引爲學士後隱於茅山有終焉之志陳天嘉元年徵爲度支尚書辭不應命有道覺論行於世○十一月隋遣兼散騎侍郎鄭撝來聘

正月己酉上不豫始興王叔陵陰有異志甲寅上殂叔陵抽剉藥刀斫傷太子中項柳后來救又斫后數下乳媪吳氏自後掣其肘太子乃得免長沙王叔堅縛叔陵叔陵脫走出雲龍門馳車還東府召左右斷青溪道赦東城囚以充戰士又遣人往新林追其所部兵仍自被甲登城西門募百姓及諸王將帥莫有至者惟新安王伯固單馬應之叔陵欲據城自守叔堅白柳后遣河南司馬申以太子命召右衛將軍蕭摩訶帥馬

漸移西北乙
卯太白晝見

步數百趨東府屯城西門叔陵惶恐遣
鼓吹與摩訶謂之曰事捷必以公爲台
鼎摩訶紿之曰須王心膂節將自來方
敢聽命叔陵遣其所親戴温譚騏驎詣
摩訶摩訶執以送臺斬其首徇東城叔
陵自知不濟入内沈其妃張氏及寵妾
七人于井帥步騎數百自小航欲趣新
林奔隋行至白楊路爲臺軍所邀伯固
見兵至旋避入巷叔陵馳騎拔刃追之
伯固復還叔陵部下摩訶馬容陳智深
刺殺叔陵陳仲華斬其首伯固爲亂軍
所殺叔陵諸子並賜死伯固諸子宥爲
庶人○帝遺詔庶事務從儉約金銀之
飾不以入壙冥器皆令用瓦帝本有恢
宏之度時國步初弭創痍未復淮南之
地並入于齊帝志復舊境而彊弱懸絶
適足爲禽及周滅齊乘勝而舉略地又
至江際自此懷懼既而力修城隍爲扞

後主

諱叔寶宣帝嫡長子

禦之備獲銘曰二百年後當有癡人修吾破城者時莫測所從云○丁巳太子卽皇帝位大赦○乙丑尊皇后爲皇太后時帝病創卧承香殿太后居柏梁殿百司衆務皆決於太后帝創愈乃歸政焉○隋元景山出漢口遣上開府儀同三司鄧孝儒將卒四千攻甑山鎮將軍陸綸以舟師救之爲孝儒所敗涢口甑山沌陽守將皆棄城走○戊辰遣使請和於隋歸其胡墅○隋高熲奏禮不伐喪○二月己丑隋主詔熲等班師○丙申立皇子永康公胤爲皇太子○六月甲申隋遣使來弔○九月丙申設無礙會於大極殿捨身及乘輿服御大赦

正月壬寅大赦改元○初上病創政無大小皆決於長沙王叔堅權傾朝廷上由是忌之尚書孔範中書舍人施文慶皆惡叔堅有寵日求其短構之於上於

至德元年

癸卯

二月己巳朔日有食之八月丁卯朔日有食之九月丁巳天東南有聲如蟲飛十二月戊午夜天開自西北至東南其內青黃雜色隆隆若雷聲

長沙王叔堅進驃騎將軍開府儀同三司揚州刺史尋遷司空將軍刺史如故**岳陽王叔韶**爲丹楊尹**太子深**封始安王位揚州

是出叔堅爲江州刺史○癸卯立皇子深爲始安王○癸酉遣兼散騎常侍賀徹等聘于隋○上創愈置酒於後殿以自慶引吏部尚書江總以下展樂賦詩既醉而命毛喜于時山陵初畢喜見之不懌欲諫則上已醉喜升階陽爲心疾仆于階下移出省中上醒謂江總曰我悔召毛喜彼實無疾但欲阻我懽宴非我所爲耳○四月己丑郢州城主張子譏遣使請降於隋隋主以和好不納○辛卯隋遣兼散騎常侍薛舒兼通直散騎常侍王劭來聘劭松年之子也○長沙王叔堅未之江州復留爲司空實奪之權○十一月遣散騎常侍周墳通直散騎常侍袁彥聘于隋帝聞隋主狀貌異人使彥畫像而歸帝見大駭曰吾不欲見此人亟命屛之○十二月乙卯隋遣曹令則魏澹來聘澹收之族也○丙

二年 甲辰

正月甲子日有食之

刺史

南平王嶷

會稽王莊位揚州刺史

辰司空長沙王叔堅免叔堅既失恩心不自安乃爲厭媚醮日月以求福或上書告其事帝囚于西省將殺之叔堅曰臣本心無它既犯天憲罪當萬死臣死之日必見叔陵願宣明詔責之於九泉之下帝乃赦之免官而已○頓利國遣使朝貢

岳陽王叔慎爲丹楊尹

正月丁卯分遣八使巡省風俗○五月以吏部尚書江總爲僕射○秋七月丙寅遣散騎常侍謝泉等聘于隋○乙卯將軍夏侯苗請降于隋隋主以通和不納○壬午皇太子加元服在位文武賜帛有差孝悌力田爲父後者爵一級鰥寡孤獨不能自存者穀五石○冬十一月壬戌隋主遣兼散騎常侍薛道衡等來聘戒道衡當識朕意勿以言辭相折○是歲上於光昭殿前起臨春結綺望僊三閣各高數十丈連延數十間其窻

牖壁帶縣欄檻皆以沉檀爲之飾以金玉間以珠翠外施珠簾內有寶牀寶帳其服玩瑰麗近古所未有每微風暫至香聞數里其下積石爲山引水爲池雜植奇花異卉上自居臨春閣張貴妃居結綺閣龔孔二貴嬪居望僊閣並複道交相往來又有王李二美人張薛二淑媛袁昭儀何婕妤江脩容並有寵迭遊其上以宮人有文學者袁大捨等爲女學士僕射江總雖爲宰輔不親政事日與都官尚書孔範散騎常侍王瑳等文士十餘人侍上遊宴後庭無復尊卑之序謂之狎客上每飲酒使諸妃嬪及女學士與狎客共賦詩互相贈荅采其尤豔麗者被以新聲其曲有玉樹後庭花臨春樂等大略皆美諸妃嬪之容色君臣酣飲自夕達旦以此爲常張貴妃名麗華本兵家女爲龔貴嬪侍兒上見

而悅之得幸生太子深上怠於政事百司啓奏並因宦者蔡脫兒李善度進請上倚隱囊置張妃於膝上共決之李蔡所不能記者貴妃並爲條疏無所遺脫由是益加寵異冠絕後庭內外結連縱橫不法於是孔張之權熏灼四方大臣皆從風諂附孔範與孔貴嬪結爲兄妹上惡聞過失每有惡事必曲爲文飾羣臣有諫者輒以罪斥之中書舍人施文慶以明閑吏職大被親幸又薦沈客卿陽惠朗徐哲暨慧景等有吏能上盛脩宮室窮極耳目府庫空虛有所興造常苦不給客卿奏不問士庶並責關市之征而又增重其舊於是以陽惠朗爲太市令暨慧景爲尚書金倉都令史聚斂無厭士民嗟怨客卿總督之歲入過於常格數十倍上益以施文慶爲知人小大事無不委任轉相汲引珥貂蟬者五

三年

乙巳

正月戊午朔日有食之八月戊子老人星見

十人孔範自謂文武材能舉朝莫及從容白上曰將帥起自行伍匹夫敵耳深見遠慮豈其所知上以問文慶文慶畏範以爲然司馬申復贊之自是將帥微有過失卽奪其兵分配文史奪任忠部曲以配範及蔡徵由是文武解體以致覆滅

豐州刺史章大寶在州貪縱朝廷以太僕卿李暈代之暈將至大寶襲殺之舉兵反遣其將楊通攻建安不克臺軍將至大寶衆潰逃入山爲追兵所擒夷三族斬大寶傳首京師○秋七月庚申遣散騎常侍王話等聘于隋○九月隋使李若等來聘○北地傅縡初以庶子事上於東宮及卽位累遷至中書通事舍人負才使氣人多怨之施文慶沈客卿共譖受高麗使金上收縡下獄縡獄中上書指陳帝荒淫云云恐東南王氣自

四年 丙午

禎明元年 丁未

正月乙卯地震

五月乙亥朔日有食之

斯而盡帝殺之○十一月詔修孔子廟○辛巳幸長干大赦○高麗百濟使來朝貢

夏四月己亥遣周磻等聘于隋○五月丁巳立皇子莊爲會稽王○秋八月隋遣散騎常侍裴豪等來聘○九月辛丑武湖肄艫艦閱武宴羣臣賦詩○十月以江總爲尚書令謝伷爲尚書右僕射

正月戊寅大赦改元○二月遣兼散騎常侍王亨等聘于隋○四月甲戌隋遣兼散騎常侍楊同等來聘○十一月甲午隋主如馮翊親祠故社戊戌還長安是行也內史令李德林以疾不從隋主自同州敕書追之與議伐陳之計及還帝馬上舉鞭南指曰待平陳之日以七寶裝嚴公使自山以東無及公者初隋受禪以來與陳鄰好甚篤書稱姓名頓首帝荅之益驕末曰想彼統內如□宜

此宇宙清泰隋主不悅以示朝臣上柱國楊素以爲主辱臣死再拜請罪隋主問取陳之策於高熲對曰江南水田早熟量彼收穫之時聲言掩襲彼必屯兵守禦足得廢其農時彼既聚兵我便解甲再三如此必以爲常猶豫之頃我乃濟師又江南儲積非地窖因風縱火焚之不出數年自可財力俱盡隋用其策陳人始困於是楊素賀若弼高勱崔仲方等爭獻平江南之策及受蕭巖等降隋主益忿謂高熲曰我爲民父母豈可限一衣帶水而不拯乎命大作戰船楊素在永安造大艦名曰五牙上起樓五層高百餘尺左右前後置六拍竿並高五十尺容戰士八百人次曰黃龍置兵百人自餘平乘舴艋等各有差○時江南妖異特衆臨平湖草久塞忽然自開帝惡之乃自賣於佛寺爲奴以厭之又

二年

戊申

夏四月羣鼠無數自蔡洲岸入石頭緣淮至于青塘

於建康造大皇寺起七級浮圖未畢火從中起而焚之○吳興章華好學善屬文朝臣以其素無伐閱競排詆之除太市令華不得志乃上書極諫末云如不改絃易張臣見麋鹿復遊於姑蘇矣帝大怒卽日斬之○孫瑒宅在青溪東大路北西臨青溪溪西卽江總宅瑒家庭穿築極林泉之致歌童舞女當世罕儔及卒江總爲之銘誌後主又題銘後四十字世以爲榮

正月辛巳立皇子恮爲東陽王恬爲錢塘王遣散騎常侍袁雅等聘于隋又遣周羅睺將兵屯峽口侵隋峽州○三月甲戌隋遣散騎常侍程尚賢等來聘戊寅隋下詔出師又送璽書暴帝二十惡仍散寫詔書三十萬紙遍諭江外○乙酉帝幸幕府山大獵覆舟山蔣山松柏木冬月常出木醴後主以爲甘露之瑞

雨岸數日自死隨流入江五月甲午東冶鑄鐵有物赤色如火大數升自天墜鎔所墜墜有聲如雷鑄鐵飛出牆外燒人家丁巳大風自西北激濤水入石頭城秦淮瑩溢漂没船舫又船下有聲云明年亂視之得嬰兒三尺無頭又蔣山

俗呼爲雀錫又有神人自稱老子遊於都下與人言而不見形言吉凶多驗○後主自夢黃衣圍城有血霑階至卧床頭而火起又有狐入其床下捕之不見以爲妖精○太子允性聰敏然頗有過失沈后又無寵張孔二貴妃日夜構后及太子之短孔範之徒又外助之○五月庚子廢太子允爲吳興王立始安王深爲太子帝初欲張貴妃子深爲嗣嘗從容言之吏書蔡徵順旨稱贊袁憲厲色折之曰皇太子國家儲副億兆宅心卿是何人輕言廢立帝卒從徵議帝欲廢沈后而立張貴妃會國亡不果○冬十月帝遣王琬許善心聘于隋留客館屢請還不聽甲子隋以出師有事于太廟命晉王廣秦王俊清河公楊素皆爲行軍元帥廣出六合俊出襄陽素出永安劉仁恩出江陵王世積出蘄春韓擒

衆鳥鼓翼拊膺曰奈何帝奈何帝又府城無故自壞又青龍出建陽門井中湧赤霧地生白黑毛又大風拔朱雀門

虎出廬州賀若弼出廣陵宏農燕榮出東海凡總管九十兵五十一萬八千皆受晉王節度東接滄海西距巴蜀旌旗舟楫横亘數千里以高熲爲晉王元帥長史王韶爲司馬軍中事皆決焉十一月丁卯隋主親餞將士乙亥至定城陳師誓衆隋軍臨江高熲謂薛道衡曰今兹大舉江東必可克乎曰克之嘗聞郭璞有言江東分王三百年復與中國合席卷之勢事在不疑熲忻然江濱鎮戍聞隋軍將至相繼奏聞施文慶沈客卿並抑而不言及隋軍臨江諸防戍船艦悉還都下江中無一鬬船上流諸軍鎮兵士皆阻楊素舟師不得下後主聞隋軍臨江曰王氣在此齊兵三來周人再至皆並摧没彼何爲者耶孔範曰長江天塹古以爲限隔南北今日虜軍豈能飛度耶邊將欲作功勞妄言事急臣每

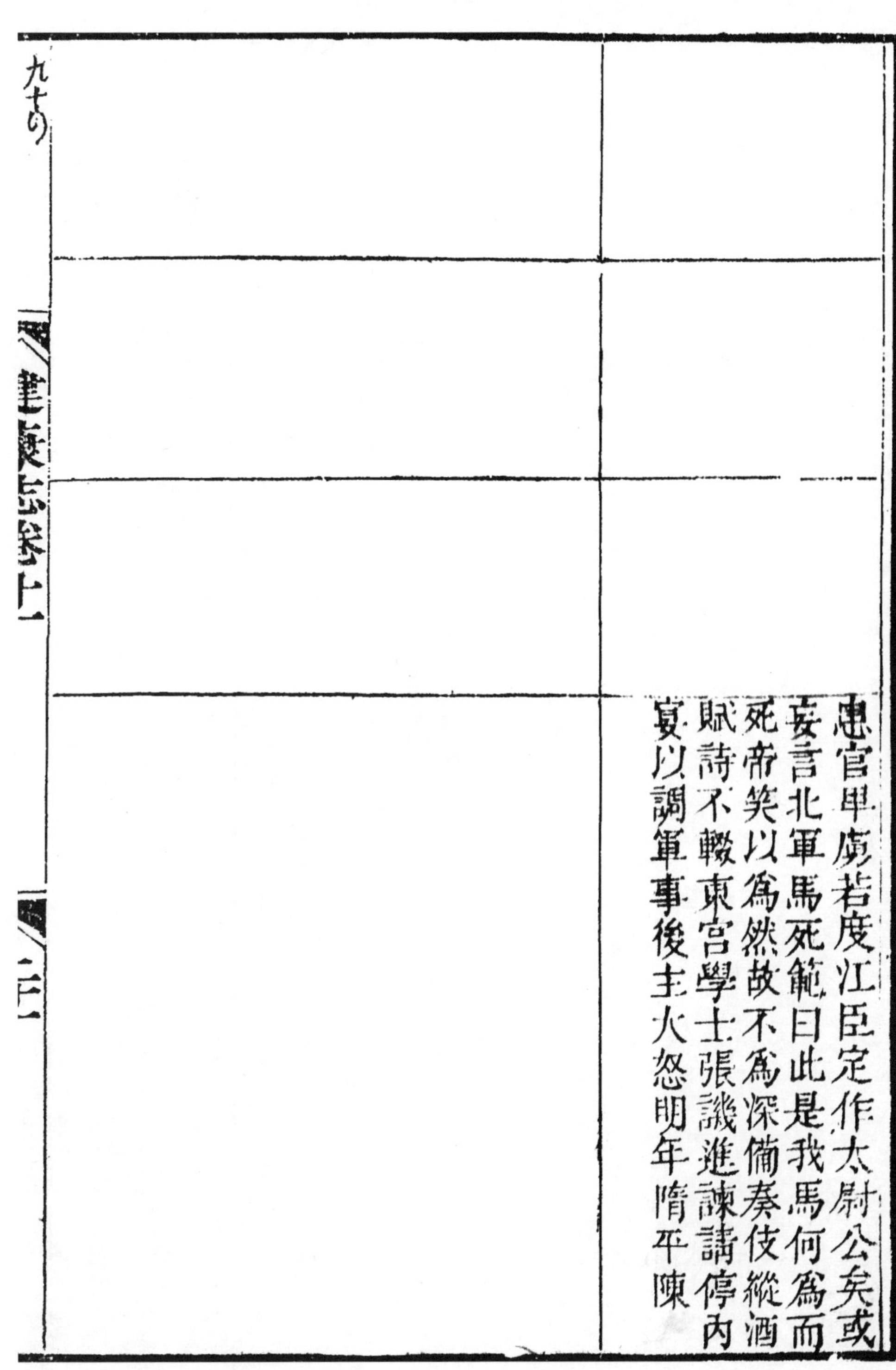

患官卑虜若度江臣定作太尉公矣或妄言北軍馬死範曰此是我馬何爲而死帝笑以爲然故不爲深備奏伎縱酒賦詩不輟東宫學士張譏進諫請停内宴以調軍事後主大怒明年隋平陳

景定建康志卷之十一

景定建康志卷之十二

承直郎宜差充江南東路安撫使司幹辦公事周應合修纂

建康表八

起隋開皇己酉至周顯德己未凡三百七十三年爲年表

時 **地** **人** **事**

隋

文帝

諱堅姓楊氏襲封隋公周靜帝時位相國大冢宰進爵隋王受

開皇九年正月朔賀若弼自廣陵濟江先是弼多買陳船匿之以弊船百艘置瀆內陳人信爲內國無船又緣江防人交代必集廣陵於是張旗幟列營幕陳人惶惑既知防人交代不復設備又緣江時獵人馬諠譟故弼濟江陳人不覺韓擒虎自橫江宵濟采石克之○戊辰陳以驃騎將軍蕭摩訶護軍將軍樊毅中領軍魯廣達爲都督司空司馬消難湘州刺史施文慶爲監領軍遣南豫州

周禪開皇九年滅陳遂爲正統九年己酉末年甲子

九年平陳建康城邑宮室並平蕩耕墾石頭城置蔣州廢丹陽郡併秣陵建康同夏三縣入江寧

郭衍爲蔣州刺史

刺史樊猛帥舟師出白下○庚午弼拔京口執刺史黃恪擒虎進攻姑孰拔之執樊巡及其家口蔣元遜將青龍八十艘於白下遊奕以禦六合兵弼擒虎軍南北並進諸戍望風盡走弼分兵斷曲阿之衝而入陳主命豫章王叔英屯朝堂蕭摩訶屯樂遊苑樊毅屯耆闍寺魯廣達屯白土岡之東晉王廣遣杜彥與韓擒虎合軍步騎二萬屯于新林陳主唯晝夜啼泣臺內處分一以委施文慶文慶既知諸將疾已恐其有功乃奏曰此等怏怏邪可專信由是諸將凡有啓請率皆不行弼攻京口摩訶請兵逆戰陳主不許弼至鍾山摩訶又請乘壘塹未堅出兵掩襲又不許任忠請固守臺城緣淮立柵分兵斷江路無令彼信得通陳主又不能從明日欻然曰兵久不决令人腹煩可呼蕭郎一出擊之任忠

叩頭苦請勿戰孔範又奏請作一決當爲官勒石燕然陳主從之摩訶曰從來行陳爲國爲身今日之事兼爲妻子陳主通於摩訶妻摩訶初無戰意唯魯廣達力戰隋師退走者數四弼引兵趣孔範範兵暫交卽走諸軍大潰員明擒摩訶任忠馳入臺城見陳主言敗狀陛下好住臣無所用力矣出降擒虎於石子岡引擒虎直入朱雀門陳人欲戰忠揮之曰老夫尚降諸軍何事衆皆散走袁憲請正衣冠御前殿依梁武帝見侯景故事陳主不從曰吾自有計從後堂景陽殿將投于井憲苦留夏侯公韻以身蔽井陳主與爭久之乃得入既而軍人窺井呼之不應欲下石乃聞叫聲以繩引之乃與張貴妃孔貴嬪同束而上沈后居處如常太子深閉閤而坐陳人宗室王侯在建康者百餘人陳主恐其爲

變皆召入屯朝堂及臺城失守相帥出降弼乘勝至樂遊苑魯廣達猶督餘兵苦戰會日暮乃解甲面臺城再拜慟哭遂就擒諸門衛皆走弼夜燒北掖門入聞擒虎已得後主呼視之叔寶惶恐向弼再拜弼謂之曰小國之君當大國之卿拜乃禮也入朝不失作歸命侯無勞恐懼高熲先入建康熲子德弘爲晉王記室廣使德弘馳詣熲所令留張麗華熲曰昔太公蒙面以斬妲已今豈可留麗華乃斬之於青溪廣變色曰昔人云無德不報我必有以報高公由是恨熲

○丙戌晉王廣入建康斬施文慶沈客卿陽慧朗徐析史暨慧於石闕下以其皆爲民害王頒僧辯之子也夜發陳高祖陵焚骨取灰投水而飲之晉王廣以聞上命赦之詔陳文武宣三陵各給五戶看守之建康平晉王廣命陳叔寶手

王韶鎮石頭

晋收上江諸將諸將大臨三日放兵散然後上江皆平豫章等諸郡太守亦降○癸巳詔遣使者巡撫陳州郡陳國皆平得州三十郡一百縣四百詔建康城邑並平蕩耕墾於石頭城置蔣州晋王廣班師留王韶鎮石頭委以後事○三月己巳陳叔寶與其王公百司發建康詣長安大小在路五百里纍纍不絶帝命權分長安士民宅以俟之內外修整陳人至者如歸帝御廣陽門觀引陳叔寶於前及太子諸王二十八人司空司馬消難以下至尚書郎二百餘人宣詔勞之賜封長城侯文武皆隨才擢用陳境之內給復十年餘州免其年租賦江表自東晋以來刑法疏緩世族陵駕寒門平陳之後牧民者盡更變之○十年蘇威復作五教使民無長幼悉誦之士民嗟怨民間復訛言隋欲徙之入關遠

近驚駭於是越州高智慧將山李稜等舉兵反自稱大都督陳之故境大抵皆反大者有衆數萬小者亦數千執縣令或抽其腸或臠其肉食之曰更能使儂誦五教邪詔以楊素爲行軍總管討之智慧等敗餘黨散入海島或守溪洞素分遣諸將水陸追捕後斬智慧於泉州餘黨悉降江南大定素遂班師○十一年春正月以平陳所得古器多爲妖變悉命毁之○十三年上之滅陳也以陳叔寶屏風賜突厥大義公主公主以其宗國之覆心常不平書屏風爲詩敘陳亡以自寄上聞而惡之禮賜漸薄○十八年夏四月癸卯以蔣州刺史郭衍爲洪州總管

以蔣州刺史**郭衍**爲洪州總管

煬帝 諱廣 元年乙丑 末年丙子	大業初置丹陽郡有蔣山一江寧一當塗溧水		
恭帝 諱侑、義寧一年 丁丑			
越王 諱侗 皇泰一年 戊寅			
唐 高祖			武德元年煬帝在江都荒淫益甚帝見中原已亂無心北歸欲都丹楊保據江東命羣臣廷議之虞世基等皆以爲善

姓李名淵受隋禪元年**戊寅**末年**丙戌**

武德二年

置揚州東南道行臺**尚書省**

杜伏威為揚州刺史總管江淮以南諸軍事東南道行臺尚書令封吳王賜姓李氏

右候衛大將軍李才極陳不可請還長安李桐客曰江東卑濕土地險狹內奉萬乘外給三軍民不堪命恐亦將散亂耳御史劾桐客毀謗朝政於是公卿皆阿意言江東民望幸已久陛下過江撫而臨之此大禹之事也乃命治丹楊宮將徙都之時江都從駕多關中久客思鄉至是多謀叛歸而宇文化及司馬德戡裴虔通帥賊縊殺帝於江都○武康沈法興為吳興太守聞宇文化及弑逆遂舉兵以討化及為名比至烏程得精卒六萬遂攻毗陵餘杭丹陽皆下之據江表十餘郡自稱江南道大總管承制置百官○二年沈法興既克毗陵謂江淮之南指撝可定時杜伏威據歷陽陳稜據江都李子通據海陵俱有窺江表之心法興數敗伏威稜繼敗子通即位於江都國號吳丹楊賊帥樂伯通帥衆

三年以江寧溧水二縣置揚州析置丹楊溧陽安業三縣更江寧曰歸化以句容延陵二縣置**茅州**

伏威入朝**輔公祏**爲揚州刺史

萬餘降之子通以爲左僕射○三年六月詔以和州總管東南道行臺尚書令楚王杜伏威爲使持節總管江淮以南諸軍事揚州刺史○是歲李子通度江攻沈法興取京口法興遣其僕射蔣元超拒之戰於庱亭元超敗死法興棄毗陵奔吳郡於是丹楊毗陵等郡皆降子通杜伏威遣行臺左僕射輔公祏將卒數千攻子通以將軍闞稜王雄誕爲之副公祏度江攻丹楊克之進屯溧水子通帥衆數萬拒之公祏簡精甲千人執長刀爲前鋒又使千人躡其後而擊之子通敗走公祏逐之王雄誕又以其屬數百人夜出擊之因風縱火子通大敗江南之地盡入於伏威伏威徙居丹楊○六年七月壬子淮南道行臺輔公祏反初杜伏威與公祏相友善公祏年長伏威兄事之軍中畏敬與伏威等伏威

六年復爲揚州又以延陵句容隸之省安業入歸化更歸化曰金陵

忌之乃署其養子闞稜爲左將軍王雄誕爲右將軍潛奪其兵權公祏知之快快不平與左遊仙陽學道辟穀以自晦及伏威入朝留公祏守丹楊令雄誕典兵爲之副陰謂雄誕曰吾至長安苟不失職勿令公祏爲變伏威既行左遊仙說公祏謀反乃詐爲伏威書疑雄誕有二心雄誕聞之不悅稱疾不視事公祏因奪其兵諭以反事雄誕不從遂縊殺之又詐稱伏威不得還江南貽書令其起兵尋稱帝於丹楊國號宋修陳故宮室而居之署置百官以左仙遊爲兵部尚書越州總管○乙丑詔襄州行臺僕射趙郡王孝恭以舟師趣江州李靖以交廣之衆趣宣州黃君漢出譙亳李世勣出淮泗以討輔公祏孝恭將發與諸將宴集命取水忽變爲血在坐皆失色孝恭曰此公祏授首之徵也飲而□之

七年平輔公祏更名蔣州置金陵縣廢東南道行臺九年廢都督徙治江都更名金陵曰白下延陵句容	趙郡王孝恭由東南道行臺爲揚州大都督李靖爲府長史	衆皆悅服○九月戊子輔公祏遣其將徐紹宗寇海州陳政通寇壽陽○七年孝恭擊公祏別將於樅陽破之○二月孝恭攻公祏鵲頭鎮拔之○三月戊戌趙郡王孝恭克丹楊先是輔公祏遣其將馮慧亮陳當世將舟師三萬屯博望山陳正通徐紹宗將步騎二萬屯青林山仍於梁山連鐵鎖以斷江路築却月城延袤十餘里孝恭帥李靖李世勣等進師慧亮等堅壁不戰李靖曰公祏精兵雖在此水陸二軍然所自將亦爲不少今博望諸柵尚不能拔公祏保據石頭豈易取哉進攻丹楊旬月不下慧亮等躡吾後腹背受敵此危道也孝恭以羸兵攻賊壘而勒精兵結陣以待之攻壘者不勝而走賊出兵追之行數里遇大軍與戰大破之公祏大懼擁兵數萬棄城東走欲就左遊仙於會稽李世勣追

	太宗 元年丁亥 末年己酉	高宗 元年庚戌 末年癸未
隸潤州丹楊溧水溧陽隸宣州	貞觀七年 更白下曰江寧縣	
襄邑王神符 檢校揚州		
之公祏至句容從兵能屬者纔五百人走至武康爲野人所攻西門君儀戰死執公祏送丹楊梟首分捕餘黨悉誅之江南皆平以孝恭爲東南道行臺右僕射尋廢行臺爲揚州大都督靖爲府長史○八年十二月以襄邑王神符撿校揚州大都督始自丹楊徙州府及居民於江北		

天后

元年甲申
末年甲辰

光宅元年時諸武用事唐宗室人人自危衆心憤惋會眉州刺史李敬業貶柳州司馬及弟盩厔令敬猷免官盩厔尉魏思温復被黜皆會於揚州各自以失職怨望乃謀作亂以匡復廬陵王爲辭思温爲之謀主使其黨監察御史薛仲璋求奉使江都令雍州人韋超詣仲璋告變云揚州刺史陳敬之謀反仲璋收敬之繫獄居數日敬業乘傳而至矯稱揚州司馬來之官云奉密旨以高州酋長馮子猷謀反發兵討之於是開府庫令士曹參軍李宗臣就錢坊驅囚徒工匠數百授以甲斬敬之於繫所錄事參軍孫處行拒之亦斬以徇僚吏無敢動者遂起一州之兵復曰嗣聖元年開三府一曰匡復府二曰英公府三曰揚州大都督府敬業自稱匡復府上將領揚州大都督旬日間得勝兵十餘萬則天

以李孝逸將兵三十萬討敬業魏思温說敬業曰明公以匡復爲辭宜帥大衆鼓行而進直指洛陽則天下知公志在勤王四面響應矣薛仲璋曰金陵有王氣且大江天險足以爲固不如先取常潤爲定霸之基然後北向以圖中原進無不利退有所歸此良策也思温曰山東豪傑以武氏專制憤惋不平聞公舉事皆自蒸麥飯爲糧伸鋤爲兵以俟南軍之至不乘此勢以立大功乃更蓄縮欲自謀巢穴遠近聞之其誰不解體敬業不從攻潤州執刺史李思文後聞李孝逸將至自潤州回軍拒之屯高郵之下河溪孝逸進擊之因風縱火敬業大敗將入海至海陵界阻風其將王那相斬敬業首來降餘黨皆捕得傳首神都揚楚潤三州平○陳嶽論曰敬業苟能用魏思温之策直指河洛專以匡復爲

			事縱軍敗身戮亦忠義在焉而妄希金陵王氣是眞爲叛逆不敗何待○天授元年以司賓卿溧陽史務滋爲納言
中宗 元年乙巳 末年己酉			
睿宗 元年庚戌 末年辛亥			
元宗 元年壬子 末年乙未	開元四年二月二十六日升江寧縣爲望縣		
肅宗 元年丙申 末年壬寅			上皇入蜀命諸子分總天下節制永王璘領四道節度使璘子襄城王瑒有勇力好兵有薛鏐等爲之謀主以爲今天下大亂惟南方完富宜據金陵保有江

四七十九

至德二載正月十六日以潤州江寧縣置**江寧郡**	至德元載**顏真卿**封
乾元元年**改爲昇州**	丹楊縣子

表如東晉故事上聞之敕璘歸覲于蜀璘不從上召高適與之謀適陳江東利害且言璘必敗之狀十二月以高適來鎮與江東節度使韋陟共圖璘○甲辰璘擅引舟師東巡沿江而下軍容甚盛然猶未露割據之謀吳郡太守[illegible]江南東路采訪使李希言牒璘詰其擅引兵東下之意璘分兵遣將襲之○至德二載二月璘敗死其黨薛鏐等皆伏誅李廣琛召諸將謂曰吾屬從王至此天命未集人謀已隳不如及兵鋒未交早爲去就不然死於鋒鏑永爲逆臣矣諸將皆然之於是廣琛以麾下犇廣陵惲惟明奔江寧○乾元元年十二月甲辰置江西道節度使○二年顏真卿拜浙西節度使劉展將辰真卿豫飭戰備都統李峘以爲生事非短真卿召還爲刑部侍郎○上元元年十一月宋州刺史劉

乾元元年　置浙江西道節度兼**江寧軍使**領昇潤宣歙饒江蘇常杭湖十州**治昇州**後尋徙治蘇州

乾元　以昇州刺史**韋黃裳**爲浙江西道節度使兼江寧軍使領昇潤等十州治昇州

展領淮西節度副使時有謠言曰手執金刀起東方節度使王仲昇使邢延恩入奏展倔彊不受命姓名應謠識展方握彊兵宜以計去之請除展江淮都統代李峘俟其釋兵赴鎮執之上從之以展爲都統淮南東江南西浙西三道節度使展疑延恩解之展曰事苟不欺印節可先得乎延恩曰可乃馳詣廣陵謀解峘印節以授展展得印節乃上表謝恩延恩知展已得其情還廣陵與李峘鄧景山發兵拒之移檄州縣言展反展亦言峘反峘引兵度江與潤州刺史韋儇浙西節度使侯令儀屯京口鄧景山屯徐城展倍道先期至使人問景山曰此何兵也景山不應展使其將孫待封張濾雷擊之景山衆潰與延恩奔壽州展入廣陵李峘入北固爲兵場插木以塞江口展軍於白沙設疑兵於瓜州多

乾元二年浙江西道觀察處置都團練守捉及本道營田使更**領丹楊軍使**

上元元年劉展陷昇州

乾元二年**顏真卿**拜浙西節度使治昇州旋召還爲刑部侍郎

侯令儀爲浙西節度使昇州刺史

張旗鼓若將趨北固者如是累日峘悉銳兵守京口以待之展乃自上流濟襲下蜀峘軍潰奔宣城展陷潤州昇州軍士萬五千人謀應展攻金陵不克而遁侯令儀懼以後事授兵馬使姜昌羣棄城走昌羣遣其將宗犀詣展降丙申展陷昇州以宗犀爲潤州司馬丹陽軍使使昌羣領昇州以從子伯瑛佐之○初上命平盧都知兵馬使田神功將所部精兵三千屯任城鄧景山既敗與邢延恩奏乞敕神功救潤南未報景山遣人趣之且許以淮南金帛子女爲賂神功及所部皆喜悉衆南下及彭城敕神功討展展聞之始有懼色自廣陵將兵八千拒之選精兵二千度淮擊神功於都梁山展敗走至天長以五百騎據橋拒戰又敗展獨與一騎亡度江神功入廣陵及楚州大掠城中地穿掘略徧○二

上元二年浙江西道觀察使徙治宣州罷領昇州

寶應元年四月十五日廢昇州

令儀棄城走劉展以姜昌羣領昇州刺史宗犀爲丹揚軍使

年正月辛亥神功先遣范知新將四千人自白沙濟趣下蜀鄧景山等將千人自海陵濟東趣常州神功與邢延恩將步騎三千人軍於瓜州壬子濟江展將步騎萬餘陳於蒜山神功以舟載兵趣金山會大風五舟飄抵金山下展屠其二舟沈其三舟神功不得度還軍瓜州而范知新已至下蜀展擊之不勝弟殷勸展引兵逃入海展不從遂更帥衆力戰將軍賈隱林射展中目而仆遂斬之餘黨皆平平盧大掠十餘日

代宗

元年癸卯

末年己未

大歷十二年浙江西道觀察使罷領丹楊軍使

德宗		
元年庚申 末年甲申		
	十四年合浙江東西道置都團練觀察使建中元年分浙江東西道都團練觀察爲二道	韓滉爲浙江東西節度使
	二年合浙江東西二道觀察置節度使治潤州尋陽號鎮海軍節度	興元元年以杜黃裳爲江淮宣慰副使

建中四年浙江東西節度使韓滉聞朱泚作亂閉關梁禁馬牛出境築石頭城穿井近百所繕館第數十修塢壁起建業抵京峴樓堞相屬以備車駕度江且自固也淮南節度使陳少遊發兵三千大閱於江北滉亦發舟師三千耀武於京江以應之○十一月議者言韓滉聞鑾輿在外聚兵修石頭城陰蓄異志上疑之以問李泌對曰滉公忠清儉自車駕在外滉貢獻不絕且鎮撫江東十五州盜賊不起皆滉之力也所以修石頭城者滉見中原版蕩謂陛下將有永嘉之行爲迎扈之備耳此乃人臣忠篤之慮柰何以爲罪邪滉性剛嚴不附權貴故多謗毀其子皐爲考功員外郎今不敢歸省其親正以謗語沸騰故也臣請以百口保滉又曰關中米斗千錢倉廩耗竭江東豐稔願面諭韓皐使之歸覲

節度使韓滉築石頭

令滉感激無自疑之心遂運糧储至闕中上曰善即下泌章令韓皐歸省覲面賜緋衣諭以卿父比有謗言朕今知其所以釋然不復信因言關中闕糧歸語卿父宜速致之皐至滉感泣即自臨水濱發米百萬斛皐留五日即冒風濤而遣之既而陳少遊聞滉貢米亦獻二十萬碩

順宗

一年乙酉

憲宗

元年丙戌

末年庚子

李錡遣兵治石頭城

李錡為節度使

元和二年夏蜀既平藩鎮惕息多求入朝鎮海節度使李錡亦不自安求入朝上許之遣中使慰勞錡雖署判官王澹為留後實無行意遂謀反先是錡選腹心五人為蘇常湖杭睦五州鎮將各有兵數千伺察刺史動靜至是錡各使殺其刺史遣牙將庾伯良將兵三千治石頭城

穆宗	敬宗	文宗
元年辛丑 末年甲辰	元年乙巳 末年丙午	元年丁未 末年庚申
長慶二年竇易直爲浙西觀察使 三年李德裕爲浙西觀察使		
		大和九年李德裕爲浙西觀察使漳王傅母杜仲陽坐宋申錫事放歸金陵詔德裕存處之會德裕已離浙西牒留後李蟾使如詔旨至是左丞王璠戶部侍郎李漢奏德裕厚賂仲陽陰結漳王圖爲不軌路隋曰德裕不至此果如所言臣亦應得罪言者稍息夏四月以德裕爲賓客分司

武宗 元年辛酉 末年丙寅	會昌四年十一月升句容縣爲望縣		
宣宗 元年丁卯 末年己卯			
懿宗 元年庚辰 末年癸巳			
僖宗 元年甲午 末年戊申	光啓三年復以上元句容溧水溧陽四縣置昇州		
昭宗		大順元年張雄爲昇	景福元年楊行密破孫儒復入揚州白此有國於淮南升據金陵○天復二年

元年己酉	
末年甲子	

州刺史

景福二年馮宏鐸爲昇州刺史兼武寧軍節度使

天復二年封楊行密爲吳王

行密以李神福爲昇州刺史

三年行密以刺史神福爲淮南行軍司馬

秦裴爲昇州刺史未幾改洪州制置使

封行密爲吳王○六月朱全忠軍于號縣武寧節度使馮宏鐸介居宣揚之間常不自安然自恃樓船之彊不事兩道寧國節度使田頵欲圖之募宏鐸工人造戰艦工人曰馮公遠求堅木故其船堪久用今無之頵曰第爲之吾止須一用耳宏鐸將馮暉顏建說宏鐸先擊頵宏鐸從之帥衆南上聲言攻洪州實襲宣州也楊行密使人止之不從辛巳頵帥舟師逆戰于葛山大破之宏鐸收餘衆沿江將入海行密恐其爲後患遣使輕舟迎之從者十餘人常服升宏鐸舟犒軍且說留之宏鐸至東塘行密自乘慰諭之舉軍感悅署宏鐸淮南節度副使館給甚厚行密以李神福爲昇州刺史○三年楊行密承制以昇州刺史李神福爲淮南行軍司馬鄂岳行營招討使舒州團練使劉存副之將兵擊杜洪

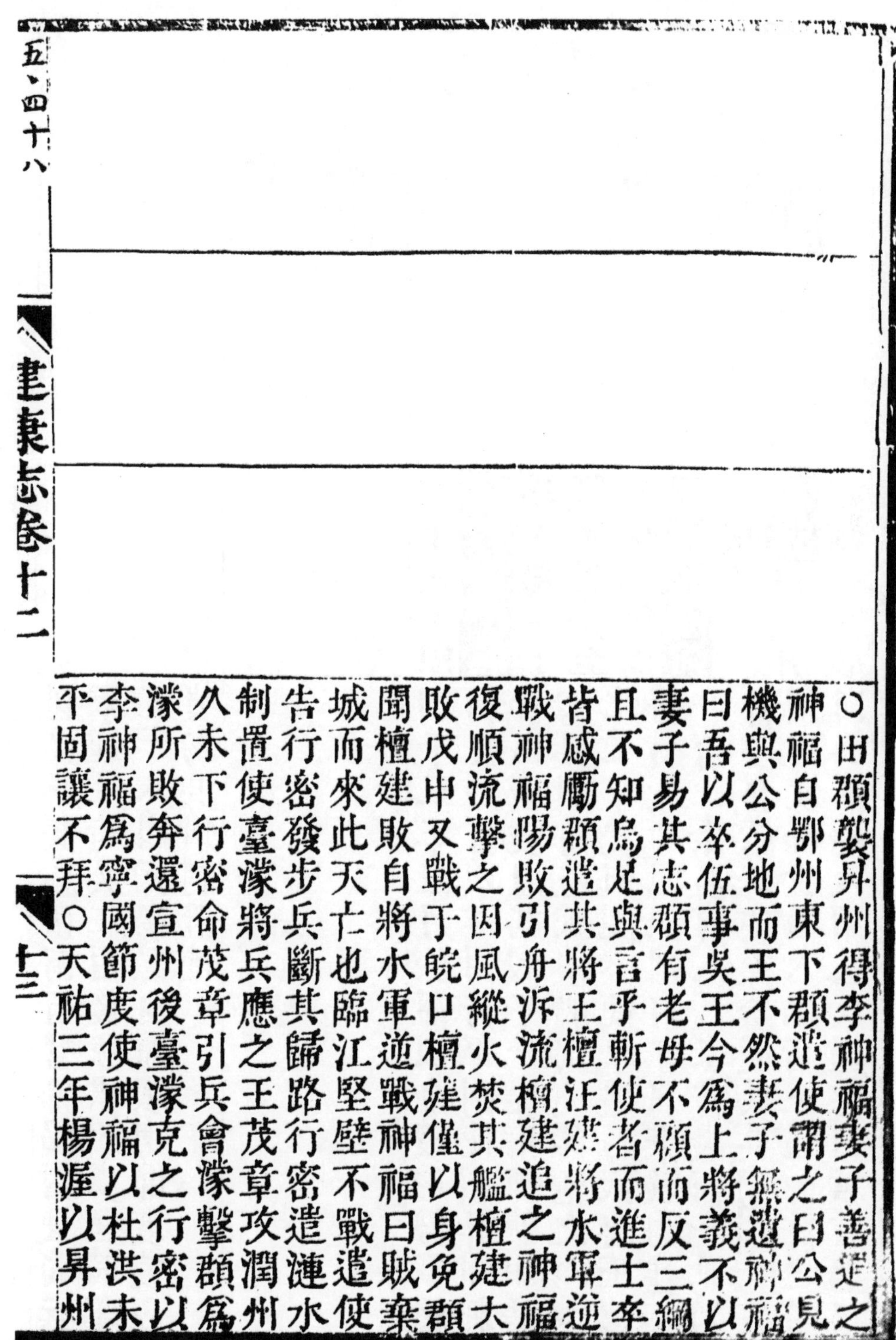

○田頵襲昇州得李神福妻子善遇之神福自鄂州東下頵遣使謂之曰公見機與公分地而王不然妻子無遺神福曰吾以卒伍事吳王今為上將義不以妻子易其志頵有老母不顧而反三綱且不知烏足與言乎斬使者而進士卒皆感勵頵遣其將王檀汪建將水軍逆戰神福陽敗引舟泝流檀建追之神福復順流擊之因風縱火焚其艦檀建大敗戊申又戰于皖口檀建僅以身免頵聞檀建敗自將水軍逆戰神福曰賊棄城而來此天亡也臨江堅壁不戰遣使告行密發步兵斷其歸路行密遣漣水制置使臺濛將兵應之王茂章攻潤州久未下行密命茂章引兵會濛擊頵為濛所敗奔還宣州後臺濛克之行密以李神福為寧國節度使神福以杜洪未平固讓不拜○天祐三年楊渥以昇州

刺史秦裴爲西南行營都招討使將兵擊鍾匡時於江西後拔洪州虜匡時等五千人以歸楊渥自兼鎮南節度使以裴爲洪州制置使

景宗
元年乙丑
末年丙寅

五代
梁
太祖
姓朱名晃
元年丁卯
末年甲戌

開平元年以楊行密子渥爲宏農王子隆演世襲至乾化二年徐溫等推隆演爲吳王徐溫自領昇州刺史留廣

開平三年三月徐溫以金陵形勢戰艦所聚乃自以淮南行軍副使領昇州刺史留廣陵以其假子元從指揮使知誥爲昇州防遏兼樓船副使往治之○乾化二年宣州觀察使李遇乃武忠王舊將有大功以徐溫自牙將秉政內甚不平常言徐溫何人吾未嘗識面一旦乃當國邪館驛使徐玠使於吳□宣州溫使玠說遇入見新王遇初許之玠曰公不爾人謂公反遇怒曰君言遇反

陵以其養子殺侍中者非反邪侍中謂威王也溫怒
知誥爲防遏以淮南節度副使王檀爲宣州制置使
樓船副使治數遏不入朝之罪遣都指揮柴再用帥
昇州　昇潤池歙兵納檀于宣州昇州副使徐
知誥以功遷知誥爲之副遏不受代再用攻宣州踰
昇州刺史　月不克李遏少子爲淮南牙將遏最愛
溫爲鎮海軍之徐溫執之至宣州城下示之其子啼
節度使　號求生遏由是不忍開門請降溫使再
用斬之夷其族於是諸將始畏溫莫敢
違其命徐知誥以功遷昇州刺史知誥
事溫甚謹安於勞辱或通夕不解帶以
是特愛之時諸州長吏多武夫專以軍
旅爲務不恤民事知誥在昇州獨選用
廉吏修明政教招延四方士大夫傾家
貲無所愛洪州進士宋齊丘好縱橫之
術謁知誥奇之辟爲推官與判官王令
謀參軍王翃專主謀議以牙吏馬仁裕
周宗曹悰爲腹心

末帝

諱瑱
元年乙亥
末年壬午
歷滅之
貞明五年
楊隆演即
吳國王位
置百官僭
用天子禮
改元武義
龍德元年
楊溥襲僞
位改元順
義

元年僞吳以
鎮海節度使
徐溫爲管內
水陸馬步諸
軍都指揮使
兩浙都招討
使守侍中齊
國公鎮潤州
以昇潤常宣
歙池六州爲
巡屬軍國庶
政參決如故
知誥留廣陵
秉政

貞明二年吳昇州刺史徐知誥治城市
府舍甚盛五月徐溫行部至昇州愛其
繁富潤州司馬陳彥謙勸溫徙鎮海軍
治所於昇州溫從之徙知誥爲潤州團
練使知誥求宣州溫不許知誥不樂宋
齊丘密言於知誥曰三郎驕縱敗在朝
夕潤州去廣陵隔一水耳此天授也知
誥悅即之官三郎謂溫長子知訓也溫
以陳彥謙爲鎮海節度判官溫但舉大
綱細務悉委彥謙江淮稱治〇四年徐
知訓爲平盧節度使同平章事諸道副
都統爲朱瑾所殺徐溫入朝于廣陵疑諸
將皆預朱瑾之謀欲大行誅戮知誥嚴
可求具陳知訓過惡所以致禍之由溫
怒稍解責知訓將佐不能匡救皆抵罪
溫還鎮金陵總吳朝大綱自餘庶政皆
決於知誥〇吳劉信攻虔州不能克使
人說譚全播取質納賂而還徐溫大怒

杖信使者授其子英彦兵三千曰汝父據上游之地將十倍之兵不能下一城是反也汝可以此兵往與父同反又使昇州牙內指揮使朱景瑜與之俱劉信聞溫言大懼引兵還擊虔州先鋒始至虔兵皆潰譚全播奔雩都追執之○嚴可求屢勸徐溫以次子知詢代知誥知吳政知誥與駱知詳謀出可求爲楚州刺史可求既受命至金陵見溫說以先建吳國以繫民望溫大悅復留可求參總庶政知誥知可求不可去乃以女妻其子續○六年僞吳宣王見徐溫父子專政遂成寢疾五月溫自金陵入朝議當爲嗣者或希溫意言曰蜀先主謂武侯嗣子不才君宜自取溫正色曰吾果有意取之當在誅張顥之初豈在今日使楊氏無男有女亦當立之敢妄言者斬○十一月吳金陵城成陳彦謙上費

唐

莊宗

姓李名存勗

元年癸未

末年乙酉

用之籍徐溫曰吾既任公不復會計悉焚之

同光元年吳人有告壽州團練使鍾泰章侵市官馬者徐知誥以吳王之命遣滁州刺史王稔巡霍丘因代之以泰章爲饒州刺史徐溫召至金陵使陳彥謙詰之者三皆不對或問泰章何以不自辨泰章曰吾在揚州號稱壯士步騎不下五千苟有它志豈單騎能代之乎我義不負國黜爲縣令亦行況刺史乎何爲自辨以張朝廷之失○二年吳王如白沙觀樓船更命白沙曰迎鑾鎮徐溫自金陵來朝先是溫以親吏翟虔爲閤門宮城武備等使使察王起居虔防制王甚急至是因謂溫曰公之忠誠我所知也然翟虔無禮宮中及宗室所須多不獲溫謝罪請斬之王曰太過乃[illegible]

明宗

諱亶
元年丙戌
末年癸巳

天成二年楊浦僞卽帝位改元乾貞二年改太和六年改天祚

三年八月徐知誥廣金陵城二十里且營宮城以備吳主遷都不果

溫卒僞吳以知誥爲鎭海寧國節度使鎭金陵總錄朝政如溫故事

天成二年十月吳徐溫卒初溫子知詢以其兄知誥非徐氏子數請代之嚴可求及徐玠亦屢勸焉陳夫人曰知誥自我家貧賤時養之奈何富貴而棄之可求等言不已溫欲勸吳王稱帝乃遣知詢奉表勸進因留代知誥執政知誥草表欲求洪州節度使俟旦上之是夕凶問至乃止知詢亟歸金陵○四年八月吳武昌節度使李簡以疾求還江都癸丑卒于採石徐知詢簡壻也擅留簡親兵二千人于金陵表薦簡子彥忠代父鎭鄂州徐知誥以柴再用爲武昌節度使知詢怒曰劉崇俊兄之親三世爲濠州彥忠吾妻族獨不得邪○長興元年十月吳左僕射嚴可求卒徐知誥將出鎭金陵乃以其長子大將軍景通爲兵部尚書參政事○知誥秉政每與宋齊丘議機事一堂既高且敞徹屏去障置

一火爐於堂間灰而不燃知誥齊丘終日處其堂圍爐閑坐火筯各執其一畫灰成字口終不言人莫知其所爲圍爐而散虛室闃然唯爐灰而已今圻溝孝先菩薩院是其堂也○二年十一月知誥表稱輔政歲久請歸老金陵乃以知誥鎭金陵以其子景通爲司徒同平章事留江都輔政十二月癸亥知誥至金陵○三年知誥作禮賢院於府舍聚圖書延士大夫與孫晟及海陵陳覺談議時事○四年宋齊丘勸知誥徙吳主都金陵知誥乃營宮城於金陵○九月知誥以國中水火屢爲災曰兵民困苦吾安可獨樂悉縱遣侍妓取樂器焚之○宋齊丘事吳守員外郎上策勸農桑曰徵民稅宜虛擡時價以折紬絹及錢課調于時朝議喧然訶齊丘此策虧損官錢不少阻之齊丘貽詩知誥知誥曰此

潞王

諱從珂元年甲午末年乙未晉滅之

二月甲申金陵大火乙酉又大火

吳太和中徐知誥典金陵鍾山之陽積飛

偽吳以徐景通爲節度副大使

勸農之上策也行之自是江淮不十年間野無閑田桑無隙地

清泰元年知誥別治私第於金陵乙未遷居私第虛府舍以待吳王二月吳人多不欲遷都者都押衙周宗言於知誥曰主上西遷公復須東行不惟勞費甚大且違衆心丙子吳主遣宋齊丘如金陵諭知誥罷遷都先是知誥久有傳禪之志以吳主無失德恐衆心不悅欲待嗣君宋齊丘亦以爲然一旦知誥臨鏡鑷白髭曰國家安而吾老矣奈何周宗知其意請如江都微以傳禪諷吳主且告齊丘齊丘以宗先己心疾之遣使馳詣金陵手書切諫以爲天時人事未可知誥愕然後數日齊丘至請斬宗以謝吳主乃黜宗爲池州副使吳詔知誥還府舍甲申金陵屢火知誥疑有變勒兵自衛己丑復入府舍○七月知誥召右

蝗尺餘厚有數十僧白晝聚首昭之盡

十月吳加中書令**徐知誥**尙父太師大丞相大元帥封齊王備殊禮以昇潤宣池歙常江饒信海十州爲齊國知誥辭尙父丞相殊禮

僕射宋齊丘還金陵以爲諸道都統判官加司空於事皆無所關預齊丘屢請退居知誥以南園給之○十月吳主加知誥大丞相尙父嗣齊王九錫辭不受○十一月知誥召其子景通還金陵爲鎭海寧國節度副大使以次子景迁爲左僕射參知政事留江都輔政○二年吳加徐景迁同平章事知誥令尙書郎陳覺輔之謂覺曰吾少年時與宋子嵩論議好相詰難子嵩携衣笥望秦淮門欲去者數矣吾常戒門者止之吾今老矣猶未徧達時事況景迁年少當國故屈吾子以輔之耳○布衣錢亮寓居金陵唐季天祐中嘗謂人曰金陵王氣復與當有申生子應運於此建都後吳帝命徐知誥出典斯郡亮謁之退謂左右曰建業之地復與帝都即郡守是也徐溫聞有斯言徙知誥它郡溫自治之廣

晉	
高祖 石敬塘元年丙申末年壬寅天福二年即吳天祚三年楊溥禪僞位于徐知誥遷據金陵自此有國江	吳主天福元年詔齊王徐知誥置百官以金陵府爲西都知誥改金陵爲江寧府牙城曰宮城廳堂曰殿始建太廟社稷 唐主以齊王璟爲昇揚二州牧

修宮署闕市城池以厭之亮又曰此乃修道之主也溫亡知誥受禪於金陵建帝都昇即戊申生也亮之言驗矣昇於是封亮爲霸國先生

天福元年十二月知誥以鎮南節度使太尉兼中書令李德誠德勝節度使兼中書令周本位望隆重欲使之帥衆推戴本曰我受先王大恩自徐溫父子用事恨不能救楊氏之危又使我爲此可乎其子宏祚彊之不得已帥諸將表吳主陳知誥功德請行冊命又詣金陵勸進宋齊丘謂德誠之子建勳曰尊公太祖元勳今日埽地矣於是吳宮多妖吳主曰吳祚其終乎左右曰此乃天意非人事也○二年春正月吳太子璉納齊王知誥女爲妃知誥以左右司馬宋齊丘徐玠爲左右丞相馬步判官周宗內樞判官黟人周廷玉爲內樞使自餘百

南知誥本姓李氏徐溫養以爲子遂冒徐姓既受吳禪明年復姓李氏更名昪國號南唐改元昪元六年李景襲僞位改元保大

唐昪元六年歲壬寅十一月丁丑溧水縣天興寺桑樹生木人

官皆如吳朝之制置騎兵八軍步兵九軍○二月戊子吳主使宜陽王璪如西都冊命齊王王受冊赦境內冊王妃曰后○三月壬申更名誥立子景通爲王太子固辭不受○七月吳同平章事王令謀如金陵勸徐誥受禪誥讓不受○八月吳王令謀老病或勸之致仕令謀曰齊王大事未畢吾何敢自安疾亟力勸徐誥受禪是月吳主下詔禪位于齊李德誠等復詣金陵帥百官勸進宋齊丘不署表九月癸丑令謀卒丙寅吳主命江夏王璘奉璽綬于齊冬十有一月甲申齊王誥卽皇帝位于金陵大赦改元昪元國號唐乙酉遣右丞相玠奉冊詣吳主稱受禪老臣誥謹拜稽首上皇帝尊號曰高尚思元宏古讓皇宮室乘輿服御皆如故正朔徽章服色悉從吳制唐主宴羣臣於天泉閣李德誠曰陛

下應天順人惟宋齊丘不樂因出齊丘止德誠勸進書唐主執書不視曰子嵩三十年舊交必不相負齊丘頓首謝丙申以吳張延翰張居詠李建勳並同平章事讓皇以唐主上表致書辭之唐主表謝不改丁酉加齊丘大司徒齊丘雖爲左丞相不預政事心愠懟聞制詞云布衣之交抗聲云臣爲布衣時陛下爲刺史今日爲天子可不用老臣矣還家請罪唐主手詔謝之亦不改命久之齊丘不知所出乃更上書請遷讓皇於它州斥遠吳太子璉絕其昏唐主不從○三年夏四月甲申唐宋齊丘自陳丞相不應不預政事唐主荅以省署未備○吳讓皇固辭舊宮屢請徙居李德誠等亦亟以爲言五月戊午唐主改潤州牙城爲丹楊宮以李建勳爲迎奉讓皇使壬戌唐主徙讓皇居丹楊宮○齊丘復

自陳爲左右所間唐主大怒齊丘歸第白衣待罪或曰齊丘舊臣不宜以小過棄之唐主曰齊丘有才不識大體乃命吳王璟持手詔召之○六月或有獻毒酒方於唐主唐主曰犯吾法自有常刑安用此爲羣臣爭請改府寺州縣名徐玠曰咸非急務不可從唐主然之○九月壬戌唐太府卿趙可封請唐主復姓李立唐宗廟○十一月吳讓皇卒唐主廢朝二十七日追諡曰睿皇帝○四年唐羣臣江王徐知證等累表請立宗廟唐主許之又請上尊號唐主曰尊號虛美且非古遂不受不以外戚輔政宦者不得預事皆它國所不及○己卯唐主爲李氏考妣發哀與皇后斬衰居廬如初喪禮朝夕臨凡五十四日○辛巳詔國事委齊王璟詳決惟軍旅以聞○庚寅唐主更名昪詔百官議二祚合享禮

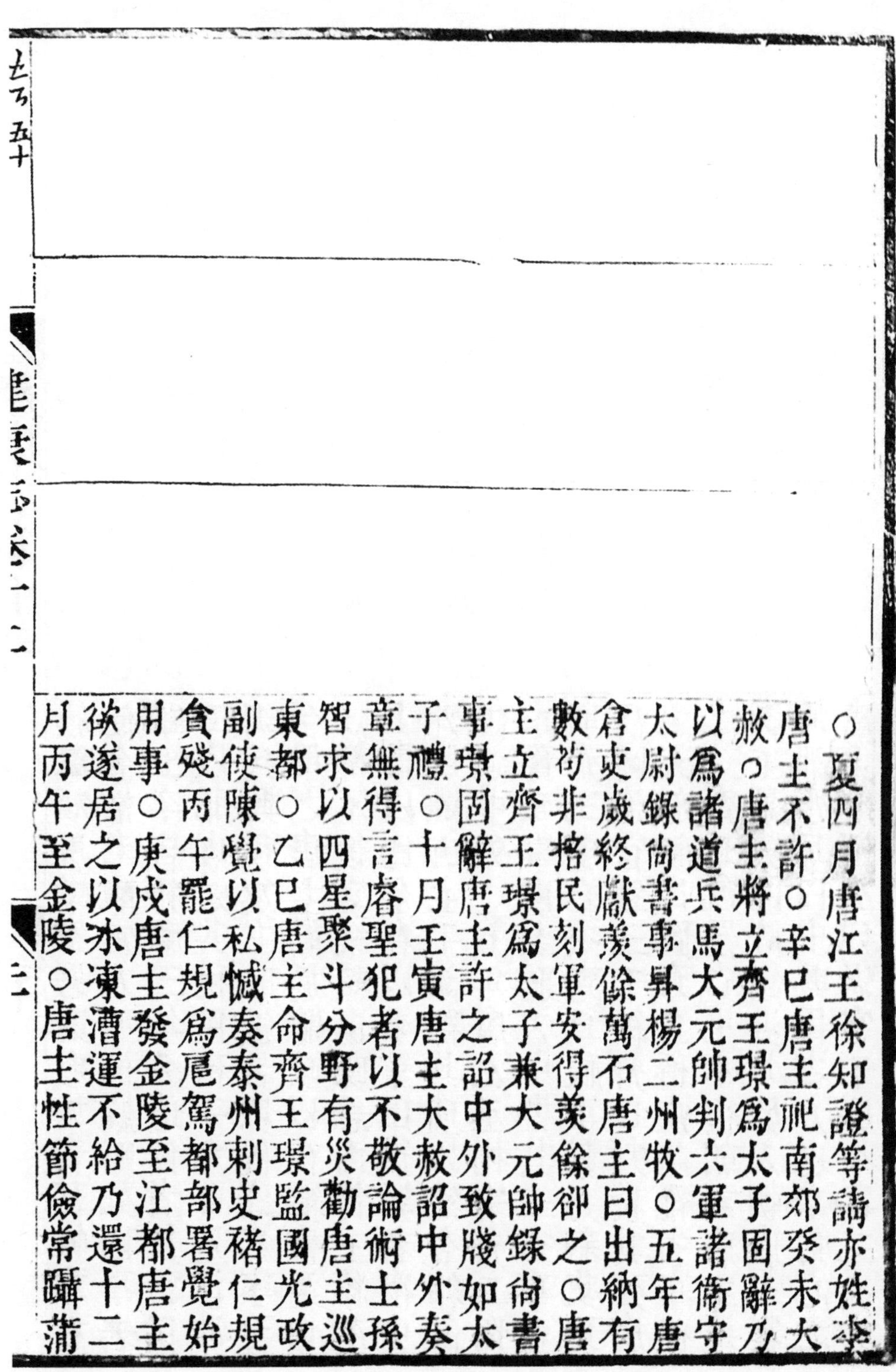

○夏四月唐江王徐知證等請亦姓李唐主不許○辛巳唐主祀南郊癸未大赦○唐主將立齊王璟爲太子固辭乃以爲諸道兵馬大元帥判六軍諸衛守太尉錄尚書事昇揚二州牧○五年唐倉吏歲終獻羡餘萬石唐主曰出納有數苟非掊民刻軍安得羡餘卻之○唐主立齊王璟爲太子兼大元帥録尚書事璟固辭唐主許之詔中外致牋如太子禮○十月壬寅唐主大赦詔中外奏章無得言睿聖犯者以不敬論術士孫智求以四星聚斗分野有災勸唐主巡東都○乙巳唐主命齊王璟監國光政副使陳覺以私憾奏泰州刺史褚仁規貪殘丙午罷仁規爲扈駕都部署覺始用事○庚戌唐主發金陵至江都唐主欲遂居之以冰凍漕運不給乃還十二月丙午至金陵○唐主性節儉常躡蒲

屨盥頮用鐵盎暑則寢於青葛帷左右使令惟老醜宮人服飾麤略死國事者雖士卒皆給祿三年分遣使者按行民田以肥瘠定其稅民稱平允自是江淮調兵興役及它賦斂皆以稅錢爲率至今用之唐主勤於聽政以夜繼晝還自江都不復宴樂頗傷躁急內侍王紹顏上書以爲今春以來羣臣獲罪者衆中外疑懼唐主手詔釋其所以然令紹顏告諭中外○七年唐左丞相宋齊丘固求豫政事唐主聽入中書其三省事並取齊王璟參決齊丘視事數月親吏夏昌圖盜官錢三千緡齊丘判貸其死唐主大怒斬昌圖齊丘稱疾請罷省事從之○齊丘既罷省事不復朝謁唐主遣壽王景遂問許鎮洪州始入朝唐主宴酒酣齊丘曰中興臣之力也奈何忘之唐主怒曰公以游客干朕今爲三公亦

齊王

諱重貴

元年癸卯

末年丙午

漢滅之

李景舊唐

僭位改元

保大

五八十五

金陵尹燕王景達為諸道兵馬元帥

足矣乃與人言朕烏喙如何踐難與共安樂有之乎齊王曰臣實有此言臣為游客時陛下乃偏裨耳今日殺臣可矣明日唐主手詔謝之曰朕之褊性子嵩平日所知少相親老相怨可乎丙午以齊王為鎮南節度使○唐主自為吳相興利除害變更舊法甚多及即位命法官及尚書刪定為昇元條三十卷行之

○開運三年南唐滅閩

天福八年唐宣城王景達剛毅開爽烈祖愛之屢欲以為嗣宋齊王亟稱其才唐主以齊王璟年長而止璟以是怨齊王唐主幼子景逷母种氏有寵齊王璟母宋皇后稀得進見唐主如璟宮遇璟親調樂器大怒誚讓數日种氏乘間言景逷雖幼而慧可以為嗣唐主怒曰子有過父訓之常事也國家大計女子何得預知即命嫁之唐主嘗夢吞靈丹旦

而方士史守冲獻丹方以爲神而餌之浸成躁急嘗以藥賜李建勳建勳曰臣餌之數日已覺躁熱況多餌乎唐主曰朕服之久矣羣臣奏事往往暴怒然或有辨論中理者亦斂容慰謝而從之○給事中常夢錫言陳覺馮延巳魏岑皆佞邪小人不宜侍東宮司門郎中蕭儼表稱陳覺姦回亂政唐主頗感寤未及去會疽發背秘不令人知密令醫治之聽政如故庚午疾亟太醫吳廷裕遣親信召齊王璟入侍疾唐主謂璟曰吾餌金石始欲益壽乃更傷生汝宜戒之是夕殂秘不發喪下制以齊王監國大赦孫晟恐馮延己等用事欲稱遺詔令太后臨朝稱制李貽業以爲姦人詐也晟懼而止馮延己延魯俱在元帥府草遺詔聽民賣男女意欲自買姬妾蕭儼駁曰此非大行之命延己昔有此請於先

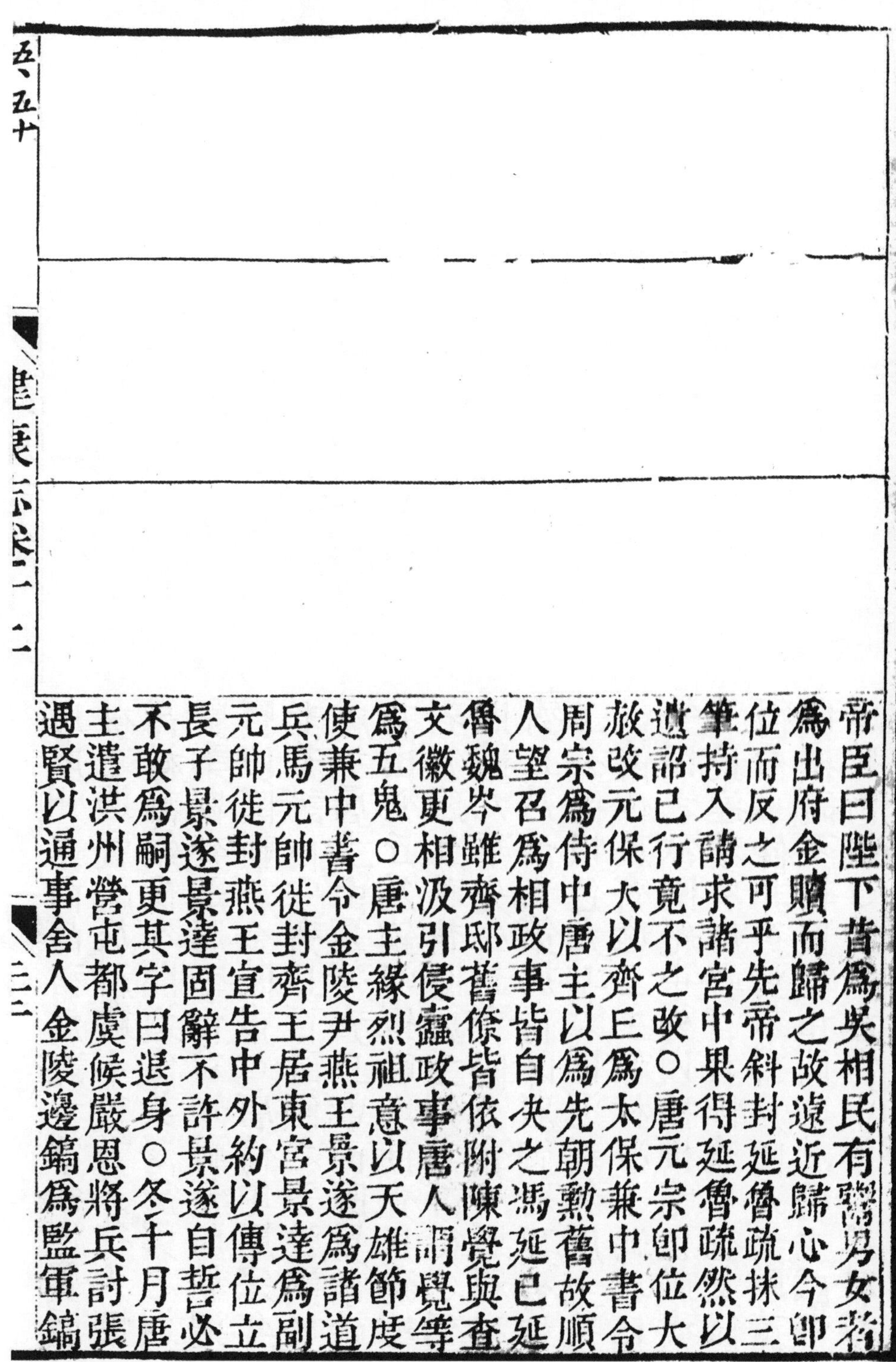

帝臣曰陛下昔爲吳相民有鬻男女者爲出府金贖而歸之故遠近歸心今卽位而反之可乎先帝斜封延魯疏抹三筆持入請求諸宮中果得延魯疏然以遺詔已行竟不之改○唐元宗卽位大赦改元保大以齊丘爲太保兼中書令周宗爲侍中唐主以爲先朝勳舊故順人望召爲相政事皆自決之馮延巳延魯魏岑雖齊邸舊僚皆依附陳覺與查文徽更相汲引侵蠹政事唐人謂覺等爲五鬼○唐主緣烈祖意以天雄節度使兼中書令金陵尹燕王景遂爲諸道兵馬元帥徙封齊王居東宮景達爲副元帥徙封燕王宣告中外約以傳位立長子景遂景達固辭不許景遂自誓必不敢爲嗣更其字曰退身○冬十月唐主遣洪州營屯都虞候嚴恩將兵討張遇賢以通事舍人金陵邊鎬爲監軍鎬

用虔州人白昌裕爲謀主擊張遇賢屢破之遇賢禱於神神不復言其徒大懼昌裕勸鎬伐木開道出其營後襲之遇賢棄衆奔別將李台台知神無驗執遇賢以降斬於金陵市○唐侍中周宗年老恭謹自守齊丘百計傾之宗泣訴於唐主唐主由是薄齊丘既而陳覺被疎乃出齊丘爲鎭海軍節度使齊丘忿懟表乞歸九華舊隱唐主知其詐從之仍賜號九華先生封青陽公食一縣租稅齊丘乃治大第於青陽服御將吏皆如王公而憤色尤甚○開運元年唐主決欲傳位於齊燕二王翰林學士馮延己等因之欲隔絶中外以擅權幸已敕齊王景達參決庶政百官惟魏岑查文徽得白事餘非召對不得見國人大駭蕭儼極論不報賈崇扣閤切諫唐主感悟遽收前敕○唐主於宮中作高樓召羣

臣觀之衆皆歎美蕭儼曰恨樓下無井唐主問其故對曰以此不及景陽樓耳唐主怒貶舒州觀察使○二年八月唐兵圍建州旣久建人離心丁亥唐先鋒橋道使上元王建封先登遂克建州閩主延政降十月王延政至金陵唐主以爲羽林大將軍斬楊思恭以謝建人○十二月唐齊王景達府屬謝仲宣言於景達曰宋齊丘先帝布衣之交今棄之草萊不厭衆心唐主乃使景達自至青陽召之○三年正月以齊丘爲太傅兼中書令但奉朝請不預政事以昭武節度使李建勳爲右僕射與中書侍郎馮延巳同平章事○初唐主置宣政院於禁中以翰林學士給事中常夢錫領之專典機密與中書侍郎嚴續皆忠直無私唐主謂夢錫曰大臣惟嚴續中立然無才恐不勝其黨卿宜左右之未幾夢

錫罷宣政院續亦出爲池州觀察使○後主淫於浮圖氏嘗有二人繼踵而諫一人獲徒三年一人獲流罪歙州汪渙上書云臣今第三諫也若以前諫得罪比之臣合於流上加等至死臣是以將一命納在昌朝臣聞梁武帝之事佛也刺血寫經散髮與僧踐捨身爲寺奴屈膝禮和尚及終也餓死於臺城之下今陛下事佛雖未見有此臣恐它日猶不得如梁武臺城之事後主覽書曰此敢死之士授以昭文館校書郎

漢

高祖

劉暠

元年丁未

末年庚申

天福十二年唐主以太傅兼中書令宋齊丘爲鎮南節度使又以羽林大將軍王延政爲安化節度使鄱陽王鎮饒州

隱帝

諱承祐

元年己酉

末年庚戌

周滅之

周

太祖

郭威

元年辛亥

末年甲寅

二年建業災焚廬舍營署踰月乃止

乾祐二年唐主復進用魏岑吏部郎會稽鍾謨尚書員外郎李德明始以辨慧得幸參預國政二人皆恃恩輕躁雖不與岑爲黨而國人皆惡之

廣順元年唐百官共賀湖南平起居郎高遠曰我乘楚亂取之甚易觀諸將之才但恐守之甚難耳唐主自即位以來未嘗親祠郊廟嘗曰俟天下一家然後告謝一舉取楚謂諸國指麾可定魏岑侍宴言臣少遊元城樂其風土俟陛下定中原乞魏博節度使唐主許之岑趨下拜謝其主驕臣佞如此○初蒙城鎮將咸師朗將部兵降唐唐主以其兵爲奉節都從邊鎬平湖南唐悉收湖南金帛珍玩倉粟之屬及至舟艦亭館花果之美者皆徙於金陵遣楊繼勳收湖南

租賦以贍戍兵繼勳等務爲苛刻湖南人失望行營糧料使王紹顔減士卒糧賜奉節指揮使孫朗曹進怒曰昔吾從咸公降唐唐待我豈如今日湖南將士之厚哉今有功不增祿賜又減之不如殺紹顔及鎬據湖南歸中原富貴可圖也○二年正月庚申夜孫朗曹進帥其徒作亂邊鎬覺之出兵格鬭朗斬關奔朗州王逵問朗曰淮南兵易與耳今欲以朗州之衆復取湖南可乎朗曰朗在金陵數嘗備見其政事朝無賢臣軍無良將忠佞無別賞罰不當如此得國存幸矣何能兼人朗請爲公前驅取湖南如拾芥耳逵悦厚遇之○唐司徒致仕李建勳卒戒家人曰時事如此吾得良死幸矣勿封土立碑聽人耕種於上免爲它日開發之標及江南之亡也諸貴人之冢無不發者惟建勳冢莫知其處

○唐江西觀察使楚王馬希蕚入覲唐主留之後數年卒於金陵謚曰恭孝○三年唐草澤邵棠上言近游淮上聞周主恭儉增修德政吾兵新破於潭郢恐其有南征之意宜爲之備○唐大旱井泉涸淮水可涉饑民度淮而北者相繼○唐欲罷貢舉知制誥徐鉉言貢舉初設不宜遽罷乃復行之○唐保大十一年境內大旱自六月不雨至明年三月民大饑疫死大半下令郡縣煮粥賑之饑民食者皆死城內外傍水際積尸臭不可行○南唐保大中有給事中唐鎬忽一旦改易巾櫛低巾短柄以單薄漆紗爲之唐主見而美之曰雅矣官寮士庶舉國効之柄之長者不踰二寸紗之薄者微露頂髻時謂青紗幞頭唯袁州隱士易元象依舊高冠長柄人或笑其不入時樣元象曰低巾短柄國家不祥

世宗

榮

元年乙卯

末年己未

庚申歸于

皇宋

之兆不忍効之明年周世宗度淮國主稱臣唐祚衰微前言驗矣

顯德二年唐主以中書侍郎知尚書省嚴續爲門下侍郎同平章事○唐主性和柔好文華而喜人順已由是諂諛之臣多進用政事日亂十一月乙未周主以李穀王彥超韓令坤等十二將伐唐唐人聞周兵至而懼劉仁贍神氣自若部分守禦無異平日衆情稍安唐主以劉彥貞將兵二萬趣壽州同平章事皇甫暉爲應援使姚鳳爲應援都監將兵三萬屯定遠召鎮南節度使宋齊丘還金陵謀國難以殷崇義爲吏部尚書知樞密院○柴母者吳將柴再用之妻唐刺史柴克宏之母保大中周師北入越人東侵命將帥拒之踟躕未決柴母上表臣妾長男克宏堪任指使樞密李徵古奏曰此人雖良將之子素無聲〇觀

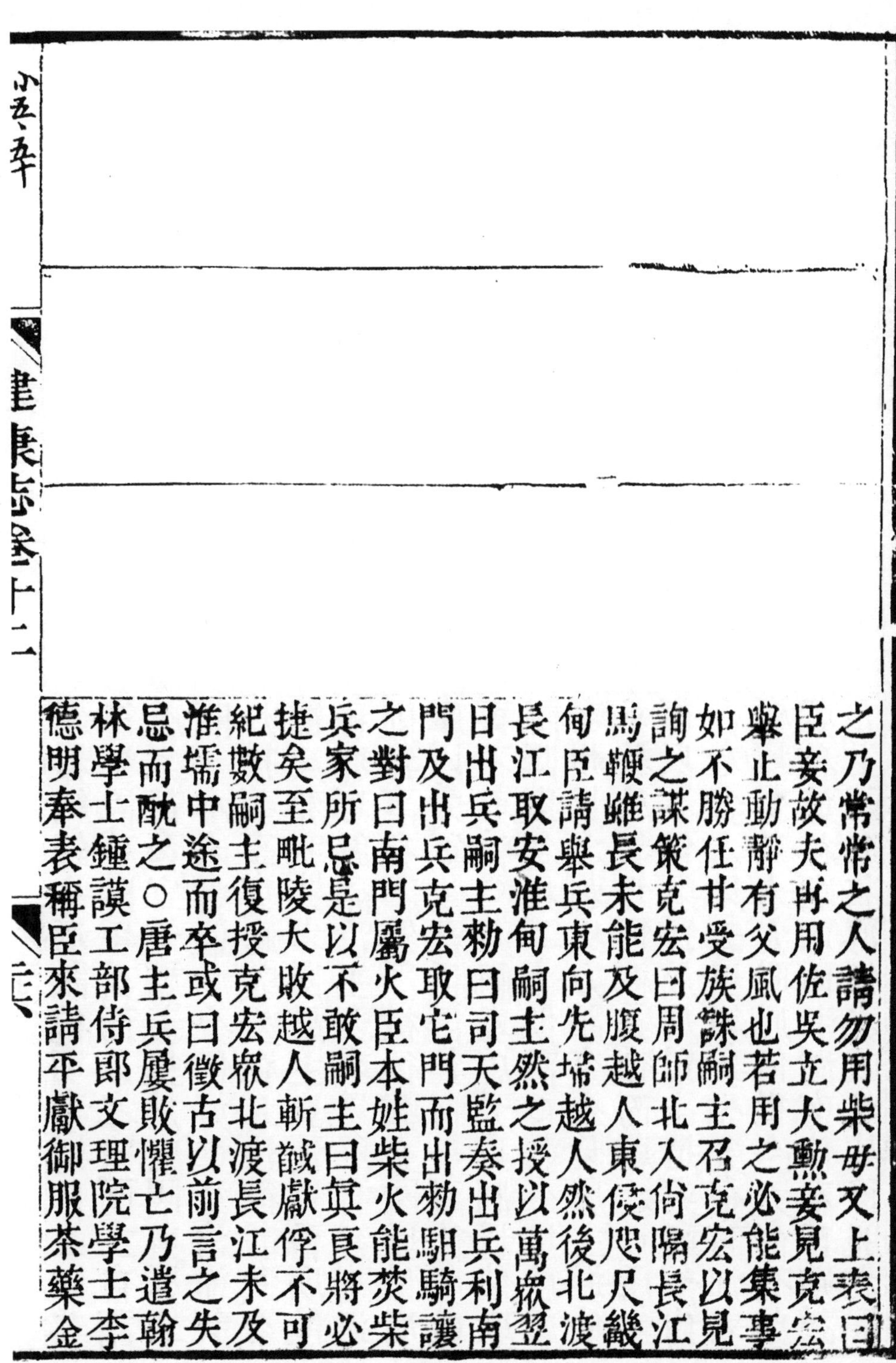

建康志卷十二

之乃常常之人請勿用柴毋又上表曰臣妾故夫冉用佐吳克大勳妾見克宏舉止動靜有父風也若用之必能集事如不勝任甘受族誅嗣主召克宏以見詢之謀策克宏曰周師北入倚陽長江馬鞭雖長未能及腹越人東侵咫尺纖甸臣請舉兵東向先擣越人然後北渡長江取安淮甸嗣主然之授以萬衆翌日出兵嗣主勑曰司天監奏出兵利南門及出兵克宏取它門而出勑騏騎讓之對曰南門屬火臣本姓柴火能焚柴兵家所忌是以不敢嗣主曰真良將必捷矣至毗陵大敗越人斬馘獻俘不可紀數嗣主復授克宏衆北渡長江未及淮壖中途而卒或曰徵古以前言之失忌而酖之○唐主兵屢敗懼亡乃遣翰林學士鍾謨工部侍郎文理院學士李德明奉表稱臣來請平獻御服茶藥金

銀器繒錦牛酒謨德明素辯口上知其欲游說盛陳甲兵而見之曰爾主自謂唐室苗裔宜知禮義異於它國與朕止隔一水未嘗遣一介修好惟泛海通契丹捨華事夷禮義安在且汝欲說我令罷兵邪我非六國愚主豈汝口舌所能移邪可歸語汝主亟來見朕再拜謝過則無事矣不然朕欲往觀金陵城借府庫以勞軍汝君臣得無悔乎謨德明戰栗不敢言○太祖奏唐天長制置使耿謙降獲芻糧二十餘萬○韓令坤攻唐泰州拔之刺史方訥奔金陵唐主遣使求救於契丹何繼雲獲而獻之○唐主復以右僕射孫晟爲司空遣與禮部尚書奉表入見云臣紹襲先業奄有江表顧以瞻烏未定附鳳何從今天命有歸聲教遠被願比兩浙湖南仰奉正朔謹守土疆乞收薄伐之威赦其後服之罪

首於下國俾作外臣則柔遠之德云誰不服又獻金銀器羅綺○唐主使李德明孫晟言於周請去帝號割壽濠泗楚光海六州之地仍歲輸金帛百萬以求罷兵周欲盡得江北之地不許德明請歸白唐主許之遣供奉官安宏道送德明歸金陵賜唐主詔書其略曰但存帝號何爽歲寒倘堅事大之心終不迫人于險又曰俟諸郡之悉來卽大軍之立罷言盡於此更不煩云苟曰未然請從茲絕又賜其將相書使熟議而來唐主復上表謝德明勸唐主割江北之地唐主不悅宋齊丘等因譖德明賣國求利斬德明於市唐齊王景達將兵二萬自瓜步濟江距六合二十餘里設柵不進諸將欲擊之○太祖皇帝曰吾衆不滿二千若往擊之則彼見吾寡矣不如俟其來而擊之破之必矣居數日唐出兵

趣六合○太祖奮擊大破之殺獲近五千八餘衆尙萬餘走渡江爭舟溺死者甚衆於是唐之精兵盡矣唐駕部員外郎朱元因奏事論用兵方略唐主以爲能命將兵復江北諸州○是歲唐主詔淮南營田害民尤甚者罷之○四年唐齊王景達及陳覺皆自濠州奔歸金陵惟靜江指揮使陳德誠全軍而還○十一月李重進破唐濠州南關城又攻拔其羊馬城城中震恐本州團練使郭廷謂上表言臣家在江南今若遽降恐爲唐所種族請先遣使詣金陵禀命然後出降帝許之郭廷謂使者自金陵還知唐不能救命錄事參軍李延鄒草降表延鄒責以忠義繼擲筆曰大丈夫終不負國爲叛臣作降表廷謂斬之舉濠州降○五年唐改元中興○周取淮南惟廬舒蘄黃未下唐主遣陳覺奉表至周

恭帝

名崇訓

世宗子卽

位百餘日

遜位

皇宋

僞唐李景

改元交泰

又改中興

皇宋初去僞

號改江南

國王

見周兵之盛請遣人度江取表獻四州地畫江爲境以求息兵遣其屬劉承遇如金陵上賜唐主書唐王復遣劉承遇奉表獻江北四州歲輸貢納於是江北悉平得州十四縣六十丙午唐主遣馮延巳獻銀絹錢茶穀共百萬以犒軍○庚戌敕淮南節度使楊行密故昇府節度使徐溫等墓並量給守戶○唐主避周諱更名景下令去帝號稱國主凡天子儀制皆有降損去年號用周正朔○唐主內附未嘗遣使至其國五月己酉始命馮延魯鍾謨使于唐賜以御衣玉帶等及犒軍帛十萬并今年欽天歷○唐主以金陵去周纔隔一水洪州險固居上游集羣臣議徙都之○七月始鑄當十大錢文曰永通泉貨又鑄當二錢文曰唐國通寶與開元錢並行○九月唐太子宏冀卒有司引浙西之功謚曰

武宣句容尉全椒張洎上言太子之德主於孝敬今謚以武功非所以防微而愼德也乃更謚曰文獻擢洎爲上元尉是歲我

太祖皇帝登極

景定建康志卷之十二

景定建康志卷之十三

承直郎宜差充江南東路安撫使司幹辦公事周應合修纂

建康表九 國朝建隆以來爲年表

少保馬亮序

金陵古之名地也昔周大王長子避位奔江南百姓從而君之自號句吳太伯吳亡於越越亡於楚楚亡於秦其間千餘年不常厥居秦有天下置三十六郡涉歷兩漢其地尚屬丹楊郡三國時孫權始建都邑晉室渡江宋齊梁陳因之無遷易焉隋滅陳而禪唐至元宗時乃爲昇州唐祚告絶五代繼

立當是時也九州分裂海内横流擅其地而稱霸王者非一江淮則楊氏據之而都廣陵李氏承之而都金陵憲章紀律惟李氏可採金陵則輒號江寧府矣聖宋開基混一區宇後主以開寶八年乙亥歲十一月二十七日城陷歸闕金陵復爲昇州至丙午歲凡三十二年且牧守一十七八慮年代寖遠好事者無以詰其姓名余忝守郡條職叅史氏故爲題名記欲使往者來者得以顯其名位到罷月日庶幾乎千載之下知

皇宋之有人焉

時	地	人	事
建隆元年庚申			李昪爲楊行密將徐溫養子後唐天成二年溫卒昪僭號後唐昪卒景襲位至上即位以書諭之○三月景進賀登極絹二萬匹銀一萬兩長春節御服金帶金器一千兩銀器五千兩綾羅錦綺一千匹○七月貢乘輿服御物又貢賀平澤潞金器五百兩銀器三千兩羅紈千匹絹五千匹○十一月上征李重進景遣僕射犒師復遣子從謐置宴上使諸軍習戰艦於迎鑾景懼甚小臣杜著僞作商人來歸彭澤令薛良坐事責池州文學亦來奔景益懼上命斬著於下蜀市配良隸廬州牙校景少安然終以蹙弱遂決遷都之計

二年　辛酉

二月景使賀長春節○己卯遣通事舍人王守正使江南勞遷都也是月景遷南都城邑迫隘欲誅始謀者樞密使唐鎬發病卒六月景殂於南都七月以喪歸金陵子從嘉卽位改名煜○句容尉張佖上書陳十事煜嘉納擢爲監察御史○八月徐邈奉其主景遺表來上○九月一日煜遣馮謐來貢金器二千兩銀器二萬兩綾羅繒綵三萬匹仍上手表陳敘襲位之意　上優詔荅之○戊子遣鞍轡庫使梁從義如江南弔祭賜絹三千匹○十月唐主以皇太后山陵遣韓熙載田霖來助葬○丙申命王仁贍使江南以煜新立申慶賜也煜以南都留守韓王從善爲司徒兼侍中諸道兵馬副元帥鄧王從鎰爲司空南都留守令諸司無職事官四品至九品日二員待制內殿各上封事三兩條時有才

			高位下者私喜其言得達而迄莫施行衆遂失望○十二月煜追尊其父爲皇帝廟號元宗
三年壬戌			四月乙未詔奉使江南者毋得將其所用錢過江北雖通職貢然亦增修戰備○七月二日煜遣翟如璧謝賜生辰國信貢金器二千兩銀器一萬兩錦綺綾羅一萬匹
乾德元年癸亥			十一月十八日煜貢賀南郊禮畢銀一萬兩絹一萬匹賀冊尊號絹萬匹
二年甲子			二月二十八日煜貢助改葬安陵銀一萬兩綾絹各萬匹別貢銀二萬兩金銀龍鳳茶酒器數百事○十一月三十日煜妻周氏卒遣作坊副使魏丕弔祭
三年乙丑			二月二日煜貢長春節御衣二襲金酒器千兩錦綺羅縠各千匹銀器五千兩十四日又貢賀收復西川銀五萬兩絹

四年丙寅

五年丁卯

五萬匹十月煜母鍾氏卒遣染院副使
李光圖充弔祭使
七月煜上言占城國使入貢道出臣國
遺臣犀角一株牙二株白龍腦三十兩
蒼龍腦十斤乳香千斤沉香三千斤煎
香七十斤石亭脂五十斤白檀香百斤
紫礦五十斤荳蔻二萬顆龍腦三斤檳
榔五十斤藤花簟四領占城孤班古緵
二段闍婆禮偃鸞國古緵一段闍婆沙
鵶古緵一段繡古緵一段繡水織布五
匹沙剱錦繡古緵一段以其物來上詔
曰遠夷述職欽我文明經行既歷於彼
邦贄聘遂修於常禮煩持信幣遠至上
都深認忠勤即宜收領令後更有禮幣
不須進來○煜以邸院稍乏賻供將茶
二十萬斤納於建安軍詔給價錢

開寶元年戊辰

二月二十一日煜請依乾德四年例納茶給錢從之

二年己巳

六月煜以車駕北征使弟從謙來貢茶藥器幣查元方掌從謙牋奏　上命知制誥盧多遜燕從謙于館多遜奕棋次謂元方曰江南竟如何元方對曰江南事大朝十餘年極盡藩臣之禮不知其它多遜曰孰謂江南無人

三年庚午

四年辛未

十一月煜遣弟鄭王從善爲郊禮來朝貢始去唐號改印文爲江南國印賜詔乞呼名從之先是煜以銀五百兩遺丞相趙普普告于　上上曰此不可不受普叩頭辭讓　上曰大國之體不可自爲削弱當使之勿測及從善入覲常賜

外密賚白金如遺普數江南君臣聞之皆震駭服　上偉度

五年　壬申

二月　上既平廣南欲經理江南因從善入貢遂留之煜大懼是月始損制度下令稱教改中書門下爲左右內史府尚書省爲司會府御史臺爲司憲府翰林爲修文館樞密院爲光政院從善爲南楚國公從鎰爲江國公從謙爲鄂國公宮殿悉去鴟吻○閏二月以李從善爲泰寧節度使賜第京師　上使從善致書風煜歸朝煜不從但增歲貢而已南都留守林仁肇有威名朝廷忌之用計間煜遂殺仁肇

六年　癸酉

七年　甲戌

上命有司造大第號禮賢宅以待李煜及錢俶先來朝者賜之乃相繼遣梁迥李穆使江南諭旨令煜入朝煜托疾不

至上決意伐之乃命曹彬及潘美伐江南彬等入辭上謂彬曰南方之事一以委卿切勿暴略生民務廣威信使自歸順不須急擊也且以匣劍授彬曰副將而下不用命者斬之潘美等皆失色○十月九日煜進絹二十萬匹茶二十萬斤買宴絹萬匹錢五千貫御衣金帶金銀器用數百事聞將舉兵故有是獻○十三日又貢銀五萬兩絹五萬匹以王師傳其城懼而來告○閏十月丁卯彬敗江南二萬餘衆於采石磯擒楊收孫震等獲戰馬三百餘匹江南無戰馬朝廷每年賜百匹至是驅爲前鋒驗其印記皆朝廷所賜也郝守濬自荆南以大艦幷黃黑龍船跨江爲浮梁試於石簰口○十一月詔移采石磯繫纜三日而成不差尺寸初江南人樊若冰舉進士不第上書言事不報乃釣魚采石

江上以縄度江廣狹詣闕陳取江南策上令學士院召試賜及第如若冰之策造大艦爲浮梁以濟師至是用之王師如履平地煜初聞之謂此兒戲耳乃遣杜彥華督水軍萬人杜眞領步軍萬人逆王師彬等敗之於新林寨獲樓船戰櫂三十餘艘〇十二月又敗江南軍五千餘人於白鷺洲生擒一百三十人金陵始下令戒嚴

八年
乙亥

以江寧府爲昇州以蕪湖繁昌廣德三縣隷宣州以青陽銅陵二縣隷池州

楊克遜十一月知昇州軍州事兼管當江南諸州水陸轉運使

初江南後主卽位夢羊陞武德殿御牀意甚惡之及金陵之陷補闕楊克遜知昇州首坐此府〇正月彬又敗江南軍於新林港口斬首三千級獲船六十餘艘吳越王錢俶拔常州利城寨敗江南軍生擒二百五十人馬八十疋來獻又遣田欽祚敗江南萬餘衆於溧水斬僞都統使李雄等十七人初李景之割江也雄爲江南義軍首領拒周有功歷袁

汀二州刺史至是爲統軍使戒諸子曰吾必死於國難爾曹勉之是役也雄父子八人偕死凡同行者亦歿曹彬等敗其衆數千人於白鷺洲拔昇州關城江南軍千餘人溺死守陴者遁入城○三月又敗其衆於江中生擒五百人○四月又敗其衆於秦淮北○六月又敗其軍二萬餘衆於昇州城下奪戰艦數十艘○九月降潤州就命行營都監丁德裕爲常潤等州經略巡檢使○十月劉遇等破江南軍三萬餘衆於皖口生擒僞將朱令贇并獲戰櫂都虞候王暉等獲戎器數萬○十一月又敗其軍五千人於城下彬等進攻金陵初次秦淮江南水陸十餘萬背城而陣時舟楫未具潘美曰豈限此一衣帶水邪率所部先濟江南兵大敗煜復出兵泝流奪采石浮梁美旋擊破之擒鄭賓等七人王師

入境國主弗憂日於後苑引僧道誦經講易不恤軍事師傳城下累日猶不知時宿將皆死前神衛統軍都指揮使皇甫繼勳年少國主委以兵柄繼勳初無効死意但欲國主速降而口不敢發後國主自出巡城見王師旌旗滿野始大懼遂殺繼勳自此兵機處分皆自澄心堂出張洎等實專之也於是遣使召朱令贇令贇自湖口擁衆入援號十萬順流而下將焚采石浮梁王明率所部屯獨樹口遣其子馳入奏且請增造戰船以襲令贇　上曰此非救急之策也令贇朝夕至金陵之圍解矣乃密遣使令明於洲浦間多立長木若帆檣之狀令贇望見疑有伏即稍逗留時江水淺涸不利行舟令贇獨乘大航建大將旗旗至皖口步軍都指揮使劉遇急擊之令贇縱火拒戰會北風甚火反及之其衆

大潰生擒令贇等金陵獨恃此援於是孤城愈危蹙矣王師初起江南以京口要害當得良將以守劉澄舊事藩邸國主尤親任之乃擢爲潤州留後澄至鎮無鬬志哭越兵初至煜命盧絳自金陵部舟師八千來救時澄已懷鄉背且營壘未成左右請出兵攻之澄不從聞金陵圍急遂以城降潤州平外圍愈急始遣徐鉉來入貢求緩兵大臣言鉉博學有才辯宜有以待之 上笑曰第去非爾所知旣而鉉至言煜以小事大如子事父其說累數百上徐曰爾謂父子者爲兩家可乎鉉不能對鉉還尋復入奏言江南無罪辭氣益厲 上怒按劒謂鉉曰不須多言江南亦有何罪但天下一家臥榻之側豈可容它人鼾睡乎鉉皇恐而退先是曹彬等列三寨攻城潘美居其北以圖來上 上視之指北寨

謂使者曰此宜深溝自固江南人必夜出兵來寇爾亟去語曹彬併力速成之不然將爲所乘矣彬承命自督丁夫掘塹塹成江南人果夜出兵襲北寨彬等縱其至徐擊之皆殲焉王師圍金陵自春徂冬勢愈窮蹙　上因使者諭彬以勿傷城中人若猶困鬬李煜一門切毋加害於是彬每緩攻累遣人告煜曰某月某日城必破宜早爲之所一日彬忽稱疾諸將問疾彬曰諸公若共信誓破城日不妄殺一人則彬之病愈矣諸將遂焚香約誓彬稱疾愈○十一月二十七日城陷彬整軍至宮城煜奉表納降與其羣臣迎拜於門彬慰安之申嚴禁暴之令士大夫皆賴彬保全府庫委轉運使按籍一無所問及還舟中皆圖籍衣衾而已捷書至羣臣入賀　上泣謂左右曰宇縣分割民受其禍思布聲教

以撫養之攻城之際必有横罹鋒刃者此實可哀也卽詔出米十萬石賑城中饑民大赦江南僞署文武官釐務者並仍舊令呂龜祥詣金陵籍煜圖書赴闕下得六萬餘卷○九月以昇州東南路行營都監內客省使丁德裕爲常潤等州經略巡檢使

九年丙子

十月

太宗皇帝

正月辛未曹彬遣郭守文奉露布以江南國主李煜及子弟官屬等四十五人來獻有司議獻俘之禮如劉鋹 上曰煜嘗奉正朔非鋹比也乃封煜爲違命侯而錄用其子弟大臣召見徐鉉責以不早勸煜歸朝聲色甚厲鉉對曰臣爲江南大臣而國滅亡罪固當死不當問其它 上曰忠臣也事我如事李氏賜坐慰撫之又責張洎曰汝教李煜不降使至今日因出帛書示之乃王師圍城洎所草召江上救兵蠟彈書也洎頓首

即位十二月改太平興國元年

置江寧府上元縣都監寨

請死曰書實臣之所爲犬吠非其主此其一爾它尚多今得死臣之分也　上奇之謂曰卿大有膽朕不罪卿今事我無替昔之忠也○詔諸軍虜得人口七歲已上官給絹人五匹收贖其七歲已下兒女並給付本主無得隱藏○李繼隆善馳驛日走四五百里征江南嘗往來覘兵勢　大祖欲拔用謂曰昇州平時持捷書來當厚賞汝繼隆奏曰金陵破在旦夕臣在途中遇大風天地晦冥城破之兆也翌日捷書至　太祖召謂曰果如汝所料除莊宅使

李煜至京師天下減罪並如建隆四年四月德音○取蔣山大鐘置太平興國寺卽唐興龍寺也

二年　丁丑

二月克遜赴闕　賈黃中以禮部員外郎知州事

江南轉運使樊若冰言於昇州出銅處置官鑄錢卽改鑄鐵錢爲農器以給流民之歸附者

三年 戊寅		
四年 己卯		
五年 庚辰	五月黃中除知制誥劉保勳以戶部郎中知州事十月保勳赴闕韓遂以樞密副承旨知州事	賈黃中知昇州府舍有一室封記具全黃中至州啓之得李氏珠寶數十櫃皆未著于籍者即表上之 上曰非黃中則亡國之寶污法害人矣賜錢三十萬
六年 辛巳		
七年 壬午		昇人丁衎上疏請禁淫祠 上悅之
八年 癸未		上謂張齊賢曰江左初平民間不便事一一條奏齊賢曰舊以錢爲幣今改用

銅錢此最不便　上曰漢時吳王即山鑄錢江南多出銅爲朕經營之初李氏歲鑄六萬貫自克復增冶匠然不過七萬貫〇二月詔先禁江南諸州民家私畜弓劍甲鎧違者論其罪

雍熙元年甲申		三月遂赴闕尚書比部員外郎直史館許驤知州事	
二年乙酉		七月驤爲江南轉運副使九月尚書水部郎中源護知州事	夏四月遣使賑江南饑
三年丙戌			
四年丁亥			

年		
端拱元年戊子		七月謝改知福州九月屯田郎中雷有終知州事
二年己丑		
淳化元年庚寅		正月有終改知廣州以侍御史盧文正知州事
二年辛卯		三月文正改知越州以權易使長洲刺史陳欽祚知州事
三年壬辰		

小六四十一

大四十八

四年癸巳

五年甲午

置上元縣

淳化鎮

六月欽祚赴闕尚書虞部郎中高象先知州事十二月象先赴闕兵部員外郎郭曻知州事

江寧人秦傳序以開州監軍死事其子奭泝峽求其父尸至夔州船覆而死世以父死於忠子死於孝奏至　上嗟惻久之錄傳序次子煦爲殿直賜錢十萬

至道元年乙未

三月曻改知越州四月李偉以西京作坊使知州事

九月詔給江寧府每月係省酒三石

二年丙申

十二月偉改知洪州

三年丁酉

三月宋覃以西京左藏庫使知州事

除昇州今年秋稅旱故也

年		
咸平元年戊戌	覃赴闕十月以西京左藏庫使張繼美知州事	江東轉運使陳靖請除江南二稅外沿征錢物一十四事
二年己亥	六月繼美卒八月以給事中呂祐之知州事	
三年庚子		江湖都巡檢使楊允恭卒于昇州詔昇州賜錢二十萬絹百匹又以錢二十萬帛五十匹給其家
四年辛丑	二月以建武軍節度觀察留後劉知信知州事	
五年壬寅		

四ノ廿 建康志卷十三 十一

六年癸卯

景德元年甲辰

九月召知信赴　闕以尚書兵部員外郎直史館馬亮知州事

寇準已決親征之議王欽若以虜寇深入密言於　上請幸金陵　上復以問準準曰誰爲　陛下畫此策者罪可斬也　上乃止後　上駐蹕韋城羣臣復有以金陵之謀告　上宜且避虜鋒者　上又問寇準準曰虜寇迫近四方危急陛下惟可進尺不可退寸若回輦數步則萬衆瓦解虜乘其勢金陵亦不可得而至矣

二年乙巳

改陶吳鋪爲金陵鎮

十月亮加工部郎中

亮務求人瘼輕揚之風忿鷙成俗失意相讎乘風縱火申命伺察動無隱漏大殲惡少仍絕震驚僭國遺區藩儀未緝來庭之會器服不充子城東北卽僞朝德昌宮故地後庭鉛粉往往在焉公撰日庀役依神致禱掘坎袤丈得汞二百餘斤鬻之獲緡百萬以備供帳煒然有

三年丙午

置秣陵鎮于江寧縣

四年丁未

八月亮赴闕以禮部尚書張詠知州事

大中祥符元年戊申

二年己酉

餘陳恭公執中以光祿寺丞經過亮接之極厚直謂曰寺丞它日必至眞宰令其數子出拜曰願以老夫之故它日得在陶鑄之末

上以詠公直有時望再任益部著聲績不當莅小郡令中書召問將委以青社或眞定使自擇辭不就又問金陵欣然請行

詠召溧陽宰蕭楚材食楚材見几案有一絕云獨恨太平無一事淮南閑殺老尚書蕭改恨作幸字公出視藁曰誰改吾詩左右以實對蕭曰與公全身公功高位重姦人側目之秋且天下一統公獨恨太平何也公曰蕭弟一字之師也

夏四月昇州火遣使振邺之自封禪之後士大夫爭奏符瑞獻贊頌崔立獨言江淮旱及金陵大火是天所以戒驕矜也而中外多上雲霧草木之瑞此何足

三年庚戌

爲治道言哉〇入內供奉官鄭志誠自茅山使還言昇州見黃雀飛蔽日往往從空而墜又聞空中若水聲　上曰是何異常而州不以言也因出書示王旦曰此皆民勞之兆若守臣知人疾苦防於未然則可免禍今張詠在彼吾無慮矣城中多火詠廉得不逞之人潛肆燔爇者斬之由是遂絕〇四月詔抽昇州雜犯配軍揀選移配淮南州軍有少壯堪披帶者即部送赴闕當議近上軍分安排如不願量移及赴闕者聽〇五月二十八日召輔臣於崇政殿北廊觀茅山池中所獲龍作觀龍歌復送于茅山池中

州民以詠秩滿願借留即授工部尚書令再任仍賜詔褒獎〇給昇州公用錢歲千貫舊制五百貫時詠知州故優之〇八月六日以昇州亢旱火災遣內侍

四年 辛亥

八月張詠兼江南東路安撫使兼提舉兵甲巡檢捉賊公事 知州兼安撫使始此

撫問軍民犒設將校耆老及醮禱名山大川神祇有益於民者

殿直范延貴押兵過金陵詠問曰沿途來曾見好官員否延貴以萍鄉邑宰張希顔對詠曰何以言之延貴曰自入縣境橋道完田野闢市無賭博更鼓分明以是知其必善政也詠大笑曰希顔固善矣天使亦好官員也即日同薦於朝希顔後爲發運使延貴亦閤門祇候皆爲能吏○五月詠言當州水陸要衝多有兇惡之輩放火爲盜累犯惡跡者請並許刺配充軍○詔葺江寧府太平興國寺及寶誌塔殿○八月 帝將祀汾陰屬江淮不稔令諸路各帶安撫使乃命知昇州張詠兼江南東路安撫使仍出手札諭詠等轄下州軍雖不係災傷去處亦常安撫無令惰農扇搖逃移凡民田未收及低下不至旱損處並具析

五年壬子

九月詠赴闕以樞密直學士尚書工部侍郎薛映知州事

收放分數以聞

詠上言臣守忝六曹祠部乃本行司局而例申公狀似未合宜望自今尚書丞郎知州者除申省外其本行曹局止署案檢從之○詠頭瘍甚飲食則楚痛增劇御下急峻賓僚少不如意者動加詬詈通判成悅爲吏勤事而詠性躁果悅嘗以法規正無所阿順詠不禮焉人頗少之詠累求分務西洛壬寅命工部侍郎集賢院學士薛映代之授樞密直學士仍令馳驛以往詠既還不能朝謁卽命知陳州映至昇州言官有牛賦民出租牛死不得蠲　上覽奏矍然曰此豈朝廷所知邪遂詔諸州條上悉蠲之上覽昇州奏謂輔臣曰當時弔伐彼方所以持久者蓋　太祖約束曹彬不許殺人故也○薛映乃唐中書令元超八世孫好學該博典藩府其治嚴明吏不

		敢欺每五鼓冠帶黎明據案決事寒暑無一日異○詔樞密院詳定寬恤軍人須合配者並降填以次軍分從昇州張詠之請也○遣知制誥陳堯咨致告加實誌謚曰真覺大師
六年 癸丑		賜天禧寺額曰長干寺
七年 甲寅		
八年 乙卯		十月晙改差知揚州以尚書工部侍郎馬亮知州事再至 亮言往歲有同年戴永赴官嶺表謂臣曰苟不生還以遺孤爲託未幾永卒訪得其子纔數歲收育於家既長妻以幼女願賜釋褐振其遺緒　上嘉亮之信義以戴國祥試將作監主簿
九年 丙辰		十月亮知揚州十一月保信軍節度使丁謂知州事 詔定七十二公國號以言偃故吳人追封丹陽公

天禧元年丁巳	置常寧鎮于句容縣		六月十一日謂言城北後湖旱組租五百五十餘貫乞特與減放從之○改長千寺爲天禧寺號塔曰聖感○八月十五日詔昇州蔣山太平興國寺歲度僧二人給米百石
二年戊午	以昇州爲江寧府建康軍節度治上元江寧二縣	二月三日以皇子壽春郡王行江寧尹充建康軍節度管內觀察處置等使進封昇王八月十二日宰臣三上表請立昇王爲皇太子	
三年己未		五月謂赴闕九月以少府監薛顏知府事	

四年庚申		十月顏赴闕以尚書右丞集賢院學士馬亮知府事三至 初亮將代去夢舌上毛生有僧解曰舌上毛生剃不得當再任至是果移知江寧府鹿轓履及隼旆如歸耆老多存邑相慶林逋寄詩云金陵土著多蒙賴分野三迴見福星
五年辛酉		
乾興元年壬戌		
天聖元年癸亥		正月亮差知廬州三月以刑部尚書王欽若知府事八月欽若赴闕閏九月光祿卿王隨知府事 六月欽若言溧水縣有朱砂已差人取掘進呈幷燒試水銀一百一十三斤見在三等朱砂四百八十七斤未敢起發上京今來卻並無朱砂苗脉詔更不採取見在朱砂水銀候隨綱上京○宰相馮拯病 太后有復相欽若意欽若自江寧府有奏至 太后因取 上所作飛帛書王欽若三字置湯藥合中遣中使齎賜欽若且口宣召之輔臣皆不與

聞欽若至國門始命中書徙知潤州王隨代欽若隨在江寧會歲大饑時轉運使移府發常平倉米計口日給隨置不聽曰民饑由兼并閉糴以邀高價耳乃大出官粟而私價遂平它郡計口以糴者不能自足輒多流死○處士侯遺於茅山營書院教授生徒積十餘年自營糧食隨奏欲於茅山齋糧莊田內量給三頃充書院贍用從之

二年甲子

三年乙丑

八月隨赴闕授給事中權知審刑院九月以尚書刑部侍郎李迪知府事

四年丙寅		江寧府童子夏錫幼能爲文召試賜出身
五年丁卯		七月迪改知兗州以工部尚書集賢院學士馬亮知府事四至 繫義井于城南天禧寺側
六年戊辰		亮累上表乞塵四任年踰七十懇求致政歸老肥上奉 勑特授守太子少保致仕仍支全俸及加一子官就差知廬州合肥縣事別降 聖旨如將來亮要上京本州借人船津送便蕃恩渥朝野榮之
七年己巳		亮守太子少保致仕歸廬州四月六日平章事張士遜除刑部尚書出知府事 初曹利用將得罪士遜嘗爲解其事 太后怒 帝以士遜東宮舊臣乃進秩知江寧府

八年 庚午	九月四日召**士遜**赴闕 十月二十六日以給事中**滕涉**知府事	
九年 辛未	**涉**卒	詔江寧府知府自今並與三司判官轉運使副使一等上差遣
明道元年 壬申	四月以光祿卿**李允元**知府事	上元縣主簿史嗣復爲館閣校勘仍詔館閣校勘自今須召試毋得陳乞○江淮旱災官發廩米爲糜以哺流民江寧府觀察推官元絳職其事躬自給視饘病者數萬皆得以濟府上其事召見除祕書省著作佐郎
二年 癸酉	四月**允元**就差充淮南江浙荊湖都大制置發運使○尚書左丞	舊制集賢院學士在京始給實俸於是若谷以集賢院學士知江寧府而自請之壬辰詔在外者亦給實俸遂著爲令

	景祐元年甲戌	二年乙亥
參知政事晏殊罷爲刑部尚書知江寧府不至尋改亳州八月十二日給事中李若谷知府事	四月二十六日李若谷赴闕二十九日省尚書刑部員外郎充天章閣待制陳執中知府事	十二月二十一日執中移知揚州
	四月二十三日若谷言乾元節常年進奉銀一千兩絹一千匹伏緣當府不產銀只是配買累歲災傷人民貧困已將庫見管土產紬絹二千匹上進候豐稔依舊買銀進奉詔今後買銀並依市價不得虧損人民　二十五日將作監丞國子監直講張元用言先是江寧府學助教欲乞致仕許於本府學居住詔守本官歸江寧府說書	

三年丙子		二月樞密直學士尚書工部侍郎張若谷知府事	
四年丁丑			
寶元元年戊寅		十一月若谷赴　闕右諫議大夫盛京知府事	
二年己卯			
康定元年庚辰		四月二十七日京赴　闕給事中郎簡知府事	京守江寧天資仁厚不忍以法繩下而吏化服亦不忍欺以事其去既久閭巷猶思之

慶曆元年辛巳		三月二十六日清改知揚州八月龍圖閣直學士起居舍人葉清臣知府事	
二年壬午			
三年癸未		四月七日清臣起　閏十八日右諫議大夫劉沆知府事九月十二日沆除龍圖閣直學士	蘇頌知江寧縣建業承李氏後版籍賦興皆無法制每有發斂府移追擾吏係縲於道頌至則曰此令職也府何與焉每因治訴旁問鄉里丁產多寡悉得其詳一日召鄉老更定戶籍民有自占不實者必曰汝家尚有某丁某產何不自言相顧而驚無敢隱者一縣以為神明又為剗革蠹弊更設條教簡而易行諸縣取以為法它日諸令長造門領縣民拜廷下謝曰此曹獲免追逮皆公之賜

四年 甲申

移知潭州十二月十二日右諫議大夫

楊告知府事

也民有忿爭者至誠喻以鄉黨宜相親善意若以小忿而失歡心一旦緩急將何賴焉往往謝去或至半道思公言而歸縣以大治時監司王鼎王綽楊紘皆於部吏少許可及觀公施設則曰非吾所及也

湖南蠻賊初動差知昇州劉沆授龍圖閣學士令專了蠻事諫官歐陽修言沆守方面不可動○諫官余靖言昇州開寶寺塔爲天火所燒五行之占本是災變朝廷宜戒懼以荅天意尋聞道人於塔基掘到舊瘞舍利內庭看畢送還本寺許令士庶燒香瞻禮道路傳言謂舍利在內庭光怪臣恐巧佞之人因此推爲靈異昔梁武帝造長干塔時舍利亦嘗有光及臺城之敗何能致福視此可以監矣

州人仰必枝差爲編修唐書官必言史出敵手非是卒辭之

五年乙酉

十月一日告卒十一月十五日右諫議大夫充集賢院學士李宥知府事

六年丙戌

七年丁亥

八年戊子

二月二十二日詔赴闕　以龍圖閣直學士右諫議大夫張奎知府事

先是營兵謀欲爲亂正月江寧府治火宿燼有變閽門不救一府盡焚　上怒甚又以諫官言江寧　上始封之地守臣視火不謹府寺悉焚宜擇材臣繕治之進張奎爲諫議大夫知府事奎則簡材料工府居立全鉏姦植良恩刑並施不踰年江表稱治

皇祐元年己丑		四月十七日奎赴　闕以端明殿學士兼龍圖閣學士給事中袁方平知府事十一月方平移知杭州	
二年庚寅		四月初三日右諫議大夫皇甫泌知府事始帶提轄本路兵甲	詔江寧府帶提轄本路兵甲盜賊公事兼屯禁兵
三年辛卯			
四年壬辰		四月泌赴闕二十三日劉遇以天章閣待制知府事	上謂輔臣曰頃江南歲饑貸種糧數十萬斛且屢經停閣而轉運司督索不已如聞民貧不能盡償非遣使安撫遠方無由上達其蠲之

五年癸巳

至和元年甲午

七月二十三日湜轉戶部郎中就差知廣州九月十二日龍圖閣直學士工部侍郎向傳式知府事

二年乙未

二月庚子殿中侍御史趙抃論宰臣陳執中言朝廷差除動守規範執中賞罰在手率意卷舒如劉湜自江寧府移知廣州最處煙瘴重難之地而湜被命遠行待制之職仍舊及向傳式自南京移知江寧府既是優安近便之任乃轉傳式龍圖閣直學士此執中悖繆宜罷免者也

嘉祐元年丙申

九月十八日傳式赴闕龍圖閣直學士刑部郎中包拯知府事十二月二十日拯赴闕授右司郎中知開封府

二年丁酉

二月二日尚書工部郎中龍圖閣待制王琪知府事

十月二十二日審官院言勘會江寧府等是京府及安撫使都鈐轄分領州鎮其差通判欲今後並以知州資序人差充任滿無公私過犯候到院與陞半年名次從之

三年戊戌

八月琪除知制誥就移知蘇州九月以龍圖閣直學士吏部郎中梅摯知府事

四年己亥	翰林學士胡宿言陛下建國於昇猶次列國非所以重始封之地宜進昇爲大國無得封從之	詔江寧府置江南東路兵馬鈐轄十二月摯改右諫議大夫移知河中府	程顥主上元簿攝邑事均田塞隄及民之政爲多脯龍折竿教民之意亦備詳見本傳
五年庚子		二月三日工部郎中知制誥王埜知府事兼四月移知隆州六月右正言充龍圖閣待制馮京知府事	
六年辛丑		四月九日京改翰林侍讀學士	

七年壬寅		二月二十四日司農卿魏琰知府事六月二十九日琰赴闕右司員外郎直史館郭申錫知府事十月十三日申錫改禮部郎中移知滄州以左諫議大夫王疇知府事	
八年癸卯			
治平元年甲辰		四月十六日給事中天章閣待制彭思永知府事	江寧府舊多火災自思永至迄去未嘗作人以爲德政之感

年	事	
二年乙巳	十月十九日思永赴　闕爲御史中丞	
三年丙午	二月十七日右諫議大夫呂溱知府事十一月二十七日溱赴闕尚書禮部郎中集賢殿修撰龔鼎臣知府事	召簽書江寧節度判官孫昌齡爲殿中侍御史
四年丁未	二月十六日鼎臣改戶部郎中五月二十八日赴	上謂輔臣曰安石歷　先帝朝召不起爲不恭今召又不起果病邪有要邪曾公亮對曰安石文學器業宜膺大用累召不起必以疾病不敢欺罔吳奎曰安石向任糾察刑獄爭刑名不當有旨釋罪不肯入謝意以爲韓琦抑己故不肯入朝公亮曰安石眞輔相才奎所言熒惑　聖聽奎曰臣嘗與安石同領郡牧

五、四六五

闕尚書工部郎中知制誥王安石知府事十月二十三日安石赴闕孫思恭知府事

備見其臨事迂濶用之必紊紀綱公亮熒惑　聖聽非臣也　上未審奎重言之癸卯詔安石知江寧府衆謂安石必辭及詔到即詣府視事或曰公亮力薦安石蓋欲以傾韓琦也安石既受命知江寧　上將復召用之嘗謂吳奎曰安石眞翰林學士也奎曰安石文行實高事恐迂濶　上弗信於是卒召用之孫思恭上書言地震由小人盛出知江寧府　十月三日詔巡使臣差禁軍一二百人駐劄江寧府龍安港習戰棹船三兩隻移巡檢廨宇止絕鹽賊

熙寧元年戊申

四月二十八日以龍圖閣直學士左諫議大夫吳中復知府事

中復至江寧府時屬部鄉兵苦巡轄者奇刻輒共拘縛鞭之及獄具乃不應死中復以便宜戮其首餘悉配流奏著于令

二年 己酉

五月十九日中
復移知真定府
八月二十六日
以尚書兵部員
外郎知制誥錢
公輔知府事

三年 庚戌

上批監察御史裏行王子韶外要守正
之名內懷朋姦之實所入章疏與面奏
事前後反覆不一落職知江寧府上元
縣○四月二十三日學士院試江寧府
推官劉摯策論稍優詔充館閣校勘○
十月二十一日詔江寧府織羅務自來
差內侍監當自今並三班差人 上語
輔臣曰以課利場務不欲令少年宦者
與聞故有是詔○十一月九日詔江寧
府錄事參軍係繁難去處今後差職官
知縣及奏舉縣令人充其料錢數多資
序不該請者並支錢十五千

四年辛亥		公輔移知揚州六月八日以尚書工部郎中充集賢殿修撰沈起知府事	
五年壬子		二月二十三日尚書兵部員外郎直史館傅堯俞知府事	閏七月二十六日分京東武衛軍權駐泊江寧府議者以東南兵籍寡少多以盜賊爲言故遣戍焉
六年癸丑		二月二十九日堯俞移知河陽四月十八日以右諫議大夫沈立知府事	

七年 甲寅		六月十五日立移知宣州觀文殿大學士特進吏部尚書王安石知府事再至	安石出知府事詔出入如二府儀大朝會綴中書門下班依舊提舉修撰經義○賜江寧府常平米五萬碩修水利
八年 乙卯		三月一日安石赴 闕拜同中書門下平章事昭文館大學士六月以祠部郎中直史館葉均知府事	始安石薦韓絳及惠卿代己惠卿既得相恐安石復入遂欲閉其途凡可以害安石者無所不用其至惠卿數與絳忤絳乘間白 上復相安石 上從之惠卿聞命愕然翌日 上遣御藥院劉直方齎詔往江寧召安石安石不辭倍道赴 闕
九年 丙辰			安石之再入也多稱病求去及子雱死尤悲傷不堪力請解機務 上亦滋厭安石所爲故又出判江寧安石懇辭丐以本官領宮觀 上遣內侍梁從政齎

十一月召赴闕以左僕射門下侍郎平章事昭文館大學士王安石罷政判府事尋爲集禧觀使

詔獎諭須視事乃還從政留建康累月安石請不已許以使相爲集禧觀使又累辭使相乃以本官爲觀文殿大學士領觀使○復放歸田里王安國爲大理寺丞江寧府監當命下而安國病死矣○初安石築室於白門外七里去蔣山亦七里餘一日豫國夫人之弟吳生者謁安石于金陵寓止於佛寺行香廳會同天節太守葉均遣白吳生遷出吳生不肯行香畢大會於其廳而吳生於屏後慢罵不止轉運毛抗判官李琮不平牒州遣二卒逮吳生吳生奔安石家二卒至門下諠爭不已安石叱二卒去葉均聞之杖二卒而與毛李請謝安石唯唯不荅夫人於屏後叱均抗等不止及均等出適遇中使至撫問安石回日首以此奏於是葉毛李皆罷而以呂嘉問爲守又除王安上提點江東刑獄遷治所於金陵

十年丁巳		十月四日尚書司封郎中直龍圖閣元積中知府事十一月六日積中移知洪州十二月一日司封員外郎直昭文館呂嘉問知府事	
元豐元年戊午		九月十六日嘉問移知潤州十月十五日尚書都官員外郎孫昌齡知府事	安石言江東轉運判官何琬下江寧府禁勘臣所送本家使臣俞遜侵盜錢物事已經年呂嘉問到任根治累月案始具今深恨俞遜詭異故加以論訴不干已罪如琬所言則是嘉問爲臣治遜獄事有姦臣與嘉問親厚交利而已如此則臣與嘉問常負疑謗不能絶琬等交結誣罔望特指揮以江寧府奏劾遜事下別路差官重勘詔下兩浙運司鞫之

二年己未

五月二十七日呂嘉問移知潤州七月十九日以太常少卿直龍圖閣元積中知府事再至

○九月二十九日都進奏院準傳宣取索自九月以後下江寧府文字令具名件詔應官司不著事目發過文字並供檢納中書有挾帶書簡亦盡錄同申臣僚所發私書委開封府下逐家取副本或無底令追省鈔錄申繳奏時嘉問珫互奏不法事珫奏纔至而嘉問辨論繼上以爲有從中報嘉問者故詔索所發私書考實也

三年 **庚申**

六月二十三日**積中**得請杭州洞霄宮

八月十七日尚書刑部郎中充天章閣待制**孫坦**知府事當月二十三日赴闕十月初七日龍圖閣直學士朝請大夫充集賢殿修撰**劉庠**知府事

知諫院舒亶言中書檢正官張商英與臣手簡幷以其壻王溈之所業示臣臣職在言路事涉干請不敢隱默其商英手簡二紙幷溈之所業今繳進詔商英落館閣校勘監江寧府江寧縣稅初亶爲縣尉坐手殺人停廢累年商英爲御史言其才可用乃得改官至是反陷商英士論惡之○蘇軾謫居黃州後移汝州過金陵見王安石甚歡軾曰大兵大獄漢唐滅亡之兆祖宗以仁厚治天下正欲革此今西方用兵連年不解東南數起大獄公獨無一言以救之乎安石舉手兩指示軾曰二事皆惠卿啓之安石在外安敢言軾曰固也然在朝則言在外則不言事君之常禮耳上所以待公者非常禮公所以事上者豈可以常禮乎安石厲聲曰安石須說又曰出在安石口入在子瞻耳

四年辛酉		
五年壬戌	三月十日太中大夫龍圖閣待制陳繹知府事	發運司言江東轉運司去冬並不計置糴納糧乞取問判官郟亶詔轉運司專以經理財用供辦歲計爲職今亶曠弛如此宜令發運司選官劾罪先是亶數上書獻均稅圖 上以亶不修職事專務求奇希功久欲罷絀故因劾之
六年癸亥	六月二十日繹移知建昌軍八月五日以龍圖閣直學士太中大夫王益柔知府事六月移知應天府	陳繹免除名勒停追太中大夫落龍圖閣待制知建昌軍子承務郎彥輔衝替繹坐前作木觀音像易公使庫檀像私用乳香買羊虧價爲絹二十八匹彥輔坐役禁軍織木錦非例受公使庫饋送而報 上不實也

七年甲寅		九月三日端明殿學士中大夫王安禮知府事	五月庚申詔中書舍人蔡卞給假一月令往江寧府省視安石疾病六月二十日集禧觀使王安石請以所居江寧府上元縣園屋爲僧寺賜報寧爲額
八年乙卯		四月安禮還太中大夫五月改資政殿學士	上聞安石貧命中使甘師顏賜金五十兩安石好爲詭異即以金施之定林僧舍師顏因不敢受常例回具奏之 上諭御藥院牒江寧府取甘師顏常例安石嘗柬惠卿有無令 上知一語惠卿既與安石分黨乃以帖上之 上問熙河歲費之實於王韶安石喻韶不必盡數以對韶既畔安石亦以安石言上之安石於鍾山書院多寫福建子三字蓋恨爲惠卿所陷悔爲惠卿所誤也
元祐元年丙寅		十二月七日安禮移知揚州十八日龍圖閣待制蔡卞知府事	六月罷吳革江東轉運判官先是判官三員革替齊諶而劉拯尚在任時有詔止除一員故也

二年丁卯

三年戊辰

安石既病有以邸吏狀視安石適報司馬光拜相安石悵然曰司馬十二作相矣命姪防取其日錄焚去防以它書代焚後　朝廷因蔡卞請下江寧府王防家取日錄以進蓋卞方作史乃假日錄減落事實文致姦僞盡改元祐所修神宗正史　安石在金陵聞　朝廷變其法夷然不以爲意及聞罷役法愕然曰亦罷至此乎

四年己巳

正月十一日卞移知揚州四月朔以朝奉大夫集賢殿修撰林希知府事五月十三日希赴闕六月以龍圖閣待制[illegible]知府事

江寧府司理參軍鄆州州學教授周種上書請以王安石配享　神宗皇帝正言劉安世翰林學士蘇軾劾罷之

五年 庚午		
六年 辛未		三月十三日不赴 閏四月二十一日左朝議大夫直龍圖閣胡宗愈知府事 七月三日宗愈赴 閏八月十一日左朝奉大夫充天章閣待制曾肇知府事 二月上元縣漢秣陵尉蔣子文祠賜額曰惠烈初孫權爲子文立廟鍾山封蔣侯改鍾山爲蔣山
七年 壬申		四月八日肇知鄧州十月五日左朝奉大夫充龍圖閣待制陸佃知府事

八年癸酉		二月八日佃丁母憂四月二十八日左朝散大夫寶文閣待制曾肇知府事	
紹聖元年甲戌		二月八日肇改知瀛州	
二年乙亥		天章閣待制傅正臣知府事自正臣始凡知府事皆兼江南東路兵馬鈐轄	左司郎中張商英坐與蓋漸交通論添差監江寧府稅務
三年丙子		資政殿學士呂惠卿知府事	六月庚申從敕令所言江寧府江寧上元縣並行酒禁法十月監稅張商英差權知

四年丁丑		龍圖閣待制陳軒知府事	九月一日江寧府奉詔遣茅山道士劉混康詣闕，詔轉運司賜混康錢百緡爲路費
元符元年戊寅			王旊王斿進狀，言父安國冤抑，詔元祐指揮更不施行，並令改正。王斿差監江寧府糧料院。○四月召江寧府右司理參軍吉觀國試中宏詞
二年己卯		朝奉郎直祕閣呂升卿知府事	
三年庚辰		葉濤除集賢殿修撰知府事。七月蔡卞授資政殿學士知府事。十一月蔡京授端明殿學士知府事。皆不至。京卞尋落職，提舉杭州洞霄宮	侍御史陳次升等論京卞交結近習，蹤跡詭祕，自除邊帥，即懷怨望，力丐宮祠，偃蹇不行，願正典刑，以警在位

建中靖國元年辛巳		劉祐甫以直祕閣知府事
崇寧元年壬午		陳祐甫以直祕閣知府事
二年癸未		降授宣德郎朱彥知府事
三年甲申		顯謨閣待制六月二十九日監司薦江寧府進士侍王漢之知府事其瑪經行爲鄉閭所推詔乘驛赴 闕
四年乙酉		徽猷閣待制徐勣知府事
五年丙戌		正月蔣靜以徽猷閣待制知府事姚祐以顯謨閣待制知府事

大觀元年丁亥		祐移知青州 曾孝蘊以集賢院修撰知府事	御筆東南久安兵寡勢弱人輕易搖或遇水旱巨盜竊發當謹不虞之戒用消姦宄江南東路江寧府控山臨江大水阻隔山川鞏固喚不可近屢經割據昔人守之久不能下可以江寧府爲帥府 十月詔修句容茅山元符觀句曲眞人祠加號大茅君盈太元妙道冲虛眞君中茅君固定籙至道冲靜眞君小茅君衷三官保命微妙冲惠眞君元符萬寧宮神祠封護聖侯廟萬寧宮二使者祠封靈佑靈護侯廟溧陽縣史崇祠賜額顯惠廟
二年戊子		盧航以龍圖閣待制知府事	十二月六日詔江東轉運使家彬駁正大辟特轉一官減四年磨勘
三年己丑			吏部言尚書右選合曉示親民闕凡五十二處見在部待次親民者二百四人 詔將兩浙湖州江南江寧府管界巡檢

大[illegible]

沈錫以徽猷閣待制知府事七月移知宣州曾孝序以集賢殿修撰知府事

今後並差大使臣仍替見任人年滿闕
十月十五日尚書省言知江寧府曾
孝序奏江寧府言夏秋相繼亢旱民間
高田一例不熟已差官檢放向去必大
闕食决至流移除已出糶常平米穀稍
平物價及依條措置賑濟準備將來貸
給外契勘民間種田稻種每歲於收成
之時各據地段廣狹存留準備春種今
旣歲旱不足以充口食欲將常平司見
在諸色錢諸司封樁錢趁時收糴稻種
候將來春種出糶與力田之人不惟抑
兼幷厚邀高價之弊庶使被災下戶來
歲無曠土之患或人戶無錢赴糴有情
願借貸之人仍許官司量度逐戶田畝
稅數多寡借貸並依常平斂散之法候
秋熟先次代納庶幾稍寬民間嗣歲之
憂詔依所奏疾速施行○江寧府歲貢
生白瓜子羅三百匹至是年詔減作二百匹

四年庚寅		四年孝感知潭州陘鼎以資政殿學士知府事	十月八日詔江南路走馬承受分在洪州江寧府兩處駐劄相去遼遠凡有被受朝省文字不能互知自今後應有文字並雙封降付兩處照會庶免闕報留滯
政和元年辛卯			
二年壬辰		八月鼎移知西京	鼎在府刑不加峻而頑猾屏息談笑自若而百廢具舉昔無夕不警盜今乃外戶不閉昔一月有三四火今未嘗有醉人橫路則歌笑相扶無一語相淩拂
三年癸巳		吳拭以直龍圖閣知府事	江寧府言王秀止一女生三歲而秀卒及長適通直郎呂安中生一女而安中卒年方二十七歸宗守義無能奪其志者乞　朝廷特加封號以爲天下節婦之勸從之　閏四月十八日江東提點刑獄司奏江寧府都作院歲額合造馬甲四百副舊係黑漆今承降到朱紅馬甲工料法式樣制合用三朱爲襯本路

		民間不用三朱所以無人販到相度乞用礬朱代三朱爲襯顔色不甚相遠兼朱紅馬甲合用氈造㴽水裙襴共氈夲路並不出產今據本院相度乞面用襯絹背用青布裏面更用熟白羊皮代氈結裹詔依餘路準此
四年甲午		盧航以龍圖閣待制知府事
五年乙未		
六年丙申		蔡嶷以龍圖閣直學士知府事
七年丁酉		十二月嶷以翰林學士承旨赴　部
八年戊戌		俞㮚以述古殿學士知府事

靖康元年丙午	
曾孝序以龍圖閣學士知府事四月移知青州五月宇文粹中以資政殿學士知府事	

景定建康志卷之十三

景定建康志卷之十四

承直郎宣差充江南東路安撫使司幹辦公事周應合修纂

建康表十 國朝建炎以來爲年表

時	地	人	事
建炎元年丁未		宇文粹中仍知府事 轉運使李彌遜權府事	宰相李綱議以建康爲東都命守臣葺城池治宮室積糗糧以備臨幸衛尉少卿衛膚敏言建康實古帝都外連江淮內控湖海爲東南要會中書舍人劉珏亦言金陵天險前據大江可以固守於是宰相而下皆主幸東南之議李綱請置沿江帥府以備控扼於是江寧府帶本路安撫使仍以馬步軍都總管繫銜○江寧府禁卒周德叛執知府宇文粹中殺官吏嬰城自守會經制司屬官鮑

五月以寶文閣直學士朝奉大夫翁彦國知府事兼江東安撫使馬步軍都總管充經制使

貽遜統勤王兵七千至城下發運判官方孟卿檄貽遜進兵逼城德等乃受招安李綱行次江寧與漕臣權府事李彌遜謀誅首惡五十人其衆千餘令常平提舉王枋部赴　行在○溧陽縣卒起應周德知縣楊邦乂禁止不聽乃設方畧盡捕滅之且檄鄰邑共入討賊賊以故不得逞卒就擒事聞於　朝邦乂遷本府通判○五月詔江寧府修建　景靈宮　諸帝共作一殿　諸后共作一殿○翁彦國已除知江寧府委令修城及繕治宮室　朝廷給鹽鈔十萬貫彦國具劄子以爲不足用李綱奏　上曰祟禧間賜臣僚一第動費百萬今彦國以修城又新經兵火之餘令治宮室秖給錢十萬貫誠爲太寡有　旨撥兩浙淮南鹽錢四十萬貫付之爲五十萬貫且降指揮令其因陋就簡不事華壯

二年 戊申

七月彥國致仕八月起復朝散大夫秘閣修撰趙明誠知府事仍兼江南東路經制使

上一日忽宣諭彥國修城撫摽綱奏上曰創修宮室一新城池鳩工聚材計置畚插庀工料浩大集事之初其勢不得無擾莫若明降指揮令其撥移神霄宮及常平司廨宇一切拆舊修蓋城壁亦因舊增葺使彼有所執守則費用省而撫擾之患自息乃命尚書省劄下既而復批出貴降且命降詔蓋黃潛善以彥國於綱爲姻家故譖啓以爲謗怨之端也○八月二十六日殿前都指揮使兼京城副留守郭仲荀護衛 隆祐太后前去江寧節制一行軍馬詔東南安撫經制等使及發運監司州軍官並聽仲荀節制

六月詔疎決建康繫囚雜犯死罪已下減一等杖以下釋之○戶部尚書葉夢得請 上南渡阻江爲險以備不虞又請以重臣爲宣總使一居金陵總江浙

	三年己酉
	二月明誠移知湖州

之師以備退保○羣盜有張遇等號一窩蜂初破鎮江遂屯金山寺及楊子橋詔兩浙制置使王淵招安之賊雖受招安而猶縱兵四刼乃詔呂頤浩率江淮制置使劉光世兩浙制置使王淵等圖之於是頤浩單騎入賊營遇等皆出迎惟劉彥不至乃主謀不降者頤浩斷其足釘於楊子橋上餘黨怖而釋甲○十二月二十六日詔江東路武臣提刑於江寧府置司

上渡楊子江至鎮江府初右諫議大夫鄭瑴累章請移蹕建康宰執沮之至是瑴扈從　上謂瑴曰不用卿言至此上至鎮江顧中書侍郎朱勝非曰不若徑往杭州此中諸事暫留卿處置事定卽來呂頤浩充江浙制置使劉光世爲行在五軍制置使屯鎮江府控扼江口楊惟忠節制江南東路軍馬屯江寧府

三月呂頤浩以中大夫同簽書樞密院事知府事兼江南東路安撫制置使

○三月一日詔賊馬已離揚州錢塘非可久留便當移蹕江寧府應江寧府合預辦并沿路一行程頓等事有司疾速施行務要前期趣辦應副諸軍外餘事盡從簡便不得搔擾仍命簽書樞密院事呂頤浩領府事○是月苗傅劉正彥爲逆請 太后垂簾聽政 上爲 太上睿聖仁孝皇帝居別宮太子魏國公攝政庶便和議改元明受大赦天下乙酉頤浩交府事丁亥赦書至江寧人情恟恟時頤浩之子撫任兩浙漕屬遣人賫蠟彈報頤浩具道苗劉反叛及擅廢立頤浩曰不共戴天之讎也遂倡義舉兵討賊走介入杭寓書張浚及劉光世共起兵壬辰頤浩上表請 睿聖復辟親總萬機乃幸金陵以圖舊疆不然恐天下之必亂甲午頤浩自江寧起兵乙未次丹陽與劉光世會壬寅至平江府

四月

上發臨安

如建康

詔改江寧

爲建康府

四月起發勤

王拜尚書右

僕射

顯謨閣直學

士朝請郎連

南夫知府事

乙巳勤王之師五萬發平江府二兇懼外師之至檄杭州集保甲選器械屆城門塞河道守臣康允之悉不爲行是日太后將下詔率百官請　上復辟朱勝非召傅等六人至語之令軍中自爲一奏傅無語劉正彥尚以爲疑勝非曰勤王之師未來者使是間自反正耳所以招君等議蓋欲上下和同不然下詔率百官六軍請　上還宮君等置身何地正彥退立傅曰獨有死耳勝非乃使王世修草奏持歸軍中諸將書名丁未文武百官赴　睿聖宮迎請復辟四月戊申朔　上御朝復建炎年號除二兇淮南兩路制置使並請鐵券予之勤王之師至北關二兇開湧金門遁去辛亥頤浩等入城癸丑以頤浩爲右僕射中書侍郎○上發杭州幸江寧府○胡寅言陛下家世都汴舍汴何都焉今欲用關

六月以大中大夫工部侍郎湯東野知府事閏八月東野改除提舉應副六宮事務

同月以朝請

中而側山東則力未能至按南渡六朝之遺跡則舍建康不可○上至建康駐蹕神霄宮　御筆改江寧府為建康府上親書御製中和詩賜張浚曰願同越勾踐焦思先吾身卒章曰高風動君子屬意種蠡臣○五月九日頤浩奏曰陛下駐蹕江寧改為建康雖已付本府施行緣諸路未盡知行幸所臨欲乞模勅親筆鏤板行下庶使知　陛下進幸中原以圖恢復之意從之其親筆令建康府收掌○六月　上以久雨不止召郎官以上赴都堂言缺政　上手詔以四事自責○立皇子旉為皇太子○秋太子得疾方瘳有金香鼎置于地宮人誤觸之仆有聲太子應時驚搐不止上命斬宮人于廡下少頃太子薨年三歲攢于建康城中鐵塔寺法堂西偏之小室○七月韓世忠軍還執苗傅劉正

六六廿八

閏八月

上發建康

如浙西

郎徽猷閣待制胡舜陟知府事兼沿江制置使沿江制置使始此以右僕射杜充兼江淮宣撫使知府事

彥苗翊詣都堂審驗畢磔于建康市梟其首韓世忠進檢校少保武勝昭慶軍節度使賞平苗劉之功也且賜忠勇二字表其旗幟封妻爲和國夫人給內中俸將臣兼兩鎮功臣妻給內俸自此始○鄉貢進士李時雨上書言乞擇宗室之賢者一人以係屬四海建炎以來言儲嗣者自時雨始○杜充棄京師之建康岳飛說之曰中原之地尺寸不可棄况宗廟社稷在京師陵寢在河南尤非他地比充不聽遂從之建康○上諭宰臣曰張守入對言不如留杜充建康不可過江頤浩曰臣與王綯周望韓世忠議本自如此　上曰善遂決吳越之行於是命諸將分守沿江防淮之議遂格初頤浩張浚薦充總兵防淮除右僕射尋命兼江淮宣撫領行營之衆數萬節制諸將　上遂發建康如浙西○詔曰

十月顯謨閣直學士朝請郎**陳邦光**知府事

諸路送納綱運物色除見錢并擬解赴建康府戶部送納外其餘金銀絹帛之類並赴行在送納○十月三日建康府都總管司言乞於東陽鎮添置巡檢一員權於本府差撥禁軍一百人前去捍禦抑一面招塡土軍從之○十一月金人大舉兵與李成共寇烏江縣杜充在建康閉門不出岳飛抑寢閤諫之曰大敵近在淮南睥睨長江卧薪之勢莫甚此時公乃不省兵事若金陵失守公能復高枕於此乎充竟不出虜由馬家渡渡江充遣飛等十七人將兵二萬與虜敵大將王𤫊以衆數萬先遁諸將皆潰去獨飛力戰飛灑血厲衆曰我衆荷國厚恩當以忠義報國立功名書竹帛死且不朽若降而爲虜叛而爲盜偷生苟活身死名滅豈計之得也建康江左形勢之地使胡虜盜據何以爲國今日之

事有死無二輙出此門者斬辭色慷慨士皆感泣又招諸將曰凡不爲紅巾者從我傅慶劉經乃以軍從充充竟以金陵府庫與其家渡江降虜有說飛俱叛而北者飛陽許之後虜犯溧陽飛遣人夜半馳至縣殺獲五百餘人生擒女眞漢兒并僞同知溧陽縣事渤海太師李撒八等一十二人及千戶留哥是月虜陷建康杜充既率麾下北去總領李梲及守臣陳邦光並降獨通判楊邦乂不從刺血書其衣裾曰寧作趙氏鬼不爲它邦臣虜觴二降臣於堂上立邦乂堂下邦乂熟視二降人曰天子以若扞城既不能死又不能抗尚何面目見我乎虜怒又命引去明日再引以見邦乂遥望兀朮大罵曰若以夷狄而圖中原天能久假乎恨不磔汝萬段虜怒剖腹取其心　朝廷寵賜廟額曰襃忠謚曰忠

襄貽祕閣　車駕幸建康復加贈待制仍增賜田及銀絹且曰忠烈如此顏真卿與代忠臣且錄其後以爲死節乎〔一〕宣教郎趙聿之以前任上元縣丞金人侵犯迎敵陣亡與子恩澤一資○是年置權貨務都茶場于建康

四年

庚戌

五月沿江分三路置安撫大使以建康饒宣徽太平廣德隸建康府路置司池州以呂頤浩

正月中丞趙鼎言請遣使督王𤫉進軍宣州周望分兵出廣德合邀虜歸路仍責𤫉不能應杜充之罪俾立功自贖并趣劉光世爲邀擊之計使賊知江左軍衆歸路稍艱必有退軍之漸如尚占臨安建康則乘皆擊之期於克復而後已時或傳金人在建康爲度夏計故鼎是言○四月金人焚建康掠人民虜財物欲自靜安渡宣化而去兀朮屯六合輜重自瓜步口舳艫相銜至六合不絕岳飛敗之于靜安○五月兀朮復趨建康飛設伏於牛頭山上待之夜令百

爲大使
詔二品以上
節除大使
八月以正議
大夫徽猷閣
待制[illegible]知
府事兼江東
兵馬鈐轄節
制管內軍馬
省安撫使都
總管

人夜黑衣混虜中擾其營虜自相攻盜邏卒於營外飛潛令壯士銜枚於其側伺而禽之初十日兀术次龍灣飛以騎三百步卒二千馳至南門新城爲營遂戰大破兀术之衆斬首三千餘級獲萬戶千戶二十餘人獻俘行在所　上詢問所俘人得　二聖音問感動久之○飛奏曰建康爲國家形勢要害之地宜選兵固守比張俊欲使臣守鄱陽備虜人之擾江東西者臣以爲若渡江必先二浙江東西地僻亦恐重兵斷其歸路非所向也臣乞益兵守淮拱護腹心　上嘉納賜金帶鞍馬等褒嘉數四○韓世忠與兀术相持于黃天蕩兀术見世忠整服色益沮乃求假道甚恭世忠曰是不難但迎還兩宮復舊疆土歸報明主足相全也兀术既爲世忠所扼欲自建康謀北歸不得去或教於蘆場地鑿

九月江東西路安撫復置於建康府

大浿二十餘里上接江口出世忠之上遂傍冶城西南隅鑿渠成次早出舟師世忠大驚金人悉趨建康世忠尾擊敗之虜終不得濟乃揭榜募人獻破海舟策有教其火箭以破海舟者一夜造火箭成明日引舟出江其疾如飛天霽無風海舟皆不能動賊以火箭射海舟篛蓬世忠軍亂兀朮遂遁○沿江分三路置安撫大使一置司池州以建康饒宣徽太平廣德隸之建康本帥府議者以鎮江近而江州遠乃移置大帥於池州

大ア廿三

紹興元年

辛亥

六月初四日蠓提舉臨安府洞霄宮中散大夫直寶文閣張縝知府事十一

工部侍郎韓肖冑言國以兵為強兵以食為本宜理淮南以修農事則轉輸可省遂命屯田員外郎置局建康行屯田之法于兩淮上○上在會稽大饗明堂詔虜破州縣暴骨之未斂者官為募僧道收瘞夢得出羨穀二百斛錢三百萬募近城五寺二十人於城四隅高原隙

月續移饒州資政殿學士左中大夫葉夢得知府事兼江南東路安撫大使馬步軍都總管兼充壽春府滁濠廬和無爲軍宣撫使

地各爲乞以待藏瘞閱十九日得全體四千六百八十有七斷折殘毀不可計者又七八萬○夢得奏京東諸州艱食桑柘不熟二浙商賈轉販入京諸州收息數倍　朝廷方議收復必將與天下爲一家京東雖見屬僞境然皆吾民也今從僞之人日夜不忘　本朝而我因其飢寒而遂困之是棄之也毋乃重失其心乎有　旨禁止告捕支賞捕官令帥臣監司覺察施行○夢得於大兵之後營理學校延集諸生得軍賦餘緡六百萬以授學官使刊六經于學

二年

壬子

閏四月夢得提舉臨安府洞霄宮

春初北賈有至建康者言中原民苦劉豫虐政皆望王師之至前後所言畧同知壽春府陳辨者始貳於豫兼用紹興阜昌年號知濠州寇宏本羣盜與僞宿州守胡斌通至是建康大帥葉夢得使捕之辨宏皆聽命因與之錦袍銀鎗之

端明殿學士朝奉郎李光知府事兼江東安撫使仍兼六郡宣撫使十月初六日光提舉台州崇道觀

屬既而豫遣其將王彥充攻壽春爲辨所敗而宏遂與斌絕夢得客令三州布本朝德意務以懷來辨遂復固始縣招納吳青等二千餘人會豫衆復犯二州夢得遣統兵官王冠等援之豫衆遁去遂復光州○夢得言淮西久苦兵革人心厭亂漸思復業人人皆有營生休息之意如滁州百姓已屢乞除知州其餘可見欲依淮東例除提點刑獄一員申舉政事招誘流亡以安輯之復業之民或量借官本勸之耕種數月之間必有成效○詔沿江修守備吳表臣言大江之南上自荊鄂下至常潤其要緊處不過七渡下流最緊處如建康之宣化鎮江之瓜步是也此處當擇官兵修器械其餘非徑捷之處畧爲之防足矣詔以付沿江帥守○無爲軍守臣王彥恢言建康古都乃用武之地欲保建康必內

十二月端明殿學士朝奉大夫趙鼎知府事兼江東安撫使

劉光世爲江東西宣撫使置司建康

以大江爲之控扼以淮甸爲之藩籬又必措置兵食以贍國費大江以南千里浩渺若欲控扼非戰艦不可大江以北萬里坦途欲遏長驅非戰車不可舒廬滁和良疇萬頃欲措置兵食非營田不可又言江面自建康至姑孰一百八十里其險可守者六江寧鎮碙沙夾采石大信蕪湖繁昌（詳見武備志）○四月六日戶部尚書章誼言廸功郎沈敦前監建康府在城稅務一任所收商稅比類計增四十六萬餘貫依累賞法合該磨勘三十三年詔沈敦特與改次等合入官仍頒行諸路○閏四月九日詔紹興府榷貨務都茶場限三日起發移於建康府置局○李光乞行宮比臨安增刱後殿許之　上曰但令如州治足矣若止一殿雖費數萬緡亦未爲過必事事相稱則土木之侈傷財害民何所不至○趙

三年 癸丑

鼎始至建康視事時孟庾韓世忠皆駐軍府中多招安强寇鼎爲二府素有剛正之風庾世忠皆加禮兩軍肅然知懼民既安堵商旅通行焉○十一月十八日門下省言建康府江南北岸荒田甚廣詔令孟庾韓世忠措置將兵馬爲屯田之計體倣陝西弓箭手法○劉光世置背嵬親隨軍皆鷙勇絕倫一以當百又自出已意造尅敵弓斗力雄勁射鐵馬一發應弦而倒

三月趙鼎移知洪州五月降授右朝請郎徽猷閣待制歐陽懋知府事

正月八日詔差戶部侍郎姚舜明前往建康府專一總領應干都督府錢物糧斛仍於都督府逕差有風力諳曉錢穀屬官四員充糧料院審計司監官都督府管下官兵等幫勘請給並經由戶部糧審院依條幫勘支給建康府榷貨務都茶場亦仰舜明提領上命韓世忠措置建康營田世忠言沿江荒田雖多

四年
甲寅

八月左朝請郎徽猷閣待制沈晦知府事九月初八日提舉台州崇道觀

十二月初一日左朝奉郎直龍圖閣呂祉知府事主管江東安撫司公事

太半有主難以如陝西例請募民承佃蠲三年租五年不欠給佃人爲世業○世忠駐軍建康宰相吳元直朱藏一共議令江東漕臣月樁錢十萬緡以酒稅上供經制等鈔應副其後江浙湖南皆有之大爲民害江浙月樁錢自此始○劉光世言軍馬移駐建康府諸色費用不少防秋是時本軍別無激賞等錢物先奉　詔支銀一萬兩江東路空名度牒一百道詔令戶部支絹三千疋專充激賞○沈晦罷知府事以臣僚言江南帥府其任不輕晦知婺州日事多輕率故有是命

汪藻言自東晉以來累朝皆治金陵當時中原爲五胡所據以江南北僑立州郡納其流亡之人比金人入寇多驅兩河人民列之行陣號爲簽軍彼以數百年祖宗涵養之恩一旦與我爲敵豈其

本心特妻子父兄爲其以死脅之出於不得已而然耳固未嘗一日忘宋也今年建康鎭江爲韓世忠岳飛所招遁歸者無慮萬人其情可見臣以爲莫若因此時用六朝僑寓法分浙西諸縣以兩河州郡名之如金壇權謂之南相州許相州之人皆就居焉其它類比○正月十七日呂祉言乞自紹興四年以後應人戸因兵人逃移拋荒田土如召人戸請佃開耕已就功力未及二年雖元主復業亦令先佃人耕作候及三年方得交還餘並依見行條法○六月二日建康府獲番賊一名取問係涿州人上曰此吾民也止令諸軍使令不可殺也若女眞則不可留○二十九日詔車駕不測行幸令浙西建康江東安撫司疾速豫行計備經過去處錢糧舟船頓迹即不得開修道路過爲供帳以致搔

擾○七月十九日吕祉言建康府舊存水軍指揮廢罷年深欲招置三兩指揮防守戰船即無見管望量行支降見錢三五萬措置打造招置三指揮以五千人爲額令招募委實諳曉船水之人不管稍有抑勒支錢三萬貫造船○十月上將親征淮東宣撫使韓世忠在承州以援兵未至退保鎮江時江東宣撫使劉光世軍在馬家渡淮西宣撫使張俊軍在采石遂詔光世以所部兵援世忠且令俊移軍於建康於是光世進屯太平州韓世忠復統兵過揚州拒賊○十一月　上問宰執江上控扼之計如何胡松年曰臣到鎮江建康備見西軍將士奮勵欲擢隗虜必能立勳○十二月二十二日詔車駕進發令諫院船次後省洎從司諫趙霈請也先是降詔進發建康故有是命

五年 乙卯

二月晁除檢正諸房文字

三月左中奉大夫直秘閣葉宗諤知府事兼主管安撫司公事

張浚爲江東宣撫使置司建康尋加少保

詔前宰執條上攻守策趙鼎言臣願先定駐蹕之所今鑾輿未復傳都莫如權宜且於建康駐蹕控引二浙襟帶江湖運漕財穀無不便利淮南有藩籬形勢之固然後建康爲可都願與二三大臣熟議之

六年 丙辰

六月張浚言東南形勢莫重於建康實爲中興根本且使人主居此則北望中原常懷憤惕不敢自暇自逸而臨安僻居一隅內則易生安肆外則不足以號召遠近係中原之心遂奏請　聖駕秋冬臨幸建康撫三軍而圖恢復時浚在江上會諸大將議事乃命韓世忠屯承楚以圖淮陽命劉光世屯廬州以招北

軍張俊練兵建康爲進屯盱眙之計命楊沂中領精兵爲俊後翼命岳飛進屯襄陽以窺中原於是國威大振暨浚自江上歸又力陳建康之行爲不可緩朝論不同　上獨從其計○趙鼎奏得張浚書云建康日糴鹽錢甚盛　上曰沿路既安商賈放心往來鼎曰亦緣久不變法　上曰法既可信自然悠久蓋自立對帶法二年不變故比之常歲增羨○十月劉猊以衆數萬欲犯建康楊沂中至藕塘與猊遇乃遣摧鋒軍統制吳錫以勁騎五千突其軍賊兵亂沂中縱大軍乘之賊衆大敗○樊相伯以司農少卿提領江淮營田公事置司建康擢王中孚爲屯田員外郎以爲之副官給牛種撫存流移歲中收穀三十萬斛有奇○十二月二十八日詔建康府於係官田內撥上等田十頃賜王稟家以稟

向在太原竭忠盡節訪聞其子三人流
落故有是命

七年丁巳

正月一日詔曰朕惟兩宮北狩之久痛
切于中而道君皇帝春秋益高念無
以見勤誠之意可令入內內侍省差官
一員前去建康府元符萬壽宮修建祈
福道場三晝夜務令嚴潔庶稱朕心○
初二日中書門下省言將來車駕幸
建康沿路合用錢糧之類並係隨軍轉
運職事兼經由州縣不得以行幸爲名
因而搔擾如違按劾以聞又詔營繕行
宮不得華侈仰葉宗諤具知稟聞奏
三月三日都督府言今來車駕幸建
康其沿江津渡合行關防譏察詔權依
兩河法候邊事寧息依舊又詔幸建康
由陸日天氣稍暄應扈從官許戴涼笠
○上次建康召胡安國赴行在安國上
所纂春秋傳上甚重之○初十日詔

三月辛未

上至建康

四月宗諤除福建路轉運使

二十二日右朝請大夫直龍圖閣張澄知府事兼主管安撫司公事

江南東路安撫司幹辦公事王滲獻六朝進取事類與陸擢差遣○李綱奏云車駕以仲春令辰發吳門親總六師以臨江表去吳越而幸建康漸為北伐之計志慮規模可謂宏遠矣願益廣聖志充而行之勿以去冬驟勝而自怠勿以目前粗定而自安則中興不難致矣○綱又奏沿江諸軍近多火災臣竊見軍馬屯聚去處多以茆竹席蘆之屬蓋搭房舍以省功力今　車駕臨幸建康千乘萬騎理當建置營房屯駐將士謂宜寬商賈招徠材植置官窰燒變塼瓦下州縣摘那工匠選材董事不數月久即見就緒庶幾火不能作人得安堵○四月張浚奏雨既霑足又即晴霽庶於蠶麥無妨　上曰朕宮中亦養蠶兩箔許欲知民間蠶熟與否又曰朕聞　祖宗時禁中有打麥殿今後圃有水朕亦令

人引水灌畦種稻不惟務農重穀示王
政所先亦欲知稼穡艱難耳○葉宗諤
言車駕到府率本府應文武官朝獻
從之○楊邦乂建炎死事本府建廟賜
額曰褒忠　上甫至建康首　詔守臣
增廣修葺○岳飛入見陞宣撫使因扈
駕至建康以劉光世所統王德酈瓊等
兵五萬餘隸飛○張俊引兵還建康入
對告　上曰劉光世罷軍政附居臣有
登仙之嘆　上不樂○六月十九日三
省言建康府乞放免建炎元年至紹興
元年未起左藏庫錢帛等　上曰建康
兵火之後遺民無幾何忍更追取積年
逋欠之物卽可並除之○七月十二日
宰臣張浚言雨澤稍缺建康地形高最
覺缺雨　上曰朕患惟不知水旱之實
宮中種兩區稻昨日閱之地高者其苗
有槁意矣須精加祈禱庶早得雨澤○

上旨蠲諸路民戶紹興五年以前欠租
坊場所負亦除之○詔翰林院差官四
員分視府城內外居民之病者其用藥
令戶部藥局應副仍置歷除破如有死
亡委寶貧乏令本府量度給錢助葬○
十月十五日詔日輪侍從官一員詣保
慶寺祈晴仍令建康府差官如法祈禱
○督府請修建康城期會迫促又以軍
儲不足夏稅正絹每疋折錢八緡澄言
行宮甫畢不宜復興大役民力已困折
變何以堪之詔罷築城而折帛減二千
至今以爲例○張浚自當國引呂祉爲
援復用韓璡爲淮南漕璡嘗倅建康日
劉光世待之不以禮又嘗爲其屬劉覲
所辱積此二怨故力建議罷光世軍遂
以祉代爲宣撫判官後祉爲光世軍酈
瓊所殺○光世之兵降僞齊三衙外但
有韓張岳三軍今鎮江大軍韓氏部曲

八年
戊午

也建康大軍張氏部曲也鄂州大軍岳氏部曲也東南惟以潤升鄂三軍爲根本

正月十一日　上諭輔臣曰將來幸浙西建康諸宮屋宇及百官廨舍皆令有司照管它時復幸免更營造以傷民力趙鼎奏曰卽令建康府拘收且言虜人若以大河之南歸我當駐蹕建康　上曰羣臣上殿多論建康可都蒲贄謂當擇險要之地勾龍如淵謂當修德而不在險以二人校之如淵爲勝矣○上將還臨安張守謂建康自六朝爲帝王都江流險濶氣象雄偉且據會要以經理中原每對必爲　上言之及將下詔東歸與趙鼎議于都省不合遂罷○召張俊至宮中諭之曰朕來日東去卿在此無與民爭利勿興土木之工俊悚息承命俊見地無塼面再三嘆息　上曰此事非難但艱難之際一切從儉庶幾少

二月

上如臨安

遂定都焉

二月初四日澄移知臨安府端明殿學士左通議大夫章誼知府事兼安撫大使兼　行宮留守司公事安撫兼留守司始此六月二十六日提舉江州太平觀

紓民力朕爲人主雖以金玉爲飾亦無不可若如此非特一時士大夫之論不以爲然後世以朕爲何如主也○二月四日宰執呈欲付呂頤浩建康留守而頤浩以疾辭趙鼎奏曰頤浩之政長於彈壓建康之民願其來　上曰繁劇之地固以彈壓爲先若不動聲氣使百姓陰受賜小人却不知也○中書門下省言建康府已除行宮留守詔應合行事件並依西京留守司體例施行○上發建康○三月二十日詔自建康復幸浙西經由州縣應辦人戶見欠紹興六年以前稅賦並與除放○葉夢得奏措置存卹河南官吏軍民脫身南來事件應往來渡口不得邀阻渡錢應官屋寺觀屋宇及賃戶客店差官檢踏分擘過官員軍民到來隨人口多寡撥給賃戶不許增添房錢米斛飲食之物不得乘勢

九年 己未

同月資政殿學士左中大夫葉夢得知府事兼江南東路制置大使兼留守

高擡價例城市米缺糶常平米應有疾病差官買藥僉廳監修遇人來請即特給付官員請僧即時輪差道路死亡貧乏無棺官員措給官錢並處置殯曆單兵許於閑地埋葬○夢得以公府遺到羨錢二百萬緡售經史諸書建紬書閣以藏之而藉其籍於有司○曾噩初調溧水縣主簿夢得材之命行江寧縣事百里以治與之論文計事率至夜分建康府學在州之東南隅自罹兵火城郭鞠為丘墟獨學官巋然僅存頹垣敗壁毀壓相藉夢得再至因舊址撤而新之為屋百二十五間闢門南向以面秦淮既又作小學于大門之東且援西京例奏增置教官一員○四月二十六日詔建康府永豐圩田撥賜韓世忠○夢得重建晉尚書令卞壼祠在城西南隅墓側請于朝賜額忠烈

十年 庚申

十一年 辛酉

十一月初十日夢得除觀文殿學士再任

溧水縣令李朝正有政績、上謂秦檜曰近時縣令以政績被薦往往別除差遣不若與之進秩因任庶久則民安其政乃召對遷一官賜五品服遣還○府城居民遺漏延燒府治自外門直至府宅皆焚毀惟軍資庫及大軍庫無損○十二月八日都茶場言昨建康務場分差官吏前去真州給賣鈔引今真州客到稀少而建康務場繁冗監官人少乞依舊併歸建康從之

正月乙卯兀朮犯壽春府己未命宣撫劉錡統所部兵二萬人渡江禦之時淮西宣撫使張俊已至行在亟令向建康壬戌劉錡至柘皐適與虜會癸亥錡與諸軍合擊之俊大軍繼至虜大敗遂復廬州初夢得團結沿江民兵數萬至是呼集分據江津遣其子內機模領數千人守馬家渡虜果使吾叛將酈瓊輕兵

來犯悉有備乃去○二月己未劉光世張俊劉錡諸將捷書繼至軍聲大振夢得亦奏自用兵以來未有此舉詔奬之○三月癸丑俊渡江歸建康時俊兵八萬皆强壯精鋭爲諸軍之冠號鐵山軍初　上謂大臣曰中外議論紛然以虜逼江爲憂殊不知今日之勢與建炎不同今韓世忠屯淮東劉錡屯淮西岳飛屯上流張俊方自建康進兵前渡虜窺江則我兵乘其後今雖虛鎮江一路以檄呼虜渡江亦不敢來其後卒如　上所料○初建康屯重兵歲費八百萬緡米八十萬斛榷貨務所入不足以贍至是禁旅與諸道之師皆至夢得被命兼領四路漕計以給饋餉軍用不乏故諸將得悉力以戰由是　朝廷益嘉之○九月一日詔參知政事范同於溧水縣葬父令本路轉運司應副○諸將既罷

兵乃置三總領以朝臣爲之皆帶專一報發 御前軍馬文字淮西江東軍馬錢糧所置于建康吳彦璋以太府少卿兼領總領官正名自此始

十二年 壬戌

十二月二十二日夢得移知福州

十三年 癸亥

正月十一日少傅鎮潼軍節度使信安郡王孟忠厚判府事兼江東安撫制置大使來

上謂輔臣曰向累降指揮搜訪遺書至今未有到者朕觀國初承五代之後文籍散缺 太宗皇帝留意於此及得李煜孟昶兩處圖籍一時號稱足備又詔天下訪求先賢墨跡當時昇州以羲獻而下十八人書跡及鍾繇書急就章爲獻南渡以來 祖宗御府舊藏畢皆散失計士庶之家應有存者可委逐司下州縣尋訪○九月十日詔淮西總領司酒庫止於

建康府不得更於別州縣村鎮擅自添置脚店如有此處日下停閉内諸軍依此

十四年 甲子

二月二十二日忠厚移知紹興府資政殿大學士降授左通議大夫張守知府事兼江東安撫制置大使

十五年 乙丑

正月守致仕四月十一日敷文閣直學士右朝奉大夫晁謙之知府事兼江東安撫使

正月戶部侍郎王鈇言被　旨差措置兩浙經界竊見戶部員外郎李朝正昨任溧水縣日曾措置均稅簡易而不擾至今並無詞訴乞同共措置從之○七月二十九日戶部言建康府民戶見欠官錢六萬餘貫委是貧乏無可催理欲下總領所取見請實即從本所相度蠲免施行從之○十月三日晁謙之言本

		府每歲合起上供米舊額一十五萬碩自經兵火至紹興五年認起一十一萬碩後緣轉運副使黃敦書暫攝府事增起二萬四千餘碩遂致兩年以來公私費力欲乞將上件增起米數蠲免從之
十六年 丙寅		五月以 御書石經本頒府學
十七年 丁卯		六月二十四日詔右從政郎建康府司戶張洛南除名勒停永不收叙送循州編管仍籍沒家財以前權湖州西安鎮稅坐贓法當死特貸之
十八年 戊辰		五月初四日謙之罷 二十七日顯謨閣學士左太中大夫鄭滋知府事 二月六日參知政事段拂落職宮觀興國軍居住以臣僚言建炎間建康通判楊邦乂伏節死義而拂攝倅事恬不知恥何以躐居政府遂有是命 臣僚言謙之與趙鼎交通書問又嘗爲王庶辟客得 旨放罷

十九年 己巳

甘露降溧陽縣

二月十一日滋致仕

四月十三日敕文閣直學士右中大夫俞俟知府事十月初二日移知紹興府

十二月初八日右中奉大夫直祕閣王鉌知府事主管安撫司公事

四月三十日建康府溧陽縣言甘露降詔付史館○七月俞俟言江東路屯駐大軍轉運判官鄭僑年才術精敏究心宣力一路屯駐實賴以濟乞令再任從之

二十年 庚午

八月二日以建康府選鋒軍使臣張橫除名勒停送饒州編管以橫毆擊百姓馬皐辜內身死法當絞特貸之

二十一年 辛未

十二月十六日詔入內內侍省東頭供奉官寄資武翼郎吳曇除名以曇主管行宮大內匙鑰虛作客人中賣花木盜

小少百卌又

錢八巳法當絞特貸之

二十二年　壬申

二月二十二日晌移知宣州　四月二十日資政殿學士左朝奉郎楊愿知府事　十一月二十八日致仕

二十三年　癸酉

二月二十一日右朝散郎魏循友知府事兼主管安撫司公事　四月初二日循友罷　五月十三日敷文閣直學士右宣奉大夫宋貺知府事

二月贈楊愿五官

二十四年　甲戌

循友在任斷配宰臣秦檜族人檜銜之遂興獄循友特貸死免籍沒家財物藤州安置男滋追兩官除名勒停弟循訓追四官除名送雷州編管○秦熺給告還建康省祖塋遊茅山因留詩華陽觀有家山福地古之魁一日三峯秀氣回

			之句留守朱晛即鑴版揭于梁間有和其韻題于牌側曰富貴而驕是罪魁朱顏綠鬢幾時回時秦氏權震天下誰敢譏之焯語其所自來不可得晛與道流皆懼禍
二十五年 乙亥		十一月二十日晛兩易知平江府 封秦檜建康郡王	秦熺言與王會見知平江府乞與朱晛兩易其任庶得相聚照顧家屬從之○左僕射秦檜言衰病交侵乞許臣同男熺致仕二孫塤堪改差在外宮觀檜進封建康郡王子少傅熺爲少師並致仕塤堪並提舉江州太平興國宮 上久知檜跋扈祕而未發至是首勒熺致仕餘黨以次竄逐天下咸仰英斷焉
二十六年 丙子		二月寶文閣學士左朝議大夫張袞知府事	八月建康府上元縣丞汪黃奏乞將元豐崇寧以來見行學法纂類頒降仍令監司按察從之○是年增解額一名

小五ア廿四

二十七年 丁丑

秦檜薨 上首以燾帥鄉部燾至金陵積歲負内庫錢帛鉅萬悉奏免之池有義子與父爭訟守昏繫囚連年不決燾請移廷尉黜其守居二年政成化洽○詔川馬不赴行在分隷江上諸軍鎮江建康各七百五十匹○殿中侍御史湯鵬舉言竊見秦熺陳乞令父姪光禄寺丞烜專一主管御書閣賜第及家廟臣以謂臣下置家廟其品數禮儀著在令典檜薨其家廟合依條治隨宜施行熺致仕自合别无乞差烜在外差遣將帶檜家廟歸建康令熺别立家廟庶合禮制從之

二十八年 戊寅

黄石在南外宗教日以書抵秦檜論建儲貳事不能用遂授建康府教授明年燾赴 闕石又以書言之燾香美既入對言儲貳尤力適契 上意遂行典禮

二十九年 己卯

閏六月十六日詔建康鎮江府見令起發氷段道路迢遞勞費人力令截日止住津發○仲通以法律進其居守也御僚吏甚嚴事無敢可否民有刃傷盜桑者盜投繯死吏當其主故殺獄已具察推蕭之敏抗執不書初大怒已而薦之改秩

三十年 庚辰

殿中侍御史杜莘老言逆虜背盟輕肆猖獗早晚願乘此諸將報捷之時早爲順動之舉駐蹕建康人心不搖士氣增倍可以審度事勢指授方畧督諸將趨戰可以張禁衛之兵張旗幟鳴金鼓於大江之南以爲諸將聲援一舉而破敵必矣○四月十七日詔先降指揮令戸部取歲之餘支撥上供於鎮江建康各樁一百萬貫備水旱則補助軍食遇有缺則復行補足訪聞見樁數目已有所撥措兑可令戸部措置補還從左司郎

六十七

三十一年　辛巳

三月四日仲通罷　二十日資政殿大學士左太中大夫王綸知府事

中方師尹之請也○六月賜城北黑龍神廟額曰孚澤賜句容縣茅山天聖觀龍神祠額曰廣濟

四月　朝廷聞金人決欲敗盟乃令淮西諸將各畫界分使自爲守措置民社增壁積糧是時王權戍建康李顯忠戍池陽劉錡戍鎭江壁壘相望建康都統王權棄廬州去引兵屯于東采石選鋒軍統領姚興者獨以所部三千人戰死于尉子橋權言于　朝謂虜已退所以導虜深入朱漢章楊存中猶以爲然　上聞虜已迫命漢章都督江淮軍馬漢章辭乃命葉義問以元樞督視軍馬舍人虞允文參贊軍事十一月義問至建康有　旨以李顯忠除建康都統制代王權乃詐以檄召權計事命允文馳至池州趣顯忠交權軍事時知府事張燾至府纔十餘日夜漏下二鼓燾方就寢

八月十三日綸致仕

十月二十三日以資政殿學士左中大夫張燾知府事再至

十一月初四日燾名赴行在

允文扣門求見甚急曰此何等時而公欲安寢乎燾曰自來人情洶洶儻不鎮之以靜必不安允文曰適諜者言虜以明日渡江約晨炊玉麟堂公何以為策曰燾當以死守留鑰進恤其它允文將至采石路聞葛王已立海陵時為內變所撓屯軍雞籠山用閩人梁漢臣議將自采石濟臨江築壇刑白馬祭天期用翊日南渡允文至采石趨水濱望江北虜營不見而權餘兵止萬八千人馬數百而已金主亮登高臺張黃蓋被金甲據胡床而坐諸將已為遁計允文召統制張振等與語問之曰虜萬一得濟汝輩亦何之今不如死中求生　朝廷已別選將統此軍矣衆問為誰允文曰李顯忠皆曰得人矣今既有所主請為舍人一戰允文即與振等謀整步騎陣于江岸而以海鰍及戰船載兵駐中流擊

十二月十九日特進觀文殿大學士和國公張浚判府事兼　行宮留守事措置兩淮事務兼措置淮東西建康鎮江府江池州軍馬

之布陣始畢風色大作逆亮自執小紅旗麾舟自楊林口尾尾相銜而出虜始謂采石無兵且諸將盡伏山崦未之覺也一見大驚欲退不可金人所用舟底如箱極不穩皆不能動盡死于江中不死者亮盡敲殺之怒其舟不能出江也允文具捷以聞且以牛酒勞軍夜半復布陣待敵亮既不得濟乃口占詔書以招王權允文知其反間以攜我衆乃作一檄荅之曰昨王權望風退舍使汝鴟張至此　朝廷已將王權重寘典憲今統兵乃李　世輔也汝豈不知其名若往瓜洲我固有以相待毋虛言見恢但備一戰以决雌雄可也亮得書大怒遂焚宮人所乘龍鳳車斬造舟者二人於是始有瓜州之議○時樞密行府留建康先是有知數者詣行府上書云以太乙局考之虜酋不煩資斧冬至前當有蕭墻

上至建
康府

之變人皆未以爲然十一月丙申是日
天重陰有使臣胡賦者能爲天文告行
府屬官洪邁曰昨日四鼓濃雲塞空而
東北乃虜死之祥也未幾報逆亮被殺
○虜騎跳梁兩淮改張浚判建康府金
書疾置督趣甚遽長沙在遠傳聞不一
人人危懼浚被命即行至池陽聞亮被
殺然餘衆猶二萬屯和州李顯忠在沙
上浚渡江往勞以建康激賞錢物犒之
一軍見浚以爲從天而下讙呼增氣虜
謀報恐懼一二日遁去顯忠乘鋭追之
多所俘獲浚至建康乞　車駕早來臨
幸聞已進發乃督官屬治具半月而辦
風采隱然軍民恃以爲安　上至建康
浚迎見道左衛士見浚無不以手加額
○葉義問言比虜寇進逼江上與鎮江
建康太平諸郡纔隔一水先報虜人謀
開第二港河欲徑衝丹徒施工累日一

大卅九

夕大風沙漲截斷不得渡以為水府陰佑乞峻加帝號仍令建康守臣擇地建廟遂增封八字王建廟建康賜額曰佑德○詔建康府特許添辟通判一員從浚請也

三十二年壬午

二月癸卯

上發建康如臨安

修築建康府城

六月二十日浚入對七月八日浚特授少傅進封魏國公

八月二十日左朝散大夫試中書舍人宣撫判官事陳俊卿權知府事兼安撫使行宮留守

正月壬申　上在建康府先是殿中侍御史吳芾言　大駕宜留建康以繫中原之望有　詔侍從臺諫同議　駐蹕利害芾謂建康可以控帶襄漢經理淮甸若臨安則西北之勢不能相接不從遂定回鑾之議時以　欽宗祔廟蹔還芾又言聞虜使將至彼欲覘吾虛實不如受禮建康俟其出境然後還臨安亦不報○詔建康選鋒軍統領姚興昨因和州尉子橋與賊接戰陣歿以葉義問言特贈觀察使本寨立廟賜額旌忠收復淮西日別建廟于戰歿處○上將還臨安軍務未有所付張浚判建康

府衆望屬之及除楊存中爲江淮荆襄宣撫使中外大失望給事中金安節權中書舍人劉珙言不可疏入上怒謂輔臣曰珙之父爲張浚所知此奏專爲浚地耳陳康伯朱倬召珙諭上旨命再下珙執奏如初於是令存中止措置兩淮未幾還行在乃罷措置之命而以浚兼之浚出將入相三十年素爲士卒所畏愛至是總軍政皆樂爲用○十五日上元知縣李闢之言本縣所管金陵鍾山慈仁三鄉實隣大江田疇化爲水面二稅虛掛版籍乞除放三鄉二稅和買等戶部行下江東漕司開具三鄉實被坍江及見存田産人戶姓名保明供申從之浚奏體訪東北今歲蝗蟲大作米價踴貴日來尤甚虜政名爲寬大實行苛刻百姓莫不思變若不因此機會廣示懷撫中興之業何自而立乞多撥

錢米付臣措置招徠北人人心既歸虜勢自屈 又奏云司農寺丞史正志到建康伏領 御筆處分惟歸正一事日夜思念至熟不敢少忽南渡以來良將精兵多歸正人三十餘年捍禦力戰國勢以安今一旦遽絕之此令一下中原之人以吾有棄絕之意必盡失其心矣⊙十二月十二日權府事陳俊卿言歲額合起內藏庫上供絹一十萬五百一疋內一半本色一半折錢數內椿閣絹一萬三千八百餘疋無從催理本府每歲取撥猪羊息錢四萬貫奏起今上項錢今年應副修造 行宮及修築府城委是無可催理從之

隆興

張浚除樞密使仍都督江淮軍

先是 上召俊卿及浚子栻赴行在所浚請臨 幸建康以動中原之心用師淮堧進舟山東以遥爲吳璘之援 上見俊卿等問浚動靜飲食顏貌曰朕倚魏

元年癸未

馬俊卿改督府參贊軍事知府事俊卿力辭府事乃除禮部侍郎參贊如故五月十六日左朝散大夫直徽猷閣陳之茂知府事兼主管安撫司公事浚以宿州師失利貶官改宣撫使八月復都督十二月召赴行在

公如長城不容浮言搖動○三月十六日詔建康府権貨務都茶場監官分差糧料院并建康府教授等闕榜留充薦舉并陞擢及試中人○六月詔武節大夫建康府前軍統領官王珙特與八資恩澤以浚言珙至宿州深入賊營鏖戰而死仍立廟賜額曰忠節○二十二日太傅和義郡王楊存中奏昨令臣往建康府措置營寨點檢沿江一帶守備事務有合行事件內主管機宜文字及幹官等各合破白直詔從之○二十五日戶部言內外不住添屯軍馬合用糧斛宜措置收糴添助支用江東路糴三十萬碩降本錢六十萬貫糴到米除撥赴淮西總領所補湊樁積一百萬碩數外餘並赴建康府太平池州等處安頓○十一月浚赴召 上書聖主得賢臣之頌以賜之

二年甲申	置柵石頭城以處北人之來降者	三月七日乙亥召赴行在左承議郎充敷文閣待制張孝祥知府事十月十二日罷十一月十一日右朝散大夫直徽猷閣呂擢知府事兼主管安撫司公事	當塗闕守張孝祥檄建康通判張維攝焉置酒餞別貽言曰所領州饑民十萬死生懸於仲欽之手仲欽勉之哉安集流離左餐右粥以無負聖天子哀矜之意仲欽勉之哉○上聞有虜師乃命建康都統制王彥渡江屯昭關而三衙大軍江池戎帥相繼皆出又命湯思退都督江淮軍馬思退不行乃命楊存中同都督軍馬及事急復以王瞻叔為督視又以為同都督○張浚始議以四月進幸建康又言當詔王之望等還上從之思退初不與聞此議乃與其黨密謀為陷浚計俄詔浚復如淮視師○夏詔於石頭城置柵以處北人之降者賜名忠毅拜降將蕭琦為都統制命建康都統王彥以北軍千人與之○十月十八日淮西總領楊倓奏倓為父存中除同都督江淮軍馬見在建康置司委有妨嫌乞回避詔特免

乾道元年乙酉

修築建康府城

二月一日擢龍以端明殿學士左通議大夫汪澈知府事九月十二日召赴行在

先是張孝祥奏秦淮之水流入府城別無兩派正河自鎮淮新橋直注大江其一爲青溪自天津橋出柵寨門亦入于江緣柵寨門地近爲有力者所得遂築斷青溪水口創爲花圃以爲遊人翫賞之地每水源暴至則泛濫城內居民被害若訪古而求使青溪直通大江則建康永無水患矣詔汪澈措定以聞從澈言欲於西園依異時河道通柵門入江從之○澈言建康當舟車之會控扼之衝其中宮闕之嚴官府之重而城池頹塞久而弗治私竊惑焉嘗計工顛浩瀚約用錢二十萬貫已於五六月以來興工補築不出年歲可以究竟其他如鵲壘女頭等續次措置從之○三月令沿邊措置屯田爭命建康都統兼提舉措置屯田守臣兼管內屯田使○六月二十一日建康都統劉源言諸軍見管戰

十月九日左朝請郎直寶文閣王佐知府事

馬大段數少詔令茶馬司經畧司於每歲額外各收買兩綱應副○九月二十日詔故太尉蕭琦妻榮國夫人耶律氏恤其遠來孀孤俸薄特支破國夫人合得諸般請給令建康府按月支破○十一月十九日執政進呈建康府言蘆場沙田稅賦今年七月指揮令今秋拘確而九月指揮於來秋起催楊倓已依九月指揮而梁俊彥又令依七月指揮上曰只依九月指揮庶寬民力○十二月十四日詔印造建康府二百三百例零會二十萬貫令榷貨務差號簿官逐旋管押前去交納從淮西總領所請也

二年丙戌

七月二十日佐改知平江府

正月建康都統劉源繳納諸軍事故人付身二萬本有奇樞密都承旨龍大淵言於朝詔進源官二等○三衙江上四川大軍新額總四十一萬八千建康五萬其後諸軍增損不常然大都通不減

八月六日徽猷閣直學士朝請大夫陳之茂知府事九月二十四日致仕十一月七日右中大夫敷文閣待制方滋知府事

四十餘萬合錢粮衣賜計二百緡可養一兵是歲費錢已八千萬緡○五月二十八日淮西總領楊倓言乞將江東安撫司建康府并都統司酒庫並撥付淮西總所共責到價錢除本外合得息錢並行撥還諸司從之○六月八日詔建康府百姓朱端明崔光烈並行處斬以端明等結集謀叛事發送法寺勘鞫得實故有是命○八月十五日詔令建康府守臣括責到貧乏歸正人計口日支米廢疾病患添支鹽菜錢仍踏逐空閑屋應副居住見賃屋人房錢減半○上元縣令李允升在任日私於廳側置上庫拘收贓罰錢并諸色雜收管錢並不附歷節次盜支入己大理寺定斷法當絞特貸命追毁出身以來文字決脊刺面配惠州牢城仍籍没家財守臣王佐不能舉劾縱允升尋醫而去詔特追兩官

勒停建昌軍居住○十二月十六日詔建康府笪橋酒庫依舊撥蕭鷗巴軍管幹收息錢充犒賞用

三年　丁亥

九月二日**滋**召赴行在二十四日左朝奉郎充集英殿修撰**吳**

正志知府事兼沿江水軍制置使兼提舉學事

八月二十三日　上宣諭宰執曰史正志條具到舟師利害其間亦有可行者魏杞奏曰見正志之論甚有理　上曰欲早行措置蔣芾奏曰　陛下將來要差大臣出使不若先遣史正志它時可爲參贊　上曰便差知建康府仍差沿江制置使自建康至鄂渚舟師並令總之○二十九日又言合用印記乞於禮部關借奉使印其官屬就用安撫司僉廳其造船教閱支費就用安撫司錢物從之○十一月十八日就令鎮江建康都統司各招彊壯諳會水軍五百人逐旋招到令總所審驗先次支破錢米候足日申取　朝廷指揮塡撥

四年 戊子

六月十三日正志轉朝散郎

三月十日史正志言乞將所樁見錢十萬貫收係制司水軍赤歷擇買良材於所產州軍就建康置場增造一車十二槳四百料戰舡相兼使用從之○正志以蔡寬夫宅基創貢院重建新亭東冶亭二水亭移放生池於青溪建青溪閣

二月四日詔令殿前馬步軍司各差統制一員前去建康府同江東帥漕於本府近便寬閑去處踏逐牧放馬五千匹并牧馬官兵寨屋地段措置修蓋所有永豐圩收到稻穀令淮西總領所樁管○正志重修鎮淮橋飲虹橋上爲大屋數十楹極其壯麗○十一月 御札獎諭正志職務振舉遣中使賜金帶

五年 己丑

六月二十六日正志除敷文閣待制

六年

二月二十二日正志改知

閏五月詔江東路被水去處比餘路最多可令江東轉運司將建康府實被水

庚寅

七年

辛卯

成都府　縣分第四等第五等人戶今年身丁錢
三月一日朝　並與放免一年不得巧作名色仍舊科
請大夫祕閣　取○十一月九日詔建康府添置行宮
修撰唐璩知　酒庫一所將收趁息錢令留守司樁管
府事　貼助移屯軍馬支遣聽候御前支用

三月初十日璩　虞允文爲相移馬司屯于建康○二月
歿除太府卿淮　九日戶部言令兩浙運司分撥得熟州
東總領六月二　軍收糴馬料五十萬碩內起發四十萬
十三日端明殿　赴建康府○五月十八日詔建康府都
學士右中大夫　統李舜舉將廬州所置軍酒庫移於建
洪遵知府事七　康蓋軍庫合干人以威力攙奪拍戶郡
月四日赴　行　計日虧故有是命○十二月十二日洪
在奏事十八日　遵言蕪湖知縣呂昭問以和糴爲名禁
除資政殿學士　止米斛不得下河饒州旱傷前來收糴
同府　米七百五十餘碩本縣抄札不令交還
詔昭問降一官放罷

八年壬辰		二月三日詔建康府正覺禪院彭普海管幹皇兄元懿太子攢所香火已及三年賜度牒一道○七月二十四日詔建康府絹二千五百匹並與免放令戶部以沙田蘆場錢撥還○十一月十六日詔建康府都統郭剛將本軍戰馬上就建康府牧養
九年癸巳		十二月二十七日遷提舉臨安府洞霄宮
淳熙元年甲午		正月二十六日敷文閣學士左朝散大夫葉衡知府事提舉學事兼管內勸農營田使守臣以勸農營田

二年 乙未

繫銜始此後倣此二月召赴行在五月十一日朝議大夫充龍圖閣待制胡元質知府事六月四日召赴行在奏事七月除敷文閣直學士同府十二月十一日召赴行在

三月二十一日資政殿大學士中大夫劉珙知府事

劉珙至府會歲水旱首奏倚閣三等戶夏稅分遣官吏行田蠲租又奏行下漕司遣吏行屬郡視其所蠲租未盡者悉以與民又奏禁上流稅米過糶違者劾治得商米三百萬斛貸椿管及總司錢

			遣官糴米又得四萬九千斛又奏禁州縣毋得督舊逋借常平米以付坊戸闔境數十萬人無一人捐瘠流徙 上嘉其績賜書褒諭官民爲立生祠
三年丙申		八月十七日珙轉太中大夫	珙重修府學立明道先生祠朱熹記之
四年丁酉		五月十一日珙除觀文殿學士再任	珙再任執政擬進除目云劉珙居守建康已及二年可除觀文殿學士 上曰以及二年而除職非用人之體乃改云居守建康績効顯著可特除觀文殿學士令再任
五年戊戌		七月珙致仕 十月十六日特進觀文殿大學士陳俊卿判府事	

六年己亥			
七年庚子		七月二日俊卿除少保	
八年辛丑		三月二日俊卿除醴泉觀使進封申國公 四月十三日端明殿學士中大夫范成大知府事	成大開府金陵適歲旱招徠商賈捐閣夏稅請于上得官儲二十萬碩振飢民苗額十七萬斛是年蠲三之二而五邑受粟總四萬五千四百餘戶無流徙者
九年壬寅		十一月初二日成大特授太中大夫	盜發柴溝去城二十里又刼江賊徐五稱靜江大將軍成大設策收捕皆獲而誅之成大在鎮二年以餘財代輸下戶秋苗及丁錢一半

年		事
十年 癸卯		八月三十日戊大除資政殿學士提舉臨安府洞霄宮 詔經理屯田亘臣奏上元縣荒圩并寨地五百餘頃不礙民間泄水可以修築開耕 九月二十日端明殿學士正奉大夫錢亘臣知府事
十一年 甲辰 府境大水		詔賑卹建康府之被水者始立養濟院
十二年 乙巳		三月十七日亘臣授資政殿學士 御札戒飭建康都統閻仲

年		
十三年 丙午		三月移采石水軍二千五百人屯靖安鎮
十四年 丁未		
十五年 戊申		八月良臣提舉臨安府洞霄宮 八月三十日朝散大夫敷文閣待制江東安撫使董森知府事
十六年 己酉		閏五月一日森轉朝請大夫

紹熙元年庚戌		九月二十一日森轉朝請大夫除顯謨閣待制再任	廂禁軍營舊皆茅廬森至易爲瓦屋數千間號曰新營其隸尺籍者始不與民居雜有　詔獎諭軍兵營屋經畫有方民不病擾居處既定士不知勞
二年辛亥		正月森改知江陵府　二月煥章閣直學士通議大夫江東安撫使余端禮知府事	
三年壬子			端禮以貢院湫隘修而廣之
四年癸丑		三月端禮召赴行在　七月顯謨閣學士通奉大夫江東安撫	

		使鄭僑知府事 十二月授正議大夫	
五年 甲寅		正月二十三日僑除吏部尚書固辭改除龍圖閣學士依舊知建康府七月二十五日仍除吏部尚書	
慶元元年 乙卯		正月二十二日寶文閣學士太中大夫江東安撫使張杓知府事	建府學御書閣議道堂稍重釋奠禮儀備典籍增餼廩文風大振重修北門親兵寨千二百八十七楹
二年 丙辰			

三年 丁巳

二月約除龍圖閣學士知隆興府 五月二十日資政殿學士中大夫江東安撫使趙彥逾知府事

四年 戊午

三月三十日彥逾除資政殿大學士依所乞與宮觀 十二月二十七日華文閣學士中大夫江東安撫使錢象祖知府事

五年 己未

十月象祖除徽猷閣學士提舉江州太平興國宮

溧陽人史思賢封心療母疾

六年庚申		閏二月四日鎮安軍節度使開府儀同三司江東安撫使吳琚知府事 郡人朱舜庸編金陵事迹二十餘年乃獻之府遂修爲建康續志二百二十版
嘉泰元年辛酉		
二年壬戌		正月七日琚再任三月二十三日特授少保十月十四日致仕十二月二十日徽猷閣學士朝議大夫江南東路安撫使李林知府事 句容增科和買久爲民害邑令趙時侃白于府琚慨然動心卽日露章乞捐郡計以寬民力詔從之自是府帑歲出萬三千緡爲之代輸凡免人戶和買絹二千十九疋綿一萬一千六十兩

三年癸亥	四年甲子	開禧元年乙丑	二年丙寅
	三月林除寶文閣學士宮觀 四月五日敷文閣學士通議大夫江東安撫使丘崈知府事		四月崈除寶文閣學士令再任 六月六日除刑部尚書江淮宣撫使 二十二日朝請大夫
		重建鎮淮飲虹二大橋	

寶謨閣待制江東安撫使葉適知府事七月十一日兼沿江制置使

三年 丁卯

二月適除寶文閣待制改兼江淮制置使專一措置屯田七月召赴行在 九月朝散大夫寶謨閣待制江東安撫使徐誼知府事兼江淮制置使專一措置屯田九月十八日免兼制置使依舊知府事十一月九日 誼知隆興府十二月十六日

適陳措置屯田五事請置沿江堡塢井團結淮西山水寨四十七處各爲圖冊以獻于 朝

		資政殿學士通奉大夫江東安撫使丘崈知府事	
嘉定元年戊辰		正月五日崈除江淮制置大使兼知府事六月召赴行在 八月十四日觀文殿學士金紫光祿大夫江東安撫使何澹知府事兼江淮制置大使	
二年己巳		六月二十九日澹丁母憂八月二十五日龍圖閣學士通奉大夫江南東路安撫使楊輔知府事九月十三日致仕	夏大旱蝗爲災
四十五			

建康志卷二十四　三四

三年庚午

正月二十七日朝請大夫龍圖閣待制江東安撫使黃度知府事兼江淮制置使

度陛辭日賜金帶時建康旱蝗民飢盜作度至盡發廩所活百餘萬口蠲夏稅二十餘萬賊夜刼城東南立就擒而横山鬱山賊皆奔散悉奏赦之境内奠枕畫像立祠家家香火

四年辛未

六月十六日度除寶謨閣直學士十二月六日磨勘轉朝議大夫

流離餓莩幾遍城邑度於城南北增養濟二院屋百間院各度一僧掌之所養貧民以五百人為額春夏則稍汰去每歲用米一千五百斛錢二千緡

五年壬申

十月五日度除權禮部尚書兼侍讀

建冶城樓忠孝堂於卞壼墓側作晉元帝廟并祀其臣王導而下三十六人○度在鎮三年江淮稱治夜引賓佐質難經義寢後稍得新說披衣排戶以相告

六年癸酉

正月十一日中奉大夫寶文閣待制江東安撫使劉榘知府事兼江淮制置使十四日轉中大夫

七年 甲戌

八年 乙亥

十月二十八日梁轉太中大夫

七月八日梁除權工部尚書兼太子詹事九月十日致仕

十一月十日朝請大夫右文殿修撰主管江南東路安撫司公事兼主管江淮制置司公事

李大東知府事

梁從上元主簿危和之請於簿廳之東建明道先生祠立精舍運使真德秀助金三十萬粟二千斛梁去大東緒成之○是年江東旱蝗運使真德秀憂之合本道義倉及轉般米數十萬斛而捍其積因戶部罷夏稅之請以蠲其征取郡縣官及寓公之賢以覈其實大家勿勸分貧者糶乏者濟已甚者輦粟賜之病者載藥與之本之以河北救災之議行之以青州之政櫛風沐雨遍走諸郡不足則開寄納倉出官錢糴之吳中又不足則以翰苑橐中金盆之不忍留都之不及則發私財以賑贍之訖事民益急則轉糴為濟又開東門外新河因役以飽飢民又立范純仁祠于漕司榜其堂

		日忠宣〇六月初七日本路安撫轉運奏江寧縣城南民戸因淳熙五年增科家業營運錢起認和買綿絹錢三千七百餘貫民力重困乞從本府及轉運司各中半抱認蠲與除豁從之〇七月創置唐灣水軍二千五百人
九年丙子		正月六日大東漕司貢院舊皆寓試僧寺副使眞德秀召赴　行在始創貢院于青溪之西
十年丁丑		二月十五日寶謨閣學士中大夫江淮制置使江東安撫使李珏知府事七月二十五日轉太中大夫　珏開浚　行宮後古珍珠河以泄霖潦見水底有大梁板乃止

十一年 戊寅			金虜入寇號百萬圍滁州急珏檄杜果及王好生督兵援之果縋城入啟鑰以納城外被逐之民數十萬果登陴中二矢力疾指授守禦得宜城屹不動虜卒斬其建議者五人焚攻具而去
十二年 己卯		正月二日珏進封開國伯四月二十四日丁母憂 七月十日中奉大夫顯謨閣待制江東安撫使李大東再知府事九月十六日除寶文閣待制沿江制置使仍知府事	
十三年 庚辰			溧陽令陸子遹革積年差役和買之弊民皆德之

十四年 辛巳 夏大水

十月大東轉中大夫

淮西總領商碩立鄭介公俠祠于清凉寺卽俠讀書處也　十一月併唐灣靖安兩水軍爲一軍置統制統領各一員

十五年 壬午

四月大東以玉寶賞轉太中大夫進封開國伯七月除華文閣直學士九月十日除顯謨閣直學士特轉一官差提舉鳳翔府上清太平宮十月十六日朝議大夫煥章閣待制沿江制置使江東安撫使余嶸知府事

嶸請于　朝建平止倉于廣濟倉之左秋冬糴米貯之春夏糶之取價平則止之義

十六年 癸未

紹熙中余端禮嘗創貢院至是傾圮嶸其子也撤而新之凡屋二百十有二楹自堂至門皆甃以甓楊萬里爲記

十七年甲申		十一月二十五日嶸除顯謨閣待制特轉一官	賜嶸金帶 十一月三十日密劄行下建康府係沿江重鎮合行增屯兵馬以壯聲勢令制司招刺步軍三千人馬軍三百人騎以防江軍爲額並聽沿江制司節制
寶慶元年乙酉		正月嶸致仕 朝議大夫直煥章閣江東轉運副使[illegible]壽邁暫兼權沿江制置司江東安撫司建康府職事	
二年丙戌		十一月二十九日壽邁除司農少卿	壽邁職事修舉進職再任
三年丁亥		二月初五日壽邁赴闕中奉大夫寶章閣待制沿江制置使江東安撫	創制置司僉廳

		使趙善湘知府事
紹定元年戊子		四月善湘轉中大夫六月轉太中大夫十月轉通議大夫除龍圖閣待制兼江東運使時李全叛善湘募効用軍一千四百五十五人益其備
二年己丑		善湘增收後湖田租遂爲額
三年庚寅		正月善湘除煥章閣直學士十一月除煥章閣學士江淮制置大使餘仍舊

四年 辛卯

三月 日善湘以慶壽恩轉通奉大夫進天水郡開國侯五月除兵部尚書仍任十二月轉宣奉大夫除江淮安撫制置大使餘仍舊

二月 賜詔獎諭

五年 壬辰

正月一日善湘除端明殿學士與執政恩例仍舊任陞留守九月除資政殿學士轉光祿大夫仍舊任進封郡公

十月 賜詔獎諭

六年 癸巳

二月善湘奉御筆帶職入奏續奉 御筆依前資

三三五十

端平元年甲午

政殿學士提舉萬壽宮 七月十日正月賜 宸翰奬諭并賜金器香茶疋朝議大夫試大理卿江東安撫使兼段○二月賜牙簡金帶魚袋繡鞍馬未沿江制置使諱朋知府事十二月 幾奉 御筆帶職入奏尋予祠十六日召赴行在

十月十一日朝請大夫新除工部侍郎沿江制置使兼江東安撫使陳韡 建康府奏請以 行闕之重比臨安府知府事 恩例特增解額 詔增兩名

二年乙未

正月九日諱被旨帶職入奏訖回任閏七月十日除權工部尚書依舊任十月二十六日除權刑部尚書嘉制置大使累辭依所乞

年			
三年丙申			十二月十五日韡調兵勦虜江北戰而死者甚衆遂於覆舟山龍光寺側立義塚二所收而葬之度僧二人掌其事給田百五十八畝爲時享佛果之費○兩淮士民因韃兵連年侵擾避地諸沙是年制司差官撫卹招募涅刺充民兵制效軍分十部置制領將佐
嘉熙元年丁酉		三月十八日韡特轉兩官除煥章閣學士依舊沿江制置使兼淮西制置使餘仍舊	府學置房廊始立貢士庫○四月韡請于 朝取發福建兩浙江西湖南諸郡士卒拘鎖人揀選強壯面刺雙旗立名破敵軍凡所部去處曾經作過及犯強盜堪充軍之人一例刺旗發下本軍
二年戊戌		正月初八日朝請大夫寶章閣待制沿江制置使江東安撫使別之傑知府事六月十一日除工部侍郎十一	

	月二十九日轉朝議大夫
三年己亥	三月三日之傑除權兵部尚書兼督府參贊軍事
四年庚子	三月二十六日之傑權督府職事六月二十八日除寶謨閣學士十月十九日督府結局特授中奉大夫
淳祐元年辛丑	三月十一日之傑除兵部尚書兼淮西制置使和州無爲軍安慶府三郡屯田使尋除端明殿學士 之傑兼淮西制置因置司采石調遣師旅解圍安豐軍○賜詔獎諭遣使賜金帑帛進職端殿○修府學

二年 壬寅

正月一日之傑被旨帶職入奏二月四日除簽書樞密院事

四月十八日華文閣學士宣奉大夫沿江制置使江東安撫使兼節制和州無爲軍安慶府三郡屯田使杜杲知府事

杲至府殿謁後首謁程純公祠○楊林堡去和州二十里而近前後調遣驍將悍卒往往宿留此地未卽赴敵或至稽遲軍事杲至相其形勢知不必守且恐餌敵乃罷其戍以守堡之費增備和之費兩淮流民多寓沙上杲曲爲之慮調舟師循環以護外虞民得奠枕九月虜圍儀眞勢甚岌岌且於北山治攻具陳公塒放濠水眞揚聲援不通幾月 朝廷諭杲勿秦越爲心杲聞 命啓行蒐卒練兵於龍灣伐木治砲於東陽不三日中外嚴辦鼓行西上越宿至城下卽命子庶及總管聶斌提銳卒八千入城中父老大喜虜望見名旗曰此安豐廬州杜制置邪比曉悉遁去杲遣將追之虜大敗杲進職子庶差知眞州杲謂庶曰鄰闔見眞不可守推以畀汝枌榆之邦只當勇往萬一有警吾親提兵以援汝

三年 癸卯		正月十五日景除敷文閣學士 四月初六日以景應援真州虜騎退遁　旨遣　行宮鎖鑰司內侍鄧喬年傳　賜景御僊花金帶及牙簡香茶纈羅等○天禧寺後南軒乃張宣公讀書之地總所以爲榷酤之場景止之乃葺祠宇撥田充祀事○增府學養士田置貢士莊并及淮士○閣舊租蠲新租二萬八千餘石先時受納官斛米疋絹各取三十楮爲縻費景榜諭不得收過二楮民樂輸焉
四年 甲辰		三月十三日景除刑部尚書四月十一日朝奉大夫集英殿修撰沿江制置使兼江東安撫使兼和州無爲軍安慶府屯田使　知府事

五年 乙巳		四月初六日標時暫兼權淮西總領二十八日特轉朝散大夫五月二十日召赴行在六月二十七日中奉大夫寶章閣待制沿江制置使江東安撫使兼和州無爲軍安慶府屯田使趙以夫知府事 梘職事修舉特轉一官○八月除御行下以夫所招新軍以策勝爲名分爲六軍每軍五千人共右軍中軍屯駐建康府令守臣節制
六年 丙午		四月十三日以夫除華文閣待制閏四月轉中大夫 以夫修府學更命教堂名曰明德闕大成殿兩廊以妥從祀
七年 丁未		四月二十三日以夫除寶章閣直學士知平江府兼淮 賊虜以重兵犯淮泗葵視師江上調遣勦却○廣親兵教場建堂高壯扁曰指

五百○一

	浙發運使 六月初九日通奉 大夫樞密使兼參 知政事督視江淮 京西湖北軍馬江 東安撫使趙葵知 府事	授〇卽馬鞍山下古鐵冶溝旁置爐鞴 以鑄兵〇給旗榜招募兩淮農業强壯 二千五百三十一人立精鋭軍
八年 戊申		二月葵奏招泗獲捷　御筆奬諭仍宣 賜金器幣帛香茶〇五月特轉三官〇 九月以　明堂禮成特賜金器幣帛香 茶加食邑累具奏乞將督府結局不許 〇田事所史宅之差官經理沙田以米 定租撥隸總所餉軍建康計十六萬二 千三百五十八畝
九年 己酉		二月特授葵金 紫光祿大夫右 丞相兼樞密使 督府結局固辭 葵委官團結兩淮稅戶連年避韃寓止 江南者充半年軍令於金山庄團寓屯 駐〇正月葵將元來科降銀絹官告度

	丞相不拜　二十二日端明殿學士大中大夫沿江制置使江東安撫使兼節制和州無爲軍安慶府三郡屯田使吳淵知府事	牒差官解還　朝廷除右丞相固辭不拜○初陳韡建閫湖南招沿江諸沙一帶强壯淮民以自隨至是韡解湖南印申　朝廷撥隸沿江制司立爲親兵左右部增至千人
十年 庚戌	五月淵除資政殿學士依舊職仍與執政恩例進封金陵侯	五月　御筆吳淵久歷從班屢更事任茲領江閫備竭忠勤山寨耕屯俱就規畫可特除資政殿學士仍與執政恩例○府學增先賢祠撥後湖田七千二百餘畝創義莊立規式支助貧士之吉凶不贍者○明道書院閣燬於火因更創之廣齋序增廩稍程講課士趨者衆宸翰賜明道書院四大字爲額
十一年	五月淵特轉通奉大夫	五月　御筆吳淵所奏在任以來興利除害具有條理所列二十五事究心於

辛亥

月以明禋恩進爵爲公

士民兵者甚至忠勤體國良用歎嘉可特轉兩官○建錦繡堂於府治之左上爲忠勤樓建鎮青堂於郡圃上爲鍾山樓　宸翰賜淵錦繡堂忠勤樓六大字

十二年

壬子

正月淵除資政殿大學士知福州福建安撫使當月改知平江府淮浙發運使以臣僚論罷二月寶章閣直學士通奉大夫沿江制置使江東安撫使節制和州無爲軍安慶府三郡屯田使王埜知府事

總領陳綺建翠微亭於石頭城山頂擅登臨之勝

寶祐元年癸丑

六月杰除煥章閣直學士職任依舊

二年甲寅

六月二十八日嵒除禮部尚書八月初四日寶文閣直學士通議大夫沿江制置使江東安撫使節制和州無為軍安慶府三郡屯田使嵒知府事九月轉通奉大夫

三年乙卯

六月十二日嵒除龍圖閣直學士職任依舊七月初一日致仕　八月二十二日寶章閣直學士太中大夫沿江制置使江東安撫使兼節制

光祖以到任送到例冊并備堂公用器皿見錢等二十萬支犒軍民○減沙租課額三分之一○倚閣元年夏稅折帛錢七萬六千五百餘貫絹八千六百四十餘疋綿一萬六千二百餘兩絲一百餘兩秋苗粳米三萬四千一百八十餘石糯米一千二百九十餘石穰草七千

四年 丙辰

和州無爲軍安慶府三郡屯田使馬光祖知府事十月初四日兼提領江淮茶鹽所

五百六十餘束豆錢一千三百餘貫以寬民力

四月二十二日光祖除煥章閣直學士依舊任六月二十七日特轉通議大夫

創招 御前遊擊軍三千餘人遊擊水軍二千人○創遊擊軍寨屋三千餘間於武定橋東○增賞格教閱諸軍○始立則例支給錢絹酒米以助諸軍之婚嫁者女年十四以上及寡婦之無依者皆爲擇姻議嫁○增給諸軍蘆米著爲例○措置軍器庫增庫眼及提點官舍申嚴火禁○委官下作院分項任責修造軍器○差將佐往江西造戰船○撥錢十萬貫往鎭江府造戰船○又撥錢二十萬貫助太平州池州添造戰船○歲椿安慶府修城錢三十萬貫○親閱水軍於龍灣賞犒增倍○又立賞格招募水藝精彊之人○以建康一十一隘

分爲上中下三節旬一會教仍委官帶錢會循視支犒○罷諸酒坊吉凶青冊額錢一十三萬五千貫○除秋苗斛面令人戶自槩○倚閣二年夏稅折帛錢六萬八千二百九十餘貫絹一萬一千八百九十餘疋綿二萬五百餘兩

五年 **丁巳**

正月一日**光祖**除寶章閣學士依舊任六月二十一日特轉通奉大夫十二月十四日除刑部尚書依舊任

重建府治堂宇中爲堂七間揭宸翰所賜忠實不欺之堂六大字○蠲減溧陽溧水兩縣酒息額錢并免積欠○飲虹鎮淮二橋圯於水乃重建之○甃御街自天津橋達于南門○給借百姓錢本營運兩月後還其本不取息○蠲除上元江寧兩縣欺隱稅額爲錢一萬八千一百餘貫○發廩捐金賑濟小民○禁止城內私開櫃頭監留罪人者勒令日下改業○措置居養院以處無告之民○創安樂廬以拯道途疾患之無所歸者○免王家沙諸務稅錢○重建新

		亭○坊巷舊扁僅存一二索途者病之乃搜舊名或益美稱自書扁揭凡三十三所○冬大雪捐已錢三十萬賑軍民○倚閣二稅
六年戊午		二月四日光祖除端明殿學士京湖制置大使知江陵府趙與篡以觀文殿學士光祿大夫沿江制置大使兼江東安撫使知府事 與篡奏以建康以下江面分爲三節自老鸛觜至芳輪隘爲上流隸鎮江自趙家沙至灣河隘爲中流隸澉浦自石莊至黃魚架爲下流隸許浦每隘選卒百人船十隻又選三將各統千兵往來循視聯絡聲勢從之○鎮淮橋燬於火重建之○移平江府新招軍三千人駐建康府
開慶元年己未		三月馬光祖除資政殿學士沿江制置 自光祖之易鎮也江東皆思之再至民大悅前嘗以到任例冊錢銀犒軍民至是仍用前例以例冊錢貼支湊作二十萬貫普犒軍民一次○初鑄沿江制置大使印○置神尚庫于府治右凡鱗閣

大使江東安撫

使再知府事

諸司之饋皆入焉掌以屬吏凡旌輜闕
取之立名取禮尚往來之義○創遊擊
新軍寨屋三千餘間於西門內合前後
招萬二千四百餘人置都統制○募土
豪壯士材力出衆之人爲義士軍良家
子○置安樂房醫療新軍之疾患者○
九月乙巳韃虜自黃州界透渡滸黃州
甲寅建康聞報即調陳萬郭俊舟師三
千人赴援光祖拜疏自請循視江面庚
申至池州被　旨進司江州又調劉權
朱遇龍舟師三千七百人赴鄂十月丙
子光祖至江州庚辰有　旨令正副兩
制臣各提兵邀遮西上癸巳次黃州光
祖因留兵船爲助復回江州十一月辛
丑有　旨以中流江面單虛令回池州
丙申至池州丁酉得　旨依舊沿江大
使兼江西安撫大使知江州已亥進至
江州界有　旨依舊任遂回司閏月乙

亥至建康十二月虜入興壽江面震動亟遣蘇才部舟師三千人過賊衝已未光祖復進司池州○創造火攻器具增造軍器軍衣及戰艦七百餘艘繼日津發應副上流

景定元年庚申

浚城濠

創柵寨

門甕城

四月以江面肅清陞光祖資政殿大學士依舊任

正月興工浚城濠四千七百六十五丈有奇築羊馬墻如濠之數○創柵寨門甕城○增築滁河隘○光祖就池州行司大治戰具調張勝等舟師三千五百人與夏貴會于上流又調四千五百人應援江西未幾丞相益國賈公乘藾草坪之勝繞出江上親董諸軍奪橋白鹿磯盡勦羣醜國步再安陳萬蘇才張勝等並超除都統制餘皆不次陞差三月光祖還建康有　詔獎諭進大資政賜金器幣帛○築宜城爲新安慶府○江閫節制淮西三郡巢縣尤爲要害奏創鎮巢軍辟置軍使○建都作院于青溪之南○

五月光祖兼總領淮西江東軍馬錢糧

凡府城內外諸橋皆重新之益加堅實皆自書榜○重建制置司僉廳○修安撫司僉廳及府都廳○轉運司建野亭馬之純祠○青溪建先賢祠自吳太伯而下列位四十有一位各有讚○浚青溪增堂館亭榭三十餘所築堤飛橋盡游觀之勝○賞心及白鷺亭相屬為金陵絕景燬于火乃重建之雄於舊觀其前臨水作亭扁曰折柳為賓餞之所後為館扁曰橫江以待四方之賓客皆昔所未有也○罷回易庫改為通江館亦以待四方之賓客○創東南佳麗樓○重建公使酒庫○先是嘗創安樂廬於府治北猶慮其途之僻也乃增創安樂南廬於安樂坊以便趨者○樞密院指揮將鎮江府江陰軍平江府嘉興府一帶江面并諸戎司防江水步軍並令沿江制司節制調遣遂創置欏鋪措置下

流江防至于海○蠲前政所出營運官錢逋負一百餘萬○減諸坊酒額○葺義阡四所繚以長垣掌以緇流優其廩○蠲無爲軍等處魚利錢○重建東冶亭知稼亭望岑亭于半山寺側

二年 辛酉

正月光祖特轉光祿大夫五月陞觀文殿學士依舊任十月五日奉御筆召赴行在是月姚希得除華文閣直學士通議大夫

御札獎諭築宜城特轉兩官固辭不允○上元縣惟政鄉獻瑞麥有　旨獎諭曰芝封來上麥穗呈祥艮由善政之致和式表豐年之嘉兆宜宣德意仰荅天休乃建瑞麥亭于東冶亭之旁○朝旨括吳淵吳潛圩田之在府境者以租入隸總領所理爲經常○上元縣始建學○光祖命安撫司幹官周應合修纂建康志五十卷目錄一卷首尾一千六百一十八版三月開局七月成書八月進于　朝有　詔獎諭曰茲披來奏備見勤恍列郡志以著編總封疆之在目深勞裒纂殊用歎嘉

三年 **壬戌**

沿江制置使江東安撫使主管行宮留守司公事知府事

趙與訔除權淮西總領

十一月十三日**姚希得**開閫以到任例冊錢銀支犒軍民○賑濟貧民○倚閣句容溧水溧陽三縣苗稅○造多槳戰船并修舊戰船○至節濟丙丁戶貧民○雪寒濟貧民

八月**姚希得**除寶章閣學士職任仍舊

十一月時暫兼權淮西總領

三月修諸城門○砌錦繡坊街○六月修　行宮○增創轉般倉○修教場亭○朝旨下江東撫司招不逞寄請將官○蠲減營運官錢逋負○倚閣句容上元溧水三縣苗稅○造解內軍器庫鐵甲○創買戰馬○永蠲和州水退米一萬五千餘石○創建蜀三神祠于青溪之側○蠲放九郡諸縣牛皮觔角○冬寒撥米平價賑糶○至節濟貧民○歲

四年 癸亥

三月初四日希得以淮西總領職事交割與吳革當月初七日除刑部尚書依舊任當月二十八日兼權淮西總領十一月十九日以明禋禮成進郡

節濟貧民○溧水縣經界民田修社壇○修府學○修明道書院立純公後○江寧縣始建學○修府倉○造水哨馬船○修東南兩嶽廟○修姚顯王廟○修王將軍廟○修謝將軍廟○重建都僉廳○重建撫司僉廳○重建制司僉廳○修江寧館○置本府官廨一所○建洞神宮于三神祠之左○創造萬人軍器○招寧江新軍六千二百八十八寨大小二十九所○諸營井泥不甃飲者病焉乃給錢修浚凡五百九十餘所倚閣上元江寧溧水三縣苗稅○至節濟貧民○祈雪創給貧民錢米○歲節濟貧民○蠲減營運息錢○十

縣開國伯加月奉旨宣諭以修行宮成賜臣姚希得
食邑三百戶金香合纈羅香茶併監催官通判馮端
亮香茶有差　月　日姚希得丙祠不
允詔獎諭畧云卿二年制閫一意公家
知無不爲迨天之未陰雨事乃有備如
人之護風寒式資允文允武之才兼任
足食足兵之寄師屯聯絡天塹奠安有
稽人之成功無疆吏之來告顧如績用
民所歎嘉○上元江寧兩縣經界民田

五年
甲子

正月姚希得
申乞免兼淮
西總領二月
二日奉
旨依二十日
交割與江東
運副陸景思

春雪創給貧民錢○重建吳晉二帝廟
○修卞將軍廟○修養濟院○創建馬
寨卜基未定計合用之費申省樁留倏
來者成之○蠲減營運逋欠自壬戌以
來總計一百九十八萬三千五百餘貫
○倚閣上元江寧二縣稅自開閫以來
五縣蠲數絹一千八百四十五疋有奇

三月六日姚希得奉御筆召赴行在二十四日奉御筆除兵部尚書兼侍讀是月六日三省同奉御筆馬光祖依舊職除沿江制置大使江東安撫大使兼　行宮留守再知府事

紬二十五疋有奇絲三兩九錢有奇綿七千九十八兩有奇折帛錢二萬一千六百七十六貫有奇米二萬一千七百五十四石有奇布一十二疋折豆錢二百二十一貫有奇並錢會中半○蠲放牛皮觔角自元年至三年欠數悉蠲共皮二千二百三十七筋四千九百九十七角五千二百三十七○解闕例外支犒諸軍孤遺貧乏軍婦米酒有差○濟丙丁戶貧民錢○自辛酉冬迄今支濟錢凡七十三萬九千一十二貫米凡三千九百八十二石有奇賑糶米凡一萬六十石六斗○造修戰船前後凡八百四十八隻衣甲軍器前後凡二十一萬二千五百六十六件費該六百五十九萬三千六百八十七貫十七界

四月　日光祖開閫始光祖之去也

十二月十二日奉入思之時喧傳其再至命下民情大悅
御輦特轉金爭迎拜於南徐道上父老相與覩其年
紫光祿大夫貌成泣光祖亦泣○始至創制司參機
加食邑四百四廨於青溪之南覺雅高明他廨所不
戶食實封一遞○分招寧江軍計一千二百七十四
百戶人○置寧江軍馬計一千二百五十六
疋○買先鋒馬四百五十八疋○創先
鋒馬寨先是姚希得欲創而未遂至是
補其所儲以成之為寨屋八百七十八
間續又增一百二十六間內馬屋三十
間行屋九十間兩部官廳門樓六間○
造水哨馬船三百隻此項舡續準朝旨撥付淮閫○
又造船二百隻○修舊損舡三百二十
二隻○創船寨屋二百五十間外作鵲
門六座提點官廨五間鋪屋神祠共二
十間門樓四座○修創衣甲軍器共八
萬八千四百冊一件○造和州屯田倉
二十間○造無為軍屯田倉四十七間

〇造采石軍舡及修舊損舡共二百一十四隻〇省罷添差總管鈐路正副將共二十員一歲計減俸錢十八界會三萬一千二十八貫有奇米一千三百四十九石有奇絹一百七疋綿一百七十兩卽以此增給寧江軍制領將佐移無益贅員之俸以厲有用將佐之心仍撙其餘以備犒師詳見

咸淳元年乙丑

八月馬光祖辭兼總領二十二日奉聖旨陳謙亭戶部郎官淮西總領九月二十五日交割

創建四郭門接官亭各有官吏舍及祠宇名東曰迎暉西曰致爽南曰來薰北曰拱極〇創靜庵于青溪之上爲屋三十間後累石爲梟山亭其巔曰最高山後跨飛梁涉修徑建堂二所其前曰簡暇其中曰觀心其後曰近民以其後臨通衢也青溪之勝聚于此〇創無爲軍屯田倉六十一間〇四月光祖丙祠不允荅詔有云卿攝事　先帝爲股肱純備注不忘起之家食重付北門之管屹

爲長江之防曾未幾時龍湖僊去留以遺予冲眇者一二臣外尤藉卿以寬顧憂焉昔人有卧總留臺者豈得遽以疾諗乎如云滿歲漸欲引年玆固未可爾其體眷倚益懋壯猶是亦卿所以報先帝之遇也所請宜不允○代納五縣人户景定五年夏税爲錢一萬一千有奇錢關中半代納秋苗粳計七千八百九石有奇糯計三百六十五石有奇布六十一疋有奇折豆錢三千九百四十八貫有奇錢關中半○放減王沙局商税元額歲幾七萬緡○創及幼局凡諸廂遺棄孩孺並官雇乳婦月給錢米至七歲住支○鼎創雨華臺○再創烏衣園堂亭皆鼎建○六月光祖又丙祠不允荅詔畧曰卿有方叔克壯之猶膺畢公保釐之寄以國爲家以民爲身其可屬負玆而忽徹桑虛商颷寖勁江防爲

先惜分陰以護風寒精神折衝徙得卿重從容裘帶斯可養恬無棄爾成懋乃攸績所請宜不允○再奏祠請不允荅詔畧曰卿雖三命於居留今甫踰年於宅牧我戍未定靡[illegible]歸聘寧不永懷舊人遠省知若勤豈宜易退閫寄不可數易疆事毋恃不來與其慕赤松之從游孰若勉干木之偃息曷爲洊奏未燭予衷不剛不柔而德修足食足兵而民信與聽朕指圖功攸終所請宜不允不得再有陳請○重建長干橋○秋八月虜哨安慶無爲光祖提師剿逐以十五日戒嚴九月七日虜遁十六日班師上親御

奬諭有曰覽奏以寇迫舒城元戎銳於一出忠忱爲國威聲讋虜諸將有所倚賴事功何患不集予甚嘉之安慶城高池深固無足慮萬一有窺江之謀則豫防力遏　使無透漏乃可切宜勉

	二年 丙寅
旃庶寬憂顧○剏平糴倉爲屋四十間有奇堂曰稷思貯米七萬石因王埜之舊足爲十萬○又創助糴庫一所取其息以助糴詳見三志辨規系○再創船寨二百五十間于龍灣○增明道書院養士錢月五百千○修行宮養種園爲堂四爲亭三爲臺一門閭神宇暨守視庖湢之所莫不備具	正月光祖丙祠不允荅詔畧曰卿以文武威風三尹陪京江滸經營厥功茂焉召伯有成王心則寧　朕用寬北顧之憂謹護風寒惟卿遠慮無愆于恤成乃圖功亦惟舊人丕克遠省昔元祐初留鑰洛師者求釋位　詔諭之曰視國如家忠臣可以忘年卿年未至也勉爲國計勿復懷歸所請宜不允○再丐祠不允荅詔畧曰朕聞任賢責成者悠久而不易體國經遠者華皓而益堅卿克

壯其猶不解于位耆壽俊在服詎宜止足之謀樽俎間折衝奚必驅馳之役倘使卿遂山林之志孰爲 朕分疆埸之憂無踰老臣罔或自介用逸所報 先帝亦惟以救圖功所請宜不允○招塡闕額軍兵和州無爲軍安慶府鎮巢軍各二百人建康都統司一百人帳前一百八○初砲藥庫在軍器庫側近接府治至是乃改築于青溪之上四面皆水用戒不虞○初黃榜指揮輸納折帛錢關中半民願以見錢爲艱元年已從民欲全納關會本府代解見錢二年亦如之共官省見錢二十萬六千貫○代輸溧陽縣咸淳元年秋苗七千八百六十三石九斗三升五合五勺○修四義阡分命上元江寧簿尉董之西益地三十餘畝東又爲庵三間各築墻置門以防蹂躪○修府學○修廣濟倉七敖更名

十一月空日準省劄以鎭巢壓軍改作節制和州安慶府無爲鎭巢軍四郡屯田使繫銜

廣儲○創制司倉于廣儲倉之左爲敖四前後共三十一間○初創平糴倉糴米七萬石合王埜所存三萬共爲十萬繼自糴足十萬埜之數不與焉　夏五大雨水民用昏墊乃分遣官僚攜鏹及粟以濟之　是年艱食發平糴倉米賑糶損時直幾三之二起二月至九月以陳接新民不知爲儉歲○秋八月丙戌虜犯蘄黃迫舒境巡視江防九月庚戌虜退回司○是月光祖乞守本官致仕不允答詔畧曰朕觀采薇出車之詩服勤王事不敢懷歸忠臣之誼也矧商飈既高天塹當防無日不申儆至于惜分陰庶克有備無患蹇叔之力未愆楚臣之謀始壯益懋幹方之畧勿陳知止之言所請宜不允○踈再上不允答詔畧曰十年三至　先皇帝所以委付卿者寧不曰北門管鑰非卿不可明哲保身

藉有古誼夙夜匪解不允義之大者乎留鑰重寄春防指期此為何時而卿欲引逸也重臣體國勿復有云所請宜不允○九月三乞休致丙午奉　聖旨依已降詔不允不得更有陳請十月四乞休致丙辰奉　聖旨依屢降詔不允不得更有陳請○造三百料富陽船并脚船共四十二隻

三年
丁卯

六月六日三省同奉御筆**馬光祖**除參知政事辭具辭免再奉御筆可依直觀文殿學士仍舊任

正月掛冠之疏又三上皆弗俞○重建貢院于青溪之南闢地崇基宏壯爽塏為屋共二百九十四間自前至後皆新建○修南軒祠撥田四十畝有奇合前帥杜杲所撥百畝並為修葺費○創小學歲撥米一百石為庖廩助○創誓清館于龍灣即客亭舊址為屋五十二間○差官往江西造二百料富陽船一百隻

水哨馬船一百隻脚船一百隻○六月除叅政卽上免牘等奉　詔不允畧曰朕迪簡良翰儀圖該轄若稽元祐臣固以留鑰疇庸紹興臣鼎以制閫底績皆自幾廷之舊入濟政路之崇卿受知烈考服采邇聯兼資經緯之才三命保釐之寄山申儆軍實有嚴陰雨之防予救寧武功克壯江流之險六月來歸受祉益懋憲邦之猷四方宣力汝爲尙體欽鄰之訓趣承晉接毋執謙鳴所辭宜不允○尊以臣僚奏免新命　御筆宣力閫寄亦既有年式勞其歸固舊典也正以力辭未知所處今乃以處外爲宜亦是一說可依前觀文殿學士仍舊任○光祖再上疏乞守本官致仕　御筆秋防屆候已非易帥之時體國不渝毋重高蹈之志其安厥職勿復固陳○七月蠲減河稅務歲額商稅錢一分計一萬

九千六百七貫錢會中半著爲例○創
儀賓館因前志舊名

四年
戊辰

二月一日三省同奉
御筆馬光祖分閫累年備宣勞効特轉一官令再任光祖二具奏辭免二月日伏準尚書省劄子備奉
聖旨依已降詔不允不得再有陳請

正月創助糴西庫前有東庫故以西別之○二月辭免轉官再任　詔不允畧曰陪都資留鑰之嚴天塹控長江之險有煩近弼茂著顯庸亦既累年可無襃律卿尊朝碩哲體國眞忱洊倚重於保釐蕃久殫於忠力兵民循拊之素屏翰備禦之周爰考績而陟明迺增秩而因任于以遂借留之願尚其寬憂顧之懷毋事撝謙亟祗成渙所辭宜不允○再辭免　詔不允畧曰卿以元老重臣紐玉符護金鑰得固圉折衝之道優牧民御衆之才分閫積勞迺辭進律朕所未喻昔漢宣帝遴用牧守必使久於其任有治理効則賜璽增秩表異之兹績最之既膺於褒嘉乎奚祈亟其祗若勿復

重陳所辭宜不允不得更有陳請○創南軒書院于古長干因山為祠堂曰主一樓曰極高明齋曰求仁任道明理潛心為屋共九十二間○三月軍民病疫委官監醫日造其廬給以錢粟至六月止凡活軍民共二千有奇○蠲放銀林東壩歲額車船稅錢四萬貫著為例○四月代輸五縣下五等戶夏稅錢關一十七萬一千三百六十六貫有奇計一十三萬八千四十四戶○放免夏稅市例錢○池口創蓋大使行府○九月代輸下戶秋苗○十月依文思院斛舊式鑄銅斛受納秋苗併造木斛一百隻以舊弊斛焚之通衢

五年　己巳

三月二十四日三省同奉御筆賜光祖除知樞密院

正月禮高年○創三至堂○創野航于玉麟堂後○重創藥局○重建嶽廟○三月虜犯東淮民流境上分遣官屬攜粟以振之

事兼叅知政事吴革除寳章閣直學士沿江制置使江東安撫使主管行宮留守司公事知府事

景定建康志卷之十四

景定建康志卷之十五

承直郎宜差充江南東路安撫使司幹辦公事　周應合　修纂

志總序

倚相讀九丘史遷作八書以州别故九書以類從故八班固志而十之丘與書之法備焉志者識也後皆因之元和有郡縣志元豐有九域志天下郡縣各有志此建康志所由作也建康爲　今留都視它郡尤重今考其地自有城邑以來千七百年間因革凡幾爲城爲邑爲州爲府爲郡爲國爲都其治不同也

曰金陵曰江乘曰秣陵曰建鄴曰丹陽曰江寧曰昇曰建康其名不同也或置州刺史或置郡太守或置府尹或建帥閫或建大都督行臺或建節鎮或封侯王其制又不同也至於山川之形勝風物之表著與君誼辟之代見忠臣烈士之世出盛衰得失之可示勸戒者豈一簡所能盡哉於是彙而輯之爲志凡十一曰疆域二曰山川三曰城闕四曰官守五曰儒學六曰文籍七曰武衛八曰田賦九曰風土十曰祠祀屬辭比事其目各著于篇

疆域志一

金陵古揚州之域在周爲吳春秋末屬越楚滅越併有其地始名金陵秦兼諸侯置郡縣屬鄣郡改秣陵漢興封韓信爲楚其後更封諸王荆吳江都是也武帝初置刺史屬丹楊郡後漢因之建安十六年孫權自京口徙治秣陵明年改爲建業晉武平吳以爲丹楊郡及揚州刺史治建興初改爲建康元帝渡江都焉以宰相領揚州改丹楊太守爲尹宋孝武分浙江東爲東揚州以揚州爲王畿尋復舊歷齊梁陳咸都

於此隋平陳廢丹楊郡立蔣州於石頭大業初復置丹楊郡唐武德二年爲揚州東南道行臺尚書省七年復蔣州罷行臺爲揚州大都督府九年州徙治江都以其地屬潤州正觀七年復爲揚州治所至德二載析置江寧郡乾元元年改昇州兼置浙西節度使上元二年州廢爲上元縣大順元年復置昇州天祐二年僞吴大城昇州建大都督府武義二年改爲金陵府天祚三年封徐知誥齊王建西都改江寧府晉天福二年李昪僭位國號唐

皇朝開寶八年復爲昇州天禧二年陞江寧府建康軍節度建炎三年

車駕南渡詔改建康府紹興七年駐蹕明年置留守古稱金陵帝王之宅東南形勝之地大略可考自秦之南遊隋之平陳將以厭其氣而析其地也然孫權據吳會以鼎峙晉元渡江實爲王畿宋齊梁陳因以有國其間從事河洛規取中原幾致混一累朝衣冠禮樂號爲中國正統吳唐割據經營規畫用力勤矣識者謂開

聖人創垂之業而成　恢復之功者實基於此

稽之前代因革分合名號靡常葢自禹貢以迄于今

爲都者七爲治所者十有一爲國者六爲州者五爲

府者三爲郡十有四而僑置者九爲縣十有九廢併

者十僑寓者四今屬於府者五類而辨之作疆域志

地爲都

孫吳建都四世凡六十年東晉建都十一世凡一百

三年南宋建都八世凡五十八年南齊建都七世凡

二十三年蕭梁建都四世凡五十五年南陳建都五

世凡三十三年吳志及南史

吳志張紘謂孫權曰秣陵楚成王所置名爲金陵地勢岡阜連石頭昔秦始皇東遊會稽經此縣望氣者云金陵地形有王者都邑之氣故掘斷連岡因改名秣陵今處所具存地有其氣天之所命宜爲都邑權善其議未能從也後劉備東宿秣陵因觀地形亦勸權都之權曰智者意同遂都焉又獻帝春秋劉備至京謂孫權曰吳去此數百里即有警急赴救爲難將軍有意也

京平權曰秣陵有小江百餘里可以安大船吾方理水軍當移據之備曰蕪湖近濡須亦佳權曰吾欲圖徐州宜近下也諸葛亮亦曰鍾阜龍盤石城虎踞眞帝王之宅晉溫嶠議遷都豫章三吳之豪請都會稽二論紛然未有所適王導曰古之金陵舊爲帝里孫仲謀劉元德皆言王者之宅由是不行蓋吳以來將欲經營四方未嘗不以此爲根本云○六朝事迹云南朝建都之地不過建康京口豫章江陵武昌數處其疆

弱利害前世論之詳矣吳孫策以會稽爲根本大帝嗣立稍遷京口其後又嘗住公安又嘗都武昌蓋往來其間因時制宜不得不爾及江南已定遂還建鄴保有荆揚而與魏蜀抗衡其宏規遠略晉宋而下不能易也故孫皓捨建鄴而之武昌吳因以衰梁元帝捨建鄴而守江陵梁遂以亾李嗣主捨建鄴而遷洪府南唐遂不能以立王導斷然折會稽豫章之論而以建鄴爲根本自晉而下三百年之基業導之力也孫皓議遷

都武昌陸凱上䟽曰武昌土地危險非王都安國養民之處船泊則沉漂陵居則峻危○蘇峻之亂溫嶠議遷豫章三吳之豪請都會稽二論紛紜未有所適王導曰古之金陵聖皇所居孫仲謀劉元德皆言王者之宅古之帝王不以豐儉移都由是嶠等之議不行○齊蕭穎冑議遷夏口柳忱以巴峽未賓不宜輕捨根本搖動人心帝不從俄而巴東之兵至峽口遷都之議遂息○梁元帝臨荊峽二十年情所安戀不欲歸建鄴故府臣僚皆楚人並欲都江陵周洪正諫曰士大夫言聖王所都本無定處若黔首未見入建鄴便謂猶列國諸王今日副百姓心不可不歸建鄴○南唐嗣主用唐鎬計遷豫章而王都官舍軍壘十不容其一二自公卿下至軍士莫不思歸

我

宋中興留都有錄已見書首

地為治所

越築城治長干里楚置金陵邑治石頭秦改為秣陵縣治後漢分揚州置吳郡治建業建安十六年孫權自京口徙治秣陵明年又城石頭改秣陵為建業吳旣克關羽都武昌以呂範領丹楊太守治建業永安中分溧陽以北六縣為丹楊郡仍治建業晉武帝平吳以為丹楊郡及揚州刺史治太康三年分淮水北為建業南為秣陵更置江寧縣宋孝武以揚州為王畿尋復舊為都見前此不重述隋平陳廢丹楊郡置蔣州治石頭

唐武德二年爲揚州東南道行臺置尚書省八年爲揚州大都督府貞觀七年復爲揚州治所至德二載改爲江寧郡治所乾元以後改爲昇州治所仍置節鎮（寰宇記云天寶末明皇以金陵自古雄據之地祿山方亂不可以縣統之乃置昇州加節制）上元二年復廢爲上元縣光啓三年還爲昇州治所仍置節鎮天祐二年僞吳楊行密大城昇州建大都督府其子溥改爲金陵府治石晉天福二年建西都改爲江寧府治李昪僭位號南唐因卽居之至我

聖宋初平江南置昇州治天禧二年改爲江寧府治

建炎三年改爲建康府治紹興三年以府治建爲
行宫遷府治於　行宫之東南隅詳見城闕志
中興以來江東安撫司沿江制置司淮西總領所江
東轉運司江淮提領所江淮都督府皆治于此詳見
官守志

地所屬分埜

兩漢地理志吳地斗分埜隋地志自斗十二度至女
七度爲星紀周禮保章氏注星紀吳分埜通典曰在
天官於斗則吳之分野晉永嘉中歲星熒惑太白聚

牛女之間識者以爲吳越之地當興王者是歲元帝登寶位故史臣曰星斗呈祥金陵表慶苻堅會羣臣謀南寇石越對曰今歲星鎮斗牛福德在焉垂象弗差苻融曰歲鎮在斗牛吳越之福不可伐此其大略

地所屬國名

吳國在周屬吳太伯之國有固城在溧陽溧水兩縣之間即吳所築也夫差爲越所滅至漢高祖時以丹陽會稽豫章三郡五十三城立兄子濞爲吳王景帝時國除東漢末以其地封孫策爲吳侯弟權襲之曹

操封爲吳王三國鼎峙吳亦稱帝因都焉詳見爲都

越國越本夏少康之後封於會稽周元王四年用范蠡計滅吳盡有其地築城于此以謀吞楚詳見越城致貢於周元王賜胙命爲伯越兵横行江淮號霸王後七世爲楚所滅

楚國周成王時初封熊繹于丹陽乃在荆州非此所謂丹楊也其後國寖彊地寖廣至威王時滅越盡有吳越之地置金陵邑於石頭詳見山阜及懷王末項羽自稱楚秦滅楚以此地置鄣郡詳見所屬郡至漢高帝時封

韓信於楚鄣郡屬焉六年廢

荆國 漢高帝六年羣臣請以故東陽郡鄣郡吳郡立劉賈爲荆王是年黥布反失國

江都國 漢景帝旣誅吳王濞徙汝南王劉非爲江都王治故吳國至其子建國除後以其地置郡

昇國 皇朝天禧二年封壽春郡王爲昇王嘉祐四年翰林學士胡宿言 陛下建國於昇猶次列國非所以重始封之地宜進昇爲大國無得封從之 國朝會要大國二十有四昇其一也

地所屬州名

揚州 禹貢北距淮東南據海皆揚州之域唐虞置揚州牧至漢武帝初置揚州刺史後漢因之分揚州之半置吳郡治建業後以封孫氏晉太康元年平吳徙治建業惠帝元康初有司奏揚州疆土曠遠統理尤難於是割七郡置江州元帝渡江都揚州統丹楊吳郡宋孝武分浙江東五郡爲東揚州治會稽而揚州仍領丹楊等十五郡大明三年以揚州所統六郡爲王畿以東揚州爲揚州八年復舊景和元年罷東揚

州隋徙揚州治江都置大督府以句容延陵曲阿等縣屬焉大業中廢唐武德二年河間王孝恭平輔公祏以江寧溧水丹楊溧陽安業復置爲東南行臺尚書省治江寧七年廢尋復爲大都督府領上元金陵句容丹楊溧水溧陽凡六縣九年徙治江都正觀七年復舊至德中復治江都秦觀揚州集序云漢刺史無常治後之稱揚州者指其所治而已

義州晉元帝置陳大建元年廢爲建興郡領建安同夏烏山江乘臨沂湖熟凡六縣

蔣州 隋平陳廢丹楊郡於石頭立蔣州唐武德二年廢七年復置於金陵縣尋廢

昇州 唐乾元元年以江寧郡改置昇州顔眞卿嘗以昇州刺史兼浙西節度使上元二年廢光啓三年復置天祐二年僞吳封徐溫齊公大城昇州武義二年改金陵府　皇朝開寶八年復置天禧二年改爲江寧府

茅州 唐初置領瑯邪金山縣後廢武德三年以句容延陵復置七年廢

地所屬郡名

故鄣郡 漢元封二年更名丹楊郡吳永安中以蕪湖以南十三縣復爲故鄣治宛陵

丹楊郡 漢置治宛陵志云領宛陵於晉江乘春穀秣陵故鄣句容涇丹楊石城湖熟陵陽蕪湖黟溧陽歙宣城凡十七縣後漢因之建安十三年孫權分爲新都郡二十六年權始置丹陽郡自宛陵治建業領縣十九永安中分置故鄣郡丹陽所領惟溧陽以北六縣晉太康元年改建業復爲秣陵宋齊間分丹楊立

毗陵郡丹陽所領惟建康秣陵丹楊江寧永世溧陽湖熟句容八縣隋平陳廢大業初復置領江寧溧水以當塗來屬割延陵句容等縣屬江都唐初廢爲州天寶元年復置領丹徒丹楊延陵句容江寧金壇凡六縣至德二載析置江寧郡

建興郡 陳大建元年以義州南瑯琊彭城郡地置領建安同夏烏山江乘臨沂湖熟凡六縣屬揚州

江寧郡 唐至德二載以潤之江寧句容宣之溧水溧陽置乾元元年改昇州

義興郡晉永興中以丹陽之平陵永世及割吳興郡置四縣立義興郡以賞周玘創義之功屬揚州

地所置僑郡名

淮南郡本秦九江郡漢立淮南王國後爲郡晉治壽春成帝初蘇峻祖約作亂於江淮胡寇南侵淮南百姓南渡者轉多於是僑立淮南郡以處之領蕪湖繁昌當塗逡遒定陵襄垣凡六縣宋大明六年以淮南故郡併宣城入于姑孰隋廢以當塗屬丹陽更於壽春置

南琅邪郡 晉元帝於江乘之金城立琅邪郡屬揚州領臨沂陽都及懷德三縣在舊江寧縣東北五十里成帝咸和六年復琅邪比漢豐沛宋大明四年以郡隸王畿五年行幸琅邪郡原遣四繫陳大建元年廢爲建興郡

魏郡廣川郡高陽郡堂邑郡 四郡並咸康四年僑置并所統縣並寄居京邑

南東海郡南東平郡南蘭陵郡 晉元帝以江乘置四郡穆帝時以南東海七縣出居京口

地所置府號

金陵府偽吳武義二年改昇州爲金陵府大和五年偽吳建都金陵壽罷天祚三年封徐知誥爲齊王建爲西都改江寧府

江寧府天祚三年改金陵爲江寧府石晉天福二年李昪建國偽號唐

皇朝開寶八年改昇州天禧二年以昇州爲江寧府置軍國建康命　壽春郡王爲府尹建炎三年改建康府

建康府建炎三年五月丙戌詔改江寧府爲建康府節鎮舊號如故

地所統縣名存者丹之

上元次赤縣唐上元二年廢昇州以江寧地置屬潤州後廢寶應元年復置光啟三年置昇州屬焉通鑑云大順元年置昇州於上元縣以張雄爲刺史縣初仍江寧舊治白下村光啟中徙鳳臺山西寰宇記云國朝遷南唐司會府今府治之東　御前後軍營是其地建炎徙今治在城東隅距　行宮纔一里

江寧次赤縣 臨江 歸化 金陵 白下 晉太康元年分秣陵置臨江明年改江寧後廢永嘉中復置隋併秣陵建康同夏地入焉大業初屬丹陽郡唐武德三年即縣置揚州更名曰歸化七年號金陵屬蔣州明年徙白下村稱曰白下屬潤州正觀七年復名歸化九年復爲江寧至德二載置江寧郡而縣廢乾元元年復置屬昇州上元二年州廢以其地置上元縣南唐割上元南十九鄉當塗北二鄉因舊名復置隸金陵府圖經云古縣治南臨浦水在城西南七十里實錄云南唐在州

城西偏西卽吳治城東臨運瀆今天慶觀東卽其地國朝移郭下在城西北距　行宮三百步輿地廣記云唐旣改江寧爲上元南唐復析上元置江寧分治郭下

句容次畿縣 漢置屬丹楊郡有句曲山其形如句字因以名縣漢武帝封長沙定王子黨爲句容侯國除復爲縣吳赤烏八年使校尉陳勳發屯兵三萬鑿句容中道至雲陽西城以通吳會船艦唐武德二年於縣置茅州七年州廢屬蔣州九年隸潤州會昌四年

升望縣乾元元年屬昇州上元二年州廢屬潤州光啓三年復置昇州縣隷焉

國朝因之縣治在府東九十里晉毛寶傳燒蘇峻句容積聚峻頗乏食晉桓修傳王恭將伐南譙王尚之遣何澹之向句容修與輔國將軍陶無忌距之修至句容而恭敗唐武德五年李靖討輔公祏兵先至丹楊公祏大懼棄城東走李世勣追之公祏至句容兵能屬者纔五百人

溧水次畿縣 隋開皇中析溧陽丹楊置屬蔣州大業

初屬丹陽郡唐上縣武德三年屬揚州九年屬宣州乾元元年屬昇州上元二年昇州廢屬宣州光啟三年復置昇州縣屬焉

國朝因之縣治在府東南一百二十里唐武德二年杜伏威遣行臺左僕射輔公祏攻李子通渡江攻丹楊克之進屯溧水龍紀二年孫儒盡舉淮南之衆濟江前軍至溧水楊行密使李神福拒之又行密傳大順二年孫儒屯溧水行密遣李禮屯廣德皆此地也

溧陽次畿縣秦置溧水所出南湖也漢初屬江都元

封中屬丹楊郡前漢封梁敬王子欽後漢封陶謙皆爲溧陽侯吳省爲屯田志云封潘璋爲溧陽侯又云孫皓封孫蔣爲溧陽侯晉太康元年復置分爲永平隋開皇十八年併入溧水唐武德三年析江寧溧水復置隸揚州九年隸宣州乾元元年屬昇州明年屬宣州尋復上元元年又屬宣州未幾又復寶應元年屬宣州光啓三年復屬昇州

國朝因之舊治在溧水縣東南九十里天復三年移治今所在府東南二百四十里通典漢舊縣子胥奔

吳乞食之所即此溧陽也元和郡國志溧水在溧陽縣南六里

秣陵縣 金陵 建業 更治所凡六楚威王以其地有王氣埋金鎮之號曰金陵秦始王改爲秣陵屬鄣郡建康實錄云秦縣城在舊江寧縣東南六十里秣陵橋東北漢屬丹楊郡武帝封江都王子纏爲秣陵侯後漢復爲縣孫權自京口徙治改曰建業晉太康元年復爲秣陵三年分淮水北爲建業南爲秣陵宋書云縣治去京六十里今故治村是也義熙中移於鬬場柏社

實録云在江寧縣東南度長樂橋古丹楊郡是也元熈元年省揚州禁防參軍縣治移其處圖經云在宫城南八里一百步小長干巷内梁末北齊軍於秣陵故城跨淮立橋柵當是其地隋併入江寧景德二年置

秣陵鎮今在江寧縣東南五十里

建業縣晉書太康三年分秣陵淮水北爲建業建興初避帝諱改建康縣舊有城在吳冶城東實録云縣治在故都城宣陽門内古御街東寰宇記云咸和六年徙出宣陽門外御街西建初寺門路東是也隋省

入江寧

江乘縣 秦置方輿志云始皇登會稽從江乘還過吳漢屬丹楊郡王莽曰相武後漢復舊吳省爲典農都尉晉武帝復置咸康七年析南境爲臨沂屬琅邪郡陳大建元年屬建興郡南史鄭襲嘗爲令

丹陽縣 漢元朔初封江都王子敢爲丹楊侯後漢爲縣晉封孫部丹楊侯南朝復爲縣隋廢武德二年析江寧溧水復置屬揚州正觀七年省入當塗天寶元年復置縣屬丹楊郡非舊地矣

湖熟古縣名漢屬丹楊郡武帝封江都王子胥行爲湖熟侯一云姑孰後漢亦爲侯國吳省爲典農都尉晉武復置陳屬建興郡漢興平二年孫策攻揚州轉攻湖熟江乘晉蘇峻之亂毛寶燒句容湖熟積聚義熙九年罷臨沂湖熟脂澤田以賜貧人宋元嘉二十二年浚淮起湖熟廢田千餘頃二十八年徙越城流人淮南流人於姑熟皆此地元和郡國志云在舊江寧縣東南七十里今在上元縣丹陽鄉去縣五十里淮水北古城猶在

永平縣永安 永世 漢元封中置屬丹楊郡尋廢吳分溧陽復置改曰永安孫休封弟謙爲永安侯孫皓封孫洪爲永平侯晉武又改永世惠帝分置平陵并永世凡六縣屬義興郡尋復舊名宋省入溧陽

平陵縣詳見吳固城下今廢

安業縣唐武德二年析江寧溧水置今廢

同夏縣梁武帝生於秣陵同夏里大同元年因以置縣陳屬建興郡隋省入江寧圖經云縣東十五里有同夏浦舊有城今上元縣長樂鄉是其地

臨沂縣本徐州琅邪國縣晉咸康七年分江乘西界僑置屬南琅邪郡陳屬建興郡吳蔡靚諸葛恢梁孟智陳明仲璋皆嘗爲令實錄云縣城在京江獨石山西臨大江在舊江寧縣北四十里南徐州記云縣有落星山屬慈仁鄉去縣四十里今上元縣長寧鄉攝山之西白常村葢其地距上元縣三十八里

懷德縣費 晉大興元年琅邪國人隨帝渡江者幾千戶立懷德縣以處之屬丹楊郡永復爲湯沐邑後屬琅邪郡其地寄建康北境實錄云縣城在宮城南七

里建初寺前路東後改曰費移於宫城三里西北耆闍寺西宋元嘉十五年省入建康臨沂古跡編云費縣其琅邪分界於潮溝村在縣北九里今在上元縣鍾山鄉

即丘縣本晋琅邪國縣元帝置屬南琅邪郡宋元嘉八年省入陽都

陽都縣本漢城陽國縣後漢改爲琅邪國晋廢元帝置屬南琅邪郡宋大明五年省入臨沂

地所接四境

建康府東西二百三十五里南北四百六十里東至本府界首一百四十里自界首至鎮江府四十里西至本府界首一十里自界首至和州八十三里南至本府界首二百四十里自界首至寧國府一百二十里北至本府界首四十九里自界首至眞州一百一十里東南到本府界首二百八十五里自界首至常州一百八十五里西南到本府界首九十里自界首至太平州三十里東北到本府界首一百三十五里自界首至鎮江府四十五里西北到本府界首二十

二里自界首至眞州一百二十七里自府界到東京陸路一千四百四十五里水路一千七百七十里到西京陸路一千八百里水路二千一百九十五里

上元縣附郭東西九十五里南北八十五里**東**至句容縣界八十里以周郎橋中分界**西**至江寧縣界一里以御街中分爲界**南**至江寧縣界七十里以永豐鄉北白米湖爲界**北**至眞州六合縣界四十九里以瓜步大江中流爲界**東南**到句容縣界七十里以東陳村爲界自界首到句容縣三十五里**西南**到江寧

縣界四里以大隱鄉爲界**東北**到句容縣界六十里以章橋爲界自界首到句容縣八十里**西北**到眞州六合縣界二十九里以湖熟大江中流爲界自界首到六合縣八十五里

江寧縣附郭東西八十五里南北九十八里**東**至上元縣界一里以御街中分爲界**西**至和州烏江縣界四十里以鰻鰲洲大江中流爲界自界首至烏江縣一十五里**南**至溧水縣界九十三里以烏刹橋爲界自界首至溧水縣四十五里**北**至上元縣界五里以

金陵鄉爲界東南到句容縣界七十里以湖山鄉爲界自界首到句容縣九十里西南到太平州當塗縣界一百六里以章公塘爲界自界首到當塗縣一十七里東北到上元縣界二十五里以崇禮鄉爲界西北到上元縣界五里以金陵鄉爲界

句容縣東西七十里南北一百二十里東至鎮江府丹徒縣界五十里以山口爲界自界首至丹徒縣五十里西至上元縣界二十里以周郎橋中分爲界自界首至上元縣七十里南至溧水縣界六十里以丁

塘村爲界自界首至溧水縣三十里北至眞州揚子縣界七十里以下蜀大江中流爲界自界首至揚子縣六十里東南到鎮江府金壇縣界六十里以茅山崇元觀西堆爲界自界首到金壇縣六十里西南到江寧縣界七十里以上義山東緑楊村爲界自界首到江寧縣九十里東北到丹徒縣界六十五里以左橋爲界自界首到丹徒縣四十五里西北到上元縣界八十里以東陽鎮霸橋爲界自界首到上元縣六十里

溧水縣東西八十二里一百三步南北一百五十五里三十八步東至何容縣界三十七里以浮山頂爲界自界至句容縣四十里西至上元縣界三十五里以烏石橋爲界自界至上元縣八十五里南至寧國府宣城縣界一百一十里以四牌岡爲界自界至宣城縣一百三十里北至江寧縣界四十五里以上義山爲界自界至江寧縣七十五里東北到句容縣界四十里以望湖岡爲界自界到句容縣五十里東南到溧陽縣五十里以分界山爲界自界到溧陽縣七

十里西南到寧國府宣城縣界一百三十五里以崑山鄉爲界自界到宣城縣一百里西北到江寧縣界四十五里以烏刹橋爲界自界到江寧縣七十五里

溧陽縣東西一百五十里南北一百六十里東至常州宜興縣界一十五里以葑埭牌爲界自界首至宜興縣七十里西至溧水縣界八十五里以三塔墩爲界自界至溧水縣四十里南至廣德軍界七十里以石屋山分流爲界自界首至廣德軍八十里北至金壇縣界八十里以長塘湖港荻場爲界自界首至金

壇縣四十里東南到宜興縣界八十里以白塔山爲界自界首到宜興縣四十里西南到宣城縣界一百二十里以湖東北岸爲界自界首到宣城縣一百三十里東北到宜興縣界四十五里以五家村爲界自界首到宜興縣六十五里西北到溧水縣界七十五里以曹山陸路爲界自界首到溧水縣四十五里

景定建康志卷之十五